BASTEI LÜBBE
TASCHENBUCH

Weitere Titel der Autorin

Matildas letzter Walzer
Anemonen im Wind
Der Duft des Jacaranda
Das Versprechen des Opals
Das Lied des Regenpfeifers
Die Farm am Eukalyptushain
Träume jenseits des Meeres
Insel der Traumpfade
Legenden der Traumzeit
Der Himmel über Tasmanien
Der Zauber von Savannah Winds
Das Land am Feuerfluss
Sehnsucht nach Skye

Über die Autorin:

Tamara McKinley wurde in Tasmanien geboren und verbrachte ihre Kindheit im australischen Outback. Heute lebt sie an der Südküste Englands in Sussex und Cornwall und schreibt sowohl zeitgenössische als auch historische Romane, die sich international höchst erfolgreich verkaufen. Während einer Reise nach Paris verliebte sie sich so sehr in die Stadt, dass darauf „Jene Tage voller Träume“, ihr vierzehnter Roman, entstand.
www.tamaramckinley.co.uk

Tamara
McKinley

Jene Tage voller Träume

Roman

Übersetzung aus dem Englischen
von Ariane Böckler

BASTEI
LÜBBE
TASCHENBUCH

BASTEI LÜBBE TASCHENBUCH
Band 17719

Dieser Titel ist auch als E-Book erschienen

MIX
Papier aus verantwortungsvollen Quellen
FSC® C083411

Vollständige Taschenbuchausgabe
der bei Lübbe Hardcover erschienenen Hardcoverausgabe

Titel der englischen Originalausgabe: „Echoes from Afar"
Originalverlag: Quercus Publishing Ltd., London

Für die deutschsprachige Ausgabe:

Titelillustration: © Debbie Clement Design
Umschlaggestaltung: Manuela Städele-Monverde
Satz: Dörlemann Satz, Lemförde
Gesetzt aus der Adobe Caslon
Druck und Einband: CPI books GmbH, Leck
Printed in Germany
ISBN 978-3-404-17719-6

2 4 5 3 1

Sie finden uns im Internet unter www.luebbe.de
Bitte beachten Sie auch: www.lesejury.de

Prolog

Paris 1956

Obwohl seitdem so viele Jahre vergangen waren, hatte er gehofft, sie wie durch ein Wunder noch einmal dort zu sehen. Als sie dann tatsächlich erschien, fragte er sich, ob es allein die Macht seiner Sehnsucht gewesen war, die sie irgendwie herbeigezaubert hatte.

Sein Atem stockte, und sein Puls ging schneller, als er sich an der Balkontür im dritten Stock in seinem Rollstuhl nach vorne lehnte, das Weinglas und die Zigarette völlig vergessen, während er zu fassen versuchte, dass sie es wirklich war. Zwanzig Jahre waren vergangen, und seine Augen waren nicht mehr so gut wie früher. Spielten sie ihm womöglich einen grausamen Streich? Ging seine Fantasie mit ihm durch? Doch wie sie da auf dem Pont Neuf stand und über die schnell fließende Seine hinweg auf das Häusermeer von Paris in Richtung Eiffelturm blickte, schien es, als wären all diese Jahre ausgelöscht und sie sei zu ihm zurückgekehrt.

Er rutschte ein Stück nach vorne, sicher, dass sie ihn in dem allmählich dunkler werdenden Zimmer nicht sehen konnte, obwohl er seinen Augen noch immer nicht traute. Ihr Haar war länger als in seiner Erinnerung und wallte ihr in üppigen, weichen Locken über die schmalen Schultern. Ihre schlanke Gestalt besaß nach wie vor jene zarte Anmut, die so gar nicht zu der wilden Entschlossenheit passte, die sie immer ausgezeichnet hatte. Selbst noch in diesem entspannten Zustand hielt sie das Kinn fast trotzig gereckt, genau wie er es von früher kannte. Sie trug schmal geschnittene Hosen und einen Pullover, und zu ihren Füßen stand Reisegepäck; außerdem hatte sie eine Künstlermappe dabei und einen Mantel über dem Arm.

»Belle?«, flüsterte er verblüfft. »Bist du es wirklich?«

Als hätte sie ihn gehört, wandte sie sich vom Fluss ab und ließ den Blick von der Brücke über das Kopfsteinpflaster des Quai de la Mégisserie schweifen, hinauf zu den hohen grauen Häusern, deren Balkone und Fenster zur Seine hinausgingen.

Erneut stockte ihm der Atem, als ihr Gesicht von einer Straßenlaterne erleuchtet wurde. Einen Moment lang schien sie ihm direkt in die Augen zu blicken, dann wandte sie sich wieder ab. Die Enttäuschung tat weh. Es war nicht Belle, konnte unmöglich Belle sein. Zu viele Jahre waren verstrichen, und dieses Mädchen war jünger, als Belle an jenem schicksalhaften Tag gewesen war, als sie sich auf der Brücke kennengelernt hatten. Und doch hatte sie etwas an sich, was ein Echo der Vergangenheit in sich barg …

»Alles in Ordnung, Patron?«

Das Licht ging an und erschreckte ihn, die plötzliche Helligkeit ließ ihn blinzeln. »Machen Sie das Licht wieder aus, und kommen Sie her«, befahl er dem jungen Mann, während er sich erneut dem Fenster zuwandte. »Sehen Sie das Mädchen dort? Gehen Sie hinunter und finden Sie heraus, wer sie ist und woher sie kommt. Aber schnell jetzt, ehe sie von der Brücke verschwindet.«

Sein Blick war fragend und ein bisschen spöttisch. »Sie ist ein bisschen jung, sogar für Sie, oder nicht, Patron?«, witzelte er.

Die Ungeduld ließ seine Stimme schneidend klingen. »Tun Sie einfach, was ich sage, Max«, zischte er. »Ich erkläre es Ihnen später.«

Als Max gegangen war, wandte er sich erneut dem Fenster zu. Die junge Frau schaute jetzt herauf und ließ den Blick über das schmiedeeiserne Balkongeländer schweifen, vielleicht angezogen von dem plötzlich aufflackernden Licht, das ebenso schnell wieder erloschen war. Sie schien ihn eine Sekunde lang zu fixieren, und er spürte ihre Beklommenheit, als sie rasch beiseite sah und damit den Bann brach.

Er berührte das Glas der Balkontür, als könnte er sie dadurch festhalten, doch ehe Max auch nur unten auf der Straße angelangt war, hatte sie schon ihre Koffer genommen und sich umgewandt. Augenblicklich hatte sie der Strom von Büroangestellten, die nach Hause eilten, und flanierenden Touristen verschluckt.

Er ließ sich in seinem Rollstuhl zurücksinken. Der Moment war verloren, sein Schmerz brannte. Er schloss die Augen und versuchte so, etwas von seiner Pein zu vertreiben, doch das Einzige, was er vor sich sah, war die junge, lebenslustige Belle, die vor so vielen Jahren auf dem Pont Neuf gestanden hatte, und die Erinnerung und der tiefe Schmerz über die Ereignisse, die sie auseinandergerissen hatten, drohten ihn zu überwältigen.

I

London 1936

Annabelle Blake tappte über das kalte Linoleum und zog die dünnen Vorhänge zurück. Draußen regnete es in Strömen, und der Anblick des Wassers, das aus überfüllten Dachrinnen stürzte, über schmutzige Pflastersteine strömte und sich schließlich in den verstopften Rinnsteinen sammelte, schien die Ausweglosigkeit ihrer Lage zu unterstreichen. Die unfaire Kündigung im Krankenhaus vor zwei Wochen und das alles andere als glänzende Zeugnis, das man ihr anschließend zugeschickt hatte, raubten ihr jede Aussicht darauf, eine andere Stelle als Krankenschwester zu finden. Unterdessen ging ihr in rasendem Tempo das Geld aus.

Annabelle war dreiundzwanzig und hatte trotz jahrelanger Ausbildung und engagierter Arbeit im Krankenhaus so gut wie nichts vorzuweisen. Sie hatte keine Familie, an die sie sich wenden konnte, nachdem ihr Vater ihr das Haus verboten hatte. Ihre Mutter wagte nicht, ihm offen die Stirn zu bieten und mit ihr in Kontakt zu bleiben. Sie wohnte in einer heruntergekommenen Pension in einem armen Viertel Londons, wo sie nur wenig mit den anderen Mietern verband. Das Gefühl der Isoliertheit wurde noch dadurch verstärkt, dass Caroline Howden, ihre engste Freundin, London verlassen hatte, um sich als Krankenschwester im Spanischen Bürgerkrieg nützlich zu machen. Und auch der stets verlässliche und hilfsbereite George Ashton ließ sich nicht mehr blicken, seit sie seinen Heiratsantrag abgelehnt hatte.

Sie trat vom Fenster zurück in den Raum, der ihr als Schlaf- und Wohnzimmer zugleich diente, fuhr sich mit den Fingern durch das zerzauste Haar und versuchte an all dem die positive Seite zu sehen. Zumindest verfügte sie jetzt über ein Zeugnis, so zweifelhaft es auch war. George war intelligent genug, um irgendwann zu begreifen, warum sie ihn hatte abweisen müssen, und auch wenn heute vielleicht kein Tag war, an dem man gern das Haus verließ, so hatte sie doch eine Verabredung mit ihrer Mutter Camille zum Kaffee. Dies war ein seltenes und außergewöhnliches Ereignis – schließlich mussten sie ihre gelegentlichen Treffen vor ihrem Vater geheim halten. Also musste sie gute Miene zum bösen Spiel machen und sich darauf konzentrieren, den Riss zwischen ihnen zu kitten, der im Lauf der letzten fünf Jahre immer breiter geworden war.

Annabelle schmerzte es, dass sie und ihre Mutter sich nie nahegestanden hatten, und auch wenn sie wusste, dass Camille eine gewisse Zuneigung zu ihr hegte, so blieb diese doch sorgsam hinter einer kühlen Fassade verborgen. Während ihrer Kindheit in dem großen, düsteren Haus in Fulham hatte Annabelle nur wenig Gelegenheit gehabt, ihre Mutter kennenzulernen – und ihren Vater Edwin noch weniger, obwohl sich das als Segen erwies, denn sie hatte Angst vor seinen harten grauen Augen und seinen starren Regeln.

Ihre frühe Kindheit hatte sie mit einer Reihe von Kindermädchen in ihrem Kinderzimmer im ersten Stock verbracht, wo sie ihre Mutter nur sporadisch sah, wenn sie nach oben kam, um ihr Gute Nacht zu sagen. Und selbst da hatte es weder eine Umarmung noch einen liebevollen Kuss gegeben, sondern nur ein zerstreutes Tätscheln oder Schulterklopfen. Camille war noch nie eine zärtliche Frau gewesen, sondern hatte sich stets reichlich reserviert gezeigt. Als Annabelle älter wurde, begriff sie allmählich, dass Camilles gesamtes Leben nur um Edwin kreiste – obwohl nicht zu übersehen war, dass er auch ihr Angst machte.

Annabelle riss sich von ihren Gedanken los, sah auf die Uhr

und schlüpfte rasch in ihren besten Tweedrock und einen Wollpullover. Da ihr Geld schon kaum für Essen reichte, geschweige denn für neue Kleider, musste sie mit ihren bereits mehrfach gestopften Baumwollstrümpfen, dem Gabardinemantel und den schwarzen Schuhen vorliebnehmen, die auch schon bessere Tage gesehen hatten.

Zuletzt zog sie sich trotzig die Lippen nach und tuschte sich die Wimpern, ehe sie ihre dunkelblonden Locken mit einer Bürste einigermaßen zu bändigen suchte. Ein Blick in den fleckigen Spiegel zeigte ihr die Schatten, die schlaflose Nächte unter ihren tiefblauen Augen hinterlassen hatten. Ihr einst so strahlender Teint war fahl. Rasch puderte sie sich leicht das Gesicht, setzte ihren ältesten Filzhut auf, schlang sich einen Schal um den Hals und griff schließlich nach ihrem Schirm. Das musste reichen, auch wenn Camille garantiert entsetzt die Hände ringen würde, denn sie war sehr streng in Bezug auf Äußerlichkeiten.

Während Annabelle hinunterging, beschloss sie, das Fahrrad zu nehmen, damit es schneller ging, und so legte sie Handtasche und Schirm in den Korb und schob es nach draußen. Nachdem die Haustür hinter ihr zugeschlagen war, spannte sie den Schirm auf und versuchte, das Fahrrad einhändig zu lenken, während sie über das unebene Kopfsteinpflaster und durch Pfützen holperte.

Am Copper Kettle angelangt war ihr klar, dass sie entsetzlich aussah. Der Schirm hatte sich während der Fahrt umgestülpt, und nun war ihr Mantel durchweicht und die Strümpfe übersät von Schlammspritzern. Mühsam faltete sie den Schirm zusammen und legte ihn in den Fahrradkorb, ehe sie sich die feuchten Haarsträhnen hinter die Ohren schob und eilig den Teesalon betrat.

Der Copper Kettle lag in einer engen Gasse in einem Stadtteil, den ihr Vater niemals aufsuchte. Drinnen war es warm und behaglich, ein angenehmer Kontrast, wenn man aus dem kalten Regen kam, und die Tische boten mit ihren weißen Leinendecken und dem geblümten Porzellan einen heiteren Anblick. Drei Frauen saßen bereits bei ihrem Morgenkaffee, doch sie achteten gar nicht auf Annabelle, sondern plauderten munter weiter.

Camille war nirgends zu sehen, und Annabelle hoffte beklommen, dass sie es sich in Anbetracht des Wetters nicht anders überlegt hatte. Sie hatte noch genau sechs Pence in der Tasche und bezweifelte stark, dass die in diesem doch recht noblen kleinen Café für eine Tasse Kaffee reichen würden. »Ich warte auf jemanden«, erklärte sie der Kellnerin entschlossen. »Ich bin früh dran, darf ich mich kurz frisch machen?«

Man führte sie in einen kleinen Raum, der in leuchtendem Rosa und grellem Weiß gestrichen war und wo es heißes Wasser, Seife und ein Handtuch gab. Annabelle verzog das Gesicht, als sie sich im Spiegel sah, denn ihr Filzhut hing schlaff auf ihrem zerzausten, feuchten Haar, Wimperntusche und Lippenstift waren verschmiert und ihr Schal und Mantel tropfnass.

Mit einem Taschentuch tupfte sie die Mascaraflecken und den verschmierten Lippenstift ab, ehe sie sich mit einem der Handtücher die Haare trocken rieb und ihre bespritzten Strümpfe reinigte. Es machte die Sache nicht wesentlich besser, und so fuhr sie sich nur noch mit einem Kamm durch die verstrubbelten Locken und ließ es gut sein.

Nachdem sie das Wasser von ihrem Regenmantel abgeschüttelt und ihren durchnässten Schal in die Tasche gesteckt hatte, flehte sie innerlich darum, dass Camille inzwischen eingetroffen war. Es wäre entsetzlich peinlich, nur um ein Glas Wasser zu bitten, nachdem sie die Toilette des Hauses benutzt hatte. Sie sammelte ihre Sachen zusammen und kehrte in den Gastraum zurück.

»*Mon dieu*«, japste Camille, während sie sich aus ihrem Nerz schälte. »*Tu fais peur à voir! Qu'est-ce qui est arrivé?*«

Wie bei ihrem letzten Treffen im Café hatte Camille offenbar beschlossen, ihr Gespräch auf Französisch zu führen, damit die anderen Gäste sie nicht belauschen konnten. »Ich weiß, dass ich schrecklich aussehe«, erwiderte Annabelle ebenfalls in dieser Sprache, die sie seit ihrer Kindheit fließend sprach. »Aber so ist das eben, wenn man bei Regen mit dem Fahrrad fahren muss.« Sie lächelte ihre Mutter an, die in ihrem schwarzen Hut mit Schleier, dem dunkelgrauen Schneiderkostüm und den hochhackigen Lackschuhen wie aus dem Ei gepellt aussah. »Dich hat der Wolkenbruch offenbar nicht erwischt.«

Camille zog eine Schnute und legte sich den Pelz um die Schultern, während sie Platz nahm. »Ich fand die altbewährten Londoner Taxis bei Regenwetter schon immer enorm hilfreich. Du hättest dir auch eines rufen sollen, statt mit dem Rad zu fahren.«

Annabelle erkannte verblüfft, dass ihre Mutter keine Ahnung vom Ausmaß ihrer finanziellen Schwierigkeiten und ihrer prekären Lage hatte. Doch andererseits hatte Camille niemals Armut erlebt, und so kam sie gar nicht auf die Idee, dass Taxis die finanziellen Möglichkeiten der meisten Menschen überschritten, von denen arbeitsloser Krankenschwestern ganz zu schweigen.

Annabelle hängte Hut und Mantel auf und setzte sich zu ihrer Mutter an den Tisch. »Ich hätte ein Taxi genommen, wenn ich es mir leisten könnte«, sagte sie ruhig. »Vor allem an einem Tag wie heute.«

Camille betrachtete sie gelassen, bis die Bedienung ihre Aufmerksamkeit in Anspruch nahm. Nachdem sie ihre Bestellung aufgegeben hatte, wandte sie sich erneut an Annabelle. »Normalerweise esse ich keinen Kuchen«, murmelte sie und nahm ihre Tochter genauer in Augenschein. »Aber ich dachte, dir könnte eine kleine Leckerei nicht schaden. Du bist viel zu dünn und wirkst mit diesen grässlichen Schuhen reichlich heruntergekommen.«

Daran brauchte Annabelle nicht erinnert zu werden, doch sie war entschlossen, das Gespräch auf einer lockeren und freundlichen Ebene zu belassen. »Kuchen wäre wirklich ein besonderer Genuss, vielen Dank, Maman.«

Camille schwieg eine Weile und blickte nachdenklich unter dem Schleier ihres schwarzen Hutes hervor. »Carolines Mutter hat mir erzählt, was passiert ist, bevor ich deinen Brief bekommen habe«, sagte sie schließlich. »Ist es sehr hart für dich?«

»Ich habe meine Stellung in dem Beruf verloren, den ich liebe, Maman, und meinen guten Ruf. Anscheinend will mich kein anderes Krankenhaus zum Bewerbungsgespräch einladen, und selbst die Personalchefs in den Fabriken haben mich für die niedersten Arbeiten abgelehnt. Natürlich ist es hart.« Sie warf die feuchten Locken zurück und bereute augenblicklich ihren bitteren Tonfall. »Aber ich schlage mich schon durch, keine Sorge.«

Camille schwieg, als die Kellnerin mit ihren Bestellungen kam, und als sie wieder weg war, ließ sie sich viel Zeit damit, den duftenden Kaffee in die kleinen Tässchen zu gießen. Nachdem sie daran genippt und ihn nach ihrem Geschmack befunden hatte, beugte sie sich vor. »Es tut mir leid, dass du in diese Notlage geraten bist«, sagte sie leise. »Aber vielleicht solltest du jetzt noch einmal über Dr. Ashtons Antrag nachdenken. Du bist schließlich nicht mehr die Jüngste, Annabelle, und er kann dir Ansehen und ein wesentlich ruhigeres Leben bieten.«

Annabelle starrte sie verständnislos an. »Ich bin dreiundzwanzig, Maman, also wohl kaum eine alte Jungfer. Und ich werde niemanden heiraten, nur um meiner jetzigen Lage zu entkommen«, erklärte sie entschlossen. »George ist ein Freund – ein sehr guter Freund –, aber ich bin nicht in ihn verliebt, und es wäre falsch, seinen Antrag anzunehmen, wenn ich ihm nicht die Art von Liebe geben kann, die er von einer Ehefrau erwarten darf.«

»Ach was. Liebe hat sehr wenig damit zu tun«, erwiderte ihre Mutter mit einer ungeduldigen Handbewegung. »Wenn du ihn als Freund gern hast und euch einiges verbindet, dann ist das eine solide Grundlage für eine Ehe. Du darfst nicht so wählerisch sein, Annabelle. George Ashton mag ja bedauerlicherweise Ire sein, aber er ist ein zuverlässiger junger Mann mit einem guten Beruf und hervorragenden Aussichten. Was willst du mehr?«

Annabelle rebellierte innerlich gegen die herablassende Bemerkung ihrer Mutter über Georges Herkunft, doch um des lieben Friedens willen schwieg sie dazu. »In den Mann verliebt sein, den ich heirate«, entgegnete sie. »Allmählich klingst du schon wie Vater«, fügte sie in weicherem Ton hinzu. »Bitte, Maman, lass mich meine eigenen Entscheidungen treffen und einen Weg aus dieser Bredouille finden, ohne Kompromisse eingehen zu müssen. Heiraten ist nicht die Lösung; das war es noch nie. Ich bin Krankenschwester – wenn auch ohne Stelle –, und ich muss unbedingt meinen guten Ruf wiederherstellen und tun, wozu ich geboren bin. Das ist das Einzige, was mich momentan interessiert.«

Camille seufzte tief. »Das habe ich schon befürchtet, und deshalb möchte ich dir helfen.«

»Ich kann nicht nach Hause kommen, Maman, falls du das vorschlagen willst.«

»Nein, nein, ganz und gar nicht.« Sie öffnete ihre teure Lederhandtasche und zog einen Umschlag heraus. »Ich möchte dir das hier geben.«

Annabelle schnappte nach Luft, als sie begriff, dass der Umschlag voller Geldscheine war. »Maman! Das kann ich nicht annehmen. Wenn Vater erfährt, dass du mir dein Taschengeld gegeben hast, wird er außer sich sein – und wir wissen alle beide, wozu er dann fähig ist.«

Camille setzte ein geheimnisvolles Lächeln auf und legte ein kleines Kuchenstück mit Zuckerguss auf Annabelles Teller, ehe sie sich selbst eine Scheibe Rotweinkuchen nahm. »Iss deinen Kuchen, Annabelle.«

Annabelle begriff, dass Camille nicht mehr über das mysteriöse Geld verraten würde, ehe sie ihren Kuchen gegessen hatte. Obwohl sie Hunger hatte und der Kuchen eine besondere Leckerei war, war sie so angespannt, dass sie kaum etwas schmeckte.

Camille nickte zustimmend, steckte sich ein Stück Rotweinkuchen in den Mund und seufzte genussvoll. »Fast so gut wie französischer Kuchen. Möchtest du noch ein Stück?«

Annabelle wurde allmählich unruhig, und der Umschlag auf ihrem Schoß schien mit jeder Minute schwerer zu werden. »Nein, Maman«, sagte sie ruhig. »Sag mir lieber, wie du es schaffen willst, mir so viel Geld zu geben, ohne dass Vater davon erfährt.«

Camille verspeiste ein weiteres Stückchen Kuchen. »Edwin weiß nicht, dass ich es habe«, erklärte sie leichthin.

»Aber du hast doch gar kein eigenes Geld«, erwiderte Annabelle. »Und ich weiß genau, dass er jeden Penny zählt, den du von deinem Taschengeld ausgibst.«

Camille blieb völlig ungerührt und widmete sich weiter genussvoll ihrem Kuchen, während Annabelle sich fragte, was sie im Schilde führte – und, wichtiger noch, wo das Geld herkam. Sie hatte Camille noch nie so erlebt, und das beunruhigte sie.

»Ich spare schon seit geraumer Zeit hier und da einen Sou vom Haushaltsgeld oder von meinem Taschengeld«, sagte Camille beiläufig.

Annabelle schüttelte den Kopf. »Es hätte Jahre gedauert, das alles anzusparen, Maman. Wo kommt es wirklich her?«

Camille seufzte tief. »Ich habe ein kleines Hobby, das mir gelegentlich ein wenig zusätzliches Kapital einbringt.« Diese Aussage war ärgerlich nebulös.

»Was für ein Hobby?«

Camille zuckte die Achseln und setzte ein schelmisches Lächeln auf. »Nur ein paar Partien Bezique, Piquet oder Bridge. Das kann recht einträglich sein, wenn man mit Frauen spielt, die lieber klatschen, statt auf die Karten zu achten.«

»Ich wusste nicht, dass du um Geld spielst.« Sie starrte ihre Mutter an, die nun unübersehbar mit sich selbst zufrieden schien, und fragte sich, ob ihr Spiel wohl ganz korrekt war, wenn sie dabei so viel Geld verdiente. Doch das war ein unverschämter Gedanke, den sie nicht äußern durfte. »Offenbar spielst du sehr gut«, sagte sie stattdessen. »Aber warum sammelst du deine Gewinne? Warum gibst du sie nicht für dich selbst aus?«

Camille senkte den Kopf und kramte in ihrer Handtasche. »Dein Vater hält nichts von Glücksspielen, also konnte ich es unmöglich für neue Kleider oder einen schicken Hut ausgeben – er hätte mich sofort gefragt, woher ich das Geld dafür habe.«

Annabelle wartete ungeduldig, während ihre Mutter ein goldenes Zigarettenetui zückte und ihm eine rosafarbene Sobranie entnahm.

»Früher dachte ich, ich spare es als Sicherheitspolster für den Tag, an dem ich endlich den Mut aufbringe, ihn zu verlassen«, gestand Camille. »Aber es hat mir gefallen zu sehen, wie es immer mehr wurde, und wenn er außer Haus war, habe ich das Geld gezählt und mir ausgemalt, wie ich es ausgeben würde, wenn ich die Gelegenheit dazu hätte.«

Annabelle sah sie ungläubig an, denn sie hatte ihre Mutter noch nie so reden hören. Dann sammelte sie sich und schob den Umschlag über den Tisch. »Nimm es zurück, Maman«, drängte sie. »Deine Not ist weitaus größer als meine. Mit dieser Summe kannst du nach Paris zu Tante Aline reisen, und sie findet bestimmt eine Arbeit für dich, oder …«

Sie verstummte, denn Camilles Miene verriet ihr, wie lächerlich schon allein der Gedanke war, sie könnte mit ihrer Schwester in ihrem überfüllten Pariser Haus leben, geschweige denn dort eine Arbeit annehmen.

Camille konzentrierte sich darauf, ihre Zigarette in die lange Zigarettenspitze aus Ebenholz zu schieben. Als ihr goldenes Feuerzeug aufflammte und den Tabak entzündete, sog sie den Rauch ein und stieß ihn fast ungeduldig wieder aus. »Das Geld ist für dich«, erklärte sie entschlossen. »Ich bin zu alt und in meinen Gewohnheiten zu festgefahren, um zu meiner Schwester nach Paris zu flüchten. Aber du, Annabelle, du bist noch jung, und du musst dir bei Aline ein neues Leben aufbauen.«

»Aber ich will nicht nach Paris«, protestierte Annabelle. »Ich bin Engländerin, und mein Leben ist hier.«

»Du hast französisches Blut in den Adern, *ma chère*, und es ist an der Zeit, dass du eine Welt entdeckst, die über all das hier hinausreicht.« Sie machte eine abschätzige Geste in Richtung Regen, Teesalon und London im Allgemeinen.

»Aber meine Arbeit ist hier«, beharrte Annabelle. »Und jetzt, wo ich ein Zeugnis habe, werde ich bestimmt zu mindestens einem Bewerbungsgespräch eingeladen.«

Camille senkte den Blick und streifte die Asche ihrer Zigarette an dem gläsernen Aschenbecher ab. »Manchmal ist es besser, wegzugehen und woanders neu anzufangen«, sagte sie ruhig.

»Ich bin nicht bereit, aufzugeben und nach Paris zu fliehen«, versetzte Annabelle heftig. »Ich muss meinen Namen reinwaschen und hier in London eine neue Stelle als Krankenschwester finden.«

Camille hob den Kopf, und ihre Augen verrieten ihre Traurigkeit. »Du bist immer stark gewesen, Annabelle, obwohl manche dich vielleicht als eigensinnig und widerspenstig bezeichnen würden. Ich bewundere deinen Mut, aber in diesem Fall ist er fehl am Platz.« Sie fasste über den Tisch und ergriff Annabelles Hand. »Vergeude deine Zeit nicht mit einem Kampf, den du nicht gewinnen kannst. Nicht hier. Nicht in London.«

Eine böse Vorahnung überkam Annabelle. »Was meinst du damit?«

Camille seufzte erneut, legte die Zigarette in den Aschenbecher und ließ sie dort glimmen, während sie beide Hände über die Annabelles legte. »Wenn du doch nur einmal meinen Rat annehmen würdest, anstatt mich mit Fragen zu bedrängen, Annabelle. Nimm das Geld, geh nach Paris und fang dort neu an. Hier gibt es für dich nichts mehr zu gewinnen.«

»Wie kannst du dir da so sicher sein?«, fragte sie ruhig.

Camille warf die Hände in die Höhe. »*Zut alors*, noch mehr Fragen. Du stellst meine Geduld auf die Probe, Annabelle.«

Annabelle registrierte, dass ihre Mutter ihrem Blick auswich und dass ihre Hand zitterte, als sie erneut zu ihrer Zigarette griff. »Was verbirgst du vor mir, Maman?«

Camille zuckte auf sehr französische Weise die Achseln. »Was weiß ich schon? Ich bin doch nur eine unbedeutende Hausfrau.«

»Hör auf, Mutter«, zischte Annabelle auf Englisch. »Hör auf, mir auszuweichen, und sag mir, worum es dir wirklich geht.« Erneut schob sie den Umschlag zu ihr hinüber.

Camille drückte ihre Zigarette aus, registrierte die neugierigen Blicke der anderen Gäste und beugte sich vor, ehe sie leise und schnell auf Französisch zu sprechen begann. »Du magst ja dank der Hartnäckigkeit von Carolines Vater ein Zeugnis erhalten haben, aber du wirst keine neue Stelle an einem Londoner Krankenhaus bekommen. Und ich vermute, dass es dein Vater war, der dafür gesorgt hat.«

Annabelle lehnte sich zurück und fixierte ihre Mutter verwirrt. »Vater? Aber wie denn? Das verstehe ich nicht.«

»Natürlich nicht, wie solltest du auch? Ich habe keinen Beweis dafür, dass er es war, aber es wäre typisch für etwas, das er aus Bosheit tun würde. Er ist ein rachsüchtiger Mann, und er hat dir nie verziehen, dass du gegen seinen erklärten Willen die Ausbildung zur Krankenschwester gemacht hast.«

»Aber das ist schon fünf Jahre her«, stieß Annabelle hervor. »Warum sollte er bis jetzt gewartet haben?«

Camille zog den Pelzmantel über ihren Schultern zurecht. »Er hatte die Geduld dazu, und er wusste, dass du früher oder später einen Fehler machen würdest – und wenn jemand in der Patsche sitzt, zeigt er sich von seiner grausamsten Seite.«

Annabelle wusste, dass Edwin Blake einer der gefürchtetsten Anwälte Englands war. Bei einem Strafverfahren konnte man von Glück sagen, wenn man ihn auf seiner Seite hatte – doch gnade Gott seinem juristischen Gegner. Die lange Liste von Angeklagten, die seinetwegen ins Gefängnis gewandert waren, zeugte von seiner Skrupellosigkeit. Allerdings wäre Annabelle niemals auf die Idee gekommen, er könnte diese Eigenschaft seiner eigenen Tochter gegenüber einsetzen, um sie für ihr Zuwiderhandeln zu bestrafen.

»Du bist ein so dummes Mädchen«, seufzte Camille. »Warum hast du dich nur an diesem Aufstand in der Cable Street beteiligt und dann auch noch die Krankenhausvorschriften gebrochen, indem du diesen Demonstranten im Park verarztet hast? Hättest du nicht ausnahmsweise einmal darüber nachdenken können, welche Konsequenzen dein Handeln hat?«

Annabelle konnte sich gut an diesen Moment im Hyde Park erinnern. Es war nur wenige Tage gewesen, nachdem George und sie in die schrecklichen Straßenkämpfe zwischen Faschisten, Gewerkschaftern und Kommunisten am Tower Hill und in der Cable Street geraten waren. Die Polizisten hatten die verhassten Blackshirts geschützt, indem sie mit Pferden in die Menge geritten waren. Frauen und Kinder waren dabei verletzt und zur Flucht durch die Seitengassen gezwungen worden. Annabelle war gekommen, um zu sehen, wie die Männer nach ihrem langen, friedlichen Protestmarsch aus Jarrow endlich ihr Ziel erreichten. Nach den Reden hatte sie mitbekommen, wie ein Mann stürzte und sich den Kopf aufschlug. Sie hatte sich vergewissert, dass er nicht ernsthaft verletzt war, und ihm Wasser und ein wenig Kleingeld gegeben, damit er mit dem Bus zum nächsten Versammlungsort fahren konnte.

»Ich habe mich nicht absichtlich an den Aufständen beteiligt«, protestierte sie. »George und ich waren einfach nur zur falschen Zeit am falschen Ort. Und was die Vorschrift der Klinik angeht, den Demonstranten nicht zu helfen, so widerspricht sie allem, woran ich als Krankenschwester glaube. Ich habe nur getan, was jeder anständige Mensch unter diesen Umständen getan hätte. Woher hätte ich wissen sollen, dass mich jemand bei der Krankenhausleitung anschwärzt und dass ich so schwer bestraft werde?«

Sie musterte ihre Mutter und merkte an ihrem Blick, dass Camille genau wusste, wer sie verraten hatte, dies jedoch – vielleicht sogar aus Angst – nicht zugeben wollte. »In Wirklichkeit steckt Vater hinter alldem, nicht wahr?«

»Ich kann es nicht zweifelsfrei beweisen«, gestand Camille widerwillig. »Aber ich vertraue meinem Instinkt, und ich habe deinem Vater jahrelang bei seinen Rachefeldzügen zugesehen. Ich weiß nicht, wie er von der Sache im Park erfahren hat – vielleicht ist er zufällig vorbeigekommen und hat dich gesehen. Aber ich weiß, dass er mächtige Freunde in hohen Positionen hat und dass er es sich zur Aufgabe gemacht hat, ihre Geheimnisse zu kennen.«

Camille zündete sich die nächste Zigarette an. »Auch ich bin inzwischen geschickt darin, Geheimnisse aufzudecken«, erklärte sie mit einem angedeuteten ironischen Lächeln. »Ich lausche an Türen und höre Telefongespräche über den Nebenanschluss mit. Es lohnt sich, mit Wissen gewappnet zu sein. Das habe ich in meiner Ehe gelernt«, sagte sie bitter.

Annabelle musterte ihre Mutter mit wachsender Ehrfurcht. Camille zeigte sich hier von einer ganz neuen Seite. Sie hatte gelernt, Edwins hartes Regime und seine Schikanen zu überleben und war nun schlau und gewieft – nicht mehr die geduckte, brave Maus, die Annabelle von früher kannte.

»Natürlich schaffe ich das nicht alles allein«, fuhr Camille fort. »Meine Putzfrau Mabel Watkins hat sich als exzellente Mitverschwörerin erwiesen. Sie erzählt mir, wer ins Haus kommt, was sie mithört, wenn ich nicht da bin, und hält mich über seine täglichen Termine auf dem Laufenden.«

Sie hielt inne und trank einen Schluck Kaffee. »Vor zwei Wochen hat sie mir auch von einem unerwarteten Besucher berichtet, aber keiner von uns beiden war klar, was der Verwaltungschef des Krankenhauses bei ihm wollte.«

Annabelles Magen verkrampfte sich, und der Kaffee schmeckte plötzlich bitter.

»Offenbar hatte der Mann Schwierigkeiten, einen Fürsprecher zu finden, der ihm die Mitgliedschaft in einem bestimmten pompösen Club ermöglichen sollte, in dem dein Vater im Vorstand sitzt. Ich glaube, man erachtete ihn als nicht ganz standesgemäß, obwohl er der Klinikleitung angehört. Doch dein Vater hat ihm versprochen, sich darum zu kümmern, dass seinem Antrag stattgegeben wird. Im Gegenzug sollte der Mann dafür sorgen, dass dir deine Stellung im Krankenhaus aufgekündigt wird.«

»Aber er war doch sicher schockiert über ein solches Ansinnen? Außerdem hätte sein Wort allein ohnehin nicht ausgereicht. Es muss alles über den Vorsitzenden laufen.«

Camille drückte ihre Zigarette aus. »Anscheinend hat der

Vorsitzende einen Neffen, der eine Art Rabauke ist. Der junge Mann war einige Monate zuvor verhaftet worden, doch Edwin hat, trotz der schlagenden Beweise gegen ihn, eine Gesetzeslücke gefunden und ihn freibekommen.« Sie zuckte die Achseln. »Eine Hand wäscht die andere. Dem Vorsitzenden ist ein Familienskandal erspart geblieben, und der Verwaltungschef bekam seine Clubmitgliedschaft. Du bist zum Opfer geworden, weil du geradewegs in ihre Falle getappt bist, indem du diesem Mann aus Jarrow geholfen hast.«

»Was ist mit den anderen Krankenhäusern? Vaters Einfluss ist doch sicher nicht so groß, dass er die auch manipulieren kann?«

»Ein Wort hier und da über deine Unzuverlässigkeit, ein Hinweis darauf, dass hinter deiner Entlassung mehr stecken könnte – das ist die stille Post in einer geschlossenen Gesellschaft. All das kann sich vernichtend auswirken, Annabelle.« Camille seufzte tief.

Die Beweise gegen Edwin waren zu zwingend, um dagegen zu argumentieren. Annabelle schloss die Augen und vergrub das Gesicht in den Händen. Edwin Blake mochte ja der Welt seine intelligente, erfolgreiche und ehrenwerte Seite zeigen, doch hinter dieser Fassade verbarg sich ein Gewaltmensch, der seine Frau und seine Tochter kleinhalten und sie beide nach seinen Wünschen formen wollte. Er hatte schon früher bewiesen, dass ihm jedes Mittel recht war, um seinen Willen durchzusetzen. Deshalb hatte er Annabelle des Hauses verwiesen, als sie sich weigerte, den Mann zu heiraten, den er für sie ausgewählt hatte, und stattdessen die kleine Erbschaft ihrer Großtante nutzte, um ihre Ausbildung zur Krankenschwester zu finanzieren. Sie hatte nie begriffen, warum er so dagegen war, dass sie Krankenschwester wurde – und er hatte es ihr nie erklärt. Und so war sie zu dem Schluss gekommen, dass er in jedem Fall dagegen gewesen wäre, egal, welchen Beruf sie gewählt hätte, einfach weil das seine Methode war, seine Macht auszuspielen.

»Es tut mir leid, Annabelle, ich wollte dir diese schändliche Geschichte eigentlich nicht erzählen. Aber jetzt weißt du, was dich erwartet, und siehst sicher ein, dass es klug wäre, das Geld zu nehmen und dich so weit wie möglich von hier zu entfernen.« Camille schob den Umschlag wieder über den Tisch. »Hier drin ist ein Ticket, mit dem du bequem nach Paris reisen kannst. Der Zug zur Nachtfähre fährt um neun Uhr in London ab.«

Annabelle schnappte nach Luft. »Heute Abend?«

»Um neun Uhr.«

»Aber ich …«

»Annabelle«, zischte sie. »Nimm ausnahmsweise mal einen Rat an und sei vernünftig. Dein Vater hat deine berufliche Laufbahn ruiniert und versucht nun mit allen Mitteln, dich in die Knie zu zwingen. Er weiß, wie du lebst und wie deine Lage ist, und es würde mich nicht im Geringsten wundern, wenn er noch etwas unternimmt, was dir keinen anderen Ausweg mehr lässt, als nach Hause zu kommen.«

»Ich komme nie zurück«, flüsterte sie.

»Dann fahr zu Aline. Dort bist du in Sicherheit, und mit deinem fließenden Französisch findest du schnell eine gute Stelle als Krankenschwester.« Sie kramte in ihrer Handtasche und zog Annabelles Reisepass und einen weiteren Umschlag hervor.

»Ich habe deinen Pass in einer abgeschlossenen Schublade im Arbeitszimmer deines Vaters gefunden – Mabel ist mittlerweile sehr geschickt darin, Schlösser zu knacken«, fügte Camille mit einem kurzen Lächeln hinzu. »Hier ist ein Brief an Aline, der die Situation erklärt. Ich habe ihre Adresse vorne draufgeschrieben für den Fall, dass du sie vergessen haben solltest.«

Sie reichte ihr den Umschlag und den Pass. »Du wirst Paris lieben, Annabelle. Es ist eine Stadt für alle, die im Herzen jung geblieben sind, und wunderschön. Fast beneide ich dich.«

»Dann komm mit, Maman. Wir können beide einen Neuanfang machen, und …«

»*Non, ma chère*«, fiel Camille ihr ins Wort. »Es ist zu spät für mich. Aber du … du bist jung und schön und hast noch das ganze Leben vor dir.« Sanft tätschelte sie Annabelles Wange. »Fahr nach Paris, werde zu der Frau, die seit jeher in dir steckt, und mach mich stolz.«

Annabelle schmiegte ihre Wange in die zarte, weiche Hand ihrer Mutter und blinzelte die Tränen weg. »Ich hab dich lieb, Maman«, flüsterte sie.

»Und ich dich«, erwiderte Camille leise. Der rührende Moment war von kurzer Dauer, dann wurde sie wieder ganz sachlich. »Aber jetzt müssen wir uns voneinander verabschieden. Ich muss zu meiner nachmittäglichen Bridgepartie nach Hause, und du musst packen und dich auf deine Reise vorbereiten.« Sie winkte der Kellnerin, um zu bezahlen, und bat sie, ihr ein Taxi zu rufen, ehe sie Mantel und Handschuhe anzog.

Während Annabelle ihren Mantel holte, schwirrte ihr der Kopf von all dem, was sie soeben erfahren hatte. Der Gedanke, dass sie in wenigen Stunden nach Paris aufbrechen würde, raubte ihr den Atem, und doch wusste sie, dass der Rat ihrer Mutter klug war und beherzigt werden sollte. Edwin hatte gezeigt, wie rachsüchtig und grausam er sein konnte, und ihr war klar, dass er nicht eher ruhen würde, bis sie völlig gebrochen war und wieder unter seinem Dach lebte – und das durfte nicht geschehen.

Das Taxi kam, und als sie hinaustraten, stellten sie fest, dass es aufgehört hatte zu regnen. Als Camille die Arme um sie legte, atmete Annabelle den vertrauten Duft ihres französischen Parfüms ein und fühlte sich für einen Moment in ihre

Kindheit zurückversetzt. »Werde ich dich jemals wiedersehen, Maman«?

»Eines Tages vielleicht«, flüsterte Camille. »Aber in nächster Zeit müssen wir uns erst einmal viele, viele Briefe schreiben. Schick sie an Carolines Mutter, *ma chère*. Sie sorgt dafür, dass ich sie bekomme.«

Annabelle konnte durch die Tränen hindurch kaum noch etwas sehen, als ihre Mutter ins Taxi stieg und der Fahrer die Tür zuschlug. »Adieu, Maman«, stieß sie hervor.

»Nicht *adieu*, mein Schatz: *au revoir*«, erwiderte Camille durch das offene Fenster.

Das Taxi brauste davon, und Annabelle kämpfte mit den Tränen, als sie es um die Ecke verschwinden sah. Sowie das Motorengeräusch verklungen war, fuhr sie langsam auf ihrem Fahrrad zurück zu ihrer Wohnung. In ihrem Kopf überschlugen sich die Gedanken an all das, was sie noch zu erledigen hatte, ehe sie in den Zug stieg.

Dr. George Ashton hatte Annabelles Wohnung aufgesucht, weil er an diesem Morgen erfahren hatte, dass Angus Fraser es sich anders überlegt hatte und ihm nun doch die allgemeinärztliche Praxis in Dartford verkaufen wollte. Er hatte sein Glück mit ihr teilen wollen. Nun aber wurde seine freudige Erregung von einer ohnmächtigen Wut verdrängt. Er hatte die Dinge viel zu lange schleifen lassen, um jetzt noch das Ruder herumreißen zu können.

Wütend auf sich selbst und auf Annabelle marschierte er die Straße entlang. Was zum Teufel spielte sie da für ein Spiel, dass sie einfach so davonlief, ohne ein Wort oder einen Brief? Und warum hatte er sie in den letzten Wochen praktisch ignoriert, wo er doch gewusst hatte, wie schwierig ihre Lage momentan war? Natürlich war ihm im Grunde klar, dass er sich lächerlich gemacht hatte, indem er ihr zum denkbar ungünstigsten Zeitpunkt einen Heiratsantrag machte, und sein Stolz litt unter der entsetzlichen Peinlichkeit. Aber das entschuldigte nicht, dass er sie ausgerechnet jetzt so schrecklich vernachlässigte, wo sie ihn am dringendsten gebraucht hätte.

Als er ein Taxi erblickte, riss er sich von seinen Gedanken los und winkte es herbei. »Victoria Station«, sagte er mit gepresster Stimme. »Und es gibt einen Shilling extra, wenn Sie es in fünf Minuten schaffen.«

Während das Taxi durch die belebten Straßen jagte, strich sich George die dunkle Locke aus dem Gesicht, die ihm andauernd in die Stirn fiel, und versuchte die Ruhe zu bewahren. Annabelle hatte ihre Wohnung mit zwei Koffern verlassen und war allen Auskünften zufolge auf dem Weg zur Victoria Station – was bedeutete, dass sie nicht in ihr Elternhaus nach Fulham zurückkehrte. Irgendetwas musste passiert sein, dass sie so abrupt aufgebrochen war, und seine große Angst war, sie könnte wider jede Vernunft beschlossen haben, es Caroline nachzutun und nach Spanien zu reisen.

Von sämtlichen idiotischen Ideen war das so ungefähr die schwachsinnigste, dachte er ärgerlich. Ein Bürgerkrieg war kein Ort für ein Mädchen wie Annabelle – oder irgendein Mädchen –, und er konnte nur beten, dass er noch rechtzeitig kam, um sie aufzuhalten.

Als das Taxi mit quietschenden Reifen vor dem Bahnhof hielt, warf George dem Fahrer das Geld regelrecht hin, ehe er in die Bahnhofshalle eilte. Beklommen blickte er auf die Tafel mit den Abfahrtszeiten, registrierte, dass der Zug zur Fähre jeden Moment abfahren würde, und rannte los.

Als er schlitternd am Gleis zum Stehen kam, sah er gerade noch den letzten Wagen aus dem Bahnhof fahren. »Verdammt noch mal«, schimpfte er.

»Sie haben ihn verpasst, Sir«, sagte ein Gepäckträger überflüssigerweise.

»Das sehe ich«, fauchte er.

»Morgen Abend fährt wieder einer«, ergänzte der Träger mit leisem Spott.

George klammerte sich an den letzten Rest seiner Selbstbeherrschung. »Haben Sie eine hübsche junge Frau mit dunkelblonden Haaren einsteigen sehen? Man kann sie nicht übersehen. Sie hat absolut faszinierende violett-blaue Augen.«

»Nach zwanzig Jahren in meinem Beruf achte ich nicht mehr besonders auf die Leute. Aber da war ein hübsches Mädchen mit einem Platz in der ersten Klasse.«

George wusste, dass sich Annabelle keine derart luxuriösen Reisearrangements leisten konnte, und so bedankte er sich bei dem Mann und ging davon, zurück in die Bahnhofshalle, wo er gegen alle Vernunft hoffte, sie irgendwo zu erspähen. Als er begriff, dass er sich damit eine unlösbare Aufgabe gestellt hatte, gestand er sich seine Niederlage ein und nahm den Weg zur Bar des Bahnhofshotels, wo er sich einen doppelten irischen Whiskey bestellte.

Während er in den Spiegeln hinter dem Tresen sein Ebenbild musterte, ließen seine Wut und seine Ungeduld allmählich nach und gingen in ein schmerzhaftes Gefühl von Verlust über. Er hatte sich beim ersten Blick in ihre wundervollen Augen in Annabelle verliebt. Während der letzten fünf Jahre hatte er in der Hoffnung gelebt, ihr eines Tages einen Heiratsantrag machen zu können. Er wusste, dass er manchmal verschlossen und ungeduldig war; er wusste, dass man ihn für einen Mann mit unerschütterlichem Selbstvertrauen hielt, einen Mann, der stets alle Erwartungen erfüllte. Doch hinter dieser Fassade war er ein verliebter Mann – allerdings fiel es ihm schwer, seine Gefühle auszudrücken. Jetzt bereute er, dass er Annabelle derart nah an sich herangelassen hatte.

Er trank einen Schluck und spürte, wie ihm der Whiskey in der Kehle brannte. Sein Heiratsantrag war abgelehnt worden, was nicht weiter verwunderlich war. Doch was in aller Welt war in sie gefahren, dass sie, ohne ein Wort zu sagen, durchbrannte? Lag ihr denn überhaupt nichts an ihm?

Er leerte sein Glas, stellte es auf den Tresen und verließ das Hotel. Ihm blieb nichts anderes übrig, als sein Leben weiterzuführen wie bisher, in der Hoffnung, dass Annabelle zur Vernunft kam und zu ihm zurückkehrte. An die Möglichkeit, dass sie das nicht tun könnte, wagte er gar nicht zu denken.

2

Annabelle war reibungslos durch die Zollabfertigung gekommen. Der Gepäckträger hatte ihre beiden Koffer in das Schlafwagenabteil erster Klasse gebracht, das bis Paris ihr gehören würde. Sie konnte sich nicht vorstellen, wie das vor sich gehen sollte, da sie ja auf ein Schiff ging, aber sie wagte es nicht, ihn zu fragen. Nachdem sie ihm ein Trinkgeld gegeben hatte, packte sie Nachthemd und Waschbeutel aus, bewunderte das gemütliche und erstaunlich komfortable Schlafgemach und machte sich dann auf, um alles zu erkunden.

Der Speisewagen war so prächtig eingerichtet wie ein Speisesaal in einem großen Londoner Hotel. Die Tische hatten gestärkte weiße Leinentischdecken, und im gedämpften Schein der kleinen Tischlampen schimmerten Kristallgläser und Silberbesteck. Die Speisekarten steckten in Rahmen, die zwischen den großen, mit Vorhängen versehenen Fenstern an den Wänden hingen. Als sie weiterging, entdeckte sie einen gemütlichen Salon mit einer gut bestückten Bar, an der elegant gekleidete Stewards Getränke ausschenkten. Auf niedrigen Tischchen lagen aktuelle Tageszeitungen sowie die neuesten Hochglanzmagazine aus, und sowie Annabelle sich setzte, kam ein Steward und fragte sie, ob sie etwas trinken wolle.

Von der Umgebung ein wenig eingeschüchtert nippte Annabelle an ihrem Sherry und betrachtete die anderen Passagiere. Nach ihrer überstürzten Abreise war sie kaum zum Atemholen gekommen. Alles war in so wahnwitzigem Tempo abgelaufen, dass sie beinahe das Gefühl hatte zu träumen. Allerdings waren die Rufe der Schaffner und Gepäckträger sehr real. Genau wie der Luxus ihrer Erste-Klasse-Kabine und das Ticket in ihrer Handtasche waren sie Beweise dafür, dass sie tatsächlich unterwegs nach Paris war.

Die zwei kleinen Koffer, die sie bei sich hatte, enthielten alles, was sie an Wertvollem besaß. Für fünf Jahre Arbeit war das nicht viel, doch zumindest machte sie in ihren besten Kleidern einen respektablen Eindruck. Der helle Strohhut mit dem roten Samtband war ein Abschiedsgeschenk von Caroline gewesen und sehr schick, und auch wenn ihr dunkelblauer Mantel keiner näheren Betrachtung standgehalten hätte, war er von ordentlicher Qualität, genau wie ihre gute schwarze Lederhandtasche. Allerdings konnte sie nicht verbergen, dass ihre Schuhe abgenutzt waren, obwohl sie sie auf Hochglanz poliert hatte, und so kreuzte sie unter dem Sitz die Füße und hoffte, dass niemand hinsah.

Das Abteil begann sich zu füllen. Es wurde lauter, und sie hörte, dass hier nicht nur Englisch, sondern auch Französisch gesprochen wurde. Die Leute bestellten Getränke, zündeten sich Zigaretten an und zogen die Vorhänge zu. Einige raschelten mit Zeitungen oder falteten Reisedecken auseinander, und der Steward ging durch den Wagen, um sich zu erkundigen, welche Plätze man beim Abendessen im Speisewagen wünsche.

Annabelle war zwischen Vorfreude und Angst hin- und hergerissen. Sie war noch nie erster Klasse gereist, noch nie in Paris gewesen und auch noch nie mit dem Dampfschiff über den Ärmelkanal gefahren. Doch es gab kein Zurück, nicht jetzt, da sie über ihren Vater Bescheid wusste.

Sie fragte sich zerstreut, ob wohl erwartet wurde, dass sie sich zum Abendessen umzog, dann wanderten ihre Gedanken zu ihrem verlassenen Zimmer in der Goose Lane. Es war ein schäbiges Haus gewesen mit verzogenen Fenstern und feuchten Wänden, und zu jeder Zeit roch man, was die anderen Bewohner gerade kochten. Aber sie hatte ihr Zimmer mit ein paar gebrauchten Möbeln, Vorhängen und Teppichen nach ihrem Geschmack eingerichtet, und so hatte sie es doch etwas wehmütig zurückgelassen. Wahrscheinlich war es inzwischen bereits von den anderen Mietern geplündert worden, was sie ihnen nicht übel nahm. Aber sie würde London und George vermissen.

Sie schnappte nach Luft, als ihr einfiel, dass sie in der ganzen Eile und Aufregung keinen einzigen Gedanken an George Ashton verschwendet hatte. Wie hatte das nur passieren können? Es war schrecklich von ihr, ihn sang- und klanglos sitzen zu lassen, nachdem er von der Praxis, bei der er sich vorgestellt hatte, abgelehnt worden war. Noch dazu hatte sie seinen aufrichtigen, aber zu einem denkbar ungünstigen Zeitpunkt vorgebrachten Heiratsantrag abgelehnt. Zwar war George ihr in letzter Zeit aus dem Weg gegangen, doch es würde ihn trotzdem kränken, wenn er erfuhr, dass sie ohne ein Wort fortgegangen war, und ganz zu Recht würde er sie für maßlos egozentrisch und lieblos halten.

Unentschlossen sah sie aus dem Fenster, wo die letzten Passagiere den Bahnsteig entlanghasteten. Sie sollte zu ihm gehen oder wenigstens im Krankenhaus anrufen und ihm eine Nachricht hinterlassen. Aber konnte sie aussteigen und ihr Gepäck zurücklassen? Damit würde sie wahrscheinlich nicht nur alles verlieren, was sie besaß, sondern auch ihre Fahrkarte verfallen lassen und das Schiff verpassen. Sie rutschte auf ihrem Sitz nach vorn bis an die Kante, war kurz davor aufzuspringen, aber außerstande, eine Entscheidung zu treffen.

Sie und George hatten sich während ihrer Ausbildung zur Krankenschwester in der Klinik kennengelernt, und obwohl er sechs Jahre älter war als sie, waren sie gute Freunde geworden. Sie hatten ihre knapp bemessene Freizeit miteinander verbracht, indem sie in den Londoner Parks spazieren gingen oder den Crystal Palace besuchten. Sie hatte ihm geholfen, einen Anzug auszusuchen, als er seinen Doktor machte, und er hatte sie zum

Essen ausgeführt, nachdem sie die Schwesternprüfung bestanden hatte. Annabelle mochte ihn als Freund herzlich gern, hatte jedoch erst begriffen, dass George in sie verliebt war, als Caroline sie darauf hinwies. Auf seinen unvermittelten Antrag zum falschen Zeitpunkt hatte sie barscher reagiert als beabsichtigt. Sie war noch völlig erschüttert gewesen von ihrer Entlassung am Tag zuvor. Die ganze Zeit hatte sie überlegt, ob sie Carolines Drängen, sie nach Spanien zu begleiten, nachgeben oder ob sie dem Bedürfnis folgen sollte, in London ihren Namen reinzuwaschen. Zudem machte sie sich große Sorgen, wie wohl ihre Zukunft aussah, wenn sie nicht mehr als Krankenschwester arbeiten konnte. Wie hätte sie zu einem solchen Zeitpunkt irgendeine vernünftige Entscheidung treffen können?

Sie riss sich von ihren Gedanken los und sah, wie der Schaffner seine Fahne hob. Die letzte Tür wurde zugeschlagen. Ein schriller Pfiff gellte durch den Bahnhof, und Rauch und Dampf zogen am Fenster vorbei, als sich der Zug in Bewegung setzte. Mit gemischten Gefühlen ließ sie sich gegen die Lehne zurücksinken. Es war zu spät.

Sie unterdrückte ein reumütiges Seufzen und versprach George im Stillen, ihm sofort zu schreiben, sowie sie in Paris eingetroffen wäre. Ihre Freundschaft bedeutete ihr zu viel, um ihn einfach ohne jede Erklärung zurückzulassen.

Während der dreistündigen Zugfahrt nach Dover registrierte Annabelle, dass sie von Leuten vom Typ ihrer Eltern umgeben war, die den ganzen Luxus als selbstverständlich hinnahmen und reichlich blasiert auf all das reagierten, was sie selbst so aufregend fand. Sie verzehrte ein wohlschmeckendes Abendessen – das billigste Gericht auf der Karte –, beschränkte sich auf Mineralwasser und kehrte, nachdem sie noch eine Weile in dem überfüllten, verrauchten Salon zugebracht hatte, in ihr Schlafwagenabteil zurück. Es waren nur wenige Leute ihres

Alters im Zug, und sie fühlte sich ein wenig ausgeschlossen, als die anderen angeregt miteinander plauderten und keinerlei Versuche machten, sie einzubeziehen.

Es war herrlich ruhig in ihrem Abteil, und als sie sich ans Fenster setzte und versuchte, in der vorüberziehenden Landschaft Details auszumachen, wurde ihr bewusst, dass es schon fast Mitternacht war und sie bald in Dover eintreffen würde. Nach wie vor war es ihr ein Rätsel, wie der Zug auf das Schiff kommen sollte, denn nur so war es möglich, dass sie hier drinnen schlafen konnte.

Während der Zug durch die Dunkelheit ratterte, wanderten ihre Gedanken zu Caroline und deren Brüdern. Sie hatten erst vor kurzer Zeit fast die gleiche Reise gemacht, auch wenn ihr Ziel Madrid gewesen war und nicht Paris. Annabelle fragte sich, ob sie wohl schon angekommen waren und was für Zustände in dem vom Bürgerkrieg erschütterten Spanien herrschten.

Caroline Howden war von Kindesbeinen an ihre Freundin gewesen. Ihre älteren Brüder, Bertram und Arthur, hatten Annabelle einfach als ein zweites nerviges kleines Mädchen akzeptiert, das ihnen ständig hinterherlief. Irgendwann einmal war sie heftig in Arthur verliebt gewesen, doch zum Glück hatte er nichts davon gemerkt, und so war die Ungezwungenheit zwischen ihnen erhalten geblieben. Und jetzt waren ihre Kindheitsfreunde unterwegs in ein Kriegsgebiet, obwohl sich ihre Eltern nach Kräften bemüht hatten, sie davon abzuhalten. Annabelle konnte nur beten, dass sie alles heil überstanden.

Sie starrte hinaus in die Finsternis und musste an den Abend vor einigen Wochen denken, als sie alle gemeinsam bei den Howdens gegessen hatten. Robert und Philippa waren so gastfreundlich gewesen wie immer, doch der nette Abend war durch eine unschuldige Bemerkung ruiniert worden, die Annabelle über die Menge an Käse und Butter machte, die Arthur auf seinem Brötchen verteilte. Er hatte entgegnet, dass er sich

Reserven anfuttern müsse für den Fall, dass es in Spanien keine ausreichenden Rationen gab. Von da an war die Atmosphäre angespannt gewesen.

Als Caroline verkündete, dass auch sie nach Spanien reisen werde, war ihre Mutter in Tränen ausgebrochen, und auch dem Vater war es schwergefallen, seine Erregung im Zaum zu halten. Er hatte eine wortgewaltige, bittere Rede gehalten, die sie alle schockiert und sich in Annabelles Gedächtnis eingebrannt hatte.

»Ich zweifle nicht daran, dass dein Können als Krankenschwester in Spanien gebraucht wird«, hatte er Caroline erklärt, »aber du wirst dort nicht in einem tadellosen Krankenhaus mit frisch bezogenen Betten arbeiten oder auch nur mit der nötigsten Grundausstattung an Geräten und Medikamenten.« Mit seinen braunen Augen hatte er seine Tochter eindringlich gemustert. »Bestenfalls wirst du in einem Zelt auf einem matschigen Acker tätig sein. Chirurgen werden ohne Betäubungsmittel Männer operieren, die von Kugeln und Granaten zerfetzt wurden. Du wirst Menschen sehen, denen Gliedmaßen weggeschossen wurden, denen das halbe Gesicht fehlt und die ihre inneren Organe in der Hand halten, während sie nach ihren Müttern schreien. Und diese Schreie werden dich Tag und Nacht begleiten, Caroline – noch lange, nachdem du wieder nach Hause zurückgekehrt bist.«

Caroline hatte versucht, Einwände zu machen, doch er hatte stur darauf beharrt, es habe sich nichts geändert, seit er im Ersten Weltkrieg Soldat gewesen war. Er hatte über das endlose Sperrfeuer gesprochen, die Angriffe durch feindliche Flugzeuge, den Gestank des Todes und die tragische Sinnlosigkeit, wenn Männer als Kanonenfutter missbraucht wurden, um sich ein Stück Land anzueignen, das binnen Stunden wieder verloren gehen konnte.

Als seine Söhne versuchten, ihn zu beruhigen, war er erst

recht in Rage geraten und hatte mit der Faust auf den Tisch geschlagen. »Krieg ist blutig und böse und eine entsetzliche Verschwendung jungen Lebens«, hatte er gebrüllt. »Und es gibt keine ruhmreichen Toten. Die Toten sind tot, und alle Opfer, die sie gebracht haben, werden bald vergessen sein, wenn sich die Friedhöfe wieder füllen.«

Annabelle erschauerte bei der Erinnerung. Seine Worte hallten in ihrem Kopf wider und beschworen die schrecklichsten Bilder herauf. Sie hatte selbst erwogen, mit Caroline nach Spanien zu gehen, doch nach dieser Rede hatte sie es sich noch einmal überlegt und angefangen zu bezweifeln, dass sie jemals tapfer genug wäre, sich solchen Schrecknissen zu stellen. Doch Caroline und ihre Brüder waren standhaft geblieben. Sie wollten die Chance nutzen, ihren Teil zum Kampf gegen den Faschismus beizutragen, und sich der sehr realen Bedrohung eines neuen Weltkriegs entgegenstemmen. Annabelle bewunderte sie dafür.

Ein leises Klopfen an der Tür riss sie aus ihren Gedanken. »Ja?«

»Ihr Steward, Miss.« Er öffnete die Tür. »Alle Passagiere steigen in Dover aus und gehen zu Fuß an Bord der SS Hampton. Ich rate Ihnen, sich warm anzuziehen, Miss. Es kann sehr kalt werden, so nah am Ärmelkanal.«

»Aber ich dachte, ich darf dieses Schlafwagenabteil behalten, bis wir in Paris sind?«

Er lächelte sie an. »Das dürfen Sie auch, Miss. Die Schlafwagen der ersten Klasse gehen alle aufs Schiff, und Sie werden nicht lange warten müssen, bis sie sich wieder zurückziehen können.«

Er schloss die Tür, ehe sie ihm weitere Fragen stellen konnte. »Mein Gott«, flüsterte sie. »Ich kann es kaum glauben.« Da sie sich nicht den kleinsten Moment dieser fantastischen Reise entgehen lassen wollte, zog sie erneut Hut und Mantel an, nahm Handschuhe, Schal und Tasche und schlüpfte wieder in ihre Schuhe. Es mochte zwar schon fast Mitternacht sein, noch dazu nach einem langen, anstrengenden Tag, aber sie war hellwach.

Als sie den Salonwagen betrat, stellte sie fest, dass er fast leer war. Alle waren schon davongeeilt, um sich auf die Ankunft am Hafen vorzubereiten. Sie setzte sich ans Fenster und konnte durch den Rauch aus dem Schornstein der Lokomotive in der Ferne den Hafen und die weißen Klippen von Dover erspähen. Als sich die Räder allmählich langsamer drehten und der Zug mit einem Schnauben zum Stillstand kam, füllte sich der Salonwagen schlagartig mit aufgeregt plappernden Menschen, die entschlossen in Richtung der Türen drängten.

Annabelle blieb hinter dem ersten Ansturm zurück und folgte dann den Leuten hinaus auf den Bahnsteig. Von dort aus strömten die Passagiere der zweiten und dritten Klasse rasch in Richtung ihres Wartesaals. Der Wind blies schneidend vom Meer her, doch die salzige Luft wirkte nach dem Aufenthalt in den stickigen Wagen recht erfrischend, und sie holte tief und lustvoll Atem.

Das riesige Dampfschiff lag am Ende der Bahngleise. Sie vernahm das Rauschen der Wellen und das Kreischen der Möwen über dem Brummen seiner laufenden Motoren. Sie folgte den anderen zum Wartesaal der ersten Klasse, wo sie von Stewards in Empfang genommen wurden, die ihnen Tassen heißer Schokolade reichten, und wärmte sich die Hände an dem Feuer, das heimelig im Kamin flackerte. Neugierig, was als Nächstes passieren würde, trat sie ans Fenster, wo schon bald andere an ihre Seite traten, die diese Reise auch zum ersten Mal machten.

Gespenstisch weiße Möwen flatterten kreischend im Schein der starken Hafenlaternen, welche auch das Schiff beleuchteten, das in einer Art Schleuse zu schwimmen schien. Als das Wasser allmählich das zweite Becken füllte und die Fähre sich langsam senkte, erblickte Annabelle schließlich die Gleise auf beiden Decks.

Die Schleusentore öffneten sich, und die Fähre schob sich dicht ans Ende des Bahnsteigs, so lange, bis die Gleise exakt aufeinandertrafen. Sofort liefen die Hafenarbeiter herbei und wanden dicke Taue um die Poller, um die Fähre festzumachen.

Annabelle und die anderen drängten sich vor den Fenstern, um zuzusehen, wie die Lokomotive abgekoppelt und auf ein Nebengleis gefahren und wie die Waggons der ersten Klasse vom Rest des Zuges getrennt wurden. Schließlich wurden die Waggons einer nach dem anderen über das Gleis aufs Schiff geschoben.

Die Hafenarbeiter schufteten unter lautem Rufen und emsigem Hin- und Herlaufen, doch schließlich schienen die Waggons gleichmäßig auf beiden Seiten des Schiffs verteilt zu sein. Nachdem sie mit Ketten sicher befestigt worden waren, schlossen sich die Schleusentore erneut, und die Fähre hob sich wieder auf Meereshöhe.

»Alles an Bord«, rief der Schaffner. »Passen Sie auf, wo Sie hintreten, Ladies und Gentlemen. Achten Sie auf der Gangway auf festen Halt.«

Unter lebhaftem Geplapper trotteten sie alle wieder hinaus in die kalte, salzige Luft und erklommen vorsichtig die steile Gangway zum Schiff. Dort warteten weitere Stewards darauf, die wenigen Glücklichen mit einem Platz im Schlafwagen in Empfang zu nehmen. Im Vorübergehen erhaschte Annabelle nur einen kurzen Blick auf die Gemeinschaftsabteile. Offenbar würden die weniger Glücklichen auf ihren Sitzen schlafen müssen, doch es gab eine Art Cafeteria, in der man ein Sandwich oder eine Tasse Tee erstehen konnte.

Als der Steward leise die Abteiltür hinter ihr schloss, spähte sie nervös aus dem Fenster in die schwarze Nacht, die nur von den Hafenlichtern durchbrochen wurde. Die See schien ruhig zu sein, doch da sie sich nach wie vor innerhalb der Hafenmauern befanden, mochte das nicht viel heißen, und Annabelle hatte keine Ahnung, ob sie sich als seefest erweisen würde oder nicht.

Bis zur Wasseroberfläche schien es unendlich tief hinunter zu gehen, und in einem plötzlichen Aufwallen von Panik suchte sie nach der Schwimmweste, die sie schließlich ordentlich verstaut unter ihrem Bett fand. Sie fühlte sich nicht besonders sicher. Wenn die See rau war, würden die Waggons doch bestimmt gefährlich ins Wanken geraten, obwohl sie von schweren Ketten gehalten wurden, oder?

Sie zog entschlossen die Jalousie herunter und machte sich bettfertig. Wenn sie über alles nachgrübelte, was schiefgehen konnte, würde sie nie in den Schlaf finden. Außerdem, so sagte sie sich, fuhren die Fähren schon seit Jahren ohne jeden Unglücksfall hin und her.

Als sie schließlich in ihrem schmalen Bett lag, hörte sie die Rufe der Männer am Kai und das Rumpeln der großen Dampfmaschinen unter Deck. Mit einem Fauchen aus dem Schornstein setzte sich das Schiff in Bewegung. Als es begann, sich zu heben und zu senken, begriff sie, dass sie die Hafenmauern hinter sich gelassen hatten und jetzt die bewegte See des Ärmelkanals durchpflügten.

Annabelle entspannte sich langsam, bis die Bewegung des Schiffs ihre Ängste vertrieb. Kaum hatte sie sich in die warmen Decken gekuschelt, forderte der anstrengende, aufwühlende Tag seinen Tribut, und sie schlief ein.

Die Schritte der Menschen, die durch den engen Korridor des Waggons hasteten, weckten sie. Sie setzte sich auf und reckte sich genüsslich, ehe sie feststellte, dass es noch früh am Morgen war. Sie hatte aber in diesen wenigen Stunden einen erholsamen Nachtschlaf genossen und war nun bereit für den nächsten Teil ihrer Reise.

Annabelle schlüpfte in ihren Morgenmantel, schob die Jalousie hoch und blinzelte in die aufgehende Sonne, die bereits auf dem Wasser glitzerte. Das Meer war glatt und glasklar, und die weiße Kielwelle des Schiffs kräuselte sich träge über dem Blau.

Ein diskretes Klopfen an der Tür ertönte, und eine Stewardess trat mit einem großen Tablett ein, das sie auf den kleinen Tisch am Fenster stellte. »Wir legen erst in einer Stunde an«, erklärte sie mit einem freundlichen Lächeln. »Sie brauchen sich mit Ihrem Frühstück also nicht zu beeilen.«

Annabelle erwiderte ihr Lächeln und setzte sich an das Tischchen. Als sie die silbernen Hauben von den heißen Platten hob, fand sie Rührei, gebratenen Speck, Toast und warme Croissants. Dazu gab es eine Kanne Tee mit Milch oder Zucker und Zitronenscheiben sowie kleine Schälchen mit Orangen- und Erdbeermarmelade. Ihr lief das Wasser im Mund zusammen, und sie merkte erst, als sie zu essen begann, wie hungrig sie war. Die Eier waren locker, der Speck knusprig – genau wie sie es mochte – und das Croissant so zart, dass es ihr auf der Zunge zerging.

Nachdem sie sich satt gegessen hatte, wusch sie sich und zog sich für die Weiterreise an, ehe sie an Deck ging, um einen ersten Blick auf die französische Küste zu werfen. Mittlerweile war es heller geworden, und so erkannte sie einen langen Streifen Strand, sandige Dünen und kleine Häuser dicht am Ufer, wo bereits die ersten Fischerboote die Segel setzten in der Hoffnung auf einen frühen Fang.

Da gerade Hochwasser herrschte, musste sich die Fähre nicht der Prozedur mit der Schleuse unterziehen und darauf warten, dass sie den entsprechenden Wasserpegel erreichte, sondern konnte direkt am Kai anlegen. Annabelle und die anderen Passagiere folgten der Anweisung, das Schiff zu verlassen, und sahen zu, wie die Erste-Klasse-Waggons vom Schiff rollten und an die wartende Lokomotive angehängt wurden. Sobald sämtliche Wagen an Ort und Stelle waren, stiegen alle ein.

Viele der Passagiere kehrten in ihre Schlafabteile zurück, doch Annabelle war viel zu aufgeregt, um zu schlafen, und außerdem entschlossen, sich keine Minute dieses außergewöhnlichen Abenteuers entgehen zu lassen. Sie ergatterte einen Fensterplatz im Salon, und als sich die großen Eisenräder zu drehen begannen und der Rauch aus dem Schornstein der Lokomotive stieg, blickte sie auf die Landschaft Frankreichs hinaus.

Die Gegend erinnerte sie an die südlichen Grafschaften Englands, denn es gab nur wenige Hügel, stattdessen vorwiegend flaches Ackerland. Ab und zu tauchte ein Dörfchen auf. Manchmal wurde sie deutlich daran erinnert, dass sie in Frankreich war, wenn sie durch Orte fuhren, in denen sich die unvermeidlichen Kirchtürme über dicht gedrängten roten Ziegeldächern erhoben. Es gab breite Streifen gepflügter Felder sowie einsame Scheunen und Bauernhäuser aus hellem Stein, Reihen hoher, schlanker Pappeln und undurchdringlich wirkende dunkle Wälder.

Annabelle fand alles hinreißend und winkte fröhlich den Kindern zu, die aus den Häusern kamen und dem Zug nachsahen. Sie sah andere Kinder auf ihrem Schulweg, Nonnen, die aus einer Kirche traten und deren Hauben wie große weiße Flügel leuchteten, und Hausfrauen auf dem Heimweg vom Bäcker, lange Baguettestangen unter dem Arm. Es war alles so typisch französisch. Mit seinem weiten Horizont und dem endlosen Himmel wirkte das Land fremd, dennoch hatte Annabelle das Gefühl, dass es ihr hier gefallen würde.

Je mehr sich der Zug Paris näherte, desto hektischer wurde die Atmosphäre, und die Leute redeten lauter, während sie nach verlorenen Handschuhen suchten und sich auf die Ankunft vorbereiteten. Annabelle kehrte in ihr Schlafwagenabteil zurück, packte Nachthemd und Waschbeutel ein und vergaß auch nicht, ein Trinkgeld für die Stewards liegen zu lassen. Da sie lediglich zwei leichte Koffer hatte, brauchte sie niemanden um Hilfe zu bitten, sondern trug sie einfach selbst in den Salonwagen und stellte sie neben sich ab.

Der Schaffner kam und verkündete, dass sie in fünf Minuten ankommen würden, und Annabelles Herz begann vor Aufregung und Angst zu klopfen. Sie hatte schon viel von Tante Aline gehört, sie aber nie kennengelernt. Nach nur drei Jahren Ehe verwitwet war sie erst vierzig Jahre alt und führte Camille zufolge ein liederliches Lotterleben als Künstlerin. War Aline wirklich eine solche Bohemienne, wie ihre Mutter behauptete? Hatte sie tatsächlich das Haus voller Schriftsteller, Dichter, Musiker und Künstler – und wäre Annabelle dort überhaupt willkommen?

Sie kramte in ihrer Handtasche nach dem Brief, den Camille an ihre Schwester geschrieben hatte, und prägte sich die Adresse ein. Dann zog sie den Stadtplan zurate, den sie gekauft hatte, während die Waggons von der Fähre manövriert worden waren. Aline wohnte in der Rue de l'Arbre Nummer vier, einer kleinen Sackgasse, die zwischen dem dritten und dem vierten Arrondissement vom Boulevard de Strasbourg abzweigte. Als Annabelle mit dem Finger den Boulevard und dessen Verlängerung bis hinab zur Seine entlangfuhr, wurde ihr klar, dass der Stadtplan nicht genau genug war, um jedes kleine Sträßchen zu enthalten. Doch zumindest wusste sie, wo sie suchen musste, also sollte es nicht allzu schwierig werden.

Ächzend schob sich der Zug in den Bahnhof, und alle Passagiere drängten zu den Türen. Die Koffer in der Hand wartete Annabelle ungeduldig, bis sie aussteigen konnte. Endlich stand sie auf dem Bahnsteig. Unter der hohen Glaskuppel des Gare du Nord dröhnten die Bahnhofsgeräusche noch lauter, das Rattern der eisernen Räder auf den Gleisen, vermischt mit der unverständlich hallenden Stimme der Lautsprecheransage, die im aufgeregten Geplapper der Leute und den gellenden Pfiffen der Schaffner fast unterging.

Beim Zoll zeigte sie ihren Pass vor und wurde durchgewinkt, ohne dass man ihr Gepäck kontrolliert hätte. In der belebten Bahnhofshalle beobachtete sie die umhereilenden Menschen und lauschte dem schnell gesprochenen Französisch der Passanten. Sie hatte die Sprache in den letzten fünf Jahren kaum gesprochen und wusste, dass sie aus der Übung war. Aber bestimmt würde es nicht lange dauern, so sinnierte sie, bis sie auf Französisch zu denken und zu träumen begann.

In jeder Hand einen Koffer schritt sie zum Ausgang und trat in einen kühlen, sonnigen Pariser Morgen hinaus. Der Lärm des dichten Verkehrs auf dem Kopfsteinpflaster überrumpelte sie. Doch über den dröhnenden Hupen und den schrillen Pfiffen eines Gendarms, der den Verkehr zu regeln suchte, vernahm sie das klare Läuten einer Kirchenglocke, die die Viertelstunde schlug.

Frauen eilten vorüber, elegant und dennoch dem kalten Wetter angemessen gekleidet. Die Männer trugen ihre Hüte schräg auf dem Kopf, und ihre Anzüge und Mäntel waren besser geschnitten und von feinerer Qualität, als Annabelle es aus London kannte. Der Geruch von französischen Zigaretten, Knoblauch und Olivenöl kam von einem Bistro in der Nähe herübergeweht, und sie war versucht, hineinzugehen und sich eine Tasse Kaffee zu gönnen. Doch sich in ein Lokal zu setzen und die Welt an sich vorüberziehen zu lassen war ein Vergnügen, das auf ein andermal verschoben werden musste, denn zuerst musste sie das Haus ihrer Tante finden.

Sie musterte die vielen Taxis, die in mehreren Reihen am Straßenrand warteten, und beschloss, dass ihre Koffer leicht genug waren; sie hatte es nicht weit, und zu Fuß zu gehen würde Geld sparen. Es war ein herrlicher Tag, ideal um sich zu orientieren und die Atmosphäre dieser einzigartigen Stadt zu schnuppern. Sie warf einen letzten Blick auf den Stadtplan und steckte ihn in die Manteltasche, ehe sie in die Straße mit dem eher unglücklichen Namen Rue de l'Abattoir einbog und weiterging in die Rue de Saint-Quentin, die sie zum Boulevard de Strasbourg führen sollte.

Während sie alles, was es in dieser quirligen Stadt zu sehen und zu hören gab, begierig aufsog, fiel ihr auf, wie sauber und ordentlich es hier war. Weder lag Abfall auf den Straßen, noch waren die Häuserwände verschmiert; in den kleinen Cafés waren die Tische draußen auf dem Trottoir mit farbigen Markisen überdacht, Läden lockten mit bunten Schaufenstern, und die unzähligen schmiedeeisernen Balkone vor den hohen grauen Häusern wirkten durch Blumentöpfe mit Küchenkräutern und Winterstiefmütterchen noch reizvoller. Ein kaum wahrnehmbarer Geruch nach Abwasser mischte sich in die angenehmeren Düfte, doch Annabelle war an die überlaufenden Gullys von Ost-London gewöhnt und akzeptierte dies als einen Teil des städtischen Lebens.

Trotz ihrer Ehrfurcht und Begeisterung darüber, hier zu sein, dauerte es nicht lange, bis sie es bereute, kein Taxi genommen zu haben. Ihre Koffer schienen mit jedem Schritt schwerer zu werden, und der Weg war länger, als es auf dem Stadtplan ausgesehen hatte. Als sie das Seineufer vor sich sah, begriff sie, dass sie ihre Abzweigung verpasst hatte.

Mit einem ergebenen Seufzen überquerte sie die Straße und ging die breite Uferpromenade entlang in Richtung Pont Neuf. Von ihrer Mutter wusste sie, dass dies die älteste Brücke in ganz Paris war, was sie neugierig machte. Sie schlenderte gemächlich auf die Brücke, bis sie in deren Mitte angelangt war. Hier stellte sie die Koffer ab, beugte und streckte mehrmals ihre tauben Finger und bewunderte die Bronzestatue von Heinrich IV. auf seinem Pferd, ehe sie sich an die steinerne Brüstung lehnte, um die Aussicht zu genießen.

Die beiden anmutigen Bögen des Pont Neuf spannten sich über die Île de la Cité mit der Place Dauphine und dem weitläufigen Bau der Sainte-Chapelle. Beim Blick in die andere Richtung sah sie das großartige Louvre-Museum und ganz weit links die Spitze des Eiffelturms. Weitere fünf Brücken überspannten den Fluss, ehe er eine Kurve nach Westen beschrieb. Als sie den Blick wieder zurückwandte, erkannte sie hinter den Türmen der Kathedrale von Notre-Dame noch viele weitere Brücken.

Das ist also Paris, dachte sie ehrfürchtig. Unter dem klaren blauen Himmel ausgebreitet, durchzogen von einem rasch fließenden, dunklen Fluss unter Brücken, die schon seit Jahrhunderten hier standen, lag die Stadt da. Nach dem Smog und Schmutz Londons war sie wie ein wertvolles Geschenk. Fast spürte Annabelle die Geschichte, die sie umgab, fast fühlte sie den Herzschlag der Stadt unter ihren Füßen, als sie den Boulevard mit seinen herrlichen Bäumen entlangblickte und die zeitlose Grazie der hohen Häuser bewunderte, deren Fensterscheiben die Sonne reflektierten. Kein Wunder, dass man Paris die Stadt der Liebe nannte und dass es als einer der romantischsten Orte der Welt galt.

Eine Welle der Erregung stieg in ihr auf, in die sich Hoffnung ebenso wie Skepsis mischten. Würde auch sie hier die Liebe finden – oder würde sie es einfach nur genießen, hier zu sein? Bestimmt würde sie sich verlieben, dachte sie. Aber es wäre diese wunderschöne Stadt, die ihr das Herz rauben würde.

3

Paris

Henri-Pascal Baptiste und Etienne Benoît kannten sich seit ihrer frühesten Kindheit, die sie beide in einem abgelegenen, von der Landwirtschaft geprägten Dörfchen zwischen der französischen Stadt Bayonne und der spanischen Grenze verbracht hatten. Sie gehörten dem in der dortigen Region ansässigen Volk der Basken an und sprachen sowohl Spanisch und Französisch als auch Baskisch. Mit ihren schwarzen Haaren und dem olivfarbenen Teint ähnelten sie einander wie Brüder, sie unterschieden sich nur durch Henris blaue Augen voneinander. Beide waren sechsundzwanzig Jahre alt, Henri einen Monat älter als Etienne. Der abenteuerlustige Etienne war ein Hitzkopf und immer derjenige von beiden, der sie in Schwierigkeiten brachte – und Henri mit seinem spitzbübischen Grinsen und seinen blauen Augen holte sie dann wieder heraus.

Sie hatten sich noch nie für Landwirtschaft interessiert, nicht einmal als Kinder, und obwohl sie ihren Vätern und Onkeln auf dem Feld geholfen hatten, zogen sie die Stille und Einsamkeit der weiten Ebenen vor, die sich zwischen den Gipfeln der Pyrenäen und der wilden Brandung der Biskaya erstreckten. Als Jungen hatten sie sich eine Hütte aus Treibholz und an der Küste gesammelten Steinen gebaut, die ihnen als Versteck diente. Das Dach hatten sie mit Gras, Torf und Blechstücken gedeckt, die am Strand herumlagen. Hier zeichnete und malte Henri seine Bilder, und hier schrieb Etienne wilde Abenteuergeschichten und führte Tagebuch.

»Erinnerst du dich noch an unsere kleine Hütte?«, fragte

Henri, als sie nach ihrem morgendlichen Rundgang durch die Galerien des Louvre am Seineufer entlang zurückschlenderten.

»Natürlich, aber wie kommst du gerade heute darauf?«

Henri zuckte die Achseln und blieb stehen, um sich umzublicken, während der Verkehr weiter über das Kopfsteinpflaster rauschte. »Ich weiß nicht«, gestand er, »aber manchmal sehne ich mich nach dem Frieden und der Abgeschiedenheit, die wir dort hatten. Ich habe gemalt, und du hast geschrieben, und irgendwie hatten wir mit dem Rest der Welt nichts zu tun, während hier ständig Lärm und Getriebe herrschen und andauernd jemand etwas von einem will.«

Etienne stellte sich neben ihn und lehnte sich mit dem Rücken gegen die Brüstung am Seineufer, um sich eine Zigarette anzustecken. »Wir sind nach Paris gekommen, um unser Glück zu machen«, sagte er, während er den Rauch ausblies. »Du bereust es doch nicht nach all der langen Zeit, oder?«

Henri schob die Hände in die Hosentaschen und atmete den frischen Duft der Seine tief ein. »Eigentlich nicht. Aber wenn ich nur endlich einen Mäzen finden würde, der mich unterstützt. Es sind jetzt schon fast sieben Jahre, Etienne, und noch immer muss ich meine Seele an die Touristen am Montmartre verkaufen, um mir das Dach über dem Kopf leisten zu können. Wenn ich mir die großartigen Gemälde im Louvre anschaue, frage ich mich, ob ich nicht alles hinwerfen und zurück nach Hause fahren soll.«

Etienne zog eine dunkle Augenbraue hoch, und seine fast schwarzen Augen weiteten sich erstaunt. »Du klingst aber auf einmal reichlich selbstmitleidig.« Sein hübsches Gesicht verzog sich zu einem breiten Grinsen. »Hat dich die kleine Amélie wegen eines reicheren und schneidigeren Kerls sitzen lassen? Ist es das?«

Henri lachte und lehnte sich ebenfalls gegen die Brüstung. »Amélie macht, was sie will, und hat immer ein Auge auf den dicksten Fisch an der Angel. Sie würde sich nie an einen so mittellosen Mann wie mich binden. Aber sie war ein gutes Modell – und billig.«

Etienne stimmte in sein Lachen mit ein. »Es gibt viele hübsche Mädchen in Paris, die für dich Modell stehen würden, Henri. Und die meisten davon werden billig zu haben sein, wenn du deine blauen Augen blitzen lässt und ihnen dein betörendstes Lächeln schenkst.«

Etienne sah Henri an, und auf einmal wurde seine Miene wesentlich ernster. »Wenn dich schon so die Unruhe plagt, hast du dann vielleicht noch einmal über das nachgedacht, was wir gestern Abend besprochen haben?«

Henri zündete sich nun auch eine Gauloise an, riss sich von seinen Gedanken an die üppige, aber unzuverlässige Amélie los und wandte sich dem wesentlich ernsteren Thema des Spanischen Bürgerkriegs zu. Die Basken hatten seit jeher unter Franzosen als auch Spaniern gelitten, aber jetzt, da die Faschisten drohten, Spanien zu überrennen und in ganz Europa Unheil anzurichten, brachte sein natürlicher Patriotismus einen bislang verborgen gebliebenen Kampfgeist zum Blühen.

»Ich bin genau wie du der Meinung, dass wir etwas tun müssen«, antwortete er schließlich. »Aber wir sind beide keine Kämpfer. Zu was sind wir nütze, wenn wir uns einmischen?«

»Du kannst ebenso gut mit einem Gewehr umgehen wie ich. Das haben unsere Väter uns beigebracht, sowie wir alt genug waren, um eine Waffe zu halten. Und wir können so gut reiten wie jeder andere, falls Pferde in dieser Sache eine Rolle spielen sollten.« Etienne musterte seinen Freund nachdenklich und stieß ihn mit dem Ellbogen an. »Du hast doch nicht etwa Angst, oder?«, spöttelte er.

»Doch, die habe ich«, sagte Henri in ausdruckslosem Tonfall. »Ich bin Künstler, kein Soldat, und jeder vernünftige Mensch würde das zugeben.« Sein düsterer Gesichtsausdruck verwandelte sich in ein Grinsen. »Aber du warst schließlich nie vernünftig, Etienne. Und ich war es auch nicht, als ich mich von dir habe überreden lassen, nach Paris zu gehen.«

»Jedenfalls haben wir zusammen einige Abenteuer erlebt, nicht wahr?«, erwiderte Etienne mit einem Lächeln. »Weißt du noch, als wir mit fünf oder sechs Jahren etwas zu essen in einen Beutel gepackt haben und in die Berge gezogen sind, um nach einer sagenumwobenen Schimäre zu suchen? Und als wir acht waren, haben wir aus Ästen ein Floß gebaut und versucht, damit nach Amerika zu fahren.«

Henri legte seinem Freund einen Arm um die Schultern und drückte ihn herzlich. »Unsere Väter haben uns ziemlich vermöbelt, als wir nach vier Tagen halb verhungert und vor Angst schlotternd wieder nach Hause kamen, nachdem unser Floß gesunken war und wir fast ertrunken wären. Es war reines Glück, dass uns dieser alte Fischer rechtzeitig rausgezogen hat, sonst stünden wir heute nicht hier. Du bist eine Landplage, Etienne, und das wirst du immer bleiben.«

Etienne erwiderte Henris Lächeln, denn er kannte ihn schon zu lange, um sich von seinen Worten beleidigt zu fühlen. Er rauchte seine Zigarette zu Ende, warf sie ins Wasser und sah sie mit der raschen Strömung entschwinden. »Also«, sagte er und wandte sich erneut zu Henri um, »kommst du nun mit oder nicht?«

»Ich muss wohl«, antwortete er seufzend. »Irgendjemand muss ja da sein und dich retten, wenn du immer wieder in der Patsche sitzt.«

Sie grinsten einander an wie Schuljungen und setzten ihren Weg in Richtung Pont Neuf fort. »Eines Tages«, sagte Etienne, den Blick auf die eleganten Häuser am Ufer der Seine gerichtet, »werde ich reich und berühmt sein und ein solches Haus besitzen. Dann lade ich Künstler, Schriftsteller und Dichter ein, darin zu wohnen, und verbringe meine letzten Jahre damit, dazusitzen und auf die Seine zu schauen, in Gedanken bei den Abenteuern, die ich erlebt, und den Frauen, die ich geliebt habe.«

»Gibt es auch für mich einen Platz in diesem schönen Haus?«

»Du hast dann dein eigenes«, erklärte Etienne fröhlich. »Wir können ja Nachbarn sein.«

»Dann müssen wir aber wesentlich mehr Geld verdienen als jetzt«, gab Henri zu bedenken. »Ich habe in den letzten Monaten nur ganz wenige Bilder verkauft, und auch wenn ich mit den schnellen Porträts, die ich von Touristen zeichne, genug verdiene, um mich über Wasser zu halten, so bringen sie doch längst nicht genug ein, dass ich mir mehr leisten könnte als eine Dachkammer, geschweige denn ein solches Haus.«

»Also, mir geht es gar nicht so schlecht«, sagte Etienne, wie gewohnt ohne jede Bescheidenheit. »Mein Gedichtband verkauft sich ziemlich gut, und der Verlag hat mich aufgefordert, ein Tagebuch zu verfassen, wenn wir in Spanien sind. Außerdem hatte ich die geniale Idee, mit dem Herausgeber von *Le Monde* zu sprechen, und der hat mich beauftragt, einen monatlichen Artikel über den Fortgang des Krieges aus meiner Sicht zu schreiben.«

Henri warf einen kurzen Blick auf Etiennes ziemlich selbstgefällige Miene und dachte sich, wie typisch es war, dass er sogar mitten im Krieg die Werbetrommel für sich schlug – aber sein Freund war ja noch nie zimperlich gewesen, wenn es darum ging, jede noch so geringe Gelegenheit zum Geldverdienen zu ergreifen und seine Talente anzupreisen. »Das ist ja schön für dich, Etienne, aber ich habe keinerlei Ersparnisse, also wie soll ich finanziell überleben, solange wir fort sind?«

Etienne legte Henri einen Arm um die Schulter. »Keine Sorge, mein Freund. Ich habe dich gegenüber dem Herausgeber erwähnt, und er ist sehr interessiert daran, dass du vor Ort spontane Skizzen anfertigst, die meine Artikel illustrieren. Er wird dich gut bezahlen. Ich habe alles arrangiert.«

Henri prustete los. »Du bist wirklich unmöglich«, lachte er. »Woher hast du gewusst, dass ich mich auf so etwas einlasse?«

Etienne zuckte die Achseln. »Weil ich dich kenne und weil du ohnehin zeichnen wirst wie der Teufel, also warum sollst du dich nicht dafür bezahlen lassen?«

Sie schlenderten weiter, bis Henri seine Taschenuhr aus der Weste zog und tief seufzte, als er sah, wie spät es bereits war.

»Jetzt schaust du schon zum dritten Mal auf dieses Ding«, sagte Etienne mit einem wissenden Glitzern in den Augen. »Wer ist denn die Glückliche?«

»Diesmal kein Mädchen, mein Freund. Aber es gibt einen Interessenten für mein neustes Bild, und ich muss noch die letzten Pinselstriche anbringen, ehe er morgen zu einer zweiten Besichtigung kommt. Wenn ich zu lange warte, stimmt das Licht nicht mehr.«

»Das sind ja fantastische Neuigkeiten. Glaubst du, er ist ernsthaft an einem Kauf interessiert, oder ist es nur wieder so einer, der deine Zeit verschwendet und sich einbildet, er wüsste alles über Kunst, obwohl er in Wirklichkeit keine Ahnung hat?«

»Er scheint ziemlich ernsthaft interessiert. Er ist ein wohlhabender Kaufmann und Stammgast im Café – und er hat eine stetig wachsende Kunstsammlung.«

Henri merkte, dass Etienne gar nicht richtig zuhörte. Sein Blick war in die Ferne gerichtet, er dachte eindeutig an etwas ganz anderes – und das konnte nur eines bedeuten. Als Etienne schließlich stehen blieb und einen leisen anerkennenden Pfiff ausstieß, wusste Henri, dass er recht gehabt hatte, und folgte Etiennes Blick zu der jungen Frau, die seine Aufmerksamkeit gefesselt hatte.

»Sieh sie dir nur an, Henri«, flüsterte er. »Sieh dir das Mädchen mit den Koffern und dem Stadtplan an. Glaubst du, sie hat sich verlaufen?«

»Gut möglich«, antwortete er trocken, während er die schlanke Gestalt des dunkelblonden Mädchens auf der Brücke betrachtete. »Aber sie ist ja wohl kaum dein Typ – nicht genug Kurven.«

»Ach, ich weiß nicht.« Etienne legte den Kopf schief und musterte sie nachdenklich. »Mädchen müssen nicht unbedingt Kurven haben, um attraktiv zu sein. Der Hut ist sehr schick und die Handtasche auch, aber es ist ein Jammer, wie wenig Stil dagegen der Mantel und die Schuhe haben.« Grinsend wandte er sich zu Henri um. »Ich wette einen Sou, dass sie Engländerin ist und sich verlaufen hat.«

»Ich wette gar nichts«, erwiderte der andere. »Du gewinnst ja doch immer, vor allem, wenn es um Frauen geht.«

»Dann lass uns doch herausfinden, ob ich auch diesmal recht habe, was meinst du?«

Als sie sich der Brücke näherten und das Profil der jungen Frau deutlicher ausmachen konnten, registrierte Henri, was für einen strahlenden Teint sie besaß und wie zart ihre Nase und ihr Kinn waren. Ihr Haar quoll lockig unter dem Hut hervor, eine Mischung aus Weizenblond und hellen Brauntönen, und unter dem biederen Mantel zeichnete sich ihre schlanke Figur ab. Ihre Beine waren wohlgeformt, die Fesseln schmal, und die Art, wie sie den Stadtplan studierte und sich in der Umgebung umsah, besaß eine gewisse Grazie.

Etienne preschte bereits voran, und Henri musste sich beeilen, um ihn einzuholen. Es war immer lehrreich, dem Freund dabei zuzusehen, wie er gegenüber einem Mädchen seinen Charme einsetzte, und er fragte sich, wie diese junge Frau wohl reagieren würde – vor allem, wenn sie Engländerin war.

»*Bonjour, Mam'selle*«, sagte Etienne, während er seine Baskenmütze abnahm und ihr sein strahlendstes Lächeln schenkte.

»Sind Sie zu Besuch in unserer Stadt?« Er sprach französisch und sehr schnell, was dazu angetan war, sie zu verwirren. »Können wir Ihnen helfen, den Weg zu finden?«

Als sie sich zu ihnen umwandte, war Henri sprachlos angesichts der Farbe ihrer außergewöhnlichen Augen, ihrer makellosen Haut und der Art, wie sich ihr schöner Mund zu einem so herrlich warmen Lächeln verzog. Sie war absolut umwerfend, und als ihre Blicke sich trafen, durchzuckte es ihn wie ein Blitz, der sein Herz zum Rasen brachte.

»Vielen Dank. Ich muss tatsächlich zugeben, dass ich mich verlaufen habe«, antwortete sie in perfektem Französisch. »Könnten Sie mir vielleicht zeigen, wo die Rue de l'Arbre ist? Ich finde sie auf diesem Stadtplan nicht und muss wohl schnurstracks an ihr vorbeigegangen sein.«

Henri registrierte, dass Etienne genauso fasziniert von ihren Augen und ihrem fließenden Französisch war, denn er schien – ganz ungewohnt für ihn – völlig aus dem Konzept geraten zu sein und stand nur noch da und starrte sie an. »Sie müssen meinen Freund entschuldigen«, erklärte Henri rasch. »Er kommt vom Land, und seine Manieren sind noch ein bisschen ungeschliffen.«

Da musste sie lachen, und Henri schmunzelte. Sie war perfekt, einfach nur perfekt, und er hätte sie am liebsten sofort in sein Atelier mitgenommen und auf einem Gemälde verewigt … oder, besser noch, sie in die Arme geschlossen und ihre weichen Lippen auf seinen gespürt. Er räusperte sich. »Ich heiße Henri-Pascal Baptiste, und mein stummer Freund hier ist Etienne Benoît.«

»Annabelle Blake«, erwiderte sie, während sie sich die Hände schüttelten.

»Dann sind Sie also Engländerin«, flüsterte Henri.

Sie lächelte und sah ihm direkt in die Augen, und sein Herz schlug noch schneller. »Ja, aber meine Mutter ist Französin, und sie hat mir ihre Sprache von klein auf beigebracht.« Sie blickte amüsiert von dem einen jungen Mann zum anderen, offenbar verblüfft von der Wirkung, die sie auf die beiden ausübte.

»Also«, fuhr sie in ihrem tadellosen Französisch fort, »könnten Sie mir jetzt den Weg zur Rue de l'Arbre zeigen?«

Etienne riss sich zusammen. »Die kennen wir gut«, sagte er. »Wollen Sie dort jemanden besuchen?«

»Meine Tante, Aline Fournier.«

»Aline ist Ihre Tante? Na, so was – wir sind gut mit Aline befreundet, nicht wahr, Henri?«

»Allerdings«, antwortete Henri, froh, diesem reizenden Geschöpf helfen zu können. Er sah auf ihre Koffer. »Sind Sie auch Künstlerin?«

Sie schüttelte lächelnd den Kopf. »Ich habe nicht die geringste künstlerische Ader. Ich bin Krankenschwester.«

Henri musterte sie nun mit neuem Interesse und stellte sie sich in Schwesterntracht vor, das herrliche Haar fast ganz unter einer gestärkten weißen Haube verborgen. Er merkte, dass sie ihn beobachtete, vielleicht sogar seine Gedanken las, und riss sich zusammen. »Sie können sich glücklich schätzen, eine solche Tante zu haben. Alines Haus steht uns armen Künstlern und Schriftstellern offen, und ihr Abendsalon ist einer der renommiertesten von ganz Paris.«

Er fing Etiennes spöttischen Blick auf und begriff, dass er ins Schwadronieren geraten war, daher verstummte er, ehe er sich noch komplett lächerlich machte.

Sie schien es nicht bemerkt zu haben. »Mein Gott, ich wusste gar nicht, dass sie so bekannt ist«, sagte sie und musterte Henri aufmerksam. »Dann sind Sie also beide Künstler?«

»Ich bin Maler«, antwortete er. »Etienne ist Schriftsteller und Dichter.«

»Ein *veröffentlichter* Schriftsteller und Dichter«, korrigierte Etienne bissig.

»Wie überaus verdienstvoll«, bemerkte sie anerkennend, ehe sie sich wieder Henri zuwandte. »Ich fürchte, dass Tante Aline nicht damit rechnet, dass ich plötzlich auftauche«, sagte sie zögernd. »Glauben Sie, dass sie überhaupt Platz für mich hat, wenn sie so beliebt ist?«

»Aline hat für alle Platz«, erklärte Etienne großspurig. »Henri, willst du nicht die Koffer der Dame tragen?«, sagte er und reichte Annabelle seinen Arm. »Es kann schwierig sein, über dieses Kopfsteinpflaster zu gehen, wenn man nicht daran gewöhnt ist, also stützen Sie sich lieber auf mich«, raunte er ihr verschwörerisch zu.

Wieder einmal verwünschte Henri Etiennes Fähigkeit, sich in jeder Situation in den Vordergrund zu drängen. Seufzend griff er nach den beiden Koffern und schloss zu den beiden auf. »Es ist nur ein kurzes Stück von hier entfernt, aber man kann es leicht übersehen«, erklärte er, während er an Annabelles andere Seite trat. »Zuerst kommt eine kurze, schmale Gasse ohne Namen, und von der geht dann die Rue de l'Arbre in einem spitzen Winkel ab.«

»Machen Sie Urlaub bei Ihrer Tante?«, fragte Etienne, entschlossen, sich wieder in den Mittelpunkt ihrer Aufmerksamkeit zu rücken. »Falls ja, würde ich Ihnen gerne noch die Stadt zeigen, bevor ich nächsten Monat nach Spanien reise.«

Henri registrierte ihren erstaunten Blick. »Wir fahren alle beide«, sagte er eilig, damit ihm Etienne nicht gänzlich die Schau stahl. »Es ist uns wichtig, den Faschisten zu zeigen, dass sie weder in Frankreich noch in Spanien toleriert werden.«

»Ja, ich habe all diese Argumente schon in England gehört«, sagte sie. »Eine Freundin von mir, auch eine Krankenschwester, ist sogar bereits mit ihren Brüdern nach Spanien gereist.«

»Haben Sie vor, sie dort zu besuchen?«, erkundigte sich Henri, als sie an der kleinen Gasse anlangten, die zur Rue de l'Arbre führte. »Wenn ja, könnten Sie mit uns reisen.«

»Das ist sehr nett von Ihnen, aber ich habe mich wirklich noch nicht entschieden. Ich muss mich erst einmal hier einleben und mich neu orientieren.«

»Natürlich, natürlich«, murmelte Etienne, während er sie durch die Gasse führte. Irgendwo übte jemand Geige, und als sie in die Sackgasse einbogen, in der Aline Fournier wohnte, hörten sie die Musik immer deutlicher.

Die Gasse bestand aus zwei kurzen Reihen aneinandergebauter mehrstöckiger Häuser. Von ihren Türen führten, über die Kellerfenster hinweg, jeweils ein paar Stufen auf das Kopfsteinpflaster hinunter. Die Fenster der dreistöckigen Häuser hatten alle hölzerne Läden in verschiedenen Farben und befanden sich in unterschiedlichen Stadien der Reparaturbedürftigkeit. Es gab Blumenkästen mit Kräutern und Winterblumen, und zur Linken zogen sich die knotig verschlungenen Äste einer Glyzinie die weiß verputzten Mauern hinauf. Am Ende der Sackgasse lag ein Haus mit verschnörkeltem Eisenzaun und einem Tor, das die Grenze zu dem friedlichen Park dahinter markierte. Die Geigenmusik schien aus einem seiner Dachzimmer zu kommen.

»Oh, wie reizend es hier ist«, hauchte Annabelle, als sie den knorrigen alten Baum sah, der am Ende der Sackgasse stand. »Blüht er im Frühjahr?«

»Allerdings«, sagte Henri, der den Baum im Lauf der Jahre mehrfach gezeichnet und gemalt hatte. »Es ist eine uralte Magnolie, und ihre Blüten sind ganz wundervoll.« Er trug Annabelles Koffer die Treppe zu dem Haus mit den blauen Fensterläden hinauf und stieß nach nur einem Schlag mit dem Türklopfer die Haustür auf.

»Aline«, rief er. »Ich bin's, Henri-Pascal, und ich habe dir einen Überraschungsbesuch mitgebracht.«

Annabelle staunte nicht schlecht über die lässige Art, mit der Henri das Haus ihrer Tante betreten hatte. Sie ließ vermuten, dass er Aline gut kannte. Ihr war immer noch ein wenig beklommen zumute, weil sie nicht wusste, ob ihre unerwartete Ankunft willkommen wäre.

»Keine Sorge. Aline wird Sie schon nicht beißen«, versicherte ihr Etienne mit einem sanften Schmunzeln, als sie die Treppe hinaufstiegen. »Vielleicht umarmt sie Sie zu Tode oder stopft Sie mit Essen voll, bis Sie fast platzen, aber sie ist niemals unfreundlich.«

Annabelle wollte gerade etwas entgegnen, als im Inneren des Hauses eine Stimme erklang. »Was führst du da schon wieder im Schilde, du schlimmer Junge? Bestimmt irgendwelchen Unfug, und ich wette, dass Etienne mit von der Partie ist.«

Aline trat aus dem Dunkel im hinteren Teil des Hauses in den hell erleuchteten Flur, eine elfengleiche Gestalt in mehreren lockeren Schichten Seidenjersey und zinnoberrotem Chiffon, behängt mit unzähligen bunten Perlenketten. Sie hatte einen wilden Wuschelkopf in einem unmöglichen Rot und hielt sich die Haare mit einem orangefarbenen Seidenschal aus dem Gesicht. Ihre Lippen und Fingernägel waren ebenso scharlachrot wie ihre orientalischen Hausschuhe. Ihre Finger zierten unzählige breite Ringe, Armreifen klirrten an ihren Handgelenken, und lange rot-goldene Anhänger baumelten an ihren Ohren. Für eine Frau von vierzig Jahren wirkte sie erstaunlich jung und sorglos.

»Du bist ein Schlingel«, sagte sie und drückte Henri einen geräuschvollen Schmatz auf jede Wange. »Du kommst immer gerade im rechten Moment, wenn es Kaffee und Kuchen gibt. Und wo ist dein Komplize, und wer ist dieser geheimnisvolle Besuch?«

Annabelle trat reichlich nervös durch die Tür. »Das bin ich, Tante Aline. Camilles Tochter Annabelle.«

Die großen dunklen Augen wurden noch größer, Aline öffnete den Mund, und schließlich legte sich ein breites, strahlendes Lächeln über ihr Gesicht. »Annabelle? Ich kann es gar nicht glauben. Was für eine Freude!«

Ehe Annabelle antworten konnte, wurde sie in eine umfassende Umarmung aus raschelndem Stoff, klimpernden Ketten und Armreifen und dem Duft von Gardenien gezogen.

»Was für eine himmlische Überraschung«, jauchzte Aline, als sie schließlich einen Schritt zurück trat und ihre Nichte genauer in Augenschein nahm. »Aber warum hast du mir denn nicht Bescheid gesagt, dass du kommst? Dann hätte ich das Gästezimmer aufgeräumt und ein gutes Essen vorbereitet und …«

»Bitte, Tante Aline, ich wollte dir keine Umstände machen oder dir irgendwie zur Last fallen. Aber wäre es vielleicht möglich, eine Weile bei dir zu wohnen, bis ich etwas anderes finde?«

Die lebhaften Augen wurden wieder groß. »Aber natürlich musst du hier bei mir wohnen, du kannst bleiben, so lange du willst. Wo sollst du denn sonst unterkommen als bei deiner Tante Aline?« Sie wandte sich an Henri und Etienne. »Husch, husch, ihr zwei, jetzt lasst mich mal mit meiner Nichte allein. Zum Abendessen dürft ihr wiederkommen.«

Annabelle hatte sich eigentlich noch bei den beiden bedanken wollen, doch Aline schloss die Tür hinter ihnen, noch ehe sie die Treppe hinuntergegangen waren.

Aline ergriff Annabelles Hand. »Du darfst keinen von beiden allzu ernst nehmen«, sagte sie vertraulich. »Sie sehen gut aus, sind nett und sehr begabt, aber sie mögen die Mädchen allzu sehr und sind richtige Schlitzohren – vor allem Henri. Du solltest mal hören, was er sich bei seinen Modellen herausnimmt.«

Sie verdrehte die Augen und zwinkerte ihr schließlich zu. »Oh, là là. Ich habe so viele Geschichten zu erzählen, und du wirst sie alle hören, meine Kleine, aber zuerst musst du Kaffee und Kuchen bekommen. Du bist viel zu dünn.«

4

In dem Haus in der Rue de l'Arbre duftete es köstlich nach Zimt und Kaffee, französischen Zigaretten, Gardenienparfüm und Knoblauch. Da hinein mischte sich ein Hauch der schärferen Gerüche nach Ölfarbe und Terpentin. Aline nahm Annabelle den Mantel ab und hängte ihn, nachdem sie einen schiefen Blick darauf geworfen hatte, mitsamt dem Hut irgendwo an die überladene Garderobe. Dann beobachtete sie belustigt, wie ihre Nichte ihre neue Umgebung musterte.

Annabelles Sinne waren von der Fülle der Eindrücke, die der extravagant eingerichtete Raum bot, völlig überfordert. Von dem scharlachroten Treppengeländer hingen winzige Glöckchen an roten Seidenbändern. Die Stufen der steilen Holztreppe waren mit dicken Schichten dunkelgrüner Farbe lackiert und bis hinauf zum Treppenabsatz mit Weinranken bemalt. Lebhafte Gemälde mit mediterranen Szenen bedeckten die himmelblauen Wände unter der mit dicken weißen Wolken und einem tiefblauen Himmel bemalten Decke.

Gipsengel spähten aus Nischen, während Papierblumen in Glasschalen verstaubten, die auf dem dunklen Garderobentisch wie Edelsteine leuchteten. Schuhe, Hausschuhe und Überschuhe lagen wild durcheinander neben Schrubbern, Besen und Hutschachteln unter der Treppe. Am Ende des Flurs hing ein Vorhang aus glitzernden Perlen, welche die Sonnenstrahlen, die durch das Oberlicht der Tür fielen, in allen Farben reflektierten.

Nach der Zeit in ihrem schäbigen Zimmer in der Goose Lane und der düsteren Strenge ihres Elternhauses wurde Annabelle von so viel Farbe und Lebendigkeit ganz schwindlig, und sie wusste, es würde dauern, bis sie auch nur einen Bruchteil dieses herrlichen Hauses in sich aufgenommen hatte.

»Na, gefällt dir mein Heim?«, fragte Aline mit sanfter Stimme.

»Es ist atemberaubend und unvergleichlich.« Annabelle erwiderte ihr Schmunzeln. »Auf jeden Fall hat es wenig Ähnlichkeit mit Mamans übertrieben ordentlichem Haus. Sind das deine Bilder, Tante Aline?«

»Sag einfach Aline zu mir. Bei dem Wort ›Tante‹ komme ich mir viel zu alt vor«, erklärte sie verschmitzt. »Und ja, die Bilder sind von mir. Ich fahre jeden Sommer nach Südfrankreich, weil das Licht dort ganz besonders ist. Offenbar wünschen sich die Menschen ein wenig Sonnenschein in ihrem oft so tristen Dasein, denn die Bilder verkaufen sich hier blendend.«

Annabelle fand sie wundervoll und fragte sich, ob in Südfrankreich wirklich ein so pulsierendes Leben herrschte, wie Aline es gemalt hatte.

»Jetzt komm mit, Annabelle. Ich will dir noch ein bisschen mehr von meinem Haus zeigen, und dann müssen wir unseren Kaffee trinken. Lass dein Gepäck da stehen; wir holen es später.« Sie ging ihr voran durch den Glasperlenvorhang, der hinter ihnen in hellen Tönen klirrte, hinein in ein vollgestelltes Zimmer, das lediglich von ein paar mit bunten Chiffontüchern behängten Lämpchen erleuchtet wurde.

»Hier drinnen ist es morgens immer dunkel«, erklärte Aline, als sie sich den Weg zwischen den vielen Möbel hindurch zu den hohen Glastüren bahnte. »Aber sieh nur, nachmittags liegt der Garten dann ganz in der Sonne.«

Sie zog die Glastüren auf, und zum Vorschein kam eine üppig grüne Oase, in ihrer Mitte ein Brunnen mit einem steinernen Engel, der Wasser in eine große Muschel laufen ließ. Ein großer Tisch mit acht Korbstühlen stand da sowie zahlreiche Terrakottatöpfe voller Pflanzen. Die hintere Gartenmauer hatte man mit einem kunstvollen Mosaik aus Türkisen und bunten Glassplittern verkleidet. Es zeigte ein Meeresungeheuer, das sich aus der Tiefe erhob. In dem Streifen Sonnenlicht, der direkt auf den gepflasterten Innenhof fiel, lag genüsslich ausgestreckt eine riesige rot-weiße Katze.

»Das ist Cicero. Wenn er nicht gerade schläft, macht er sich lautstark bemerkbar. Das hier ist mein Zufluchtsort«, erklärte Aline. »Das Leben kann ziemlich hektisch sein, und manchmal bin ich einfach gern allein.« Sie lächelte, als die Geigenmusik erneut ertönte. »Das ist Miriam. Du lernst sie später kennen.«

»Komm rein, komm rein. Achtung, Katze«, krächzte eine heisere Stimme.

Annabelle zuckte zusammen, und Aline lachte. »Achte nicht auf Napoleon«, sagte sie, während sie die Türen schloss und sich wieder zu ihr umwandte. »Er ist nur ein böser alter Vogel, nicht wahr?«, gurrte sie.

Als sich Annabelles Augen an die Dunkelheit gewöhnt hatten, erkannte sie in der Ecke einen großen, reich verzierten Käfig. Darin saß ein blau-roter Papagei, der sie aus klugen schwarzen Augen mit gelben Ringen musterte. Er war wunderschön, doch sein Schnabel sah gefährlich scharf aus, als er Aline geschickt ein paar Körner aus der Hand pickte.

»Versuch das lieber nicht selbst«, sagte Aline. »Bonaparte neigt zum Beißen, wenn er schlechter Laune ist – und das ist er leider oft.« Sie schloss die Käfigtür und begann, Dinge von einem der Sessel zu Boden zu werfen. »Setz dich, dann hole ich Kaffee und Kuchen aus der Küche.«

Während sie hinauseilte, ließ sich Annabelle auf den dick gepolsterten Sessel sinken, versuchte ruhig zu atmen und sich auf den nächsten Sinnesansturm vorzubereiten, während sie ihre Umgebung musterte.

Die mit üppigem Stuck verzierte Decke deutete darauf

hin, dass es sich eigentlich um einen recht großen Raum handelte, doch da sich so viele Möbelstücke und derart viel Kleinkram darin befanden, wirkte er auf den ersten Blick viel kleiner. Auf einer Staffelei in der Ecke stand ein unvollendetes Landschaftsgemälde, in einer anderen der Papageienkäfig. Beim Kamin standen zwei tiefe Sessel und drei durchgesessene Sofas sowie eine Jardiniere mit einer reichlich staubigen und schlaffen Schusterpalme. Die Wände waren bedeckt von gerahmten Bildern, sodass man die rot und golden gestreifte Tapete kaum sah. Die Farben Rot und Gold setzten sich in den schweren Samtvorhängen fort, die üppige Fransen hatten und von Seidenkordeln mit Quasten zusammengehalten wurden.

Der Kamin wirkte alt und solide, mit blau-weißen Fliesen, einer geschwärzten Feuerstelle und einem hohen Messinggitter davor, das von einem Streifen gepolsterten Leders gekrönt wurde. Kaminsims und Umrandung bestanden aus fein ziseliertem dunklen Holz, und darüber hing ein Spiegel mit einem Rahmen aus Goldbronze, verziert mit dicken goldenen Engelchen, die auf einer Art Weinrebe thronten. Auf dem Kaminsims drängten sich Fotografien in hübschen Rahmen zusammen mit Postkarten, Einladungen, Briefen und staubigen Keramik- und Porzellanobjekten.

Von der Stuckdecke hing ein herrlicher Kristalllüster, und überall standen kleine Tischchen herum, über die man stolpern konnte, wenn man nicht aufpasste. Es waren die vielen verschiedenen Gegenstände, die auf jeder freien Fläche standen und die Teppiche verdeckten, die dafür sorgten, dass der Raum mehr wie ein Antiquitätenladen wirkte als das Wohnzimmer eines realen Menschen. Schals und Tücher waren über die Sofalehnen drapiert, wo Kissen und Decken mit zahlreichen Skizzenbüchern, abgelegten Handtaschen und einem Stapel Zeitungen um Platz rangen. Weitere Zeitungen und Zeitschriften stapelten sich auf dem Fußboden neben einem gefährlich hoch aufragenden Turm von Büchern.

Annabelle betrachtete das Chaos und fühlte sich davon berührt. Der Raum mit dem weichen Licht der Lämpchen war wie Aladins Höhle, voller Schätze, die einen anzogen und den Wunsch auslösten, hier zu bleiben und Teil der Liebe zu werden, die jede Ecke und jeden Winkel zu erfüllen schien.

»Eigentlich habe ich immer vor aufzuräumen«, sagte Aline, die mit einem Tablett mit Kaffee und Gebäck hereinkam. Sie stieß mit dem Knie gegen eines der Tischchen, um es von den Zeitschriften zu befreien und das Tablett abstellen zu können. »Aber das Leben ist zu aufregend, um es mit Hausarbeit zu verbringen, und irgendwie finde ich einfach nie die Zeit.« Sie stieg über die verstreuten Illustrierten und ließ sich auf ein Sofa fallen.

Augenblicklich ertönte ein wütendes Jaulen und Fauchen, das sie beide zusammenzucken ließ. Aline fuhr hoch. »Meine armen Kleinen«, jammerte sie. »Hab ich mich auf euch gesetzt?« Sie hob zwei riesige, flauschige Katzen aus den Tiefen der Decken und Kissen und streichelte sie, während sie die Schwänze hochstreckten und Annabelle aus ihren grünen Augen verächtlich ansahen.

Annabelle mochte Katzen, aber sie vermutete, dass keine dieser beiden sich jetzt, in ihrer missgelaunten Stimmung, gern von ihr streicheln lassen würde. »Sie sind sehr schön«, sagte sie. »Wie heißen sie?«

»Das hier ist Claudette«, antwortete Aline und zeigte auf die Katze mit dem grünen Halsband. »Und die mit dem blauen Halsband ist Mignonette. Ich habe insgesamt sechs, aber ich schätze, die anderen drei liegen auf meinem Bett und schlafen.« Vorsichtig setzte sie die beiden auf den Boden und nahm wieder Platz, während die Tiere davonstolzierten.

»Wer ist ein böser Junge? Achtung, Katze. Komm rein. Komm rein.«

»Still, Napoleon, sonst muss ich deinen Käfig zudecken«, mahnte Aline streng. »Du musst ihn entschuldigen, meine Liebe, er ist ein alter Schlingel, aber ich liebe ihn so sehr.«

»Er ist sehr exotisch«, sagte Annabelle, die das alles richtig genoss. »Woher kommt er?«

Aline zuckte gleichmütig mit den Schultern und schenkte Kaffee ein. »Ich habe ihn vor ein paar Jahren von einem Liebhaber geerbt«, erklärte sie leichthin. Dann lachte sie vergnügt auf und klatschte in die Hände. »Ach, Schätzchen, was machst du nur für ein Gesicht! Du schaust genauso missbilligend drein wie deine Mutter. Aber dafür braucht man sich nicht zu schämen«, fügte sie mit einer wegwerfenden Geste hinzu. »Hier hat jede Frau Liebhaber. Sonst wäre das Leben auch viel zu langweilig.«

Annabelle war leicht schockiert davon, wie locker ihre Tante über solche Dinge sprach. Um sich zu fangen, nahm sie die kleine Tasse duftenden Kaffees und trank einen Schluck. Es fiel ihr schwer, die Tatsache zu verarbeiten, dass diese schillernde, lebhafte Frau mit der steifen und äußerst förmlichen Camille verwandt sein sollte. »Es muss schön sein, etwas zu haben, was dich an ihn erinnert«, sagte sie verlegen.

Aline nippte an ihrem Kaffee und reichte ihr dann den Teller mit dem Gebäck herüber. »Mach dir keine Sorgen wegen der Krümel, die fressen die Katzen bald ratzeputz weg.« Sie lächelte Annabelle zu. »Du wirst ein bisschen Zeit brauchen, um dich an meine komischen Sitten zu gewöhnen, Schätzchen. Ich bin Gott sei Dank ganz anders als meine Schwester und führe ein völlig anderes Leben.«

»Ja, ich glaube, das habe ich schon gemerkt«, sagte Annabelle kichernd. »Es ist sehr nett von dir, mich aufzunehmen. Bist du sicher, dass ich dir nicht zur Last falle?«

»Hach, natürlich tust du das nicht. Das Haus ist groß, und für jemand so Besonderen finde ich immer ein Plätzchen.«

Annabelle aß das süße Obsttörtchen, das ihr auf der Zunge zerging und von dem ihr etliche Krümel auf den Schoß fielen. Sie war immer noch neugierig auf Alines Liebhaber, der ihr den Papagei hinterlassen hatte. »Du hast von Napoleon gesprochen«, erinnerte sie ihre Tante.

»Ach so. Na ja, ich war nicht besonders begeistert, dass mir Jean-Michel nichts als seinen Papagei hinterlassen hat. Schließlich waren wir geraume Zeit ein Liebespaar gewesen, und er war ein reicher Mann. Ich dachte, ich hätte ihm mehr bedeutet als nur ein krächzendes Bündel Federn und Krallen.« Sie grinste und fegte ein paar Krümel von ihrem Schoß. »Aber ich stellte bald fest, dass ich ihm Unrecht getan hatte, denn als ich den Käfig gereinigt und den Einsatz unten herausgezogen habe, fand ich darin eine Schachtel. Und in dieser Schachtel war ein mit Smaragden und Diamanten besetztes Schmuckset, bestehend aus Halskette, Ohrringen und Armband.«

»Wie wundervoll. Du hast dich sicher sehr gefreut, dass er dich so hoch geschätzt hat.«

»Oh ja, das habe ich«, bestätigte Aline mit seligem Lächeln. »Aber natürlich trage ich den Schmuck nie, denn genau den gleichen hat er auch seiner Frau geschenkt.« Sie grinste Annabelle verschwörerisch an, wohl wissend, dass sie sie damit noch mehr schockiert hatte. »Ich betrachte die Schmuckstücke als meine Rente«, fuhr sie fort. »Sie liegen sicher verwahrt in einem Banksafe für den Fall, dass ich sie einmal verkaufen muss, wenn ich alt bin. Das Haus hier kostet eine Menge Unterhalt, und mit den vielen Freunden, die ständig kommen und gehen, und den jungen Leuten, die bei mir wohnen und alles Mögliche brauchen, ist das Leben erstaunlich teuer geworden.«

Annabelle spürte einen Anflug von schlechtem Gewissen. Ihr war nicht klar gewesen, dass die verwitwete Aline in all ihrem glanzvollen Chaos womöglich finanzielle Schwierigkeiten hatte. »Ich habe ein bisschen Geld, das meine Mutter mir gegeben hat. Du kannst es natürlich gerne haben. Und wenn ich erst eine Stelle als Krankenschwester gefunden habe, kann ich dir eine angemessene Miete bezahlen.«

»Davon will ich nichts hören«, entgegnete Aline scharf. »Du gehörst zur Familie. Behalt dein Geld, Annabelle, und verwende es für dich selbst.« Sie nippte an ihrem Kaffee und musterte die jüngere Frau über ihre Tasse hinweg. »Camille hat mir nicht geschrieben, dass du kommst«, murmelte sie nachdenklich. »Also vermute ich, dass das Ganze ziemlich plötzlich kam. Wovor läufst du davon, Annabelle? Oder sollte ich lieber fragen, vor wem?«

Auf einmal erinnerte sich Annabelle an den Brief und fischte ihn aus der Tasche. Nachdem sie ihrer Tante eine Kurzversion der Ereignisse der letzten Wochen vorgetragen hatte, reichte sie ihr den Umschlag. »In ihrem Brief erklärt Maman alles genauer.«

Aline las schweigend den Brief, und man hörte nur die entfernten Geigenklänge und das gelegentliche Klappern des Käfigs, wenn der Papagei sich auf seiner Stange bewegte, und ab und zu das Klirren von Alines Armreifen. Es dauerte einige Minuten, bis sie die Blätter zusammenfaltete und wieder in den Umschlag schob.

»Mir blutet das Herz, wenn ich daran denke, dass er zu seinem eigenen Fleisch und Blut so grausam sein konnte«, sagte sie traurig. »Ich mochte deinen Vater nie«, fuhr sie fort und spielte nachdenklich mit den Perlen an ihrem Hals. »Ich habe ihn nur ein einziges Mal gesehen, aber das hat gereicht.« Sie seufzte tief. »Die arme Camille. Ich habe sie davor gewarnt, dass er sie zu einem Gespenst machen und alles Leben aus ihr heraussaugen würde – und traurigerweise habe ich recht behalten.«

Annabelle wusste nur sehr wenig über das Leben ihrer Mutter, bevor sie Edwin geheiratet hatte. Camille hatte sich immer geweigert, über dieses Thema zu sprechen. »Wie war Maman, bevor sie ihn kennenlernte?«

»Oh, sie war voller Leben; hübsch und sehr schick, sogar schon als kleines Mädchen. Sie konnte die unscheinbarsten Sachen tragen und ganz wunderbar darin aussehen – im Gegensatz zu mir, die ich Farben und Frou-Frou liebe«, sagte Aline mit selbstironischem Schulterzucken. »Sie war mehr wie unser Vater, mit ihrer Liebe zu Büchern und Gedichten. Obwohl sie recht gut zeichnen konnte, war das nur ein Hobby für sie. Sie war ein einzelgängerisches, ziemlich wissbegieriges Mädchen, das gerne lange Spaziergänge machte und sich auf dem Land wohlzufühlen schien.«

Annabelle runzelte die Stirn. »Ich dachte, ihr wärt beide hier in Paris geboren?«

Aline schüttelte den Kopf. Ihre langen Ohrgehänge schwangen hin und her. »Nein, nein. Wir lebten in der Nähe von Rouen in einem großen Haus mit vielen Hektar Ackerland bis zum Waldrand. Unser Vater war Bürgermeister, und wir waren recht wohlhabend. Kurz nachdem Camille, um Englisch zu lernen, an diese Londoner Schule gegangen ist, bin ich nach Paris gezogen. Ich wusste, dass ich hier leben musste, wenn ich in der Kunst Erfolg haben wollte, und nicht irgendwo da draußen in der Provinz. Sie hat Edwin kennengelernt und geheiratet, und ich habe etwas später Daniel Fournier getroffen, und wir sind zusammen in dieses Haus gezogen. Camille und ich schreiben uns regelmäßig, aber ich habe sie seit ihrer Hochzeit nicht mehr gesehen, und obwohl unsere Lebensweisen sehr unterschiedlich sind, vermisse ich sie«, gestand sie betrübt.

»Es tut mir leid, dass dein Mann so früh gestorben ist. Das muss entsetzlich schwer für dich gewesen sein.«

»Ja, das war es«, bestätigte Aline leise. »Wir waren erst wenige Jahre verheiratet, als er von dieser Kutsche überrollt wurde. Ein Pferd war durchgegangen. Er hatte gerade erst begonnen, mit seinen Bildern Erfolg zu haben und Käufer zu finden.« Sie blickte auf die andere Seite des Zimmers, auf das unvollendete Gemälde auf der Staffelei. »Das war sein letztes Werk, und man hat mir eine hohe Summe dafür geboten. Aber ich konnte mich nicht davon trennen, denn solange ich es habe, ist er noch bei mir.«

Annabelle vernahm den Schmerz in ihrer Stimme und begriff zutiefst betrübt, dass die *joie de vivre* und der aufregende Lebensstil ihrer Tante ihre Einsamkeit verbargen, die Trauer um ihre Zukunft mit dem Mann, den sie so innig geliebt hatte.

Aline bemühte sich sichtlich, ihre düstere Stimmung zu überwinden, und ihre Miene hellte sich wieder auf. »Wenigstens war Camille so schlau, dich zu mir zu schicken, und jetzt, wo du hier bist, werde ich dir zeigen, wie wundervoll das Leben sein kann. Du wirst vieles sehen, meine Liebe, und vieles lernen, und ich werde dir zeigen, wie du dich mit wenig Geld und trotzdem mit Pariser Schick kleiden kannst. Der grässliche alte Mantel muss weg, das ist dir doch klar, oder?«

Annabelle machte es noch Mühe, den verwirrenden Gedankensprüngen ihrer Tante zu folgen. »Aber es ist ein guter Mantel aus einem teuren Geschäft«, protestierte sie.

Aline kräuselte die Lippen. »Er mag ja einmal ganz passabel gewesen sein, aber jetzt ist er alt und schäbig, und er steht dir überhaupt nicht.« Sie legte den Kopf schief und musterte Annabelles restliche Aufmachung. »Rock und Pullover sind erstaunlich schick, aber deine Schuhe und diese schrecklichen dicken Strümpfe …« Sie warf mit dramatischer Geste die Hände in die Luft. »Oh, là là. Ich sehe schon, dass du noch viel lernen musst, aber ich werde dir Unterricht erteilen, meine Liebe.«

Annabelle wusste nicht genau, ob mehrere Lagen Chiffon und schreiende Farben so ganz ihr Stil waren, und erschrak etwas bei dem Gedanken, dass ihre Tante ihr Äußeres umgestalten wollte. Aline besaß die Persönlichkeit, um einen derartigen

Stil souverän zu tragen, doch sie selbst, so fürchtete Annabelle, würde darin lächerlich wirken.

Sie plauderten noch eine Stunde oder länger, und Annabelle erfuhr von dem jungen jüdischen Paar aus Polen, das im Souterrain lebte und in einem der renommiertesten Pariser Symphonieorchester Geige und Cello spielte; von dem Dichter, der im ersten Stock neben einem um Anerkennung ringenden Romancier wohnte, und den drei Malern, die die Räume im obersten Stockwerk bewohnten und sich das Atelier im Dachgeschoss mit Aline teilten.

Annabelle war fasziniert von den Geschichten, die Aline über ihre Mieter zu erzählen wusste, und von dem Klatsch aus den Abendsalons, die sie einmal die Woche abhielt. Sie lauschte, als Aline von den Cafés und Bistros erzählte, in denen sich Gleichgesinnte trafen, um über ihre Arbeit und alles Mögliche zu sprechen, was ihre Fantasie anregte, während sie hofften, mit jemandem bekannt gemacht zu werden, der ihr Abnehmer und Mäzen werden könnte.

Als Mignonette zurückkam, ihr auf den Schoß kletterte und sich dort zum Schlafen hinlegte, streichelte Aline ihr über das Fell und schilderte Annabelle die Straßen von Montmartre, in denen junge Künstler wie Henri mit schnellen Kohleportraits von Touristen genug verdienten, um sich über Wasser zu halten. Sie sprach in warmen Worten von den gemütlichen Sonntagen, an denen sie gemeinsam um ihren Küchentisch saßen und redeten, Zeitung lasen und Wein tranken. Das Mittagessen dauerte dann manchmal bis zum frühen Abend.

Mignonette schnurrte laut, während Aline erklärte, wie sie noch unbekannten Künstlern zu helfen versuchte, indem sie Dichterlesungen und Abende veranstaltete, bei denen aufstrebende Autoren aus ihren jüngsten Werken vorlesen und sich der Kritik stellen konnten. Ohne jeden Hauch von Egozentrik erwähnte sie die Tatsache, dass sie in den Künstlerkreisen von

Paris wohlbekannt sei, sodass sie jene Personen dazu einladen konnte, die am ehesten dazu geeignet waren, hilfreiche Ratschläge zu geben und vielleicht sogar als Mäzene zu fungieren.

»Offenbar führst du ein erfülltes und aufregendes Leben«, sagte Annabelle, tief beeindruckt von Alines lebhaften Beschreibungen.

Aline blickte zu den Einladungskarten, die auf dem Kaminsims standen. »Es gibt immer irgendetwas, wo man hingehen kann und gesehen wird und interessante Leute treffen kann«, sagte sie in ihrer lockeren Art. »Ich schätze mich sehr glücklich.«

Annabelle wollte sie gerade fragen, ob sie selbst einen Mäzen hatte, als sie die Glocken der nahe gelegenen Kirche läuten hörten.

»Oh, là là«, rief Aline aus, während sie Mignonette unsanft zu Boden warf und sich von der Couch erhob. »Es ist Zeit fürs Mittagessen, und ich habe mich noch nicht mal fertig gemacht. Schnell, schnell«, rief sie ungeduldig, packte Annabelle an der Hand und zerrte sie hastig durch den Perlenvorhang. »Wir essen mit meinem Gönner im Lafayette zu Mittag, und ich kann dich nicht in diesem Mantel und diesen Schuhen dahin mitnehmen.«

Annabelle griff lachend nach ihren Koffern und folgte Aline die Treppe hinauf. Ihre Tante war ganz wunderbar, aber wenn jeder Tag so ablief wie dieser, dann würde es ihr schwerfallen, mit ihr Schritt zu halten.

Als Aline eine Tür im ersten Stock öffnete, schnappte Annabelle vor ungläubigem Staunen nach Luft. »Ist das dein Schlafzimmer?«, japste sie.

»Ja, sicher. Schnell, schnell, komm rein.«

Annabelle starrte völlig perplex in den großen, von der Sonne hell erleuchteten Raum. Das riesige Himmelbett nahm einen großen Teil des Platzes ein und war mit den feinsten und exotischsten Seidenstoffen in allen Farben bedeckt. Der Betthimmel war ebenfalls aus Seide, die akkurat plissiert und mit Stoffrosen besetzt war. Auf dem von Seidenkordeln mit Quasten verzierten Bettrahmen fanden weitere rundliche Engelchen Platz, gesäumt von Feder- und Spitzenfächern, glitzernden Perlen und bestickten Behängen.

Die Tagesdecke war reich bestickt mit goldenen Vögeln und Paillettenblumen, und drei siamesische Katzen schliefen darauf offenbar äußerst bequem. Die dicken Kissen hatten breite weiße Spitzenränder, und ein knöchellanger Nerzmantel lag achtlos über das Fußende geworfen da. Die Wände zeigten auf schwarzem Grund Ibisse, Reiher und Flamingos, die durch silbern glitzernde Bäche und Felder von Lotusblüten wateten.

Überwältigt von diesem außergewöhnlichen Raum riss Annabelle den Blick vom Bett los und sah, dass aus einem Schrank und einer Kommode Kleidungsstücke in allen Regenbogenfarben quollen. Schuhe lagen quer über den Fußboden verstreut. Die großen siamesischen Katzen reckten sich gähnend und musterten sie feindselig. Es war offensichtlich, dass sie keine Störungen schätzten.

Aline jagte die Tiere hinaus und schloss die Tür. »Jetzt müssen wir einen Mantel und Schuhe für dich finden«, erklärte sie, während sie im Schrank herumwühlte. »Wir sind zwar nicht gleich groß, aber man trägt den Saum dieses Jahr ohnehin kürzer.«

Auf einmal blieb sie stehen und sah Annabelle kritisch an. »Eine Jacke wäre besser«, entschied sie und trat an die mit Kleidern voll gehängte Garderobe an der Wand. Sie wählte eine perfekt geschneiderte Jacke aus lavendelfarbenem Tweed und wies Annabelle an, sie anzuprobieren, während sie sich auf die Suche nach Schuhen machte.

Annabelle erspähte ihr Spiegelbild in dem Trumeauspiegel zwischen den Gürteln, Schals, Federboas und langen Handschuhen, die darüber hingen. Die Jacke saß wie angegossen und passte perfekt zu ihrem Rock. Die kleine Fältelung im Rücken machte eine sehr schmale Taille.

»Dann brauchst du noch das, das … und das«, erklärte Aline bestimmt, während sie kunstvoll einen Schal um Annabelles Hals drapierte, ihr über ihrem cremeweißen Pullover einen schmalen Gürtel um die Taille legte und ihr einen sehr schicken dunkelvioletten Samthut fest aufs Haar drückte. »Und dann brauchst du natürlich noch richtige Handschuhe. Deine sind zu dick und zu plump.« Sie zog ein Paar samtweiche Ziegenlederhandschuhe heraus, gab sie Annabelle und trat dann ein Stück zurück, um das Ergebnis zu bewundern.

»Gut«, erklärte sie entschieden, doch dann stieß sie ein dramatisches Seufzen aus. »Aber gegen diese Schuhe und die Strümpfe bin ich machtlos. Meine Füße sind kleiner und schmaler, und ich habe nur noch ein Paar anständige Strümpfe, und die habe ich selbst an. Wir gehen morgen auf dem Markt einkaufen und besorgen dir welche.«

»Ich kann es mir wirklich nicht leisten …«

»Ach was, warte nur, bis ich den Preis heruntergehandelt habe.« Aline riss sich den orangefarbenen Schal vom Kopf, mit dem sie sich das Haar zurückgebunden hatte, und griff nach einem breitkrempigen schwarzen Hut, der mit herabhängenden Rosen aus roter Seide dekoriert war. Nachdem sie ihn zu ihrer Zufriedenheit festgesteckt hatte, legte sie ein schwarzes Samtcape um. Mit einem kecken Wurf drapierte sie sich einen leuchtend scharlachroten Schal um den Hals, trug noch eine Schicht Lippenstift auf und besprühte sie dann alle beide mit ihrem schweren Gardenienparfüm. Zuletzt griff sie nach einem Paar schwarzer Handschuhe und einer kleinen Unterarmtasche und schlüpfte aus den Hausschuhen.

»Wir müssen nicht weit gehen, also ziehe ich meine Stöckelschuhe an«, erklärte sie, während sie hinauseilte und auf

Strümpfen nach unten ging. Die Stöckelschuhe, die sie gleich darauf anzog, hatten mindestens acht Zentimeter hohe Absätze und waren aus hellrotem Leder. Direkt über der Zehenöffnung befand sich eine Applikation in Form eines Schmetterlings. Die Schuhe brachten Alines schlanke Beine und Fesseln perfekt zur Geltung.

»Das ist ein schöner Hut«, sagte Aline, als sie den Hut sah, den Annabelle auf ihrer Reise von England nach Paris getragen hatte, und der nun auf der Garderobe im Flur lag. »Ist er aus Frankreich?«

»Ich habe keine Ahnung«, gestand Annabelle. »Er war ein Geschenk von einer Freundin.«

»Dann hat deine Freundin aber einen guten Geschmack für eine Engländerin. Du musst mir auf dem Weg zum Lafayette von ihr erzählen.« Aline hakte sich bei Annabelle ein. »Ich hatte ja nie Kinder, aber jetzt ist es, als hätte ich doch noch eine Tochter bekommen«, sagte sie leise und tätschelte Annabelle die Wange. »Oh, là là, wir werden uns wunderbar amüsieren, meine kleine Belle.«

Henri ging missvergnügt in seinem Atelier auf und ab, während er darüber nachsann, ob er genug an seinem Bild gearbeitet hatte, um Monsieur Marcel zu beeindrucken. Der Mann war ein reicher Unternehmer, der zum Zeitvertreib Kunst sammelte, genau wusste, was ihm gefiel und was nicht, und der sich nicht scheute, seine Meinung zu sagen. War das Bild gut genug, um Teil seiner großen Sammlung zu werden?

Schon so viele Male war Henri von Leuten enttäuscht worden, die zwar Anerkennung für sein Werk äußerten, dies dann aber nicht dadurch bekräftigten, dass sie ihre Brieftasche öffneten. Und wenn er mit Etienne nach Spanien wollte, brauchte er Geld.

Er drehte die Staffelei so, dass die Strahlen der Mittagssonne durch die großen Atelierfenster direkt auf das Bild fielen. Es war ein Genuss gewesen, Amélie zu malen, denn sie war nicht nur eine natürliche Schönheit, sondern auch ein faules Ding und hatte nichts dagegen, stundenlang dazusitzen und weiter nichts zu tun, als traumverloren ins Leere zu blicken. Was in ihrem Kopf vor sich ging, wusste er nicht, doch ihre kurze Affäre war schön gewesen, und sie würde ihm fehlen.

Amélie lag schlummernd in einer zwischen zwei Bäumen aufgespannten Hängematte, umgeben von Laub, das im Sonnenlicht in Grün, Gold und Gelb erstrahlte. Ein Arm ruhte über ihrem Kopf, während sich ihre Finger zu den wilden Veilchen hinreckten, die sie sich in das dunkle Haar gesteckt hatte. Der andere Arm hing lässig von der Hängematte herab in das von Veilchen gesprenkelte Gras, ein aufgeschlagenes Buch direkt vor ihren Fingerspitzen.

Ein Ärmel war herabgerutscht und enthüllte die zarte Biegung ihrer nackten Schulter, während sich eine einzelne Strähne ihres langen schwarzen Haars zärtlich darüber ringelte und zwischen der süßen Fülle ihrer Brüste endete, über denen sich der zarte Stoff spannte. Ihr Strohhut, in dessen Bändern sich das weiche Grün ihres schlichten Kleids wiederfand, lag auf der Erde.

Amélies entspanntes herzförmiges Gesicht war wunderhübsch, die Lider so zart wie Rosenblätter unter den fein geschwungenen Brauen. Ihre Nase war kurz und gerade, und ihr Mund verriet ihre Sinnlichkeit, ihre Lebenslust, sprach von all dem, was sie sich vom Leben wünschte, und auf den leicht geöffneten Lippen lag die Andeutung eines Lächelns, als erinnerte sie sich an ein heimliches Rendezvous mit einem ganz besonderen Geliebten.

Henri war erfahren genug, um zu wissen, dass das Bild fertig war; dass es perfekt war, so wie es war, und dass jeder weitere Pinselstrich es nur ruinieren würde. Vorsichtig trug er sein

Werk aus dem Sonnenlicht und stellte es in der Ecke gegenüber auf eine andere Staffelei, damit die Ölfarbe, die er heute noch aufgetragen hatte, ordentlich trocknen konnte.

Fröhlich pfeifend wusch er seine Pinsel aus und versuchte, sein unordentliches Atelier ein bisschen aufzuräumen. Es war ein großer Raum im Dachgeschoss eines Hauses, das er mit einem Dutzend anderer Mieter teilte. Er wusste, was für ein Glück es war, dass er der einzige Maler unter ihnen war. So konnte er sich hierher zurückziehen und nach Herzenslust arbeiten, ohne gestört zu werden.

Das Morgenlicht war hervorragend, doch am späten Nachmittag verschwand – vor allem im Winter – die Sonne hinter den Dächern, und im matten, flackernden Schein der alten Gaslampen war das Weiterarbeiten unmöglich. Hier oben war es immer kalt. Zwar gab es einen Kamin, den er mit Holz und Kohle am Brennen zu halten suchte, doch der spendete nur wenig Wärme. Wie auch heute war Henri oft gezwungen, in mehreren Schichten Kleidung und fingerlosen Handschuhen zu arbeiten, um sich nicht zu erkälten, während sein Atem in der kalten Luft kondensierte.

Mehrere fertige Gemälde lehnten hintereinander an drei Wänden, während eine dunkelrote Chaiselongue, die er auf einem Flohmarkt erstanden hatte, die vierte einnahm. Über die eine Armlehne hatte er einen bunt bestickten Schal drapiert, damit man nicht sah, wie die Füllung herausquoll, und die hervorstechenden Springfedern hatte er mit Kissen bedeckt, damit sich die Mädchen nicht beschwerten, wenn sie ihm Modell saßen, und damit es bequemer war, wenn er sich mit ihnen der Liebe hingab. Wenn diese Chaiselongue sprechen könnte, so dachte er, hätte sie durchaus so einiges zu erzählen.

Ein verschrammter Tisch mit einem schlichten Stuhl stand unter einem Fenster, und dort bewahrte er seine Farben, Pinsel, Kohlestifte und Kreiden auf, neben den Flaschen mit Terpentin und Leinöl sowie mehreren alten Paletten und Malmessern in verschiedenen Breiten. Drei frische Leinwände waren über Rahmen gespannt und extra weit von seinem Arbeitsplatz aufgestellt worden, damit sie keine Farbspritzer abbekamen.

Henri machte alles sauber, ehe er ein Skizzenbuch und ein Stück Kreide heraussuchte, um jetzt endlich das zu tun, was er tun wollte, seit er Annabelle zum ersten Mal gesehen hatte. Er setzte sich an den Tisch und machte aus dem Gedächtnis eine schnelle Skizze ihres Gesichts und ihrer Haare.

Sie war ein reizendes Mädchen, und ihre außergewöhnlichen Augen und das herrliche Haar machten sie zu einem idealen Modell, doch er hatte das Gefühl, sie würde schockiert sein, wenn er ihr einen solchen Vorschlag unterbreitete. Ja, wahrscheinlich wäre sie beim Anblick der meisten seiner Bilder schockiert, dachte er schmunzelnd, während er angestrengt versuchte, die Erinnerung an den Schwung ihrer Lippen abzurufen.

Er stand dazu, dass er ein lustvoller Mann war. Bereits mit fünfzehn Jahren hatte er die Geheimnisse des weiblichen Körpers und die Wonnen, die dieser schenken konnte, voller Genuss ergründet. Seine Gespielin war wesentlich älter gewesen, die verheiratete Schwester eines seiner Freunde, doch sie hatte ihn gründlich und voller Leidenschaft unterrichtet, und er würde ihr immer dankbar sein.

Er erfreute sich an Frauen, liebte ihre Kurven und ihre weiche Haut, die Art, wie sie mit Blicken lockten und so vieles versprachen. Wie verführerisch ihr langes Haar war, wenn es nur notdürftig die Rundung einer Brust oder die köstliche Pfirsichhälfte einer Pobacke verhüllte. Annabelle war schlank, doch selbst unter ihrem grässlichen Mantel hatte er die Wölbung ihrer Brüste erkennen können und sich ausgemalt, wie sie nackt auf seiner Chaiselongue aussehen würde.

Henry grinste, als er merkte, dass er sich von seinen Gedanken in Gefilde hatte treiben lassen, die ihn nichts angingen. Annabelle war ihm als ein Mädchen erschienen, das sich rein hielt, bis ihr der Richtige begegnete, keine von der Sorte, die sich in einem eisigen Dachatelier splitternackt auszog und sich wollüstig auf seiner Couch räkelte, während er sie malte.

Er lachte laut auf und warf das Skizzenbuch auf den Tisch. »Henri, du solltest dich was schämen«, schalt er sich selbst, während er sich den Schal enger um den Hals schlang und seine schwarze Baskenmütze zurechtzog. »Lern das Mädchen erst mal kennen, ehe du es verführst.«

Als er sah, dass das mickrige Feuer ausgegangen war, verließ er das Atelier, schloss die Tür ab und trabte die Treppe hinunter. »Etienne«, brüllte er und hämmerte mit der Faust an die Tür seines Freundes. »Es ist Zeit, zu Aline zu gehen.«

»Du brauchst nicht so zu schreien«, erwiderte Etienne, während er die Tür öffnete. »Ich weiß sehr gut, wie spät es ist, und was soll überhaupt die Eile? Ich dachte, wir könnten zuvor noch auf einen Pernod ins Rousseau gehen.«

»Nur wenn du mich einlädst«, sagte Henri. »Ich habe kaum noch genug Geld, um am Ende der Woche meine Miete zu bezahlen.«

Etienne schlug ihm grinsend auf die Schulter. »Du machst dir zu viel Kopfzerbrechen, mein Freund. Das Bild von Amélie ist das beste, das du je gemalt hast, und der alte Marcel kauft es garantiert. Aber ich gebe einen Pernod oder Ricard aus oder auch zwei, weil nämlich ein ziemlich dicker Tantiemenscheck auf mich gewartet hat, als ich nach Hause kam.«

Henri gratulierte ihm begeistert, ehe sie gemeinsam die Treppe hinunterstürmten. Sie ignorierten die lauthals gebrüllten Beschimpfungen der Xanthippe, die im Erdgeschoss wohnte und das Haus für den Besitzer verwaltete, und liefen in Richtung Bar.

Das Rousseau war ein kleines Bistro mit Tabak-Verkauf,

eingeklemmt zwischen einer Metzgerei und dem Eingang eines großen Mietshauses. Aufgrund der rauen Witterung waren die Tische im Freien leer, dafür war es innen voll und verraucht, und die Männer am Tresen sprachen mit lauter Stimme, um sich über die Musik aus dem Radio verständigen zu können.

Der Besitzer war ein untersetzter Mann mittleren Alters mit griesgrämiger Miene, Glatze und Walrossbart. Er musterte die beiden jungen Männer misstrauisch, während er die auf Hochglanz polierte Kupferverkleidung seiner Theke blank wischte. Als sie ihre Getränke bestellten, hielt er die Hand nach dem Geld auf, denn sie bekamen schon lange keinen Kredit mehr. Erst nachdem die Münzen auf seiner Handfläche gelandet waren, schenkte er zwei Pernod in Bechergläser und stellte einen Krug Wasser daneben.

Sie trugen ihre Getränke zu einem Tisch im hinteren Teil des Lokals, gossen ein wenig Wasser in den Anisschnaps und warteten, bis die Flüssigkeit milchig wurde, ehe sie den ersten Schluck nahmen. »Also«, sagte Etienne. »Ich nehme an, du kannst es gar nicht erwarten, die kleine Engländerin wiederzusehen.«

»Ach, Unsinn«, log Henri. »Und sie ist keine Engländerin – ihre Mutter ist Französin.«

»Oh Mann, dich hat's ja schwer erwischt«, seufzte Etienne mit einem anzüglichen Glitzern in den Augen. »Dir ist aber hoffentlich klar, dass sie wahrscheinlich noch Jungfrau ist. Weil sie trotz ihrer Mutter und ihres guten Französisch sehr englisch ist, betrachtet sie Sex wahrscheinlich als etwas, was man stoisch über sich ergehen lassen muss, während man die Augen schließt und an England und das Empire denkt.«

»Das ist aber nicht besonders nett, so etwas über ein Mädchen zu sagen, das du kaum kennst«, entgegnete Henri.

Etienne zuckte die Achseln und nippte an seinem Glas, ehe er sich eine Gauloise anzündete. »Wir haben doch beide unsere

Erfahrungen mit den Frauen, mein Freund, und ich wette, dass sie keines dieser Mädchen ist, die nach dem ersten Kuss gleich mit dir ins Bett steigen.«

»Also, ich mag sie«, erwiderte Henri ungerührt. »Und weil sie ganz offensichtlich eine Dame ist, passt es mir überhaupt nicht, wie du über sie sprichst. Wenn du dich nicht benehmen kannst, dann halt dich von ihr fern.«

Etienne zog eine Braue hoch. »Das klingt ja wie eine Kampfansage, Henri.«

»So war es nicht gemeint.«

»Tja, ich fasse es aber so auf«, versetzte Etienne. »Wir werden die entzückende Annabelle alle beide näher kennenlernen, und dann sehen wir ja, wer es mit seinem Charme schafft, ihr an die ach-so-feine Wäsche zu gehen.«

»Über so etwas wette ich nicht mit dir«, erklärte Henri verärgert. »Sie ist ein nettes Mädchen, und auf solche Spielchen lasse ich mich nicht ein.« Er steckte sich seinerseits eine Zigarette an und stellte erschrocken fest, dass er so wütend auf Etienne war, dass seine Hand zitterte.

Etienne trank noch einen Schluck von seinem Pernod und musterte Henri durch den Rauch seiner Zigarette. »Wenn du dem Mädchen gegenüber solche Beschützergefühle hegst, dann entschuldige ich mich«, sagte er leise. »Wir haben uns noch nie wegen einer Frau gestritten, und ich hoffe, dass wir das auch nie tun werden.« Er warf seinem Kindheitsfreund einen schelmischen Blick zu. »Warten wir einfach ab, wen sie vorzieht, und reden dann weiter, was meinst du?«

Henri musterte ihn argwöhnisch. Etienne war mitunter ein Schlitzohr, und obwohl er keinerlei Bewunderung für Annabelle geäußert hatte, vermutete Henri, dass er ebenso von ihr angetan war wie er selbst – und dass er die Lage sondieren und Henris Gefühle ergründen wollte.

»Ich bezweifle, dass sie einem von uns ihre Gunst schenken

wird«, erwiderte er betont lässig. »Schließlich haben wir ihr nichts zu bieten, und da sie mit Aline verwandt ist, muss sie aus einer wohlhabenden Familie stammen.«

Ein spitzbübisches Grinsen spielte um Etiennes Lippen. »Tja, das werden wir bald herausfinden, oder?«, murmelte er.

5

Als sich Annabelle an diesem Abend in das daunenweiche Bett legte und durch das Fenster den Mond über die Schornsteine und Ziegeldächer von Paris wandern sah, fühlte sie sich, als hätte sie die letzten zwei Tage in einem Traum gelebt. So vieles war geschehen, dass sie kaum Zeit gefunden hatte, alles zu verarbeiten. Doch hier war sie nun, bei Aline in Frankreich, völlig überwältigt von allem, was sie gesehen und erlebt hatte.

Dieses wundervolle Haus, das herzliche Willkommen ihrer Tante und das köstliche Mittagessen im Lafayette hatten viel dazu beigetragen, den Schock über den Verrat ihres Vaters zu überwinden. Und doch hielt der Schmerz weiter an, und mit ihm das Bedauern darüber, dass sie vor ihrer Abreise nicht mehr mit George gesprochen oder auch nur an ihn gedacht hatte. Sie hatte versucht, das wiedergutzumachen, indem sie sich am Nachmittag hingesetzt und ihm einen langen Brief geschrieben hatte, in dem sie ihm die Gründe für ihren überstürzten Aufbruch darlegte und sich aufrichtig dafür entschuldigte, dass sie ihm nichts davon gesagt hatte.

Nachdem sie damit ihr schlechtes Gewissen ein wenig beruhigt hatte, hatte sie anschließend noch an ihre Mutter geschrieben und dann an Philippa Howden, die sie in ihrem Brief bat, ihre Adresse an Caroline weiterzuleiten und ein Auge auf Camille zu haben. Es bestand stets die Gefahr, dass Edwin herausfand, was Camille getan hatte. Nun, da Annabelle wieder klarer denken konnte, machte sie sich Sorgen wegen der Konsequenzen. Wenn Edwin so bittere Rache an seiner Tochter üben konnte, dann wusste Gott allein, was er Camille antun würde.

Annabelles Gedanken überschlugen sich, die Gewissheit, dass sie nicht zurückkehren konnte, verstärkte ihre Sorgen und Kümmernisse – die Würfel waren gefallen, ihre Zukunft war hier, auf der anderen Seite des Ärmelkanals –, und egal, was kommen würde, sie musste das Beste aus dieser Chance machen, die ihre Mutter ihr verschafft hatte. Camille hatte jetzt Philippa, der sie sich anvertrauen, ja bei der sie vielleicht sogar Zuflucht suchen konnte, wenn es allzu schlimm wurde. Annabelle begriff, dass ihre Mutter gewusst hatte, was sie tat, und bereit gewesen war, das Risiko auf sich zu nehmen. Bei dem Gedanken, dass ihre Mutter sie genug liebte, um so etwas zu tun, wurde Annabelle warm ums Herz, doch gleichzeitig war die Trauer darüber, dass sie von dieser Liebe nichts gewusst hatte, groß. Sie wünschte sich inbrünstig, Camille hätte ihr ihre Zuneigung schon früher gezeigt.

Entschlossen schob sie ihre trüben Gedanken beiseite, kuschelte sich unter die Daunendecke und betrachtete im Mondlicht ihr Zimmer. Es war größer als das in der Londoner Goose Lane und meilenweit von dessen Nüchternheit entfernt. Die Wände waren tiefblau gestrichen. Unterhalb einer Bilderleiste verlief ein Fries aus handgemalten Kirschblüten, doch verglichen mit dem Rest des Hauses war es geradezu nüchtern eingerichtet und ordentlich.

Das von einem Himmel aus blassblauer Seide überspannte Bett war riesig, die Kissen dick und weich. Die restlichen Möbel waren alt und dunkel, aber von guter Qualität. Aline hatte diesen Raum genutzt, um weitere Kleidungsstücke hier aufzubewahren, die sie nun zusammengepackt und in ihr eigenes Schlafzimmer gebracht hatte, wo sie dazu beitrugen, das Chaos noch zu vergrößern. Doch so hatte Annabelle ein bisschen mehr Platz. Die wenigen Sachen, die sie mitgebracht hatte, waren von Alines scharfem Auge begutachtet und weitgehend akzeptiert worden. Jetzt hingen sie in dem großen Kleiderschrank, wirkten jedoch im Vergleich mit den schreienden Farben, von denen sie den ganzen Tag über umgeben war, reichlich trist und langweilig.

Annabelle lag da und konnte nicht schlafen, da ihr all das, was sie seit ihrer Ankunft in Paris erlebt hatte, durch den Kopf ging. Alines Mäzen, Monsieur Montand, hatte sich als exzellenter Gastgeber erwiesen und war nicht im Geringsten verärgert darüber gewesen, dass Annabelle uneingeladen mitgekommen war. Er erinnerte Annabelle in gewisser Weise an Carolines Vater, denn er besaß eine unleugbare Präsenz. Er hatte auf der Stelle dafür gesorgt, dass sie sich wohlfühlte, und ihr geholfen, etwas von der Speisekarte auszuwählen. Er fragte sie nach ihrer Meinung über die Weine, die zu jedem Gang serviert wurden, obwohl er gemerkt haben musste, dass sie in Bezug auf solche Dinge ahnungslos war. Er und Aline flirteten während des ganzen Essens hemmungslos miteinander, wodurch in Annabelle der Verdacht aufkeimte, dass ihre Beziehung vielleicht enger war als die zwischen Künstlerin und ihrem Mäzen, und sie wunderte sich darüber, dass sie das so schnell akzeptieren konnte. Die Stadt Paris übte definitiv ihre Wirkung auf sie aus.

Das Essen hatte sich zwei Stunden lang hingezogen, und danach hatte er sie beide in seinem Auto auf eine kurze Rundfahrt durch Paris mitgenommen, um ihr die wichtigsten Sehenswürdigkeiten zu zeigen. Begeistert hatte Annabelle die berühmten Gebäude, Boulevards, Paläste und Parks bestaunt, die sie nur aus Schulbüchern und den Beschreibungen ihrer Mutter kannte. Doch im Lauf des Tages musste sie sich etwas eingestehen, womit sie nicht gerechnet hatte: Ihr Französisch war nicht so gut, wie sie gedacht hatte.

Immer wieder, sowohl während des Mittagessens als auch bei der Rundfahrt und dann erneut am Abend, als Etienne und Henri sich zum Abendessen zu ihnen gesellten, hatte sie feststellen müssen, dass sie manche Redewendungen und modernen Begriffe nicht verstand oder dass die anderen über ihre altmodische Ausdrucksweise lachten. Das Französisch, das ihre Mutter ihr beigebracht hatte, war eindeutig veraltet, was ja kein Wunder war, da Camille Frankreich vor über zwanzig Jahren verlassen hatte. Außerdem war es Annabelle schwergefallen, den schnellen und manchmal verwirrenden Gesprächen zu folgen.

Sie drehte sich auf die andere Seite und schmiegte sich in die herrlich weichen Kissen. Diese Verwirrung würde nicht lange anhalten, beschloss sie, denn sie lernte schnell, beherrschte die Grundlagen perfekt und würde den Dreh bald heraushaben.

Annabelle schob dieses kleine Ärgernis beiseite und wandte sich stattdessen in Gedanken der abendlichen Versammlung um Alines großen Küchentisch zu. Bei Wein und Brot sowie köstlichen Würsten und verschiedenen Sorten Käse war es sehr lebhaft zugegangen. Sie hatte die Künstler, Schriftsteller und Musiker kennengelernt, die mit im Haus wohnten. So viele talentierte Menschen an einem Ort hatten sie beeindruckt, und sie hatte die anregende Atmosphäre in sich aufgesogen.

Zudem hatte sie Etienne und Henri etwas näher kennengelernt, als die beiden mit mehreren Flaschen Wein unter dem Arm erschienen waren, um Etiennes Tantiemenscheck zu feiern. Offenbar fühlten sie sich hier zuhause und waren mit allen Hausbewohnern vertraut. Etienne hatte sie dann mit skandalösen Geschichten unterhalten, die von Henris Abenteuern mit seinen Modellen handelten und über die alle Anwesenden herzlich lachen mussten.

Während sie so in ihrem bequemen Bett lag, musste Annabelle schmunzeln. Die jungen Männer waren beide amüsant, doch fühlte sie sich mehr zu Henri hingezogen als zu seinem Freund, weil er ruhiger und nachdenklicher war und nicht halb so großspurig wirkte. Auf Etiennes Spötteleien hatte er gelassen reagiert und alles humorvoll aufgenommen, obwohl Annabelle das Gefühl gehabt hatte, dass manches davon ans Boshafte grenzte. Sie fragte sich, ob Etienne wohl ein bisschen eifersüchtig auf seinen Kindheitsfreund war – doch weshalb er das sein sollte, wusste sie nicht.

Etienne war ein notorischer Charmeur und hielt sich offensichtlich für absolut unwiderstehlich. Seine dunklen Augen blitzten, wenn er sich ganz auf die betreffende Frau konzentrierte, beim Lächeln seine makellosen weißen Zähne zeigte und es sichtlich genoss, im Mittelpunkt der Aufmerksamkeit zu stehen. Annabelle war geschmeichelt, aber auch ein bisschen verlegen gewesen, als er sie wegen ihres altmodischen Französisch und ihrer englischen Art geneckt hatte, und obwohl sie genau wie die anderen über seine Geschichten hatte lachen müssen und seine Gesellschaft genoss, hatte sie doch das Gefühl beschlichen, dass er nicht ganz der Mann war, als den er sich gab, und das machte sie misstrauisch.

Indem sie sich sagte, dass sie nach den langen achtundvierzig Stunden voller neuer Eindrücke vielleicht ein wenig dünnhäutig war, schloss sie die Augen. Das hier war Paris, und hier war es üblich, dass alle Männer unverhohlen flirteten und mit Komplimenten um sich warfen. Sie musste nur gelassen damit umgehen und sich daran gewöhnen. Wenn doch nur Caroline hier gewesen wäre! Ihre Freundin war wesentlich weltgewandter als sie und würde instinktiv wissen, wie man mit Männern wie Etienne umgehen musste.

»Du wetzt noch den Boden durch, wenn du weiter so herumtigerst«, sagte Etienne, während er es sich auf der Chaiselongue in Henrys Atelier bequem machte und sich eine Zigarette ansteckte.

Henri kam im Lichtschein der frühen Morgensonne, die

zum Dachfenster hereinfiel, zum Stehen und starrte auf sein Bild. Monsieur Marcel musste jede Minute kommen. Von der nervösen Anspannung, die sich im Lauf der letzten zwei Tage in ihm aufgebaut hatte, war ihm flau im Magen.

»Du hast leicht reden«, schimpfte er milde. »Du hast Geld in den Taschen. Aber wenn ich das Bild heute nicht verkaufe, bin ich mittellos und kann nicht nach Spanien fahren.«

Etienne erhob sich langsam und zog Sakko und Krawatte zurecht. »Du machst dir zu viel Kopfzerbrechen, mein Freund«, sagte er und legte ihm die Hand auf die Schulter. »Und wenn es hart auf hart kommt, halte ich dich in Spanien aus, bis du dein Geld von der Zeitung bekommst.«

Er griff nach seiner Baskenmütze und betrachtete sich selbstgefällig im Spiegel, während er sie umständlich auf seinem Kopf zurechtrückte. Mit einem zufriedenen Nicken wandte er sich zu Henri um. »Ich dachte, ich schaue zum Kaffee mal bei Aline vorbei«, sagte er beiläufig.

Henri musterte ihn scharf. »Wir haben doch schon abgemacht, dass wir heute Nachmittag mit Annabelle einen Spaziergang durch die Stadt machen. Es ist nicht nötig, Aline zweimal am Tag zu belästigen.«

Er hob eine Braue, und in seinen dunklen Augen funkelte der Schalk. »Was ist denn los, Henri? Hast du Angst, die kleine Engländerin könnte meinem Charme erliegen, und du bist aus dem Rennen?«

»Wir befinden uns nicht in einem Wettstreit, Etienne«, entgegnete Henri, während er darum rang, seine Ungeduld im Zaum zu halten. »Wenn du mit Aline Kaffee trinken willst, so geht mich das nichts an. Aber wenn du darauf hoffst, bei Annabelle zu landen, dann fang es nicht heimlich an. Gib zu, dass du an ihr interessiert bist, und ich räume das Feld.«

»Das ist aber sehr nobel von dir, Henri«, versetzte Etienne mit einem Hauch Sarkasmus.

»Das ist überhaupt nicht nobel. Es ist einfach so, wie es schon immer zwischen uns gewesen ist, wenn uns ein Mädchen gefallen hat. Wenn du es ernst meinst mit Annabelle, dann bitteschön. Aber geh sorgsam mit ihr um, Etienne«, mahnte Henri sanft. »Sie ist nicht wie Amélie und all die anderen Mädchen, und nach all dem, was ihr in den letzten Tagen widerfahren ist, braucht sie Zeit, um sich an ihr neues Leben zu gewöhnen und sich mit den Sitten und Gebräuchen hier anzufreunden, bevor du sie mit deinem zweifelhaften Charme beglückst.«

Etienne drückte lachend seine Zigarette aus. »Du klingst wie ein empörter Papa, der seine jungfräuliche Tochter beschützen will. Jetzt mach mal halblang, Henri. Ein kleiner Flirt hat noch niemandem geschadet. Ja, dadurch könnte das Mädchen sogar ein bisschen lockerer werden, diese englische Steifheit abschütteln.«

»Sie braucht nicht lockerer zu werden«, erwiderte Henri ärgerlich. »Herrgott noch mal, Etienne, wenn du sie erobern willst, dann mach es ernsthaft. Oder lass es ganz.«

»Du kennst mich, Henri«, sagte Etienne mit einem Augenzwinkern.

Und wie Henri ihn kannte. Sein Freund betrachtete Frauen als Amüsement und genoss den Nervenkitzel der Jagd. Doch Henri wusste auch, dass Etienne schnell anfing sich zu langweilen, wenn die Jagd vorüber und das Mädchen ihm erlegen war, und ihm gefiel die Vorstellung nicht, dass die reichlich naive und unschuldige Annabelle ihm in die Falle ging.

Er starrte das Bild auf der Staffelei an. In Etiennes und auch in seinem Leben waren Mädchen gekommen und gegangen, und es hatte nie einen eifersüchtigen Wettkampf zwischen ihnen gegeben. Nun aber spürte er, dass Etiennes Interesse an Annabelle nicht nur ihrer Schönheit galt, sondern auch darin begründet lag, dass sie sich so sehr von den anderen Mädchen unterschied. Dass Henri sich unklugerweise offenbart hatte, indem er sie in Schutz nahm, als Etienne so spöttisch über sie gesprochen hatte, trug vielleicht ebenfalls einen Teil dazu bei.

»Was, wenn ich dir sagen würde, dass ich Annabelle sehr mag und sie gern näher kennenlernen würde?«, fragte Henri ernst.

Etienne musterte ihn eine ganze Weile nachdenklich. »Dann würde ich dir sagen, dass du dich aufmachen und sie kennenlernen sollst, wenn es das ist, was du willst. Wir haben uns noch nie wegen einer Frau entzweit, und obwohl diese kleine Engländerin interessant und sehr hübsch ist, ist sie es kaum wert, dass wir uns ihretwegen streiten. Viel Spaß bei der Jagd, mein Freund.«

Etienne grinste und versetzte Henri einen leichten Stoß. »Ich höre Schritte auf der Treppe. Viel Glück. Ich warte dann im Café auf dich«, sagte er und öffnete dem beleibten Unternehmer die Tür, der vom Treppensteigen ganz außer Atem war. Nachdem Etienne ihn höflich hereingebeten hatte, verabschiedete er sich und verschwand nach unten.

Annabelle verließ am nächsten Morgen früh das Haus, um zum nächsten Kiosk zu gehen und die Zeitungen sowie ein Päckchen von Alines geliebten Disque-Bleu-Zigaretten zu holen. Der Tag war sonnig, doch es ging ein kalter Wind, und sie war froh um die Fuchspelz-Stola, die Aline ihr aufgedrängt hatte.

Sie ließ sich Zeit und bummelte ein paar Minuten ziellos durch den Park am Ende der Rue de l'Arbre, ehe sie zur Seine hinunterschlenderte, um zuzusehen, wie der Fluss dahinströmte. Im Licht der frühmorgendlichen Sonne war Paris zauberhaft – die eleganten Türmchen und Erker der altehrwürdigen Gebäude, die sich über Dächer und rauchende Schornsteine erhoben, die vielen Fenster, die hinter den Balkonen glitzerten, während der Samstagmorgenverkehr vorüberrauschte und der eisige Wind die kahlen Äste der Bäume erzittern ließ.

Sie wollte gerade die Brücke verlassen und den Kiosk aufsuchen, als sie hörte, wie jemand ihren Namen rief. Sie wandte sich um und verspürte eine seltsame Erregung, als sie Henri mit glückstrahlender Miene auf sich zustürmen sah.

»Er hat drei Bilder gekauft!«, rief er, während er sie an beiden Händen packte und in einem wilden Freudentanz herumschwenkte. »Ist das zu fassen?«

Sie lachte mit ihm, angesteckt von seiner jungenhaften Freude und geschmeichelt davon, dass er diesen Augenblick des Triumphs mit ihr teilen wollte. »Das ist ja wunderbar«, japste sie, als ihr schneller Tanz endlich zum Ende kam. »Dabei warst du gestern Abend noch so niedergeschlagen und so sicher, dass er kein einziges kaufen würde.«

Auf einmal sah er verlegen drein und wich ihrem Blick aus. »Entschuldige, dass ich dich so grob gepackt habe«, sagte er. »Du musst mich für einen ziemlichen Trottel halten.«

»Ganz und gar nicht«, versicherte sie ihm hastig. »Warum sollst du nicht vor Freude aus dem Häuschen sein, wenn so etwas passiert?« Sie erwiderte sein Lächeln. Seine Wangen waren vor Glück, oder auch wegen des kalten, sonnigen Wetters, gerötet, und seine blauen Augen leuchteten noch intensiver als sonst. Er sah wirklich sehr gut aus.

»Er hat mir das Geld bereits gegeben und mich gebeten, die Bilder für ihn aufzubewahren, bis er morgen seinen Laufburschen zum Abholen vorbeischickt. Würdest du gerne …? Ich meine, hast du Zeit …?« Er räusperte sich. »Würdest du gerne mitkommen und sie dir ansehen?«, stieß er hektisch hervor.

»Sehr gerne«, antwortete sie begeistert, »aber ich kann nicht lange bleiben. Ich soll die Zeitungen holen, und danach will Aline mit mir auf den Markt gehen.«

Er bedachte sie mit einem spitzbübischen Lächeln. »Und ich bin mit Etienne im Café verabredet. Aber es ist nicht weit und wird nicht lange dauern.«

Sie fühlte sich wie eine Schulschwänzerin, als sie die Hand in die Beuge seines dargebotenen Arms legte und an seiner Seite über die Brücke zum linken Seineufer ging. Sie schritten durch die engen, kurvenreichen Sträßchen, in denen sich die Häuser einander zuzuneigen schienen, als flüsterten sie sich geheime Geständnisse zu.

Schon bald verlor sie die Orientierung, als Henri sie durch ein Gewirr von kleinen Gassen und Plätzen führte und schließlich vor einem hässlichen Haus zum Stehen kam, das aussah, als würde es bald einstürzen. Die Haustür und viele Fensterläden mussten dringend repariert und lackiert werden, eines der Regenrohre hatte sich von der Dachrinne gelöst, und der Verputz löste sich in großen Stücken von den Wänden und legte die nackten Backsteine und bröckeligen Mörtel frei.

»Es sieht vielleicht nicht nach viel aus«, sagte Henri und lächelte schüchtern, »aber wenigstens hat das Dach keine Löcher. Und achte nicht auf Madame Léon. Sie ist die Concierge und hat immer schlechte Laune«, fügte er leise hinzu, während er ihr die Tür aufhielt.

Annabelle trat in einen weiten Hausflur und sah sich augenblicklich einer grimmigen Frau gegenüber, die in ihrer Wohnungstür stand, die Arme in die Hüften gestemmt, und sie beide finster anfunkelte.

»Guten Morgen, Madame«, sagte Henry und eilte rasch an ihr vorüber. »Sie sehen wieder einmal so frisch aus wie der junge Morgen«, fügte er hinzu, ehe er Annabelle die ausgetretenen Stufen hinaufscheuchte.

»Sie alter Hungerleider!«, brüllte sie ihm nach. »Wenn Sie am Montag nicht Ihre Miete bezahlen, dann schmeiße ich Sie und ihre widerlichen Schmierereien mit größtem Vergnügen hinaus!«

Annabelle warf einen Blick auf Henri, um zu sehen, wie er diese schreckliche Drohung aufnahm, doch er grinste nur und wirkte völlig ungerührt, deshalb nahm sie an, dass derartige Beschimpfungen Routine waren. Als sie hastig die vier Stockwerke hinaufgestiegen war, war sie außer Atem. »Du liebe Güte«, keuchte sie. »Ich wusste gar nicht, wie untrainiert ich bin.«

»Ich habe mich daran gewöhnt«, sagte er, während er die Tür zu seinem Atelier aufschloss und mit großer Geste öffnete. »Willkommen in meinem Atelier.«

Annabelle betrat einen lichtdurchfluteten Raum, in dem fast keine Möbel standen. Es roch nach Leinöl und Terpentin, nach Staub, Mäusen, Feuchtigkeit und ein wenig nach Kaminfeuer. Im Atelier herrschte eisige Kälte, und sie registrierte ihren kondensierten Atemhauch, ehe sie das herrliche Bild auf der Staffelei entdeckte.

»Oh«, rief sie hingerissen aus. »Oh, Henri, es ist kein Wunder, dass er das gekauft hat.«

Angesichts ihres Lobs wurde sein Lächeln breiter, und er erzählte ihr rasch die Geschichte, die zu dem Bild gehörte. »Wir waren zu Besuch bei einem Freund auf dem Land, und nach einem langen und ziemlich schweren Mittagessen haben wir uns im Garten ausgeruht. Amélie ist eingeschlafen, und so habe ich sie an Ort und Stelle gezeichnet, da ich wusste, dass das ein gutes Bild abgeben würde. Sie hatte schon immer das Talent, sich instinktiv in die günstigste Position zu begeben, und natürlich war auch das Ambiente perfekt.«

Annabelle betrachtete die sinnliche junge Frau, die wie hingegossen dalag und in der Hängematte schlummerte, und beneidete sie um ihre natürliche Eleganz und Gelassenheit. »Sie ist wunderschön«, murmelte sie.

»Sie ist aber auch enorm kapriziös und unzuverlässig«, erwiderte Henri, während er im Raum umherging. »Aber sie war ein exzellentes Modell, und es wird schwer sein, einen adäquaten Ersatz für sie zu finden.« Er stellte die anderen beiden Bilder auf Staffeleien. »Wie du siehst, ist sie auf allen drei Bildern zu sehen, die Monsieur Marcel ausgewählt hat.«

Annabelle wandte sich dem zweiten Bild zu und sah erneut Amélie vor sich, doch diesmal lag sie malerisch drapiert auf einer Chaiselongue, den nackten Leib nur notdürftig von einem kunstvoll arrangierten Stück roten Samts bedeckt, und betrachtete sich nachdenklich in einem verzierten Handspiegel. Auf dem dritten Bild sah man Amélie an einem Fenster sitzen und sehnsüchtig hinausblicken, wobei der Ausschnitt ihrer Bauernbluse von ihren zarten Schultern gerutscht und der derbe Rock so weit hochgerafft war, dass ein wohlgeformter Schenkel, ein langes Bein und eine zarte Fessel zum Vorschein kamen.

Annabelle war angesichts derart sinnlicher und intimer Bilder unbehaglich zumute, denn sie sprachen nur allzu deutlich von der Beziehung zwischen Künstler und Modell, und da Henri so dicht neben ihr stand, wurde sie sich seiner körperlichen Präsenz nur allzu bewusst und geriet plötzlich in Verlegenheit.

Henri musste es auch gespürt haben, denn er führte sie rasch weg von den Bildern und räumte sein Skizzenbuch beiseite. Dann erbot er sich, ihr auf dem kleinen Spiritusöfchen einen Kaffee zu kochen.

»Ich muss jetzt wirklich los und die Zeitungen besorgen«, sagte sie schüchtern, »Aline wird sich schon fragen, wo ich geblieben bin. Und Etienne wartet bestimmt auch schon auf deine guten Nachrichten.« Sie rang sich dazu durch, zu ihm aufzublicken, und warf ihm ein nervöses Lächeln zu. »Ich finde deine Bilder wundervoll«, erklärte sie ruhig. »Und ich bin sehr froh, dass jemand dein großartiges Talent erkannt hat.«

Er lächelte ebenfalls und zog seinen Hausschlüssel aus der Hosentasche. »Jetzt muss ich mir die Reise nach Spanien wenigstens nicht von Etienne finanzieren lassen. Und nun komm, es ist eiskalt hier drinnen, wir kriegen beide noch Frostbeulen.«

Madame Léon brüllte ihnen etliche Gehässigkeiten hinterher, als sie durch den Hausflur gingen. Sie rannten lachend die schmale Gasse entlang, während ihre höhnischen Rufe noch hinter ihnen herschallten. Annabelle hängte sich bei Henri ein; nun, da Amélie keine stumme Zeugin mehr war, fühlte sie sich freier, und sie plauderten über seine geplante Spanienreise.

»Müsst ihr wirklich dorthin?«, fragte sie, während sie über den Pont Neuf gingen.

»Wir sind Basken, und unsere Vorfahren hatten französisches und spanisches Blut in den Adern. Es ist unsere Pflicht, dafür zu sorgen, dass die Faschisten in die Flucht geschlagen werden. Wir haben beide Vettern und Brüder, die schon in den Kampf gezogen sind, und es ist eine Frage des Stolzes, dass auch wir daran teilnehmen.«

»Ich habe ja schon erwähnt, dass ich auch Freunde habe, die nach Spanien gegangen sind«, erwiderte Annabelle und erzählte ihm von Caroline und ihren Brüdern und von Kolleginnen aus dem Krankenhaus. »Sie haben mich aufgefordert, mit ihnen zu gehen. Vielleicht hätte ich das auch getan, wenn ich nicht hierhergekommen wäre.« Sie seufzte. »Aber jetzt bin ich hier und fühle mich so zuhause, dass ich mir gar nicht vorstellen kann, irgendwo anders sein zu wollen.«

»Dann bleibst du also hier?«

»Wenn ich eine Stelle als Krankenschwester bekomme, auf jeden Fall.«

Am Ende der Brücke blieben sie stehen, wollten sich noch nicht trennen. »Ich wüsste nicht, was dich daran hindern sollte, hier Arbeit zu finden«, sagte er. »Es gibt eine ganze Menge Krankenhäuser, und gute Pflegerinnen werden immer gebraucht. Aber die Männer, die gegen die Faschisten kämpfen, brauchen auch Krankenschwestern.«

Annabelle holte tief Luft, dann seufzte sie. »Das ist mir klar, Henri, aber auch wenn der Gedanke verführerisch ist – ich weiß nicht, ob ich den Mut habe, in ein Kriegsgebiet zu gehen. Ich empfinde nicht das gleiche dringende Bedürfnis wie du und die anderen, mich in etwas zu stürzen, über das ich so wenig weiß.« Sie lächelte ihn an. »Siehst du, im Grunde meines Herzens bin ich ein Feigling und bleibe ganz gern hier, weitab von jedem Konflikt.«

Als er ihr Lächeln erwiderte, spürte sie, dass sie sich wie magnetisch von ihm angezogen fühlte. Ihre Umgebung verblasste, die Welt um sie herum schien stillzustehen, und es war, als wären sie allein auf der Brücke. Es war ein berauschender Moment –, mit nichts zu vergleichen, was sie je zuvor erlebt hatte – und sie war zu unerfahren, um diese plötzliche erregende Gefühlsaufwallung deuten und einordnen zu können.

»Ich halte dich nicht für feige«, erklärte er mit leiser Stimme und sah ihr tief in die Augen. »Wenn du feige wärst, hättest du die weite Reise hierher nicht allein unternommen.«

Sie konnte weder sprechen noch an irgendetwas anderes denken als an die Farbe seiner Augen und seine weichen Lippen.

»Vielleicht«, sagte er und kam noch einen Schritt näher, »können wir uns bei meiner Rückkehr wieder hier auf dem Pont Neuf treffen und uns gegenseitig erzählen, was wir erlebt haben?« Er hob die Hand und zeichnete sanft mit dem Finger die Linie ihres Kieferknochens nach, dort, wo sich der Fuchspelz daran schmiegte.

Seine Berührung jagte Schockwellen durch ihren Körper, sodass sie sich unwillkürlich näher zu ihm neigte. »Ja«, hauchte sie, »das ist eine gute Idee.« Verzweifelt versuchte sie, ihre übermächtigen Gefühle unter Kontrolle zu halten, denn bestimmt merkte er doch ihrem Verhalten an, was für eine Wirkung er auf sie ausübte?

Schließlich gelang es ihr, sich einen Schritt von ihm zu distanzieren, ehe sie ihm ins Gesicht zu blicken wagte. »Aber noch fährst du ja nicht, oder?« Sie bemerkte die Sehnsucht in ihrer Stimme, errötete und senkte den Blick.

Er griff nach ihrer Hand, zog sie näher an sich heran und zwang sie, ihn anzusehen. »Erst nach Weihnachten«, erwiderte er, während er sie mit seinen blauen Augen vielleicht ein oder zwei Sekunden zu lang fixierte. »Wir haben noch genug Zeit, um uns kennenzulernen.«

Als er ihre Hand losließ und zurückwich, war der Bann gebrochen, und Annabelle hatte auf einmal das Gefühl, als wäre sie ins offene Meer geworfen worden.

»Aber jetzt muss ich mich erst mal auf die Suche nach Etienne machen«, sagte er, als ahnte er nicht, in welchen Aufruhr er sie versetzt hatte. »Wir holen dich um zwei Uhr zu deinem Paris-Spaziergang ab, und ich rate dir, bequeme Schuhe anzuziehen. Auf diesem Kopfsteinpflaster geht es sich recht mühsam.«

Annabelle sah ihn davoneilen. Sowie er außer Sichtweite war, lehnte sie sich gegen die Brüstung der Brücke und starrte ins Wasser. Sie war außer Atem, und ihr Herz hämmerte, als hätte sie gerade einen Marathonlauf hinter sich gebracht. Die Erinnerung an die elektrisierende zarte Berührung auf ihrem Gesicht wirkte noch nach, und sie spürte noch die Wärme seiner Hand um ihre Finger. Wie konnte sie solche Gefühle entwickeln, wo sie ihn doch kaum kannte? Fühlte sie sich zu ihm hingezogen, weil sein dunkles Haar und seine blauen Augen sie so sehr an George erinnerten? Doch George hatte nie solche Gefühle in ihr ausgelöst – genau aus diesem Grund hatte sie seinen Antrag abgelehnt.

Zitternd und immer noch verwirrt von diesem kurzen Augenblick mit Henri fragte sie sich, was sie wohl empfinden würde, wenn er nach Spanien aufbrach. War dies nur eine vorübergehende Laune, oder war es etwas Tieferes, etwas Bedeutsames? Was es auch sein mochte, es hatte keine Zukunft, wenn sie hier war und er nach Spanien in den Krieg zog.

Der Gedanke, dass er sein Leben riskierte, war beklemmend, und sie spürte Tränen in sich aufsteigen, während sie über den Fluss schaute. So starke Gefühle mussten doch etwas bedeuten? Etwas, das sich so besonders anfühlte, konnte doch nicht einfach enden, ehe es überhaupt richtig begonnen hatte?

Das Läuten des Glockenturms in der Nähe riss sie aus ihren düsteren Gedanken. Sie hatte gar nicht registriert, wie spät es war, und Aline würde längst auf sie warten. Sie drängte die Tränen zurück, doch ihre Gedanken und Gefühle waren in Aufruhr, als sie sich auf den Weg zum Kiosk machte.

Etienne genoss das gesellige Zusammensein im Café. Hier konnte er sich mit seinem Tantiemenscheck und seiner Abmachung mit dem Zeitungsverleger brüsten und seinen klugen Schachzug hervorheben, dass er auch Henri in seine Berichterstattung aus dem Bürgerkrieg mit eingebunden hatte.

Unter der niedrigen Balkendecke sammelte sich der Rauch, der nicht nur von vielen Pfeifen und Zigaretten stammte, sondern auch von dem Feuer im großen Kamin. Köstlicher Kaffeeduft zog durchs Lokal und vermischte sich mit dem Dunst von Wein und Cognac. Die Gespräche waren lebhaft, die Gäste waren alle möglichen Künstler, die in diesem Pariser Stadtteil lebten. Das Café war der Ort, an dem man neue Freunde fand, bei einem Glas Wein wichtige Themen debattierte und darüber nachsann, wie man seine Künstlerkarriere vorantreiben konnte. Und es war ein Ort, an dem man während der kalten Wintertage ein warmes Plätzchen fand.

Etienne war gerade mit einem anderen Schriftsteller in eine intensive Debatte über das neuste Buch eines Rivalen vertieft. Beide waren sich einig, dass es völlig misslungen war und nur fürs Feuer taugte, obwohl es sich hervorragend verkaufte und fantastische Kritiken bekam.

Er griff nach seinem Weinglas und blickte gerade in dem Moment zur Tür, als Henri hereingestürmt kam. Sofort sah er ihm an, dass er gute Neuigkeiten hatte. »Hier drüben, Henri«, brüllte er über den allgemeinen Geräuschpegel hinweg, ehe er auf der Bank zur Seite rutschte, um seinem Freund Platz zu machen.

»Ich hab's geschafft«, keuchte Henri, wickelte sich den Schal vom Hals und zog die Baskenmütze vom Kopf. »Marcel hat drei Bilder gekauft – und noch an Ort und Stelle bezahlt.«

Etienne freute sich sehr für ihn und klopfte ihm überschwänglich und nicht besonders sanft auf den Rücken. »Gut gemacht, mein Freund«, sagte er und hob sein fast leeres Glas. »Dann geht die nächste Runde auf dich.«

Henri kramte lachend in seinen Taschen und legte ein paar Münzen auf den Tisch. »Das ist alles, was ich habe, solange ich den Scheck noch nicht eingelöst habe«, erklärte er.

Die anderen am Tisch stöhnten belustigt, und Etienne rief dem Wirt zu, er solle noch eine Runde bringen. »Du kannst es mir nächste Woche zurückzahlen«, erklärte er. »Das ist ein Grund zum Feiern.«

Als die Karaffen mit Wein auf dem Tisch standen und die Gläser gefüllt waren, tranken alle auf Henris Erfolg und kehrten dann zu ihren vorherigen Diskussionen zurück. Henri nahm einen großen Schluck Wein und lehnte sich mit träumerischem Gesichtsausdruck zurück, den Blick ins Leere gerichtet, als könnte er über das volle Lokal hinausschauen und einen noch erfreulicheren Ort erblicken.

Etienne musterte seinen Freund scharf. Irgendetwas an ihm war anders, und er hatte den Verdacht, dass dies nichts mit dem Verkauf seiner Werke zu tun hatte. »Marcel muss sich bei der

Entscheidung reichlich Zeit gelassen haben«, sagte er beiläufig. »Wir waren doch schon vor einer Stunde verabredet.«

»Offen gestanden hat er überhaupt nicht lange gebraucht«, gab Henri abwesend zurück, unübersehbar in Gedanken versunken.

Augenblicklich wurde Etienne neugierig. »Also was hat dich aufgehalten? Amélie ist doch nicht zurückgekehrt, um dich mit ihrem sinnlichen Körper abzulenken, oder?«

Henri löste sich allmählich aus seinen Grübeleien und schüttelte den Kopf. »Nein. Ich bin zufällig Annabelle begegnet und habe sie mit ins Atelier genommen, um ihr meine Bilder zu zeigen. Wir sind ins Plaudern gekommen, und da ist die Zeit nur so verflogen.«

Etienne erkannte den verklärten Blick, den sein Freund stets hatte, wenn er verliebt war. »Du bist ein stilles Wasser, Henri«, sagte er in freundschaftlichem Ton. »Ich hätte nicht erwartet, dass du dich als Erster an sie heranmachst.«

»So war es überhaupt nicht«, protestierte Henri. »Wir haben nur geredet, weiter nichts.«

»Du meinst, du warst allein mit ihr in deinem Atelier und hast sie nicht gleich auf deiner berüchtigten Chaiselongue flachgelegt?«, fragte Etienne ungläubig. »Henri, mein Freund, du lässt nach.«

Henris Gesicht wurde rot vor Wut. »Mir liegt etwas an ihr, Etienne. Sie ist anders als all die anderen, und ich will sie richtig kennenlernen.«

»*Mon dieu*, Henri, wie oft habe ich diesen Spruch schon gehört?«, sagte Etienne und prustete vor Lachen. »Man verliebt und entliebt sich im Handumdrehen, und wenn wir nach Spanien aufbrechen, ist sie längst vergessen.«

Henri musterte ihn nachdenklich. »Aber ich empfinde wirklich etwas für sie«, erklärte er fest. »Und ich glaube, ihr geht es genauso.«

»Natürlich geht es ihr genauso«, erwiderte Etienne. »Welche Frau könnte sich schon deinem Charme entziehen, wenn du sie mit deinen blauen Augen ansiehst?« Er klopfte Henri erneut auf den Rücken. »Das Einzige, was du empfindest, ist Lüsternheit, mein Freund, aber darüber kommst du hinweg, wenn sie erst mal ihr Höschen ausgezogen hat. So ist es doch immer.«

Henri errötete noch mehr, und er presste fest die Lippen zusammen, während er sich abwandte. »Wenn du weiter so über sie redest, gehe ich«, erklärte er.

Etienne wurde etwas mulmig, als er begriff, dass er zu weit gegangen war und dass dieses Mädchen seinem Freund offenbar wirklich etwas bedeutete. »Ach, komm, Henri, sei nicht so. Ich habe nur Witze gemacht. Du bist doch sonst nicht so empfindlich.«

»Das weiß ich ja«, erwiderte Henri schroff. »Aber ich mag es nicht, wenn du Annabelle so in den Schmutz ziehst.«

Etienne sah zu, wie Henri einen Schluck Wein trank und sich gemächlich eine Zigarette ansteckte, ehe er erneut in seine Tagträume abdriftete. Keine Frau hatte es je geschafft, sie beide zu entzweien, und er bezweifelte, dass diese reichlich prüde kleine Engländerin diejenige sein würde, die das starke Band der Brüderlichkeit zerreißen würde, das seit ihrer Kindheit zwischen ihnen bestand. Doch er war klug genug, um zu wissen, dass früher oder später einer von ihnen von der wahren Liebe gefangen genommen würde – schließlich waren sie dafür genau im richtigen Alter. Wenn Henri es mit diesem Mädchen tatsächlich ernst meinte, dann war es gut, dass sie bald nach Spanien aufbrachen. Es ging doch nichts über einen ordentlichen Kampf, um einen Mann zur Vernunft zu bringen. Henri und er hatten schon so viele Abenteuer zusammen erlebt, da wollte er nicht, dass nun irgendein dummes Mädchen diesem im Weg stand.

Etienne trank erneut von seinem Wein und stieß im Stillen auf den Bürgerkrieg an, der unweigerlich jede Verbindung zwischen Henri und Annabelle verhindern würde. Lass ihm seinen Spaß, sagte er sich. Auf der anderen Seite der Grenze gibt es jede Menge glutäugige Señoritas für uns, und Henri wird die kleine Engländerin bald vergessen haben, wenn wir durch Spanien ziehen und dabei vielleicht sogar im Kampf einige Lorbeeren erringen. So musste es sein, denn so war es immer gewesen – und solange er lebte, würde keine Frau je etwas daran ändern.

Aline schien sich wegen Annabelles langem Ausbleiben nicht den Kopf zerbrochen zu haben. Falls sie ihre geröteten Wangen und ihre Zerstreutheit registrierte, so sagte sie nichts. Sie war bereits fertig angezogen für ihren Ausflug zum Markt. Napoleon krächzte Annabelle aus seinem Käfig einen Willkommensgruß zu. Vom Souterrain klang Musik herauf, man hörte, dass dort jemand Geige übte.

Annabelle wusste nicht, ob es an ihren geschärften Sinnen lag oder ob der Markt stets ein so berauschendes Erlebnis war, jedenfalls erwies sich dieser Ausflug als ein weiterer sinnlicher Genuss. Sie überließ es Aline, den Preis der Schuhe und Strümpfe, die sie entdeckt hatten, herunterzuhandeln, atmete die verschiedenen Gerüche ein und versuchte die schillernden Farben und das bunte Treiben in sich aufzunehmen. Die Menschen sprachen schnell und salopp, man feilschte gut gelaunt um Preise, und ein Straßenmusiker, der mit einer Kappe vor sich auf dem Boden und einem Hund neben sich im Schatten der nahe gelegenen Kirche stand, ließ für alle sein Akkordeon erklingen.

Bauern und Marktleute waren sehr früh am Morgen in die Stadt gekommen, um ihre Stände aufzubauen, und die Masse von Menschen, die sich nun durch die engen Gassen zwischen den Buden drängten, bewies, wie günstig man hier Waren erwerben konnte. Früchte aller Art stapelten sich auf großen Karren, glänzende Zwiebeln und dicke weiße Knoblauchzehen hingen zu Zöpfen gedreht von bunten Markisen; leuchtende Tomaten sowie rote und grüne Peperoni lagen neben bleichen Selleriestangen, Ingwerknollen und Büscheln von Rosmarin, Thymian und Petersilie.

In zahlreichen Eimern standen dicke Sträuße herrlicher Blumen, umgeben von Töpfen mit bunten exotischen Gewächsen, die Annabelle noch nie zuvor gesehen hatte; daneben lagen Päckchen mit Samen und Säcke voller Komposterde. Gartengeräte stapelten sich neben Schubkarren, rustikalen Holzmöbeln und Fußmatten. Frisch geschlachtete Tiere baumelten an den Metzgerbuden unter Baumwolltüchern neben Auslagen mit würzigen Würsten, Schinken und Speck sowie Koteletts, Tauben, gelben Stubenküken und Hackfleisch. Es gab Hühner und Enten in Gehegen, Kanarienvögel in Käfigen und Stände, an denen von Unterwäsche bis hin zu Pelzmänteln und Latzhosen alles angeboten wurde. Da waren Tische, beladen mit *brocante* – Trödelware –, die förmlich danach schrien, durchwühlt zu werden.

Und über all dem wehten herrliche Düfte: von frisch gekochtem Eintopf, der für ein paar Sous in groben irdenen Schalen verkauft wurde, oder von Grillhähnchen, mit Butter, Knoblauch und Kräutern gefüllt, die von einem Jungen auf einem Spieß gedreht wurden. Es gab *vin chaud* – gewürzten Glühwein –, Brot und gelbe Butterkugeln und so viele Käsesorten, dass man nicht wusste, was man wählen sollte. Falls man nicht vorher schon hungrig gewesen war, dachte Annabelle, so wurde man es jetzt bestimmt.

Von all dem ganz berauscht folgte sie Aline von einem Stand zum anderen, und als sie ihre Einkäufe erledigt hatten, setzten sie sich an einen Tisch vor einem Lokal und sahen dem bunten Treiben zu, während sie jede eine Tasse heiße, dickflüssige und cremige Schokolade, garniert mit einem Tupfer Schlagsahne, tranken.

»Ich habe mit ein paar Bekannten über deinen Wunsch gesprochen, wieder als Krankenschwester zu arbeiten«, sagte Aline schließlich. »Es gibt freie Stellen, und man hat mir gesagt, dass du zu einer Schwesternagentur gehen musst, um dich zu bewerben.« Sie rauchte ihre Zigarette zu Ende und zog den Pelz um ihren Hals zurecht, genau wie es Camille immer tat. »Ich muss dir allerdings gleich sagen, dass diese Agenturen deine Zeugnisse und Referenzen sehen wollen. Und sie werden für ihre Dienste Geld verlangen.«

»Oh, ich wusste nicht …«

»Keine Sorge, meine Liebe«, sagte Aline beruhigend. »Die Gebühren werden von deinem ersten Gehalt abgezogen. Deine Qualifikationen müssten ausreichen, um dir einen sehr guten Posten zu verschaffen. Das Zeugnis, das du von deiner Oberschwester bekommen hast, ist hervorragend.«

Annabelles Freude wurde plötzlich von Zweifeln überschattet. »Tja, ich hoffe, es reicht aus«, murmelte sie. »Das Schreiben des Direktors ist vernichtend.«

Aline schürzte schulterzuckend die Lippen. »Dann ist es wahrscheinlich am besten, wenn du es ihnen gar nicht zeigst.« Lächelnd tätschelte sie ihrer Nichte die Hand. »Und jetzt musst du das alles beiseiteschieben und den Tag genießen. Du bist im Urlaub, Annabelle, und ich lasse nicht zu, dass dir das durch irgendetwas verdorben wird.«

Während Aline sich wieder dem Markttreiben zuwandte, rang Annabelle darum, die fröhliche Stimmung von zuvor zurückzuholen. Doch je mehr sie sich darum bemühte, desto weniger schien es ihr zu gelingen, und der Knoten der Angst, den sie verspürte, wurde immer dicker. Ein Leben ohne ihre Arbeit als Krankenschwester konnte sie sich überhaupt nicht vorstellen, und sie wusste, dass ihre Angst, keine Stelle zu finden, ihr zusetzte. Doch darüber hinaus wurde ihr allmählich bewusst, woher ihr innerer Aufruhr wirklich kam – sie musste unentwegt daran denken, dass Henri in den Krieg ziehen würde.

Sie starrte nachdenklich in ihre Tasse, und ihr war klar: Die Wahrscheinlichkeit, dass sie ihn, wenn er erst einmal abgereist wäre, nie wiedersehen würde, war groß. Und das wäre ebenso unerträglich, wie auf ihren Beruf als Krankenschwester verzichten zu müssen.

5

Annabelle war nun schon seit zwei Wochen in Paris. Sie war mit Aline zu der Agentur gegangen und hatte dort viele Formulare und Bewerbungsbögen ausgefüllt, hatte aber noch immer keine Antwort erhalten. Das Arbeitszeugnis von ihrer früheren Oberschwester hatte man kommentarlos entgegengenommen und es mit allen anderen Unterlagen in einen Aktenordner gelegt. Aline hatte recht behalten, was die Liebe der Franzosen zur Bürokratie betraf.

Von zu Hause waren mehrere Briefe eingetroffen, die Annabelles Sorge um ihre Mutter ein wenig milderten. Auch Philippa hatte geschrieben und ihr berichtet, dass sie sich mindestens einmal pro Woche mit Camille traf und dass diese ihr mittlerweile genug vertraute, um offen mit ihr zu sprechen. Edwin war in jeder Hinsicht so unangenehm wie immer, schien aber keine Ahnung davon zu haben, was Camille für ihre gemeinsame Tochter getan hatte. Stattdessen war er wütend darüber, dass Annabelle ihm entwischt war und kein Mensch zu wissen schien, wohin sie verschwunden war.

Camilles Briefe waren lang und ausführlich. Sie schilderte darin die Ausflüge, die sie mit Philippa unternahm. Und sie äußerte sogar ihr Bedauern darüber, dass sie und Annabelle nie die Gelegenheit gehabt hatten, eine engere Beziehung zueinander aufzubauen. Sie wünschte Annabelle, dass sie sich in Paris gut eingelebt und Aline inzwischen gelernt habe, sich ein bisschen dezenter zu geben.

Als Annabelle diese Stelle laut vorgelesen hatte, lachte Aline auf. Sie und Camille waren in so vieler Hinsicht so verschieden, und sie waren beide längst zu alt und in ihren Gewohnheiten zu festgefahren, um sich jetzt noch zu ändern.

Caroline hatte aus Spanien geschrieben, wo sie als Krankenschwester in einem Feldlazarett arbeitete, das beklemmend nahe an der Front lag. Ihr Brief wirkte gehetzt und zusammengestückelt, und die Tatsache, dass jeder Absatz ein anderes Datum trug, verriet, dass sie viele Tage gebraucht hatte, um den Brief zu schreiben.

Ihre Brüder hatte Caroline nicht mehr gesehen, seit sie sich an der Victoria Station getrennt hatten, und sie wusste nur, dass sie sich einem Freiwilligenbataillon unter dem Kommando von Kommunisten angeschlossen hatten, welche die abgesetzte spanische Regierung unterstützten. Caroline war von einem Feldlager zum anderen versetzt worden, und ihren Brüdern ging es genauso, daher konnte es eine Weile dauern, bis Briefe sie erreichten.

Sie beneidete Annabelle, denn sie liebte Paris und versprach, sowie sie Urlaub bekäme, einen Zug nach Norden zu besteigen und sie dort zu besuchen. Ihre Freude über diese Aussicht ging jedoch bald unter in der Beschreibung endloser Bombardements, die die Erde erbeben ließen, und der Überraschungsangriffe der Faschisten. Sie kamen mit ihren Gewehren und Mörsergranaten aus dem Nichts und töteten wahllos. Caroline schrieb von all dem Dreck und Matsch, der das provisorische Krankenhaus umgab und der es fast unmöglich machte, alles sauber zu halten.

Sie verfluchte den Mangel an Morphium und richtigen Medikamenten. Die Belieferung des Lazaretts mit der nötigsten Grundausstattung verlief schleppend. Der Tod war allgegenwärtig, doch Ärzte und Pflegepersonal waren enorm tapfer und engagiert, und sie war stolz, an ihrer Seite zu arbeiten. Sie ging nicht allzu sehr ins Detail, was die Verletzungen anging, die sie gesehen hatte, oder die langen, anstrengenden Schichten, die sie ableisten musste, doch nach Robert Howdens flammender Rede an jenem schicksalhaften Abend bei Tisch konnte Annabelle sich das alles nur allzu gut vorstellen.

Caroline hatte ihren eilig gekritzelten Brief mit der Bemerkung beendet, dass Schwestern ebenso dringend gebraucht wurden wie neue medizinische Hilfslieferungen, und sie bat Annabelle, es sich noch einmal zu überlegen und doch nach Spanien zu kommen. Zugleich warnte sie sie, dass es beängstigend sei und anders als alles, was sie je erlebt habe, erklärte jedoch auch, dass die Arbeit lebenswichtig sei, die Verwundeten so viel Beistand wie möglich brauchten und Annabelles Können und ihr ruhiges Wesen ein Geschenk des Himmels wären.

In dem Brief wurde deutlich, wie tapfer Caroline war, doch Annabelle las zwischen den Zeilen, dass sie genau jene Hölle durchmachte, die ihr Vater ihr prophezeit hatte, dass sie Dinge erlebte und sah, die keine junge Frau jemals zu sehen bekommen sollte. Dennoch hatte sie trotz all der Gräuel ihren festen Glauben an die Sache behalten und äußerte kein einziges Wort der Reue.

Annabelle hatte den Brief viele Male gelesen und fragte sich allmählich, ob sie auch nach Spanien fahren sollte, wo ihr Können als Krankenschwester gebraucht wurde und ihre Vergangenheit niemanden interessierte. Gleichzeitig schreckte sie davor zurück, ihrer Freundin in diesem Sinne zu antworten, denn sie hatte auch das Gefühl, es wäre ein Davonlaufen und sie müsste sich erst hier in Paris beweisen. Danach könnte sie immer noch nach Spanien reisen, im nächsten Jahr, falls der Krieg dann noch andauerte. Und dann wäre ihr guter Ruf wiederhergestellt, und sie könnte hoch erhobenen Hauptes fortgehen.

Der schwierigste Brief war der von George, und obwohl sie ihn in den letzten Tagen mehrmals gelesen hatte, verursachte er ihr nach wie vor schreckliche Schuldgefühle, denn hinter den ziemlich steifen und förmlichen Worten lag ein bitterer Schmerz, den er nicht verhehlen konnte.

Er hatte ihren Brief an seinem letzten Tag im St Swithin's Hospital erhalten, und obwohl er schockiert von ihrer überstürzten Abreise gewesen war, erfüllte es ihn nun doch mit Erleichterung, dass sie nicht nach Spanien geflüchtet war. Er schrieb ihr von der Praxis in Dartford und berichtete, dass er, wenn sie diesen Brief bekam, sich bereits dort niedergelassen hätte. Er schilderte, wie er durch die Stadt gehetzt war, um ihr von seinen Neuigkeiten zu berichten, und von seinem gescheiterten Versuch, sie an der Victoria Station noch zu erwischen, und gab zu, dass er sehr wütend auf sie gewesen sei, weil sie ihn nach ihrer jahrelangen Freundschaft so ohne ein Wort hatte sitzen lassen. Er entschuldigte sich reichlich steif dafür, dass er nach seinem Heiratsantrag – von dem er nun wisse, dass er unangebracht gewesen sei – auf Distanz gegangen war, und gab der Hoffnung Ausdruck, sie könnten Freunde bleiben.

Annabelle hatte augenblicklich zurückgeschrieben und ihm versichert, dass sie ihn selbstverständlich noch immer als einen lieben Freund betrachte und sich darauf freue, wieder von ihm zu hören. Sie formulierte ihren Brief im leichten Plauderton, schilderte die Schönheit von Paris, das sie inzwischen lieb gewonnen hatte, und das chaotische und liebevolle Heim, in das Aline sie aufgenommen hatte. Von Henri schrieb sie allerdings kein Wort, da ihre Freundschaft allmählich zu einer süßen Romanze erblühte. George leckte eindeutig noch immer seine Wunden, und sein Stolz war schwer angeschlagen, und dies hätte für ihn alles noch schwerer gemacht.

Um während der endlosen Wartezeit, bis die Agentur sich meldete, eine Beschäftigung zu haben, verbrachte sie die Tage mit langen Spaziergängen durch die Stadt, oft allein, wenn Aline in ihrem Atelier am Malen war, und manchmal Hand in Hand mit Henri. Nach dem ersten Stadtrundgang, als sie die vielen Stufen nach Montmartre erklommen und die herrliche Basilika Sacré-Coeur besichtigt hatten, hatte sie Lust bekommen, die Stadt auf eigene Faust weiter zu erkunden. Sie fühlte sich jetzt bereits so heimisch, dass sie den Stadtplan in der Tasche ließ und kaum je einen Blick darauf warf.

Sie besuchte Galerien, Paläste und Museen, spazierte durch den Bois de Boulogne und über die prächtigen Champs-Élysées bis zum Arc de Triomphe und schaute unterwegs in die Schaufenster der entsetzlich teuren Geschäfte. Sie entdeckte kleine versteckte Boutiquen, die billige Kopien der neuesten Designerstücke anboten, und etliche andere Läden, die voll von kaum gebrauchter Kleidung waren, abgelegt von reichen Frauen, die nicht einmal im Traum daran dachten, die Sachen vom letzten Jahr weiterzutragen. Schuhe, Handtaschen, Hüte, Handschuhe und Dessous kündeten allesamt stolz vom Pariser Schick, und Annabelle musste zugeben, dass die Pariserinnen weit mehr Auswahl hatten als die Damen in London.

Auch die Luft war sauberer, obwohl permanenter Verkehr herrschte. Das Rumpeln der Autoreifen auf dem Kopfsteinpflaster, das sie allerdings kaum mehr registrierte, verstummte nur in den frühen Morgenstunden. Auch Armut gab es hier, was sich an den heruntergekommenen Häusern in jenen Vierteln zeigte, wo man lieber nicht allein herumspazierte, an der hohen Zahl von Prostituierten, die jeden Tag ihrem Gewerbe nachgingen, und an den allgegenwärtigen Bettlern und Straßenmusikern. Im Zuge von Protestkundgebungen hatte es ein oder zwei kleinere Zusammenstöße mit der Polizei gegeben, aber Annabelle spürte hier nicht die gleiche unterschwellige Wut, die sie bei den Unruhen am Tower Hill und in der Cable Street wahrgenommen hatte.

Am Abend, wenn die Stadt erleuchtet war und die Geschäfte noch offen hatten, erwachte Paris erst richtig zum Leben. Straßencafés waren beliebte Treffpunkte, und Bistros und Restaurants machten bis spät in die Nacht blendende Geschäfte, denn die Franzosen aßen sehr spät, und überall in Bars und Nachtclubs und in den Tanzsälen der großen Hotels war Musik zu hören.

Wenn Henri sie wegen seiner beruflichen Verpflichtungen an einer Kunstschule nicht begleiten konnte, ließ sich meist Aline dazu überreden, nach dem Abendessen einen Spaziergang mit ihr zu machen, und dabei begegneten sie fast jedes Mal jemandem, den sie kannten, sodass für eine nette Abendunterhaltung gesorgt war. Keiner von ihnen hatte das Geld, um im Restaurant zu speisen oder eine Vorstellung in einem der Nachtclubs zu besuchen, doch ein Glas Wein oder eine Tasse Kaffee waren sehr günstig zu haben, und die abwechslungsreiche Parade von Passanten, die an den voll besetzten Straßencafés vorüberzogen, war so unterhaltsam wie jedes Kabarett.

Annabelles Begeisterung für Paris wuchs immer mehr, und schon bald fühlte sie sich hier mehr zu Hause, als es in London je der Fall gewesen war. Trotzdem begann allmählich an ihr zu zehren, dass sie noch immer keine Antwort auf ihre Bewerbungen erhalten hatte. Es waren nur noch zwei Wochen bis Weihnachten, ihr Geld ging rapide zur Neige, und sie wollte das neue Jahr 1937 nicht ohne eine Stelle beginnen, die ihr ermöglichte, ihren Teil zu ihrem Unterhalt beizutragen. Aline hatte ihr versichert, dass sie kein Geld von ihr wolle, doch Annabelle hatte schon längst gemerkt, dass es ihrer Tante oft nicht leichtfiel, ihre Rechnungen zu bezahlen, und so hatte sie schwere Schuldgefühle, weil sie Alines Freundlichkeit ausnutzte.

Und dann war da natürlich noch Henri und das Wissen, dass er bald nach Spanien aufbrechen würde. Sie hatten sich ein paarmal verstohlen geküsst, wenn sie an der Seine entlangspazierten oder durch die verschwiegenen Gässchen von Montmartre schlenderten, und hatten beim Bummel über die samstäglichen Märkte Händchen gehalten, doch sie verspürten beide das Gewicht jedes verstreichenden Tages, der sie näher an Henris Abreise heranführte.

Annabelle war zum ersten Mal verliebt und sah die Welt in leuchtenden Farben – der Himmel schien blauer, die Seine klarer, jedes Blatt und jeder Grashalm frischer als zuvor –, und jedes Mal, wenn Henri sie küsste, wollte sie am liebsten mit ihm verschmelzen, so sehr sehnte sich ihr Körper danach, von ihm geliebt zu werden. Aber seine bevorstehende Abreise stand wie ein böser Geist zwischen ihnen, und in klareren Momenten merkte sie, dass sie es nicht wagte, ihn vorbehaltlos zu lieben.

An diesem kalten Wintermorgen stand sie früh auf, damit sie ein Bad nehmen konnte, bevor sich die anderen regten. Im Badezimmer war es eiskalt, doch das Wasser war heiß, und das parfümierte Badesalz, das Aline ihr gegeben hatte, duftete wundervoll. Nachdem sie sich angezogen hatte, machte sie ihr Bett und räumte ihr Zimmer auf, ehe sie nach unten ging, um das Frühstück zuzubereiten. Aline schlief meist lang, denn sie war eine Nachteule und ging kaum je vor zwei Uhr morgens zu Bett, und dieser Umstand verschaffte Annabelle die Gelegenheit, zur Abwechslung einmal etwas für sie zu tun.

»Komm rein«, schrie Napoleon aus seinem abgedeckten Käfig. »Achtung, Katze. Trink was.«

»Guten Morgen«, sagte sie, während sie die Abdeckung wegzog und frisches Futter und Wasser in seine Näpfe füllte. »Und wie bist du heute gelaunt, Napoleon?«

Er beäugte sie böse und rückte auf seiner Stange näher an sie heran. »Hübscher Junge«, krächzte er.

Annabelle versuchte gar nicht erst, seine bunten Federn zu streicheln. Sie war bereits einmal von ihm gebissen worden und hegte nicht den Wunsch, dass sich das wiederholte. Sie kehrte ihm und dem Chaos im Salon den Rücken zu und machte sich auf, um die Küche aufzuräumen.

Die Küche war ein angenehmer Raum, der vom Salon abging. Eine zweite Doppeltür führte zu dem hinter dem Haus gelegenen Garten, der jetzt von weißem Raureif überzogen war und noch im Schatten lag. Zwischen zwei hölzernen Abtropfbrettern befand sich ein viereckiger Spülstein mit klobigen Messinghähnen, von denen man den einen mit dem Vorschlaghammer bearbeiten musste, damit das heiße Wasser lief. Über dem uralten und recht rustikalen Kamin waren Regalbretter angebracht, die mit bunt zusammengewürfeltem Geschirr und Kochtöpfen beladen waren. Kupfertöpfe und Pfannen hingen von Metzgerhaken, Küchenutensilien steckten in bunt bemalten Metallkrügen, und auf dem Fensterbrett wuchsen Kräuter in Keramiktöpfen.

Der riesige Tisch aus weiß gescheuertem Kiefernholz stand mitten im Raum unter einem weiteren hübschen Kristallleuchter, umgeben von mehreren Stühlen. Dies war das Herz von Alines Heim, denn hier trafen sich alle, um zu essen, zu plaudern und über die Ereignisse des Tages zu diskutieren – doch im Moment sah es eher danach aus, als hätte eine Bombe eingeschlagen.

Annabelle ignorierte das Chaos und suchte nach Futter für die sechs Katzen, die bereits in hungriger Vorfreude schnurrend um ihre Beine strichen. Sie stellte sechs Untertassen auf den Boden und sah zu, wie sich die Miezen über das Futter hermachten. Sie zuckten nervös mit ihren Schwänzen und wachten mit blitzenden Augen darüber, dass keine der anderen einen besseren Happen bekam. Nachdem Annabelle jede von ihnen gestreichelt hatte, nahm sie sich das schmutzige Geschirr vor.

Sowie die Küche aufgeräumt war und das frisch gespülte Geschirr zum Trocknen in dem Gestell über der Spüle stand, richtete sie den Kaffeebereiter her, damit sie ihn bei ihrer Rückkehr gleich auf den Herd stellen konnte, und holte ihren Mantel.

Draußen stellte sie fest, dass alles von Eis bedeckt war, das im frühen Sonnenlicht glitzerte wie Diamanten. Der herrliche alte Baum am Ende der Straße sah richtig festlich aus, der Ententeich im Park war zugefroren, und das Straßenpflaster schimmerte wie Glas.

Annabelle liebte diese menschenleeren frühen Morgenstunden. Sie steckte das Kinn in den Mantelkragen, zog den Hut tief ins Gesicht und schritt vorsichtig über das glatte Trottoir, bis sie die Hauptstraße erreichte. Die Straßenkehrer waren bereits unterwegs und streuten Sand auf Gehwege und Fahrbahnen.

Sie zog die Tür zur Bäckerei auf und wurde auf der Stelle von Wärme und dem himmlischen Duft nach frischem Brot empfangen, der aus den riesigen Backöfen im hinteren Bereich des Ladens kam. Sie begrüßte Madame Cécile und plauderte mit ihr, während die Bäckerin das frische Brot in Annabelles Korb legte. Schließlich verabschiedete sie sich mit einem fröhlichen Winken. Mit vorsichtigen Schritten tappte sie dann hinüber zum Zeitungsladen, um die Tageszeitung und Alines Zigaretten zu holen. Als sie alles beisammen hatte, kehrte sie nach Hause zurück und traf schon an der Treppe Aline an, die sie gespannt erwartete.

»Du hast einen Brief bekommen«, sagte sie, ehe Annabelle die Tür hinter sich schließen konnte. »Von der Agentur.«

Annabelle reichte ihr den Korb mit dem Brot und erhielt im Gegenzug den Brief, den sie mit zitternden Fingern öffnete.

»Sehr geehrte Mademoiselle Blake«, las sie atemlos vor. »Wir freuen uns, Ihnen mitteilen zu können, dass wir ein Vorstellungsgespräch für die Stelle einer Krankenschwester im Hôpital Laennec im 7. Arrondissement für Sie arrangiert haben. Das Gespräch findet am 14. Dezember um 8.30 Uhr im Büro der Verwaltungsleitung im Krankenhaus statt.«

Sie blickte von dem Schreiben auf und strahlte Aline beglückt an. »Aber das ist ja schon in drei Tagen«, rief sie aufgeregt. »Ach, wäre das herrlich, wenn ich noch vor Weihnachten eine Stelle bekäme.«

Doch als sie Aline den Rest des Briefes vorlas, verschwand ihr Lächeln, und ihre Freude löste sich in Luft auf. »Die französische Gesetzgebung verlangt, dass alle ausländischen Bewerber vor diesem Gespräch eine schriftliche und mündliche Prüfung ablegen. Diese Prüfung findet am 12. Dezember um 8.30 Uhr in der Schule für Heilberufe statt, die dem Hôpital Laennec angeschlossen ist. Falls Sie diese unerlässliche Prüfung nicht bestehen, wird das Angebot für das Vorstellungsgespräch zurückgezogen und kein weiteres mehr unterbreitet, bis Sie die Prüfung mit einem Ergebnis von mindestens fünfundsiebzig Prozent korrekten Antworten bestanden haben.

Wir wissen, dass dies sehr kurzfristig ist. Sollten Sie deshalb nicht teilnehmen können, rufen Sie uns bitte unverzüglich an. In diesem Fall müssen Sie Ihre Bewerbung erneut einreichen, damit im nächsten Jahr ein neuer Termin für Ihre Prüfung anberaumt werden kann.«

»Oh, Aline«, japste sie. »Die Prüfung ist schon morgen, und darauf hat mich kein Mensch vorbereitet. Ich bin überhaupt nicht auf die Idee gekommen, dass ich so etwas machen muss, und jetzt ist es viel zu spät, um mir noch ein medizinisches Wörterbuch zu besorgen und mir die Begriffe einzuprägen, die ich brauchen könnte.«

»Die Franzosen lieben die Bürokratie noch mehr als die Engländer«, versuchte Aline sie zu beruhigen. »Ich bin mir sicher, du schaffst diese Prüfung mit Leichtigkeit.«

»Ich habe meine Ausbildung an einem der besten Krankenhäuser der Welt gemacht. Sollte das nicht reichen?«

Aline schürzte die Lippen und zuckte gelassen die Achseln. »Das hätte ich auch gedacht, aber das Krankenhaus möchte wahrscheinlich sichergehen, dass dein Französisch gut genug ist, um in allen Situationen, die dir auf der Station begegnen könnten, zurechtzukommen. Und das ist es, Annabelle, das ist es auf jeden Fall.«

»Hoffentlich«, murmelte sie. »Das ist eine lebenswichtige Arbeit, bei der Menschenleben auf dem Spiel stehen. Ein Irrtum oder Missverständnis, und …« Sie verstummte, als ihr aufging, welches Unheil sie anrichten könnte, wenn sie nicht ausreichend vorbereitet war. »Warum sagen sie mir erst so kurzfristig Bescheid, Aline?«, klagte sie verzweifelt. »Ich weiß wirklich nicht, ob ich das schaffe.«

Sie legte Hut, Handschuhe und Schal ab und hängte ihren Mantel an die Garderobe. »Ich kann es mir nicht leisten durchzufallen, Aline«, sagte sie und kämpfte mit den Tränen. »Ich schulde dir jetzt schon so viel, und …«

Aline legte ihr einen Arm um die Taille und bugsierte sie durch den Perlenvorhang in die Küche. »Lass uns nicht über ein Scheitern nachdenken, bevor du es versucht hast, Liebes«, erklärte sie unerschüttert. »Dein Französisch ist ein bisschen altmodisch, aber absolut gut genug, um jede dieser blöden Prüfungen zu bestehen. Jetzt setz dich mal hierher, dann schenke ich dir einen schönen heißen Kaffee ein.«

Annabelle ließ sich auf einen Küchenstuhl fallen und starrte trübsinnig in den Garten, während sie von Zweifeln geplagt wurde und ihr Selbstvertrauen schwand. Sie durfte nicht scheitern – nach allem, was sie durchgemacht hatte, wäre eine solche Katastrophe nicht auszudenken.

George sah dem Taxi nach, das Angus Fraser zum Bahnhof und seinem Ruhestand entgegenfuhr. Er hatte Frasers Rat und Hilfe im Lauf der letzten Woche zu schätzen gewusst, und obwohl er die Gesellschaft des alten Burschen durchaus genossen hatte, war er nun froh darüber, dass seine Einarbeitungszeit zu Ende war und er sich Haus und Praxis zu eigen machen konnte.

Das Haus war eine geräumige viktorianische Doppelhaushälfte in einer ruhigen, von Bäumen gesäumten Straße. Die Praxis verteilte sich auf die Räume, die früher einmal Wohn- und Esszimmer gewesen waren. Abgesehen von der unten liegenden Küche befanden sich die Wohnräume in den beiden oberen Etagen, und als er die Haustür schloss und sich umwandte, um den Flur entlangzublicken, regte sich in ihm ein Gefühl von Stolz auf das, was er erreicht hatte. Er war weit gekommen, seit er sein Elternhaus am Stadtrand von Dublin verlassen hatte, um sein durch ein Stipendium finanziertes Medizinstudium zu beginnen, hatte Vorurteile besiegt und die Lernerei rund um die Uhr mit zähem Fleiß durchgestanden, und nun hatte er es geschafft.

Während er durch das stille Haus spazierte, verdrängte er gezielt jeden Gedanken an Annabelle und all die Pläne, die er für ihre gemeinsame Zukunft geschmiedet hatte. Sie hatte ihn abgewiesen, war nach Paris geflüchtet und würde sich dort zweifellos ein neues Leben aufbauen. Er tröstete sich mit der Erinnerung daran, wie stur sie sein konnte, wie hartnäckig sie manchmal auf ihre Unabhängigkeit pochte und wie verbissen sie auf ihr berufliches Fortkommen fixiert war, sodass sie kaum wahrnahm, was um sie herum vor sich ging. Sie konnte eigenwillig und launisch sein und einen unglaublich auf die Palme bringen, doch trotz alledem vermisste er sie, liebte sie und wünschte, alles wäre anders gekommen.

George stieg die Treppe wieder hinunter. Er würde lernen müssen, diese entsetzliche Schwäche für Annabelle zu unterdrücken, und mit der Zeit wäre das Gefühl dann wahrscheinlich nicht schlimmer als ein lästiges Unwohlsein. Doch jetzt musste er sich erst einmal um seine Nachmittagssprechstunde kümmern.

Er schloss die Seitentür zur Praxis auf und stand verblüfft vor einer kleinen erhobenen Faust und einem Paar blitzender brauner Augen.

»Oh, hallo«, sagte die junge Frau lachend. »Ich wollte gerade anklopfen. Ich bin Felicity Jenkins und weiß, dass ich keinen Termin habe, aber ich komme wegen der Stelle als Sprechstundenhilfe.«

Sie gefiel George auf Anhieb, denn sie war hübsch, Mitte zwanzig, redegewandt und angemessen gekleidet. Sie wirkte sehr eifrig, und wenn sie Stenografie und Maschinenschreiben beherrschte und seinen Terminkalender führen konnte, dann gehörte die Stelle ihr. Er wartete, bis sie Platz genommen hatte, und begann dann, sie über ihre bisherige Berufserfahrung auszufragen.

Er las ihr hervorragendes Zeugnis aus einer Praxis in Surrey, debattierte mit ihr über ihre Gehaltsvorstellungen und lächelte schließlich. »Willkommen in der Praxis Morpeth Road, Miss Jenkins. Wann können Sie anfangen?«

»Heute, wenn es Ihnen recht ist. Ich langweile mich zuhause zu Tode und kann es gar nicht erwarten, wieder loszulegen.«

Georges Lächeln wurde zunehmend breiter, als sie Hut und Mantel ablegte und den Tisch aufzuräumen begann. »Ich sehe schon, wir werden blendend miteinander auskommen«, sagte er und griff nach seiner Arzttasche. »Ich gehe jetzt meine Hausbesuche machen, aber ich komme rechtzeitig zur Abendsprechstunde zurück.«

Als er das Haus verließ, lächelte er immer noch. Die effiziente und ziemlich gut aussehende Miss Jenkins war ein absoluter Gewinn für seine Praxis.

Der Morgen des Prüfungstages war kalt und grau, und ein frostiger Nieselregen verdüsterte den Horizont. Annabelle hatte kaum geschlafen, und als sie sich für den Tag fertig machte, fragte sie sich, wie sie ihn überstehen sollte. Aline hatte unter den unzähligen Büchern, die sich überall im Haus stapelten, eines mit medizinischem Inhalt gefunden, aber es war ein alter Schinken und wahrscheinlich ohne Belang für die moderne Medizin.

Auch Aline war früh auf den Beinen, und als Annabelle in die Küche kam, stellte sie ihr eine große Schale Milchkaffee hin. »Ich habe ein bisschen Zucker hineingetan, damit du Energie bekommst«, erklärte sie, »und es sind *pains au chocolat* da, frisch vom Bäcker. Du darfst den Tag auf keinen Fall mit leerem Magen angehen.«

Annabelle gab sich redliche Mühe, dem köstlichen Schokoladengebäck Gerechtigkeit widerfahren zu lassen, aber sie war so nervös, dass sie kaum etwas schmeckte. Bei jedem Schluck des süßen, milchigen Kaffees wurde ihr leicht übel, und so gab sie nach der Hälfte auf. »Hast du auch Tee?«, fragte sie die skeptisch dreinblickende Aline. »Ich bin eben einfach daran gewöhnt, und …«

»Oh, là là, Annabelle, hättest du doch etwas gesagt. Natürlich habe ich Tee.« Sie eilte zum Schrank, nahm die Teedose heraus und stellte den Wasserkessel auf den Herd. »Wie magst du ihn denn? Mit Zitrone und Zucker oder mit Milch?«

»Mit Milch, bitte, und nur einem winzigen bisschen Zucker.«

Der Tee tat ihr richtig gut, und Annabelle trank zwei Tassen davon und schaffte es dann sogar, ihr Gebäckstück aufzuessen. Als sie sich vom Tisch erhob und in den Mantel schlüpfte, steckte ihr Aline einen Erikazweig ans Revers. »Das bringt Glück«, murmelte sie. »Und, soll ich dich begleiten?«

Annabelle schüttelte den Kopf. »Henri und ich sind den Weg gestern abgegangen, also werde ich mich wohl nicht verlaufen. Es ist sogar ganz in der Nähe von dort, wo er wohnt und sein Atelier hat.«

Aline sah sie einen Moment lang scharf an. »Dann warst du also schon bei ihm zuhause?«

»Um mir seine Bilder anzusehen, Aline«, antwortete sie

mit nervösem Lächeln. »Es steckt nichts Böses dahinter, glaub mir.«

Aline drapierte den Schal sorgfältig um Annabelles Hals und tätschelte ihr die Wange. »Sei vorsichtig, meine Belle, dieser junge Mann ist in dich verliebt, und ich glaube, du auch ein bisschen in ihn.« Sie küsste sie auf beide Wangen. »Aber heute musst du dich auf praktische Dinge konzentrieren, nicht auf Herzensangelegenheiten. Viel Glück, mein liebes Kind.«

Annabelle verließ das Haus, den aufgespannten Schirm in der Hand, um sich vor dem kalten Regen zu schützen, der immer stärker wurde. Als sie um die Ecke ging und in die schmale Gasse einbog, stieß sie frontal mit jemandem zusammen, der ihr entgegenkam. »Pardon«, sagte sie, während sie beide ihre Schirme sinken ließen.

»Macht nichts«, sagte Henri fröhlich. »Ich habe auch nicht auf den Weg geachtet.«

Lachend hoben sie die Schirme wieder über ihre Köpfe und blickten sich in die Augen. »Ich bin gekommen, um dich zu deiner Folterkammer zu begleiten«, witzelte er, ehe er sie zart auf die Lippen küsste und ihr seinen Arm anbot.

»Das ist wirklich nicht nötig, aber ich freue mich, dass du hier bist. Ich bin dermaßen nervös, dass ich regelrecht weiche Knie habe.«

Henri tat so, als müsste er ihre Beine begutachten. »Jedenfalls sind es sehr schöne Knie«, erklärte er. »Aber falls sie den Dienst versagen, bewahre ich dich mit meinem starken Arm vor dem Fallen.«

Sie marschierten in freundschaftlichem Schweigen dahin, und als sie am Pont Neuf anlangten und diesen in Richtung Rive Gauche überquerten, fühlten sie den schneidenden Wind und hörten die Graupelkörner wie kleine Dolche auf ihre Schirme prasseln.

»Das ist ja genauso schlimm wie in London«, sagte sie mit bemühter Heiterkeit. »Ich dachte, in Paris scheint immer die Sonne.«

Er lachte auf und drückte ihre Hand an sich, während sie sich an seinem Arm festhielt. »Die Sonne scheint immer, wenn man verliebt ist«, neckte er sie. »Da, siehst du nicht, wie sie sich abmüht, die Wolken zu durchdringen?«

Kichernd blickte sie zu dem tief hängenden Himmel auf. Der Rauch aus den Kaminen hatte Smog entstehen lassen. »Du hast eine lebhafte Fantasie, Henri.«

»Deshalb bin ich ja ein so guter Künstler.«

Sie gingen ein paar Minuten weiter, ehe Henri das Schweigen brach. »Du hast sicher schon gehört, dass euer König vor zwei Tagen abgedankt hat, oder?« Er schmunzelte über ihre betrübte Miene. »Ein verliebter Mann macht die verrücktesten Sachen, Annabelle. Aber nur wenige würden so ohne zweiteres auf ihre Krone verzichten. Sie ist eine seltsame Frau, nicht wahr? Sehr elegant, aber hart – irgendwie spröde. Ob sie wohl wirklich erwartet hat, eure Königin zu werden?«

»Entschuldige bitte, Henri, ich kann mich im Moment einfach nicht auf Wallis Simpson und ihre Ambitionen konzentrieren. Ich habe einen entsetzlichen Vormittag vor mir und kämpfe noch darum, mein Frühstück bei mir zu behalten.«

»Ach, meine geliebte Belle, wie gedankenlos von mir.« Er blieb stehen und legte ihr einen Arm um die Taille. »Ich dachte, es würde dich auf andere Gedanken bringen, wenn ich von solchen Dingen rede. Aber ich sehe ja, wie nervös du bist.« Er zog sie an sich und legte das Kinn auf ihren Kopf. »Du schaffst das mit links, ganz bestimmt«, flüsterte er. »Und ich warte draußen auf dich, bis du fertig bist.«

»Aber ich habe keine Ahnung, wie lange es dauert«, wandte sie ein. »Und du musst ein Bild fertig malen. Bitte steh nicht im Regen herum, nur um auf mich zu warten.«

»An der nächsten Ecke gibt es ein kleines Café. Ich setze mich dort hinein.«

Er lächelte sie an, und seine blauen Augen blickten mit solcher Zärtlichkeit in ihre, dass sie das Gefühl hatte, innerlich zu schmelzen. »Oh, Henri«, seufzte sie.

Er küsste sie leidenschaftlich und legte dann ihre Hand wieder in seine Armbeuge, damit er sie dicht an seiner Seite hatte, während sie auf das Krankenhaus zugingen.

Das Krankenhaus erstreckte sich über ein großes Gelände an der Rue de Sèvres und war von einer alten Mauer umgeben. Dahinter befand sich eine Art Irrgarten, und die einzelnen Gebäude, vor allem die aus dem 11. Jahrhundert stammende Kapelle, sahen ziemlich abweisend aus. Annabelle musste sich zwingen, die Ruhe zu bewahren.

»Du schaffst das«, erklärte er entschlossen. »Und jetzt geh. Wir sehen uns hier, wenn du fertig bist.«

Sie warf ihm ein verzagtes Lächeln zu, reckte das Kinn und marschierte entschlossen durch das Tor, am Brunnen vorbei und hinein in die Schule für Heilberufe, die rechts vom Hauptgebäude lag. Sie schüttelte die Regentropfen von ihrem Schirm und trat an den Empfangstresen.

»Ich bin Annabelle Blake«, erklärte sie der reichlich griesgrämig dreinblickenden Frau hinter dem wuchtigen Tresen. »Ich möchte an der Prüfung teilnehmen.«

»Gehen Sie erst durch diese Tür und dann durch die dritte Tür links. Dort finden Sie jemanden, der Ihnen sagt, was Sie tun müssen.«

Annabelle hätte ihr gern noch weitere Fragen gestellt, doch der Gesichtsausdruck der anderen ermunterte sie nicht dazu. Sie trat durch die doppelte Schwingtür und fand den richtigen Raum, wo bereits sechs andere junge Frauen warteten.

»Hallo, ich bin Annabelle Blake«, sagte sie, während sie sich zu der Gruppe gesellte, die sich um einen klobigen eisernen

Heizkörper drängte. »Seid ihr alle auch zu der Prüfung gekommen?«

Das waren sie in der Tat, und im Gespräch erfuhr Annabelle, dass zwei von ihnen Engländerinnen waren, eine war Spanierin, und eine stammte aus Kanada, eine aus Persien und eine aus Australien. Auch wenn sie aus allen möglichen Ecken der Welt kamen, hatten sie alle irgendeinen französischen Hintergrund. Entweder sie hatten ein französisches Eltern- oder Großelternteil, oder sie hatten einen gewissen Teil ihres Lebens in Frankreich verbracht.

»Ruhe, bitte.«

Sie wandten sich um und musterten die Frau, die den Raum betreten hatte. Mit einem Schlag fühlten sich alle wieder wie kleine Schülerinnen.

»Sie nehmen Ihre Plätze ein, während die Aufgaben verteilt werden«, erklärte die Frau, zog mehrere Bündel Papier aus ihrer großen Mappe und gab sie ihrer Kollegin, die ebenso grimmig dreinsah. »Die Prüfung dauert eine Stunde. Sprechen ist verboten, und wenn Sie aus irgendwelchen Gründen den Raum verlassen müssen, ehe die Zeit abgelaufen ist, werden Sie von meiner Kollegin begleitet.«

Annabelle setzte sich auf den harten hölzernen Stuhl und knöpfte langsam ihren Mantel auf. Die Aufgabenblätter lagen mit der beschriebenen Seite nach unten auf den Tischen. Es schienen unglaublich viele Seiten zu sein, und in ihr wallte Panik auf. Sie hegte schon unter den günstigsten Umständen eine massive Abneigung gegen Prüfungen, und diese hier war so wichtig, dass sich vor Angst ein regelrechter Knoten in ihrem Magen bildete.

Sie stopfte Mütze, Schal und Handschuhe in die Manteltaschen, hängte den Mantel über die Stuhllehne und versuchte, sich nicht anmerken zu lassen, wie nervös sie war, während sie darauf wartete, dass die Zeiger der Uhr 8.30 Uhr anzeigten.

»Sie dürfen jetzt anfangen«, sprach die Frau in das angespannte Schweigen hinein. »Sie haben genau eine Stunde Zeit.«

Annabelles Hand zitterte, als sie die Seiten umblätterte und schnell den ersten Absatz überflog. Die Wörter verschwammen ihr vor den Augen, und sie musste tief Luft holen, um sich zu fassen und alles aufzunehmen. Als sie begriff, dass es nur eine einfache kleine Geschichte war, zu der sie zehn Fragen beantworten musste, machte sie sich rasch an die Arbeit.

Die ersten Fragen waren leicht, doch als sie das nächste Blatt zur Hand nahm, merkte sie, dass die Fragen komplizierter wurden und mehr medizinische Fachbegriffe enthielten. Sie hielt sich lange damit auf, zu übersetzen, erfasste den Sinn aber nur zur Hälfte. Dann wurde ihr klar, dass sie ihre Zeit vergeudete. Sie schrieb das hin, was ihrer Meinung nach gefragt war, doch es war reine Theorie, und ihre Formulierungen gaben keinen Hinweis darauf, was die unbekannten Wörter in der Aufgabe bedeuteten.

Ihre Angst verschärfte sich, als sie sich das nächste Blatt ansah und feststellte, dass es so weiterging. Diesmal ging es um den Einsatz medizinischer Geräte und darum, welche sie bei einer Reihe verschiedener Verletzungen benutzen würde. Sie schlug sich wacker, denn viele der Begriffe lauteten auf Englisch recht ähnlich, und so konnte sie alles ganz gut erschließen.

Die letzte Seite war eine besonders harte Nuss, enthielt idiomatische Ausdrücke und moderne Begriffe, wobei die Aufgabe darin bestand, die Gefahren einer Narkose bei asthmatischen Patienten zu diskutieren und andere Möglichkeiten aufzuzeigen, wie man solche Patienten operieren konnte.

Ganz am Schluss folgte eine lange Liste von Instrumenten, die von OP-Schwestern benutzt wurden, und auch wenn sie die meisten kannte, gab es einige Begriffe, die sie vor ein völliges Rätsel stellten.

»Die Zeit ist um.«

Annabelle ließ sich gegen die Stuhllehne sinken. Sie hatte keinerlei Energie mehr und war sich sicher, dass sie durchgefallen war. Immerhin bestand noch die Hoffnung, in der mündlichen Prüfung gut abzuschneiden, um im Gesamtergebnis die unglaublich hohe Mindestpunktzahl zu erreichen. Sie hatte das dumpfe Gefühl, dass sie alle Hilfe brauchen würde, die sie bekommen konnte, denn sie hatte es nicht geschafft, sämtliche Fragen zu ihrer Zufriedenheit zu beantworten.

Nach einer kurzen Pause, in der sie Kaffee und Kekse serviert bekamen, wurde eine Teilnehmerin nach der anderen in ein Nebenzimmer gerufen. Während sie warteten und die Minuten zählten, bis die Nächste an die Reihe kam, stieg die Spannung, denn keines der Mädchen, das hineingegangen war, kam wieder zurück, und so erfuhren die anderen nicht, welche Fragen dort gestellt wurden.

Sie war eine der Letzten, die zur mündlichen Prüfung gerufen wurden, und danach hatte sie das Gefühl, sich sehr gut geschlagen zu haben. Als sie das Krankenhausgelände verließ und sah, dass Henri in der Kälte auf sie wartete, dachte sie, das sei ein gutes Omen.

»Wie ist es dir ergangen?«

»Ich weiß es nicht«, gestand sie. »Aber ich glaube, ich habe mich ganz gut geschlagen. Die Frau meinte, sie würden die Ergebnisse heute am späteren Nachmittag telefonisch durchgeben, also kann ich jetzt nur abwarten.«

»Es ist höchste Zeit für ein Mittagessen und ein Glas Wein«, erklärte Henri, während er sie entschlossen zu dem kleinen Café zurückführte, in dem er den ganzen Vormittag gesessen und gewartet hatte. »Ein Teller warme Gemüsesuppe, bestreut mit Käse, und dazu ein Stück frisch gebackenes, warmes Brot zum Hineintunken, das ist genau das Richtige an diesem anstrengenden Tag.«

Zu ihrer Überraschung hatte Annabelle einen Bärenhunger. Sie ließ Henri das Essen bestellen, und als sie die heiße Suppe und das köstliche knusprige Brot aß, kehrten ihre Lebensgeister allmählich zurück, und sie entspannte sich. Der Rotwein war ein wenig herb und sauer für ihren Geschmack. Seit sie bei Aline wohnte, hatte sie Wein zu schätzen gelernt und festgestellt, dass sie roten lieber mochte als weißen, den sie zu säuerlich fand.

»Danke, Henri«, sagte sie voller Zuneigung, als die leeren Teller abgeräumt wurden. »Ich wusste gar nicht, dass ich so hungrig bin.«

Sein Lächeln war warm und liebevoll. »In der kurzen Zeit, die uns noch bleibt, will ich dich verwöhnen«, sagte er leise und strich ihr eine ihrer Locken hinters Ohr.

Bei dem Gedanken, dass er direkt nach Weihnachten abreisen wollte, hätte sie am liebsten geweint, doch sie erwiderte tapfer sein Lächeln. Es hatte keine leidenschaftlichen Liebeserklärungen zwischen ihnen gegeben, nur eine stillschweigende Übereinkunft, dass sie tiefe Gefühle füreinander hegten, die unter anderen Umständen zu etwas ganz Besonderem hätten heranreifen können.

»Dann lasse ich mich eben von dir verwöhnen«, sagte sie. »Aber jetzt muss ich erst mal nach Hause. Aline will sicher wissen, wie ich zurechtgekommen bin, und außerdem möchte ich keinesfalls den Anruf verpassen.«

»Dann begleite ich dich. Und heute Abend komme ich zu euch und feiere mit dir.« Er legte ein paar Münzen auf den Tisch und half ihr in Mantel und Schal, ehe er sie zart auf die Lippen küsste und hinausführte.

Schweigend schritten sie durch die Straßen, wo das Regenwasser zwischen den Pflastersteinen glitzerte und durch die Rinnsteine strömte. Auf der Mitte der Brücke angelangt machte er Halt und zog sie an sich. »Ich habe beschlossen, dass du jedes Mal, wenn wir diese Brücke überqueren, einen Kuss als Brückenzoll zahlen musst«, verkündete er lächelnd.

»So einen Zoll bezahle ich gerne«, erwiderte sie mit einer Leichtigkeit, die sie nicht empfand. Schon bald würde er fort sein, und dann würde es keine Küsse mehr geben. Sie klammerte sich an ihn und versuchte ihm durch ihren Kuss zu vermitteln, was sie empfand, und dabei fragte sie sich, wie etwas so Mächtiges zum Untergang verurteilt sein konnte, noch ehe sie es überhaupt ganz begriffen hatte.

Er begleitete sie bis zur Rue de l'Arbre und küsste sie erneut. »Wir sehen uns heute Abend, meine süße Belle.«

Ihr war warm ums Herz, und sie fühlte sich geliebt und glücklich, als sie die Tür aufschloss und in den Flur trat.

»Annabelle, wo warst du denn?« Aline kam aufgeregt durch den Perlenvorhang. »Das Krankenhaus hat angerufen, und du musst schleunigst zurückrufen.«

Sie spürte, wie ihr alle Farbe aus dem Gesicht schwand. Die leichte Mahlzeit, die sie zu sich genommen hatte, schien sich in ihrem Magen zu drehen. »Was haben sie gesagt? Warum soll ich zurückrufen?«

»Ich weiß es nicht, *ma chère.* Sie haben nur gesagt, sie müssen dich persönlich sprechen.«

»Wann war das?«

»Vor zehn Minuten – gerade eben erst. Schnell, schnell, ehe sie noch denken, du wärst nicht interessiert.«

Annabelle griff nach dem Telefon an der Wand im Flur. Die Wartezeit, während die Vermittlung sie mit dem Krankenhaus verband, war quälend, und als sich am anderen Ende endlich eine Frauenstimme meldete, war ihr Mund so trocken, dass sie kaum sprechen konnte. »Hier ist Annabelle Blake«, krächzte sie. »Sie haben bei mir angerufen.«

Sie hörte zu, als die Frau sprach, und stellte ihr ein paar Fragen, ehe sie sich höflich bedankte und den Hörer auflegte.

»Und? Hast du bestanden? Hast du die Stelle bekommen?«

Annabelle kämpfte mit den Tränen und konnte kaum sprechen. »Ich habe bestanden, aber nur ganz knapp«, stieß sie schließlich hervor. »Die Stelle hat ein anderes Mädchen bekommen, das hundert Prozent geschafft hat. Sie sagen, ich muss drei Monate warten und die Prüfung noch einmal machen, bevor sie mich für eine andere Stelle in Betracht ziehen.«

»Aber wenn du bestanden hast, hast du bestanden«, schimpfte Aline. »Wie konnten sie dir das antun?«

»Mein Fachfranzösisch war nicht gut genug«, sagte sie niedergeschlagen und ließ sich auf die Treppe fallen. »Und ich habe ein paar Dinge falsch verstanden, die sich im Operationssaal katastrophal ausgewirkt hätten.«

»Ma pauvre petite«, murmelte Aline, setzte sich neben sie und schloss sie in die Arme. »Nächstes Mal schaffst du es, du wirst schon sehen.«

Die Anspannung des ganzen Tages und die bittere Enttäuschung waren zu viel. »Ich kann nicht monatelang warten, Aline«, schluchzte sie. »Ich brauche sofort eine Stelle als Krankenschwester, und ich kann nicht in der quälenden Ungewissheit leben, ob ich den Test beim nächsten Mal zu ihrer Zufriedenheit bestehe oder nicht.«

Sie löste sich aus Alines Umarmung und riss sich zusammen. Die Tränen und dieses Telefongespräch hatten ihre Gedanken geklärt, und auf einmal fühlte sie sich seltsam ruhig und entschlossen. »Wenn ich hier nicht als Krankenschwester arbeiten kann, dann gehe ich mit Henri und Etienne nach Spanien«, erklärte sie. »Dort werden sie nicht lange fragen, ob ich die Sprache spreche oder die richtigen Referenzen habe, sondern mein Können zu schätzen wissen.«

»Aber das darfst du nicht«, fuhr Aline auf. »Deine Mutter würde es mir nie verzeihen, wenn ich dir so etwas erlauben würde.« Sie packte Annabelle bei den Schultern und zwang sie, ihr in die Augen zu sehen. »Ich weiß, dass du enttäuscht bist und das Gefühl hast, versagt zu haben. Aber bitte triff eine so ernste Entscheidung nicht überstürzt aus einem momentanen Gefühl heraus.«

Annabelle küsste sie auf die Wange, und da sie es nicht ertragen konnte, Aline so aufgewühlt zu sehen, drehte sie sich um und starrte auf das Telefon. »Ich treffe diese Entscheidung nicht leichtfertig«, entgegnete sie. »Eigentlich ist sie unausweichlich gewesen, seit man mich im St Swithin's Hospital entlassen hat.«

»Aber warum? Das verstehe ich nicht.«

»Ich wollte hier eine neue Stelle finden, meinen guten Ruf zurückerobern und mir ein ordentliches Zeugnis ausstellen lassen, aber dann wollte ich nach Spanien zu Caroline fahren, das habe ich schon seit einer ganzen Weile geplant. Mittlerweile scheint mir die Reise nach Spanien nicht nur die richtige Lösung zu sein, sondern auch die einzige Möglichkeit. Ich breche nach Weihnachten mit Henri und Etienne auf und versuche herauszufinden, wo Caroline stationiert ist, damit ich dort zu ihr stoßen kann.«

»*Mon dieu.* Deine Mutter bringt mich um«, stöhnte Aline, während sie Annabelle mit Tränen in den großen braunen Augen ansah.

»Das bezweifle ich«, erwiderte Annabelle mit sanftem Lächeln. »Aber ich werde ihr schreiben und ihr klarmachen, dass meine Entscheidung in keiner Weise von dir beeinflusst wurde.«

Aline steckte sich eine Zigarette an und musterte sie durch den Rauch. »Ich hoffe, dass nicht deine Gefühle für Henri an dieser Entscheidung schuld sind«, sagte sie. »Aber falls es doch so ist, musst du sehr ernsthaft über die Konsequenzen nachdenken. Ihr seid beide jung, und ich vermute, du bist zum ersten Mal verliebt, aber …«

»Es ist nichts dergleichen«, fiel Annabelle ihr ins Wort. »Ich gebe zu, dass meine Gefühle für Henri bei der Entscheidung eine gewisse Rolle spielen, aber er ist nicht der Hauptgrund dafür, dass ich weggehe.«

»Dein Beruf als Krankenschwester ist dir sehr wichtig, nicht wahr?«

»Ja«, antwortete sie schlicht. »Und dass Henri und Etienne nach Spanien fahren, kommt mir wie ein Wink des Schicksals vor. Es ist sicherer und einfacher, mit ihnen zu reisen – sie sprechen fließend Spanisch, und falls irgendwelche Probleme auftreten, können sie sich darum kümmern.«

»Ach, Annabelle«, seufzte Aline resigniert. »Ich wünschte, du würdest es dir noch einmal überlegen. Der Gedanke, dass du dort unten dein Leben aufs Spiel setzt, ist mir unerträglich.«

»Es tut mir leid, wenn ich dich aus der Fassung gebracht habe«, sagte sie und nahm die Hand ihrer Tante. »Aber ich muss es einfach tun, Aline.«

»Dann soll es eben so sein«, sagte Aline und tätschelte ihr die Wange. Aber du musst mir schreiben, sooft du kannst, damit ich weiß, dass dir nichts fehlt.« Sie schenkte ihrer Nichte ein sanftes Lächeln, dann wurde sie unvermittelt geschäftsmäßig. »Laut deiner Freundin Caroline brauchen sie dort dringend Sanitätsartikel, also rufe ich mal ein paar Bekannte an, die sich vielleicht dazu überreden lassen könnten, so etwas zu besorgen. Wenn du entschlossen bist, nach Spanien zu gehen, darfst du nicht mit leeren Händen kommen.«

In Annabelles Augen standen Tränen der Dankbarkeit und der Erleichterung. Nun, da sie sich entschieden hatte, empfand sie zum ersten Mal seit Wochen ein Gefühl innerer Ruhe.

7

Etienne war an diesem Abend sehr mit sich zufrieden, als er zu Alines Haus schlenderte. Er hatte nicht nur den größten Teil des Nachmittags mit dem entzückenden und nur allzu willigen Häschen, das er am Vortag kennengelernt hatte, im Bett verbracht, sondern auch noch ein erfolgreiches Treffen mit seinem Verleger gehabt, und der war voll des Lobes gewesen. Sein Gedichtband verkaufte sich weitaus besser, als er selbst es erwartet hätte, und da bereits das Erscheinen eines zweiten Buchs kurz bevorstand und er für sein drittes einen großzügigen Vorschuss erhalten hatte, wusste er, dass er sich in der Welt der Literatur allmählich einen Namen machte.

Pfeifend trat er durch die unverschlossene Tür und bekam gleich noch bessere Laune, als er die Geräusche einer fröhlichen Runde aus Alines Küche vernahm. Annabelle musste ihre Prüfung bestanden und die Stelle als Krankenschwester bekommen haben, und so würde sie bald von der Bildfläche verschwinden, und er und Henri konnten so weitermachen wie früher.

Sein Freund war in letzter Zeit derart mit diesem unseligen Mädchen beschäftigt gewesen, dass Etienne ihn kaum noch gesehen hatte – und wenn, dann schien Annabelle Henris einziges Gesprächsthema zu sein. Etienne hatte es herzlich satt, sich anzuhören, wie wundervoll sie war, was für schöne Augen sie hatte und wie zart ihre Haut war … Und mit jeder dieser liebeskranken Schwärmereien ärgerte er sich mehr darüber, dass sich Annabelle in ihrer beider Leben gedrängt hatte.

Er überprüfte sein Äußeres im Flurspiegel, strich sich das dicke schwarze Haar glatt und zwinkerte seinem attraktiven

Spiegelbild zu. Das Leben war schön, und es würde noch schöner werden.

»Etienne«, rief Aline, als er die volle Küche betrat. »Wir haben schon gedacht, du lässt uns sitzen! Aber du hast Wein mitgebracht, also können wir dir verzeihen.«

Er küsste sie auf beide Wangen und stellte mit großer Geste zwei Flaschen Wein auf den Tisch. »Ich habe mich mit meinem Verleger getroffen, und es war die Rede von einem sehr großzügigen Vorschuss auf meinen nächsten Gedichtband«, erklärte er großspurig.

Von allen Seiten ertönten Glückwünsche, während er sich setzte und versuchte sich nicht allzu sehr damit zu brüsten. Er registrierte die Erregung im geröteten Gesicht der kleinen Engländerin und den Besitzerstolz auf Henris Miene. Das Musikerpaar Malachi und Miriam saß wie immer eng aneinandergeschmiegt da, während man den drei bärtigen jungen Malern bereits die Wirkung von zu viel Wein anmerkte, so lässig fläzten sie sich auf ihren Stühlen. Die Schriftsteller stopften sich Brot, Käse, Oliven und Salami in den Mund, als hätten sie seit einer Woche nichts mehr gegessen – was vermutlich auch der Fall war, denn in Etiennes Augen schrieb keiner von ihnen etwas, was einer Veröffentlichung wert gewesen wäre.

»Ich nehme an, wir feiern, dass Annabelle ihre Prüfung erfolgreich abgelegt und eine Stelle als Krankenschwester bekommen hat«, sagte er, während er sich eine großzügige Menge Wein einschenkte. Plötzlich verstummten alle, und als ihm auffiel, wie beklommen auf einmal alle Annabelle ansahen, kam seine bisher so gute Laune ins Wanken.

»Sie hat die Stelle nicht bekommen«, antwortete Henri ausdruckslos. »Ihr Fachfranzösisch hat nicht ausgereicht.«

»Ach du liebe Zeit«, seufzte Etienne mit genau dem richtigen Maß an Mitgefühl. »Das tut mir leid. Und was willst du jetzt machen? Zurück nach England gehen?«

»Sie kommt mit uns nach Spanien.«

Etienne spürte einen Anflug von Wut in sich aufwallen und musste darum ringen, sein Lächeln aufrechtzuerhalten. »Das ist aber ein reichlich überstürzter Entschluss«, versetzte er mit gespielter Gelassenheit. »Wenn sie meine Freundin wäre, würde ich ihr das verbieten. Ein Krieg ist kein Ort für Frauen.«

»Es passt mir nicht, dass du redest, als wäre ich nicht hier«, erklärte Annabelle reichlich verärgert. »Und es steht weder dir noch Henri zu, mir irgendetwas zu verbieten.«

Etiennes Blick wanderte von ihr zu Henri. »Und wie denkst du darüber, mein Freund?«

»Ich finde sie sehr mutig«, antwortete Henri unerschüttert und griff nach ihrer Hand. »Natürlich fürchte ich um ihre Sicherheit, aber da sie fest entschlossen ist, nach Spanien zu reisen, werde ich sie unterstützen, so gut ich kann.«

Etienne war schrecklich wütend, wagte jedoch nicht, sich das anmerken zu lassen. »Das ist sehr edel von dir, Henri«, sagte er ruhig. »Aber wenn wir in Albacete ankommen, um uns den Internationalen Brigaden anzuschließen und unsere Grundausbildung zu beginnen, wird sie ganz woandershin abkommandiert werden, vergiss das nicht. Wahrscheinlich wirst du sie nicht wiedersehen, bis alles vorbei ist.«

»Das ist mir klar«, antwortete Henri mit besorgter Miene, während er Annabelles Hand noch fester umfasste. »Aber Belle weiß, worauf sie sich einlässt – wahrscheinlich besser als wir –, und Krankenschwestern werden in Spanien dringend gebraucht.«

Etienne sah die entschlossenen Gesichter der beiden und wusste, dass er vorsichtig sein musste, wenn er sich seine Wut über diesen veränderten Plan nicht anmerken lassen wollte. »Ich bewundere deinen Mut, Annabelle«, sagte er in sanftem Ton. »Nicht viele Frauen würden ihr Leben auf diese Weise aufs Spiel setzen. Aber bist du dir sicher, dass du das aus den richtigen Gründen tust? Schließlich hast du bisher nie Interesse an der Sache gezeigt.«

»Ich ändere meine Meinung nicht, Etienne«, erklärte sie entschlossen. »Ich weiß, dass es gefährlich ist und dass die Bedingungen, unter denen ich dort arbeiten muss, schwierig sind, aber als Krankenschwester muss ich dorthin gehen, wo ich am dringendsten gebraucht werde.«

»Aber entschuldige, meine Liebe, du sprichst kein Spanisch«, entgegnete er, so freundlich er konnte. »Und wenn sogar dein Französisch für die Arbeit im Krankenhaus hier nicht für ausreichend befunden wurde, wie in aller Welt glaubst du dann, mit Spanisch zurechtzukommen?«

Er sah kurz Zweifel in ihren Augen aufflackern und schlug weiter in die Kerbe. »In all dem Durcheinander wird keine Zeit sein, alles zu übersetzen, und es ist doch sicher wichtig, dass du alles, was von dir verlangt wird, voll und ganz verstehst?«

Der Ausdruck von Zweifel schwand so schnell wieder, wie er gekommen war, und sie sah ihn geradeheraus an. »Es sind auch andere englische Schwestern dort«, gab sie zurück, »und ein paar Hundert amerikanische. Wenn die es schaffen, schaffe ich es auch.«

Etienne begriff, dass er auf diese Tour nicht weiterkam, und so wandte er sich an Henri. »Hast du ihr erklärt, wie wir nach Albacete gelangen wollen?«

»Ich bin erst vor Kurzem gekommen und hatte wirklich noch keine Zeit, um überhaupt irgendetwas zu erklären«, erwiderte Henri gereizt.

»Findest du nicht, dass du es ihr erklären solltest? Die Pyrenäen bei Nacht zu überqueren, um feindlichen Truppen aus dem Weg zu gehen, ist nichts für schwache Nerven.«

Annabelle war eindeutig schockiert – genau, wie er es erwartet hatte. »Aber ich dachte, wir fahren mit dem Zug direkt nach Madrid«, hauchte sie.

»Madrid ist Kampfgebiet und liegt für uns zu weit im Norden«, erklärte Etienne. »Wir fahren mit dem Zug nach Perpignan und marschieren dann über die Berge nach Spanien. Für den Transport von Figueres zum Ausbildungszentrum der Brigaden in Albacete ist gesorgt.« Er sah, wie Annabelle erbleichte, und wusste, dass er ihre Zuversicht ins Wanken gebracht hatte.

»Es gehen auch jeden Tag Schiffe nach Spanien«, warf Henri ein. »Vielleicht sollten wir überlegen, eines zu nehmen, statt der Route, die wir geplant haben. Es wäre sicherer für Annabelle, und …«

»Unsere Fahrkarten sind bereits bezahlt, und die Weiterfahrt ist arrangiert«, unterbrach ihn Etienne, wütend darüber, dass wegen dieses verflixten Mädchens nun schon Pläne geändert werden sollten. Er trank einen Schluck Wein, um sich zu beruhigen. »Ich glaube, es wäre das Klügste, wenn Annabelle hierbleibt und auf das nächste Lazarettschiff wartet«, sagte er in gemessenem Tonfall. »Dann ist sie in Gesellschaft anderer medizinischer Fachkräfte, und bis sie an ihrem Einsatzort eintrifft, hat sie schon Freunde gefunden und fühlt sich sicherer.«

Annabelle wollte gerade etwas erwidern, als Aline das Wort ergriff. »Ich glaube, das ist eine sehr gute Idee, Etienne«, sagte sie. »Die Reise ist schon gefährlich genug, ohne dass Belle riskieren muss, mitten in der Nacht ein Gebirge zu überqueren. Ich rufe morgen bei der zuständigen Stelle an und erkundige mich, wann das nächste Lazarettschiff ausläuft.«

Etienne setzte sein charmantestes Lächeln auf und nippte zufrieden an seinem Wein. Wenn Annabelle auf dem Schiff war, wären er und Henri von ihrer Anwesenheit befreit und könnten ihre sorgsam ausgearbeiteten Pläne umsetzen.

Während die Gespräche um ihn herum weitergingen, schwelgte er in der Vorstellung davon, wie sie beide in ihre alten Gefilde zurückkehrten, über steile, schroffe Berghänge kletterten wie in ihrer Jugend und beim Kampieren das Wasser aus eiskalten Bergbächen tranken. Es wäre wie in der guten alten Zeit, und wenn sie erst im Ausbildungslager eingetroffen wären, hätte Henri dieses blöde Mädchen längst vergessen und wäre wieder zur Vernunft gekommen.

Es hatte den Anschein, als wäre die Auseinandersetzung beigelegt, als sich das Gespräch anderen Themen zuwandte und sie gemeinsam Wein tranken und das Brot und den köstlichen Käse verzehrten. Annabelle und Henri saßen den ganzen Abend dicht beieinander und wechselten immer wieder ein vertrautes Lächeln, das von unausgesprochenen Gefühlen zeugte. Dabei hielten sie sich an den Händen und versuchten, nicht an ihre bevorstehende Trennung zu denken.

Im weiteren Verlauf des Abends musste sich Annabelle im Stillen eingestehen, dass Etiennes Äußerungen über das Überqueren eines Gebirges sie erschreckt hatten, und sie flehte innerlich darum, dass es Aline gelänge, sie stattdessen auf einem Schiff unterzubringen. Das hieß zwar, dass sie nicht mit Henri reisen könnte, worauf sie sich bereits gefreut hatte, doch es wäre auf jeden Fall einfacher.

Am nächsten Morgen hängte sich Aline ans Telefon und rief Gott und die Welt an, jedoch ohne Ergebnis. Das nächste Lazarettschiff in Richtung Spanien würde erst im Februar auslaufen, und da Annabelle nicht so lange warten wollte, nahm sie die Sache selbst in die Hand.

Doch als sie die lokale Sektion der kommunistischen Organisation kontaktierte, die die Reisen medizinischer Fachkräfte nach Spanien vorbereitete, erfuhr sie, dass es wegen der heftigen Kämpfe dort keine Sonderzüge mehr nach Madrid geben würde. Wenn sie es jedoch auf eigene Faust bis zum Krankenhaus in Tarragona schaffte, würde man sie dort mit offenen Armen aufnehmen.

Es sah ganz danach aus, als bliebe ihr nun nichts anderes übrig, als mit Henri und Etienne nach Perpignan zu fahren, und obwohl ihr die Vorstellung, zu Fuß die Pyrenäen zu überqueren, Angst einflößte, war sie fest entschlossen, sich zu diesem Krankenhaus durchzuschlagen, damit sie dort endlich ihre Fachkenntnisse einsetzen könnte. Nachdem sie alles mit Henri besprochen hatte, gab sie den letzten Rest vom Geld ihrer Mutter für die Zugfahrkarte aus.

Weihnachten feierten sie bei Speisen und Getränken in Alines gemütlicher Küche, doch das Wissen, dass Annabelle bald mit den anderen in ein Kriegsgebiet aufbrechen würde, lag wie ein dunkler Schatten über den Festtagen.

Zwei Wochen später, als an Annabelles letztem Morgen die Sonne über den rauchenden Schornsteinen und den mit Raureif überzogenen Dächern von Paris aufging, stieß sie die Fensterläden auf und lehnte sich hinaus, um den Blick zu genießen. Sie würde diese hinreißende Stadt vermissen, und auch der ihr inzwischen so vertraut gewordene Tagesablauf würde ihr fehlen, doch nun begann das nächste Kapitel in ihrem Leben, und sie konnte es kaum erwarten, sich hineinzustürzen.

Sie wandte sich vom Fenster ab und musterte den Rucksack, den Aline aus ihrem reichen Fundus ausgegraben hatte. Jetzt war er vollgepackt mit dicken Socken und einem Pullover, warmen Hosen und Hemden und sogar einem Paar derber Stiefel, die sie auf dem Markt gefunden hatten. Die anderen Sachen stammten von Alines verstorbenem Ehemann, und obwohl sie sich nur unter Tränen von ihnen trennen konnte, hatte sie darauf bestanden, dass Annabelle sie bekommen sollte. Damit alles passte, musste jedes Kleidungsstück von Miriam enger genäht werden, die sich als große Könnerin an der Nähmaschine erwies. Für die Stiefel hatten sie robuste neue Schnürsenkel gekauft.

In einer Seitentasche des Rucksacks steckten ihr Pass und die Ausweispapiere, die Aline ihr mithilfe eines Freundes im Bureau des Étrangers besorgt hatte, und neben einer Schachtel mit wertvollen Spritzen lag eine weitere mit Morphiumampullen. Außerdem hatte sie ein Spanisch-Wörterbuch eingepackt – Etiennes spitze Bemerkung über ihre fehlenden Sprachkenntnisse hatte sie getroffen, und seitdem studierte sie eifrig das kleine Nachschlagewerk. Ganz unten im Rucksack lagen ihre Schwesterntracht, Schnalle und Dienstabzeichen, die Abschriften ihrer Zeugnisse und die Briefe von zuhause.

Camille hatte auf ihre Pläne zuerst entsetzt reagiert, doch Philippa war es gelungen, sie zu beschwichtigen, und in ihrem letzten Brief hatten fünf frische grün-weiße Pfundscheine gelegen, die Annabelle auf der Bank in Francs umgetauscht hatte. Philippa erzählte in ihrem Brief ausführlich von ihren Bemühungen, Geldspenden zu sammeln, um mehrere Krankenwagen und weitere medizinische Güter auf den Weg zu schicken. Das musste allerdings von Frankreich aus erfolgen, da England für die Dauer des Krieges ein Ausfuhrembargo verhängt hatte, das sämtliche Exporte nach Spanien verbot. Die wackere Aline hatte augenblicklich die Chance ergriffen, etwas zu tun, und unermüdlich ihr Netzwerk einflussreicher Freunde animiert, die Spendengelder sinnvoll zu nutzen und einen Konvoi zu organisieren. Er würde voraussichtlich im März aufbrechen und sowohl Pflegekräfte als auch die dringend benötigten medizinischen Güter mitführen.

Annabelle wusch sich und zog rasch ihren warmen Wollrock, eine Baumwollbluse und einen Pullover an und packte dann Haarbürste und Waschbeutel ein. Sie würde den größten Teil ihrer Sachen bei Aline zurücklassen, denn wenn sie diesen Rucksack über ein Gebirge tragen sollte, dann musste er so leicht wie möglich sein.

Im Haus herrschte zu dieser frühen Stunde Stille. Das Abschiedsfest war bis weit nach Mitternacht gegangen, und Annabelle hatte darauf bestanden, dass die anderen es ihr nicht noch schwerer machten, indem sie herunterkamen und sich noch einmal unter Tränen von ihr verabschiedeten. Langsam ging sie die Treppe hinunter und betrachtete ein letztes Mal die leuchtenden Farben und die schönen Wandgemälde. Als sie den Rucksack im Flur abstellte, wurde sie von einem missmutigen Napoleon begrüßt.

»Achtung, Katze«, krächzte er, als sie ihm Körner in sein Schälchen füllte.

»Selber Achtung, Katze, du alter Grantler«, murmelte sie voller Zuneigung und wagte es sogar, ihm über das Gefieder zu streichen.

Sein Schnabel sauste herab und verfehlte ihren Finger nur um Haaresbreite. »Hübscher Junge, hübscher Junge. Ärrk!«

»Er hat keine Manieren«, rief Aline aus der Küche. »Zieh die Abdeckung wieder über den Käfig und komm frühstücken.«

Aline sah prächtig aus in ihrem Morgenmantel aus scharlachrot-goldener Seide, der sich eigentlich furchtbar mit ihrem roten Haar hätte beißen müssen, dies aber eigentümlicherweise nicht tat. »Du wirkst erstaunlich munter, wenn man bedenkt, dass du kaum Schlaf bekommen hast«, sagte Annabelle und umarmte ihre Tante.

»Du aber auch«, erwiderte sie warm. »Und jetzt setz dich. Du hast noch eine halbe Stunde, ehe du aufbrechen musst, und die sollten wir so gut wie möglich nutzen.« Sie goss Kaffee und heiße Milch in eine Porzellanschale und schob sie ihr hin. »Ich bin nicht mehr dazu gekommen, frisches Brot zu holen, aber ich habe das von gestern aufgewärmt, und die Croissants sind auch noch genießbar.« Sie legte ein Einkaufsnetz auf den Tisch. »Hier drin sind Brot, Käse, Wurst und Wein und eine Thermosflasche mit Tee.« Sie lächelte matt. »Ich weiß ja, wie du deinen Tee magst.«

Gerührt von ihrer Aufmerksamkeit bedankte sich Annabelle überschwänglich bei ihr, ehe sie die Katzen streichelte, die sich geschmeidig um ihre Beine wanden. Dann setzte sie sich, trank den süßen, warmen Milchkaffee und aß ein *pain au chocolat.* Mignonette hüpfte ihr auf den Schoß und rollte sich zu einem schnurrenden Ball zusammen, und Annabelle streichelte ihr über das weiche Fell. Sie würde Aline und die Katzen vermissen und diese heimelige Küche. Hier hatte sie die Liebe und das Glück gefunden, und der Gedanke, all das zurückzulassen, ging ihr ziemlich nahe.

»Hast du es dir anders überlegt?« Aline fasste über den Tisch und griff nach ihrer Hand. »Falls ja, es ist noch nicht zu spät, Annabelle.«

Annabelle blinzelte die Tränen zurück und schüttelte den Kopf. »Es ist viel zu spät, um es sich anders zu überlegen«, erwiderte sie. »Und offengestanden freue ich mich schon sehr darauf. Denk dir nur, Aline, was für ein einmaliges Erlebnis das sein wird – und was ich meinen Kindern und Enkelkindern später einmal erzählen kann.«

»Ich finde, du bist verrückt«, murmelte Aline. »Aber du bist noch sehr jung«, fuhr sie achselzuckend fort, »und ich bin zu alt und zu festgefahren, um noch Abenteuer zu erleben. Aber pass auf dich auf, Annabelle. Es wäre furchtbar für mich, wenn dir etwas zustieße.«

»Du wirst mir fehlen, Aline«, seufzte sie. »Du warst so nett zu mir, hast so viel für mich getan, und du sollst wissen, wie unendlich dankbar ich dir bin.«

»Es war eine Freude, dich hier zu haben, Annabelle. Von jetzt an musst du mein Haus als dein Zuhause betrachten.« Sie lächelte unter Tränen und steckte sich eine Zigarette an. »Eines möchte ich dir noch sagen, bevor du gehst«, begann sie zögerlich.

»Du schaust so ernst, Aline. Bitte mach dir keine Sorgen ummich. Mir wird nichts zustoßen, glaub mir. Außerdem sind ja Henri und Etienne bei mir …«

»Gerade über Etienne möchte ich mit dir reden«, fiel Aline ihr ins Wort. Als Annabelle sie stirnrunzelnd ansah, rutschte sie auf ihrem Stuhl hin und her, als wäre ihr unangenehm, was sie zu sagen hatte. »Liebes, du musst aufpassen, dass du dir Etienne nicht zum Feind machst. Er ist sehr eifersüchtig auf deine Nähe zu Henri.«

Annabelle blinzelte erstaunt. »Wie kommst du darauf?«

»Ich habe das Auge einer Künstlerin und registriere Dinge, die anderen entgehen. Etienne mag liebenswert und lustig wirken, aber ich spüre seinen Groll darüber, dass du dich zwischen ihn und Henri drängst.«

Sie tat Annabelles Protestversuch mit einem Fingerschnippen ab. »Du musst unbedingt begreifen, wie lange sie schon befreundet sind und wie eng das Band zwischen ihnen ist. Sie haben vieles gemeinsam erlebt, und das Blut der Basken ist heiß, sie sind sehr aufbrausend. Im Leben der beiden sind Frauen gekommen und gegangen. Bis jetzt ist es ein Spiel gewesen – unter vielen anderen Abenteuern, die niemand ernst nimmt. Aber nun ist offensichtlich, dass Henri dich ebenso sehr liebt wie du ihn, und das treibt einen Keil zwischen die beiden.«

»Das war mir nicht klar«, murmelte Annabelle. »Aber wenn Etienne wirklich Henris Freund ist, dann müsste er akzeptieren, dass das irgendwann passiert.«

»Etienne denkt nur an sich selbst«, sagte Aline fast abschätzig. »Er ist eitel und selbstsüchtig und nur dann mutig, wenn er sich damit vor jemandem gut in Szene setzen kann. Er und Henri sind wie zwei Seiten einer Medaille, sie ergänzen einander, aber in Etiennes Vorstellung ist kein Platz für eine weitere Person.«

»Aber das ist ja schrecklich«, stöhnte Annabelle. »Ich

wünschte, du hättest nichts gesagt, Aline. Jetzt werde ich ständig auf der Hut sein.«

»Ach, meine Liebe. Er wird dir bestimmt nichts tun. Aber er wird versuchen, sich zwischen euch zu drängen, das garantiere ich dir. Pass einfach auf, mehr will ich gar nicht sagen.«

Annabelle wollte schon etwas entgegnen, als sie die Uhr auf dem Kaminsims schlagen hörten. »Ich muss gehen«, sagte sie, plötzlich ganz aufgeregt. Sie erhob sich, ließ Mignonette von ihrem Schoß rutschen und streckte die Arme nach Aline aus, um sie zu umarmen.

»Danke, Aline«, flüsterte sie in das duftende rote Haar. »Danke für alles. Und ich verspreche, alles zu beherzigen, was du gesagt hast, und dir so oft zu schreiben, wie ich kann.« Sie hielt sie eine ganze Weile fest, atmete den Gardenienduft ein und hoffte, noch lange von der Erinnerung an diesen liebevollen Zufluchtsort begleitet zu werden. Und dann ergriff sie das Einkaufsnetz, ging in den Flur hinaus, zog Mantel, Hut und Schal an und nahm den Rucksack.

Sie blinzelte die Tränen weg, öffnete die Haustür und trat in den bitterkalten frühen Morgen hinaus. Auf der Treppe wandte sie sich um und umarmte Aline noch einmal. »Ich bin im Handumdrehen wieder da«, sagte sie mit belegter Stimme. »Ich hab dich lieb, Aline. Ich hab dich sehr lieb.«

Dann, ehe sie sich noch komplett lächerlich machte und in Tränen ausbrach, hängte sie sich den Rucksack über eine Schulter und lief die Stufen hinunter. Ihre Schuhe berührten ein letztes Mal die Pflastersteine der Rue de l'Arbre, und als sie die scharfe Kurve erreichte, die sie zur Hauptstraße führen würde, konnte sie nicht anders, als ein letztes Mal zurückzublicken.

Aline stand noch immer in der Tür. Ihr Haar wehte im frostigen Wind, und rot-goldene Seide flatterte um ihre Knöchel. Sie hatte sich einen Arm vor den Oberkörper gelegt und erhob den anderen, um ihr eine Kusshand zuzuwerfen. Und dann war sie weg. Die Haustür fiel hinter ihr ins Schloss, und in den Fenstern spiegelte sich nur noch die Morgensonne.

»Wir müssen uns beeilen«, mahnte Henri, als er und Etienne die Brücke überquerten. »Es ist bitterkalt, und ich will nicht, dass Annabelle auf uns warten muss.«

Etienne zog die Gurte seines Rucksacks bequemer zurecht und machte größere Schritte. Er war zu dem Schluss gekommen, dass er sich erlauben konnte, freundlich zu Annabelle zu sein und Henris fast ständige Sorge um sie zu ignorieren. Schließlich, so sagte er sich, würden sie getrennte Wege gehen, nachdem sie in Tarragona angelangt wären, und es brachte wenig, seinen Freund durch unhöfliches Benehmen zu befremden.

»Da ist sie«, japste Henri. »Ist sie nicht wunderschön?« Ohne auf eine Antwort zu warten, stürmte er voraus, um sie in seine Arme zu schließen und sie leidenschaftlich zu küssen.

Etienne rang sich ein Lächeln ab und schlenderte auf die beiden zu. Widerwillig musste er zugeben, dass Annabelle an diesem Morgen wirklich sehr hübsch aussah. Ihre Augen glänzten, ihr Gesicht schien zu leuchten, und ihre Wangen waren gerötet. Wahrscheinlich kam es daher, dass sie aufgeregt war und fror, dachte er missmutig, doch auf jeden Fall kamen ihre außergewöhnlichen Augen so besonders gut zur Geltung.

»Guten Morgen«, sagte er fröhlich und küsste die Luft neben ihren rosigen Wangen. »Bist du bereit, Annabelle?«

»Absolut«, antwortete sie atemlos, während sie sich damit abmühte, sich die Gurte ihres Rucksacks über die Schultern zu ziehen.

Etienne war schneller als Henri. »Komm, ich helfe dir.« Er spürte ihre Anspannung, als er die Gurte zurechtzog und den Rucksack gerade rückte, damit sich das Gewicht gleichmäßig verteilte. »So, jetzt.«

»Danke«, sagte sie. »So fühlt es sich schon viel angenehmer an.«

Er lächelte sie augenzwinkernd an. »Ist mir ein Vergnügen, Belle«, sagte er sanft. »Wir begeben uns auf eine lange Reise, und mir und Henri ist wichtig, dass du es möglichst bequem hast.« Er zog noch einmal prüfend an den Gurten. »Ist er auch nicht zu schwer?«

»Nein, alles bestens.«

Etienne wollte sich schon abwenden, als sie ihm eine Hand auf den Arm legte. »Ich weiß, dass ich störe, indem ich mit euch reise und eure Pläne durcheinanderbringe«, stieß sie hastig hervor. »Aber ich werde mein Bestes tun, um euch nicht aufzuhalten.«

Er blickte in ihre schönen Augen und fühlte sich auf einmal zu ihr hingezogen. »Mein liebes Mädchen«, sagte er schroff, »auf die Idee wäre ich nie gekommen.« Er riss sich zusammen, denn er merkte, dass sie ihn leicht amüsiert musterte. »Wir freuen uns beide sehr, dass wir auf dieser vermutlich langen und sehr anstrengenden Reise deine charmante Begleitung haben. Und jetzt komm, wir müssen zur Metro.«

Annabelle fragte sich, ob Alines lebhafte Fantasie ihr vielleicht einen Streich gespielt hatte, denn Etienne zeigte sich charmant und hilfsbereit. Während der zwei Stationen, die sie mit der Metro zum Gare de Lyon fuhren, herrschte ein euphorisches Gefühl der Kameradschaft zwischen allen dreien.

Als sie die Treppe hochkamen und den riesigen Bahnhof betraten, wurden sie vom Lärm der Dampfloks und der widerhallenden Lautsprecheransagen empfangen, und um sie her ertönte das Stimmengewirr der vielen Pendler, die durch die Absperrungen strömten und sich eilig auf den Weg zu ihren Büros in der Stadt machten.

Annabelle hielt Henris Hand fest umklammert, als sie das

richtige Gleis suchten und sich den Weg durch das Gewimmel bahnten. Bei der Fahrkartenkontrolle begann ihr Herz ein bisschen schneller zu schlagen, und sie griff nach Henris Arm, ehe sie den langen Bahnsteig entlanggingen und ihren Wagen suchten.

Etienne half ihr die enorm hohe Stufe hinauf, während Henri ihr den Rucksack abnahm. Bald saßen sie bequem auf ihren Plätzen, das Gepäck über ihnen in den Gepäcknetzen verstaut. Annabelles Puls raste, aber die Vorfreude auf die Reise überwog die Angst vor dem, was kommen mochte.

Die letzten Passagiere nahmen ihre Plätze ein, und das Zuschlagen der Türen klang wie eine Reihe widerhallender Gewehrsalven, beendet durch den Pfiff des Schaffners. Als die großen Eisenräder sich zu drehen begannen, rutschte Annabelle auf ihrem Sitz nach vorne, aber dicke Rauch- und Dampfwolken verwehrten ihr den Blick aus dem Fenster. Die Zukunft war ein leeres Blatt, das erst beschrieben werden wollte, und dies war ihr erster Schritt in ein Abenteuer, von dem sie wusste, dass es sie bis an ihr Lebensende begleiten würde.

8

Spanien

Ohne die herrliche Landschaft und das Gemeinschaftsgefühl unter den Passagieren wäre ihnen die Fahrt endlos vorgekommen. Ganz anders, als es in England unter Reisenden üblich war, plauderten hier alle miteinander, als zur Mittagszeit Weinflaschen entkorkt und herumgereicht wurden. Außerdem gab es Baguette, reich mit Käse und Schinken belegt, sowie delikate Pasteten und Bonbons. Nach dieser improvisierten Mahlzeit nahmen alle wieder ihre Plätze ein und lasen, schliefen, plauderten oder spielten Karten, und Annabelle war zufrieden damit, einfach nur dazusitzen und verträumt aus dem Fenster auf die vorbeiziehende Landschaft zu blicken.

Etienne saß ihr mit einem Notizbuch auf den Knien gegenüber und konzentrierte sich auf ein Gedicht, an dem er gerade arbeitete, während Henri neben ihr saß und ihn skizzierte. Der Zug dampfte hurtig die Gleise entlang und hielt sowohl in winzigen Dörfchen als auch in den großen, ausufernden Städten wie Orléans und Limoges. Von der Aufregung des Tages erschöpft lehnte sich Annabelle irgendwann zurück und schlummerte ein.

Als sie von lautem Gesang erwachte, stellte sie fest, dass ihr Kopf an Henris Schulter lag. Nun waren sie bereits zehn Stunden unterwegs, und es wurde allmählich Nacht. Sie blinzelte die Müdigkeit beiseite, setzte sich auf und trank von dem erfrischenden Tee aus Alines Thermosflasche, während sie den kräftigen Stimmen lauschte, die im nächsten Wagen ein englisches Lied schmetterten.

»We're coming to sunny Spain, to make the people smile
again,
And drive the fascist bastards from the hill and from the
plain.
Oh, the ri, oh, the ri, oh, the rio, rio, rio, ha, ha, ha.«

Die letzte Zeile wurde mit enormem Enthusiasmus gegrölt und von Klatschen und Stampfen begleitet. Annabelle grinste. »Anscheinend amüsieren sie sich. Sind das auch Freiwillige, was glaubt ihr?«

Henri nickte, ohne zu lächeln. »Blöde Idioten«, murmelte er. »Wenn sie so weitermachen, werden sie verhaftet, sowie sie den Zug verlassen.«

»Warum denn? Ich dachte, die Spanier wollen, dass wir ihnen im Kampf beistehen?«

»Sprich leise«, zischte Etienne. »Man weiß nie, wer zuhört, und es sind überall Spione der Faschisten.«

»Sie wollen durchaus unsere Hilfe«, murmelte Henri, »aber wir steigen an einem Ort aus dem Zug, wo die Faschisten schon einzelne Städte und Dörfer erobert haben. Die werden nach genau solchen Leuten Ausschau halten, und dann kommen sie mit ihrem Enthusiasmus in Teufels Küche.«

Annabelle hatte nicht gewusst, dass die Faschisten bereits bis nach Frankreich vorgestoßen waren. »Was, wenn wir angehalten werden?«, fragte sie ängstlich.

Henri beeilte sich, sie zu beruhigen. »Etienne und ich haben uns eine Geschichte zurechtgelegt«, erklärte er ruhig. »Und solange du deinen britischen Pass unter Verschluss hältst und nur deine französischen Ausweispapiere vorzeigst, wird dich niemand verdächtigen.«

»Und was ist das für eine Geschichte, die ihr euch zurechtgelegt habt?«

Henri wandte den Blick ab, während ihm Röte ins Gesicht

stieg. »Wir fahren nach Hause, um an einem wichtigen Familienfest teilzunehmen, und du bist als meine Verlobte mit eingeladen.«

Sie sah ihn von der Seite her an und kicherte. »Das kommt jetzt aber ein bisschen überstürzt, oder, Henri?«

Seine Wangen waren immer noch gerötet, als er nach ihrer Hand griff. »Das war das Einzige, was Etienne und mir eingefallen ist für den Fall, dass du angehalten wirst. Solange du daran denkst, dass du Französin bist und dich an die Geschichte hältst, müsste alles gut gehen.«

Er wühlte in seiner Jackentasche. »Aber ich dachte, du solltest den hier tragen, nur für alle Fälle.« Er öffnete die Faust und enthüllte einen kleinen Silberring mit einem Granat. »Ich weiß, er ist billig, und das ist weder der richtige Moment noch der richtige Ort für einen Antrag, aber würdest du ihn für mich tragen, bis wir alles so machen können, wie es sich gehört?«

Annabelles Herz schwoll an, als er ihr den schmalen Ring über den Finger streifte. »Oh, Henri, ich werde ihn immer in Ehren halten«, seufzte sie und gab ihm einen Kuss. »Aber ich werde nicht an deinem Versprechen festhalten, wenn das alles vorüber ist. Vielleicht empfindest du dann ja ganz anders mir gegenüber.«

Mit ernster Miene sah er ihr tief in die Augen. »Nicht in einer Million Jahren werde ich aufhören, dich zu lieben, meine schöne Belle. Du wohnst in meinem Herzen bis zu seinem letzten Schlag.«

Etienne schnaubte verächtlich. »Du liebe Güte, ihr zwei, hört doch mal bitte mit diesem albernen Gerede auf und konzentriert euch. Wir kommen bald an, und wir müssen darauf achten, dass wir nicht in der Nähe dieser Radaubrüder aus dem Zug steigen. Wenn die Schaffner glauben, dass wir zu dieser Gruppe gehören, werden wir garantiert angehalten und durchsucht.«

»Vielleicht geben sie aber auch einen erstklassigen Schutzwall ab«, gab Annabelle ruhig zu bedenken. »Wenn wir abwarten, bis sie vor uns durch die Absperrung gegangen sind, sind die Schaffner derart mit ihnen beschäftigt, dass sie uns wahrscheinlich gar nicht beachten.«

»Das ist eine gute Idee«, erwiderte Etienne mit leicht erstauntem Unterton. »Und darf ich vorschlagen, dass du den Hut abnimmst und dir stattdessen ein Tuch um den Kopf bindest? Dann passt du besser zu den anderen Frauen.«

»Wenn wir heute Nacht über die Berge gehen wollen, muss ich mich ohnehin umziehen«, murmelte sie leise, denn ihr war klar, dass ihr Gespräch vielleicht von anderen belauscht wurde.

»Wir werden uns von Perpignan aus einen Weg auf geringerer Höhe suchen«, murmelte er.

Auf einmal kam Annabelle ein neuer Gedanke, und sie wandte sich an Henri. »Würden sie uns wirklich durchsuchen, wenn wir angehalten werden? Ich habe nämlich Spritzen und Morphium dabei.«

»Sind die Sachen gut versteckt?«

»Eigentlich nicht«, gestand sie. »Sie sind in einer Seitentasche meines Rucksacks.«

Etienne sprang auf und zerrte Annabelles Rucksack aus dem Gepäcknetz. Er wühlte darin herum, bis er die kleinen Schachteln und die Dose gefunden hatte, und musterte beides nachdenklich. »Wenn sie dich anhalten, werden sie garantiert dein Gepäck durchsuchen, aber ich glaube nicht, dass sie allzu gründlich vorgehen werden. Versteck die Sachen lieber unter deinen Kleidern.«

Annabelle nickte, nahm Schachteln und Dose und eilte in das übel riechende Klosett. Der Waggon schwankte beängstigend, während der Zug über die Gleise ratterte. Die Dose passte gut zwischen ihre Brüste und wurde dort von ihrem BH und dem Flanellhemdchen an Ort und Stelle gehalten, doch die

Schachteln mit den Morphiumampullen waren zu groß. Ratlos stand sie da und überlegte angestrengt, wie sie sie am besten verstecken konnte, bis sie einen Geistesblitz hatte. Sie stopfte die Schachteln in ihre Strümpfe, in jeden eine, und schob sie tief hinunter, damit sie nicht verrutschten. Es fühlte sich seltsam an, sie dort zu haben, und sie würde darauf achten müssen, die Beine im Sitzen nicht übereinanderzuschlagen.

Lächelnd kehrte sie an ihren Platz zurück. »Auftrag ausgeführt.« Sie nahm das Seidentuch ab, das sie um den Hals getragen hatte, schlang es sich um den Kopf und band es unter dem Kinn fest. »So, alles fertig und bereit für die Inspektion.« Sie lehnte sich zurück und wollte schon die Beine übereinanderschlagen, als ihr die wertvolle Fracht in ihren Strümpfen wieder einfiel, und so kreuzte sie stattdessen nur die Füße.

»Wo genau hast du denn nun die Sachen versteckt, Belle?«, fragte Henri mit einem schalkhaften Ausdruck in seinen dunkelblauen Augen.

»Das geht dich gar nichts an«, gab sie kichernd zurück.

Wenige Minuten später kam der Zug langsam zum Stehen und stieß dabei einen letzten Schwall Rauch und Dampf aus. Da dies die Endstation war, standen alle auf und suchten ihre Sachen zusammen. Das Singen, so registrierte Annabelle, war kein bisschen leiser geworden. Beim Aussteigen sah sie, wie die Gruppe junger Engländer wild durcheinander auf die Absperrung zulief, wo bewaffnete Soldaten und Eisenbahnbedienstete warteten.

Henri und Etienne sahen sie auch, und mit einem Blick stillen Einvernehmens schoben sie sich alle drei vorsichtig durch die Menge der anderen Passagiere, sodass sie ein bisschen näher an die Engländer heranrückten, aber noch weit genug entfernt blieben, um nicht irrtümlich für Mitglieder dieser Gruppe gehalten zu werden.

Annabelles Herz raste, als sie der Absperrung langsam näher

kamen. Die Soldaten hatten die Gruppe angehalten, und das Singen war verstummt. Mit quälender Langsamkeit wurden die Papiere der Engländer genau geprüft, dann wurden alle Mitglieder der Gruppe beiseitegenommen und gründlich durchsucht und befragt. Alle anderen Reisenden winkte der finster dreinblickende Beamte nur ungeduldig durch. Annabelle, Henri und Etienne registrierte er nicht einmal, als sie an ihm vorbeihuschten und durch die große Bahnhofshalle liefen. Sie eilten an hohen Stapeln von Sandsäcken vorbei, die von weiteren Soldaten bewacht wurden, und traten hinaus auf die Straße.

Annabelle merkte erst jetzt, dass sie die ganze Zeit die Luft angehalten hatte, und atmete erleichtert aus. Das war knapp gewesen. Und das war erst der Beginn ihrer Reise nach Spanien. Wie schlimm würde es noch werden? Würden ihre Nerven das verkraften?

Nervös ging sie zwischen Henri und Etienne weiter und stellte sich vor, dass sie von jeder Straßenecke und aus jedem Fenster beobachtet würden. Dann aber sagte sie sich, dass das Paranoia war, und begann, ihre neue Umgebung zu betrachten. Ihr erster Blick auf Perpignan zeigte ihr die schäbige Seite der Stadt, außerdem wirkte sie winzig vor dem Hintergrund der hohen schneebedeckten Gipfel der Pyrenäen, die unter dem sich rasch verdunkelnden Himmel finstere Schatten warfen. Die Berge sahen beängstigend aus, und bei dem Gedanken, dass sie schon bald darübersteigen sollte, begann ihr Herz schneller zu schlagen, und ihr Mund wurde trocken.

»Sie sind nicht so bedrohlich, wie sie scheinen«, sagte Henri und nahm ihre Hand. »Wir kennen einen Weg, auf dem wir die höheren Gipfel umgehen können.«

Annabelle nickte, rückte den Rucksack auf ihren Schultern zurecht und versuchte, die Zweifel zu zerstreuen, die sie bedrängten. Sie konnte nur beten, dass sie körperlich und geistig stark genug war, um derart furchteinflößende Berge zu erklimmen, und dass sie die beiden Männer weder enttäuschte noch aufhielt.

»Wir setzen uns in ein Lokal am anderen Ende der Altstadt und warten, bis es richtig dunkel ist, ehe wir mit dem Aufstieg beginnen«, erklärte Etienne leise, während sie die Hauptstraße entlanggingen und ein Labyrinth aus engen, gewundenen Gassen betraten.

Annabelle hatte nicht den geringsten Hunger, und beim Gedanken an Essen wurde ihr flau im Magen. Doch je weiter sie in das Gewirr aus winzigen Gassen mit Kopfsteinpflaster gerieten, desto faszinierender fand sie ihre Umgebung. Die Häuser waren alt und alle mehr oder weniger renovierungsbedürftig. Viele waren in hellem Apricot, Gelb oder Grün gestrichen, und die weit verzweigten Äste der bunten Bougainvilleen verliehen der schäbigen Umgebung einen Hauch von stiller, beinahe exotischer Schönheit. An manchen Stellen sah man Spuren der maurischen Invasion – in Fresken und Mosaiken oder in den Türmen und Kuppeln der Moschee, die direkt neben einer baufälligen Kirche stand. Annabelle nahm den würzigen Geruch des Meeres wahr, obwohl es mehrere Kilometer südlich lag, und den Duft der Pinien, der sich mit dem Geruch von Kaffee und Gewürzen vermischte.

Beim Schlendern durch die engen Gassen der Altstadt von Perpignan sah Annabelle Araber in weißen, fließenden Gewändern und dunkelhäutige Männer in Armeeuniformen. Die Sprache, die sie sprachen, kam ihr völlig fremd vor, und sie sah Henri fragend an.

»Frankreich und Spanien haben enge Verbindungen zu Algerien und Marokko«, erklärte er, »und wenn wir die Faschisten schlagen wollen, müssen wir auch unsere ausländischen Truppen einsetzen. Die Araber sind natürlich schon seit vielen Jahren hier, und die Sprache, die sie sprechen, ist eine Mischung aus Französisch und Spanisch, vermischt mit ein bisschen Katalanisch und sogar ein paar Brocken Baskisch.« Er lächelte sie an. »Es sind ehrgeizige Leute, die sehr gute Waren anbieten, zum Beispiel getriebenes Kupfer, Lederwaren, Gewürze und Seidenstoffe. Sie sind aber auch furchtlose Kämpfer, und man kann froh sein, wenn man sie auf seiner Seite hat.«

Auf Annabelle wirkten sie ziemlich beängstigend, und sie hielt sich so dicht an Henri wie möglich, als sie noch weiter in das dunkle Häusergewirr des alten Viertels vordrangen.

»Wir sind da«, sagte Etienne, als sie in einer der engen Gassen zu einem Marktstand kamen. Ein paar rostige Tische und Stühle standen unter einer Markise, und ein dunkelhäutiger Mann machte sich an einem Grill zu schaffen. Als er sie angrinste, entblößte er ein Gebiss voller Goldzähne. Spieße mit Fleisch und Gemüse brieten auf dem Rost, und daneben stand ein großer Topf mit würzigem gelben Safranreis, und bei dem köstlichen Geruch der Speisen lief Annabelle nun trotz ihrer Beklommenheit das Wasser im Mund zusammen.

Henri und Etienne begrüßten den Mann so herzlich, als wären sie alte Freunde. Dann verschwanden sie beunruhigenderweise mit ihm hinter dem Vorhang aus Sackleinen, hinter dem sich das Innere dieses provisorischen Lokals verbarg.

Annabelle rutschte beklommen auf ihrem Stuhl herum. Sie wusste genau, dass sie nun im Zentrum der Aufmerksamkeit der vorbeigehenden Männer stand, die sie mit neugierigen, ja fast unverschämten Blicken anstarrten. Sie wollte schon aufstehen und nach Henri suchen, als er und Etienne auf einmal wieder hinter dem Vorhang hervorkamen. Alle beide hielten nun Gewehre in den Händen und hatten sich Pistolen in den Hosenbund gesteckt.

»Du brauchst nicht so perplex dreinzusehen«, tönte Etienne und setzte sich. »Wir müssen bewaffnet und auf jeden Hinterhalt vorbereitet sein, und bei Ali bekommt man immer einwandfreie Waffen.«

Annabelle spürte, wie ihr das Blut aus dem Gesicht wich. »Hinterhalt?«, hauchte sie.

»Es ist unwahrscheinlich«, beeilte sich Henri zu versichern. »Aber es wäre extrem unklug, unbewaffnet in die Berge zu ziehen.« Er legte die beiden Gewehre auf den Boden und zog seine Jacke über die Pistole, ehe er ihre Hand nahm. »Bitte mach dir keine Sorgen, Belle. Sie dienen nur deiner Sicherheit.«

Annabelle begriff, dass er recht hatte, fühlte sich aber immer noch unwohl bei dem Gedanken, sie könnten in diesen furchterregenden Bergen in einen Hinterhalt geraten. »Ihr müsst mich für sehr dumm halten«, murmelte sie, »aber ich habe noch nie in meinem Leben eine Schusswaffe gesehen.«

»Du gewöhnst dich schon daran«, sagte Etienne, während Ali Schüsseln mit Essen auf den Tisch stellte. »Das hier ist ein Krieg, Belle, und du wirst noch wesentlich beängstigendere Dinge sehen als ein paar Gewehre.«

Da wusste Annabelle, dass sie es sich nicht leisten konnte, sich vor ihrem eigenen Schatten zu fürchten. Sie musste sich zusammennehmen, akzeptieren, wo sie war und worauf sie sich eingelassen hatte, und weitermachen. Sie atmete das köstliche Aroma von gewürztem Reis und gegrilltem Fleisch ein, das Ali zusammen mit einer angeschlagenen Teekanne, einem Schälchen Würfelzucker und drei winzigen Gläschen an den Tisch gebracht hatte. Selbst der Tee duftete, als er wie blasses, flüssiges Gold in die Gläschen gegossen wurde.

Henri und Etienne nahmen jeder ein Zuckerstück zwischen die Zähne und schlürften dadurch den Tee, während Ali beifällig nickte und mit einem strahlenden Lächeln seine Goldzähne zur Schau stellte.

»So trinkt man den Tee hier«, erklärte Henri, als er ihren verwunderten Blick sah. »Der Tee ist mit Jasmin parfümiert, und wenn man den Zucker ins Glas gibt, zerstört man seine Reinheit.« Er grinste. »So sagen jedenfalls die Araber. Aber zu viel Zucker ruiniert die Zähne, wie du am Beispiel unseres Freundes siehst.«

Annabelle beschloss, den Tee ohne Zucker zu trinken, und fand ihn sehr erfrischend. Ohne weiter zu zögern, griff sie beim Essen herzhaft zu. Das Fleisch war zart, die Paprikaschoten und Zwiebeln scharf genug gegrillt, um ihr Aroma voll zur Geltung zu bringen, und der Reis war körnig und großzügig gebuttert. Nach dem Essen trank sie ein weiteres Glas Tee, seufzte behaglich und lehnte sich zurück. »Das war wundervoll«, sagte sie leise.

»Es wird bis morgen reichen müssen«, sagte Henri und kratzte den letzten Rest Reis von seinem Teller. »Wenn du also noch etwas willst, dann nimm es dir jetzt.«

Annabelle schüttelte lächelnd den Kopf. Wenn sie auch nur einen weiteren Bissen aß, würde sie nicht mehr gehen, geschweige denn einen Berg erklimmen können.

Die beiden Männer zündeten sich Zigaretten an und schlürften gemächlich ihren Tee. Die Nacht war wie Samt und durchzogen von exotischen Düften. In den Gassen leuchteten Laternen, und aus Fenstern und offenen Türen der Häuser drang Licht nach draußen. Es war stiller geworden, nur noch ein paar hungrige Hunde und Katzen streiften durch die finsteren Gassen und suchten nach Essensresten.

»Wir müssen los«, murmelte Henri, bezahlte die Rechnung und sprach kurz mit Ali. Dann setzte er seinen Rucksack auf und half Annabelle mit ihrem. »Wir gehen erst mal raus aus der Altstadt und suchen uns dann ein Plätzchen am Fuß der Berge, wo du dich umziehen kannst.«

Auch Etienne verabschiedete sich von dem Araber, und sie eilten durch die Straßen, bis sie am westlichen Rand der Stadt anlangten. Die Ebene erstreckte sich vor ihnen bis zu der hoch aufragenden Bergkette, deren schneebedeckte Gipfel im fahlen Mondlicht schimmerten.

Annabelle klopfte das Herz bis zum Hals, als sie Henris Anweisungen folgte und hinter eine Felsgruppe trat, um sich umzuziehen. Das Gras war hart, und es gab stachelige Büsche, in denen sich Insekten und alles mögliche Getier verbergen konnte, doch sie biss die Zähne zusammen, wehrte sich erfolgreich gegen die Panik und ging ans Werk.

Vorsichtig zog sie die Ampullen und die Blechschachtel heraus und schlüpfte dann in eine grobe Hose, ein dickes Hemd, Socken und Pullover. Als Schachteln und Dose wieder sicher in den Seitentaschen ihres Rucksacks verstaut waren, band sie sich die Stiefel zu, zog sich eine gestrickte Wollmütze über den Kopf und griff nach ihrem Mantel. Er ließ sich über Hemd und Pullover nicht schließen, doch immerhin bot er eine weitere Schicht gegen die Kälte, und so schnappte sie sich nur noch ihren Rucksack und kam hinter den Felsen hervor.

Henri half ihr mit den Rucksackgurten und gab ihr einen Kuss. »Wir müssen schnell über die Ebene marschieren und die dunklen Berghänge erreichen, solange der Mond noch tief steht«, murmelte er und schwang sich sein Gewehr über die Schulter. »Bist du bereit?«

Auf ihr Nicken hin rückte er seinen eigenen Rucksack zurecht, warf Etienne einen Blick zu und ging los.

Der Pfad war uneben und übersät von Felsbrocken. Kleine Bäche und dorniges Gestrüpp erschwerten ihnen das Gehen, doch Annabelle war entschlossen, nicht zurückzubleiben, und nachdem sich ihre Augen an die Dunkelheit gewöhnt hatten, kam sie in einen Rhythmus, der sie mit den beiden Männern mithalten ließ. Die Stiefel erwiesen sich als ebenso bequem wie robust, und als sie im pechschwarzen Schatten am Fuß der Berge angelangt waren, war sie nicht einmal außer Atem.

»Wir nehmen diesen Weg«, erklärte Henri. »Der Pfad hier führt uns über den niedrigsten Pass, und das macht es für Annabelle wesentlich leichter.«

»Wenn wir da entlang gehen, fordern wir Probleme geradezu heraus«, zischte Etienne. »Es ist der einfachste Weg für Freiwillige, die von hier kommen, und genau deshalb wird er von den Faschisten überwacht. Gehen wir lieber dort entlang.«

»Damit kommt sie niemals zurecht. Es ist ein steiler Aufstieg, und es dauert zu lang.«

Annabelle blickte vom einen zum anderen und fasste einen Entschluss. »Wir nehmen Etiennes Weg«, sagte sie fest. »Lieber ein steiler Aufstieg als den Faschisten in die Falle zu gehen.« Sie wartete gar nicht ab, bis die Debatte erneut aufflammte, sondern begann, die steile Anhöhe zu erklimmen, auf der ein schmaler, gewundener Pfad mitten ins Gebirge führte.

Der Pfad war einst ein Weg für Kaufleute mit ihren beladenen Pferden und Maultieren gewesen. Er wand sich in zahlreichen Kurven durch die schroffen Felsen und führte immer wieder dicht an steil abfallenden Kanten entlang.

Annabelle verlangsamte ihr Tempo, um Etienne vorangehen zu lassen. Henri ging hinter ihr, während sie schweigend den Pass erklommen. Sie spürte, wie ihre Muskeln an Waden und Oberschenkeln sich anspannten, ihre Lunge zu schmerzen begann und ihr Herz von der Anstrengung hämmerte. Doch sie würde nicht aufgeben oder in Panik verfallen.

Sie waren bereits geraume Zeit aufgestiegen und befanden sich mittlerweile hoch oben; der steinige Pfad knirschte unter ihren Stiefeln, während sie an einer gefährlich schmalen Saumkante entlangliefen, die das einzige Überbleibsel des ursprünglichen Wegs war.

Annabelles Rucksack stieß gegen die unnachgiebige Felswand an der Bergseite, sodass jeder Schritt ein Kampf ums Gleichgewicht wurde. Sie wagte es nicht, in den tiefen Abgrund direkt neben ihr zu blicken, denn sie hatten kein Seil, mit dem sie einander hätten sichern können, und eine falsche

Bewegung, ein Moment der Unaufmerksamkeit konnte zur Tragödie führen.

Sie biss die Zähne zusammen und blinzelte den Schweiß weg, der ihr in den Augen brannte, während sie mit kleinen Schritten vorwärtsging und auf sichereren Grund hoffte. Etienne konnte sie gar nicht mehr sehen, denn er hatte den sanft gerundeten Felsblock bereits überwunden, mit dem sie jetzt zu kämpfen hatte.

»Dreh dich mit dem Gesicht zum Fels, anders geht es nicht«, riet ihr Henri mit leiser Stimme. »Du schaffst das, Belle.«

Langsam drehte sie sich dem Felsen zu und fuhr auf der Suche nach einem festen Halt mit der Hand über den glatten Stein. Sie grub die Fingerspitzen in eine enge Spalte und schob sich langsam um die steinerne Wölbung herum, ständig bedroht vom Gewicht ihres Rucksacks, das sie nach hinten zu ziehen drohte. Ihr Atem ging keuchend, und ihre Beine schmerzten, während sie zögernd vorwärtstappte. Immer wieder hörte sie, wie kleine Steinchen und Lehmklumpen, die sich unter ihren Sohlen lösten, hinter ihr in die Tiefe fielen.

Endlich war sie auf der anderen Seite. Sie schloss die Augen und klammerte sich an den schwarzen Fels, während sie versuchte, ihre Atmung zu beruhigen und die schreckliche lähmende Panik zu unterdrücken, die sie nun zu übermannen drohte. Sie zitterte dermaßen, dass sie nicht wusste, ob sie sich jemals wieder würde bewegen können, und erst Etiennes barsche Stimme riss sie aus ihrer Erstarrung.

»Du kannst nicht hier stehen bleiben. Ich höre feindliche Flugzeuge. Komm schon, Belle. Lass uns jetzt nicht im Stich.«

Sie riss die Augen auf, sah die Spalte vor sich auf dem Weg und den finsteren Abgrund unter ihr. »Ich kann nicht«, stammelte sie. »Ehrlich, ich kann nicht.«

»Wenn du nicht weitergehst, musst du sterben«, erklärte er schonungslos, ehe er sich zu ihr beugte und ihr eine Hand hinhielt. »Es ist nur ein Schritt, Belle. Nimm meine Hand und vertrau mir.«

Sie wandte den Blick von der endlosen Schwärze unter sich ab und sah Henri an, der soeben von der anderen Seite des Felsens her auftauchte. Jetzt hörte sie das entfernte Dröhnen von Flugzeugen auch und wusste, dass sie keine andere Chance hatte, als Etiennes Anweisung zu folgen.

Sie befeuchtete ihre Lippen, ließ den Felsen los und griff zögerlich nach seiner Hand. Schon spürte sie seinen festen, starken Griff, und ehe sie es sich anders überlegen konnte, war sie über den Spalt geschritten und an seiner Brust gelandet.

Er hielt sie fest, bis sie zu zittern aufhörte und wieder fester auf den Beinen stand. »Gut gemacht«, murmelte er. »Der Weg wird jetzt ein wenig einfacher, und dann darfst du dich auch bald ausruhen.«

Annabelle verfolgte, wie auch Henri nach Etiennes Hand griff und den Spalt fast lässig mit einem großen Schritt überquerte. Offenbar teilte er ihre Angst, aus großer Höhe abzustürzen, nicht.

»Gut gemacht, Belle«, sagte er zärtlich. »Jetzt müssen wir uns beeilen, wenn wir von den Fliegern nicht gesehen werden wollen.«

Erneut brachen sie auf und schritten im Gänsemarsch den nun etwas breiteren Weg entlang. Er war nach wie vor steil und mühsam, und Annabelles Waden spannten schmerzhaft. Langsam wurde die Luft dünner, und sie rang um Atem. Sie erkannte die schneebedeckten Gipfel nun wesentlich klarer und spürte den schneidenden Wind im Gesicht, während ihr Schweiß kalt wurde und klamm zwischen den Schichten ihrer Kleidung klebte.

Auf einmal blieb Etienne stehen und legte den Kopf schief. »Sie kommen in unsere Richtung. Schnell, schnell, wir dürfen nicht hier draußen auf freiem Feld bleiben.«

»Los, beeil dich«, zischte Henri. »Wir sind hier viel zu ausgesetzt.« Er packte Annabelle an der Hand und zerrte sie unsanft den Weg entlang, bis sie am Eingang einer Höhle anlangten.

Sie stolperte hinein, völlig außer Atem und zitternd vor Angst. Aus den Tiefen der Höhle drang ein Rascheln und Quieken, während ihr der scharfe Geruch von wilden Tieren in die Nase stach und ihre Augen tränen ließ. Was auch immer hier drinnen lebte, es lauerte in der undurchdringlichen Schwärze hinter ihr.

»Das sind nur Fledermäuse«, sagte Henri nicht unfreundlich. »Die tun dir nichts.«

Annabelle drückte sich gegen die Felswand am Eingang und wusste nicht, welche Angst größer war: die vor den Tieren in der Höhle oder die vor den anrückenden feindlichen Flugzeugen. Sie blickte in den Himmel hinauf, gerade als das bedrohliche Röhren lauter wurde, und dann sah sie sie: zwölf kleine, helle Flugzeuge, die im Mondlicht glitzerten und hoch über den Berggipfeln in Formation nach Norden flogen. »Was sind das für welche?«

»Italienische Fiat-Jagdflugzeuge«, murmelte Henri. »Und das sind bestimmt nicht die einzigen.«

Annabelle vernahm jetzt das tiefere Brummen von viel schwereren Flugzeugen und begriff, dass die Fiat-Maschinen wohl Jagdbomber eskortierten. Sie duckte sich tiefer ins Dunkel der Höhle, und es lief ihr kalt über den Rücken, als die Fledermäuse sich aus ihren Ruhepositionen lösten und hinaus in den Nachthimmel flatterten.

»Heinkel He-111-Maschinen«, schrie Henri gegen den Lärm an, ging neben ihr in die Hocke und schlang ihr die Arme um die Taille. »Keine Sorge, Belle. Die können uns hier drinnen nicht sehen.«

Annabelle erschauerte, als ein noch dumpferes, noch bedrohlicheres Geräusch herannahte. Bald ertönte ein ohrenbetäubendes Knattern um sie her, das in der Höhle wiederhallte und die Erde unter ihren Füßen vibrieren ließ. Die Heinkels, insgesamt etwa ein Dutzend, kamen in enger Formation und flogen so tief, dass ihre Flügel die Berggipfel zu berühren schienen. Als ihr tosendes Dröhnen eine unerträgliche Lautstärke angenommen hatte, hielt sich Annabelle die Ohren zu und schloss die Augen.

Die Stille, die sie zurückließen, war nicht minder ohrenbetäubend. Noch minutenlang gellte es in ihren Ohren, während sie sich am Höhleneingang aneinanderdrängten und den Himmel beobachteten. Weitere Jagdbomber kamen aus dem Westen, gefolgt vom schrilleren Jaulen und Rattern von mindestens fünfzehn Fiat-Maschinen, die in enger V-Formation flogen, als wollten sie den Flug der Wildgänse imitieren.

In beklommenem Schweigen warteten und beobachteten sie, und erst als sie sich in Sicherheit wähnten, krochen sie aus der Höhle und setzten ihre Reise an der schmalen Saumkante des alten Pfades fort.

Annabelle rang immer noch darum, ihren ersten Feindkontakt zu verarbeiten. Obwohl der Lärm der Jagdbomber und Kampfflugzeuge verstörend gewesen war, hatte die Erfahrung all dieser aggressiven Macht irgendwie einen stillen Mut in ihr geweckt und das tiefe Verlangen, dass diese Gegner unter allen Umständen besiegt werden mussten. Sie mochte ja nur einen ganz kleinen Anteil am Kampf für die Demokratie haben, doch sie wusste nun ohne jeden Zweifel, dass sie das Richtige tat.

Der Pfad endete plötzlich, sodass sie zwischen schroffen Felsen hindurchklettern mussten, von denen sich immer wieder einzelne Steine lösten, die dann polternd in den Abgrund fielen. Und dann, gegen ein Uhr morgens, nachdem sie mühevoll eine schwierige Kurve gemeistert hatten, sahen sie unter sich das Meer im Mondlicht glitzern und in der Ferne das Licht eines Leuchtturms.

»Das ist das Leuchtsignal an den Klippen am Cap de Creus«, sagte Henri. »Willkommen in Spanien, Annabelle.«

Annabelle ließ die Schultern kreisen und versuchte den tief sitzenden Schmerz in Nacken und Rücken ebenso zu ignorieren wie das Brennen ihrer überanstrengten Beinmuskulatur. Die Ebene, die vor ihnen lag, ähnelte derjenigen, die sie bei Perpignan hinter sich gelassen hatten, doch hier konnte sie im Mondlicht viele kleine Buchten und Sandstreifen sehen, die sich die Küste entlangzogen. In der Ferne erkannte sie etwas, das wie eine Inselkette aussah.

»Das sind die Balearen«, erklärte Etienne. »Die ganze Gegend gehörte einst zum Reich des Königs von Mallorca.« Er musterte Annabelle lächelnd. »Du bist sicher ganz schön müde. Wir ruhen uns aus, wenn wir unten ankommen.«

»Habt ihr nicht gesagt, dass wir abgeholt werden?«

»Das werden wir auch, aber erst wenn es wieder Nacht wird. Keine Sorge, Annabelle, es gibt jede Menge schöne, trockene Höhlen, in denen wir schlafen können, und Henri und ich werden dafür sorgen, dass darin keine anderen Bewohner lauern.«

Annabelle sagte nichts, als sie den steilen Abstieg ins Tal begannen. Sie war fast gefühllos vor Erschöpfung und bewegte sich wie eine Aufziehpuppe, ohne je aus dem Rhythmus zu kommen, und hielt den Blick stets auf das nächste Hindernis gerichtet. Doch trotz allem bezweifelte sie stark, ob sie in einer Höhle schlafen könnte, wo im Gestank von Vogelmist womöglich ungeahnte Schrecknisse lauerten.

Sie erreichten den letzten Bergsockel, als der Himmel am Horizont allmählich perlgrau und dann rosig wurde. Es war schon nach sieben Uhr morgens, was bedeutete, dass sie für ihre Pyrenäenüberquerung fast zwölf Stunden gebraucht hatten. Das Wissen, dass sie eine solche Leistung vollbracht hatte, versetzte Annabelle in Hochstimmung, und trotz ihrer Erschöpfung kletterte sie beschwingt über die letzten Felsen.

Ihre Begeisterung schwand, als sie die Höhle sah. Obwohl sie im Licht der Morgensonne sehen konnte, dass sie nicht tief war, graute ihr davor hineinzugehen.

»Sei nicht albern«, sagte Henri liebevoll. »Du hast Schrecknisse wie feindliche Flugzeuge und tiefe Felsspalten überlebt, und jetzt fürchtest du dich vor einer Höhle.« Er küsste sie auf die Stirn. »Mach dir keine Sorgen, Etienne und ich werden sie sorgfältig durchsuchen, ehe du darin schlafen musst.«

Sie kam sich reichlich dumm vor, als die beiden tiefer hineingingen und bei ihrer Rückkehr versicherten, dass in der Höhle weder Raubtiere noch Fledermäuse lauerten. Annabelle lächelte sie matt an und setzte sich dankbar hin, den Rücken an die Wand gelehnt.

Während Etienne sich mit dem Gewehr über dem Knie an den Eingang der Höhle setzte, begann Henri die Reste ihres Proviants auszupacken. »Wir dürfen kein Feuer machen«, erklärte er. »Der Rauch könnte vom Tal aus gesehen werden.«

Er breitete Annabelles Schal auf dem unebenen Höhlenboden aus und legte das Essen darauf. »Das Brot ist altbacken, und Käse und Wurst schwitzen schon ein bisschen, aber es ist besser als nichts«, sagte er entschuldigend.

Annabelle war es unendlich peinlich, doch die Notwendigkeit, ihre Blase zu entleeren, ließ sich langsam nicht mehr leugnen. »Kann ich hier irgendwo … ähm … du weißt schon … meine Hände waschen?«

Henri grinste. »Du bist manchmal ganz schön englisch, meine Belle. Wenn du auf die Toilette musst, warum sagst du es dann nicht einfach?« Er zeigte nach links. »Da drüben gibt es einen Gebirgsbach, und an seinem Ufer jede Menge Büsche als Sichtschutz. Dort kannst du dir nach Herzenslust und völlig ungestört die Hände waschen.«

Vor Verlegenheit errötend schritt sie an dem grinsenden Etienne vorbei, umrundete den Höhleneingang und folgte dem kleinen Bach bis an eine Stelle, wo er zwischen dichtem Gebüsch und hartem Gras die Anhöhe hinabplätscherte. Die Aussicht in der aufgehenden Sonne war so großartig, dass sie ganz vergaß, sich wegen irgendwelcher Tierchen zu ängstigen, die es hier womöglich geben könnte, während sie ihre Hose herunterließ.

Erleichtert kehrte sie zu den Männern zurück. Nach dem wenig appetitlichen Frühstück und einer Tasse lauwarmem Tee aus der Thermosflasche legte sie ihren Mantel auf den Boden und ließ sich darauf nieder, den Rucksack als Kissen unter den Kopf geschoben, die Lider bereits schwer vom Schlaf.

Sie erwachte vom Klang fremdartiger Vogelstimmen, und als sie die Augen aufschlug, wurde ihr bewusst, dass sie lange geschlafen haben musste, denn im Westen ging gerade die Sonne unter, und die Höhle lag schon in tiefer Dunkelheit. Annabelle streckte und rieb ihre steifen, kalten Glieder und erhob sich. Der Boden einer Höhle war nicht das bequemste aller Betten, doch sie war offenbar so erschöpft gewesen, dass sie es kaum gemerkt hatte.

Am Eingang der Höhle angelangt begriff sie, dass es kein Vogelgezwitscher gewesen war, das sie geweckt hatte, sondern die leisen Pfiffe und Triller von Henri, der geduckt dahockte und durch sein Fernglas irgendetwas beobachtete, das sich ein Stück unterhalb von ihm befand. Als ein Stein unter ihrem Stiefel knirschte, wandte er sich abrupt um und presste sich warnend einen Finger auf die Lippen.

Annabelle erstarrte und huschte ins Dunkel zurück. Würden sie gleich von den Faschisten entdeckt werden? Und wo war Etienne?

Henri legte die Hände wie einen Trichter um seinen Mund und erzeugte einen leisen Ton, der wie das Gurren einer Taube klang. Kurz darauf wurde es von einem anderen erwidert, und dann erschien ein dunkler Schopf am Höhleneingang, gefolgt von einem langen, mageren Körper. »*Hola*, Henri«, sagte der Mann, während sich sein Gesicht zu einem strahlenden Lächeln verzog.

Die beiden Männer umarmten sich unter heftigem Schulterklopfen und fröhlichem Gelächter. Sie hätten Brüder sein können, denn sie hatten beide schwarzes Haar und einen dunklen Teint, dazu die gleiche markante Nase, die hohen Wangenknochen und das kräftige Kinn.

Annabelle versuchte zu verstehen, was sie sprachen, doch ihre Worte hatten nur wenig Ähnlichkeit mit dem Spanisch, das sie mithilfe des Wörterbuchs gelernt hatte, und so musste sie annehmen, dass es ein spezieller Dialekt war.

Schließlich kam Etienne in die Höhle. Ihm folgte ein stämmiger älterer Mann, dessen Gesicht so zerklüftet war wie die Felsen in der Umgebung. Wie sein Gefährte trug auch er bäuerliche Kleidung aus grobem Twillstoff und war mit einem Gewehr bewaffnet. Ein Patronengurt zierte seine breite Brust, und in einer Schärpe um seine Taille steckten mehrere Handfeuerwaffen.

Erst nach weiteren herzlichen Begrüßungen und weiterem Schulterklopfen wandte sich Henri wieder an Annabelle. »Das sind Joaquim und Pedro. Sie sorgen dafür, dass wir weiterkommen, du nach Tarragona und wir nach Albacete.«

Annabelle schüttelte dem Älteren die Hand. Sie war rau und schwielig, aber auch warm und kräftig. Joaquims Händedruck fühlte sich ebenso kräftig an, doch hatten seine Hände offensichtlich weit weniger harte Arbeit verrichtet. Er musterte sie mit leicht kritischem Blick.

»So, Sie sind Krankenschwester«, sagte er in gebrochenem Englisch. »Ist gut, Sie helfen. Wir brauchen sehr, weil viele verletzt.«

»Wie lang wird es dauern, bis ich zum Krankenhaus in Tarragona komme?«

Er zuckte nonchalant die Achseln. Sein strahlendes Lächeln brachte perfekte weiße Zähne zum Vorschein. »Wenn uns die *fascistas* nicht stören, vielleicht drei Stunden.«

Drei Stunden war nicht besonders lang, wenn jede Minute zählte und die Stunde der Trennung bevorstand. Annabelle warf Henri einen Blick zu und wusste, dass er das Gleiche dachte. Doch es blieb keine Zeit, um irgendetwas zu sagen, denn Etienne sammelte bereits die Rucksäcke und Essensreste ein, während Henri die Gewehre vom Boden auflas.

Annabelle kehrte in die Höhle zurück und schnappte sich ihren Rucksack. Sie schlüpfte in ihren Mantel, dachte sehnsüchtig an den letzten Schluck Tee in der Thermosflasche und überlegte, ob sie wohl noch Zeit hatte, ihn zu trinken, ehe sie aufbrechen mussten.

»Los, los, wir müssen schnell absteigen, ehe die *fascistas* die Pferde entdecken«, sagte Pablo ungeduldig.

Annabelle erkannte das Wort für »Pferd«, und jeder Gedanke an Tee war augenblicklich wie weggewischt. »Pferde? Aber ich kann nicht reiten«, flüsterte sie Henri erschrocken zu.

»Dann musst du es lernen, meine Liebe«, erwiderte er, während er sie bei der Hand nahm und ihr den steilen Abhang hinunterhalf. »Sie können das Geräusch eines Motors hier draußen nicht riskieren. Pferde sind wesentlich leiser.«

»Heißt das, wir müssen den ganzen Weg nach Tarragona zu Pferd zurücklegen?«, fragte sie ängstlich. »Wie weit ist das denn?«

»Fast zweihundert Kilometer«, antwortete er grinsend. »Nein, ich mache bloß Witze. Wir reiten nur den ersten Teil, dann fahren wir in einem Lastwagen weiter.«

Ihr Herz hämmerte beim Gedanken, noch eine weitere Herausforderung bestehen zu müssen, und sie konnte nur darum beten, dass sie sich nicht vor versammelter Mannschaft lächerlich machte, indem sie herunterfiel. Sie hatte keine Ahnung von Pferden, wusste nur, dass sie groß waren und dass sie ihnen nicht traute.

Im Tal angelangt sah sie eine Reihe staubiger und recht zerzauster Pferde angebunden zwischen ein paar Bäumen stehen. Ihre Hufe waren in Sackleinwand gewickelt, um die Geräusche zu dämpfen, und Annabelle sank weiter der Mut. Die Tiere sahen wild aus, aber muskulös und zäh – ganz wie die Spanier, denen sie gehörten, dachte sie beklommen.

Manche waren mit großen Paketen beladen, während andere gesattelt waren und nur Wasserschläuche und zusätzliche Gewehre trugen. Sie scharrten mit den Hufen und schnaubten leise, als sich die beiden Spanier hurtig in die Sättel schwangen und nach den Zügeln griffen.

Annabelle zauderte. Sie hatte keine Ahnung von Pferden, geschweige denn davon, wie man eines bestieg.

»Schieb den linken Fuß in den Steigbügel und greif nach dem Sattelknopf, dann helfe ich dir hinauf«, sagte Henri. »Wenn du sitzt, drück die Knie zusammen und zieh nicht an den Zügeln. Die Pferde folgen den anderen ohne Aufforderung, also musst du gar nichts weiter tun, als im Sattel zu bleiben.«

Annabelle stellte den Fuß in den Steigbügel, griff nach dem Sattelknopf, und schon hatte Henri sie in den reich verzierten und erstaunlich bequemen Sattel gehievt.

Henri reichte ihr die Zügel; sie saß da und starrte zwischen den Ohren des Tiers hindurch, während sie sich mit den Knien am Sattel festklammerte. Es war ein weiter Weg nach unten, wenn sie fiel, und der Boden war hart wie Stein und übersät von Disteln und spitzen Steinen.

Das Pferd tänzelte und schüttelte den Kopf. Zweifellos hatte es sofort begriffen, dass eine blutige Anfängerin auf seinem Rücken saß, und so klammerte sie sich noch fester.

»Lass ein bisschen locker«, riet ihr Henri und kam an ihre Seite geritten. »Wenn du es zu fest drückst, denkt es, du willst galoppieren.«

Augenblicklich entspannte Annabelle ihre Schenkel und versuchte, auf dem Sattel festen Halt zu finden, genau wie die Ladys, die regelmäßig im Hyde Park ausritten. Bei ihnen sah es ganz leicht aus, und sie wünschte, sie hätte die Reitstunden genommen, die ihre Mutter ihr vor Jahren ans Herz gelegt hatte. Doch jetzt war es zu spät, und was auch immer als Nächstes geschah, blieb Gott und dem Schicksal überlassen – sowie ihrem Talent, im Sattel zu bleiben.

Pablo ritt bereits auf einem schönen, aber staubigen Fuchs voraus, hinaus aus dem Wäldchen, gefolgt von Etienne. Henri schnalzte mit der Zunge, damit Annabelles Pferd sich als Nächstes in Bewegung setzte, ehe er sich selbst anschloss und Joaquim ihm folgte.

Annabelle war gespannt wie eine Violinsaite, während sie versuchte sich an das seltsame Schaukeln des Pferdes zu gewöhnen, doch als sie schließlich zwischen den Bäumen herauskamen und in die letzten Strahlen der untergehenden Sonne ritten, fand sie allmählich in den Rhythmus, begann sich zu entspannen und ihre Umgebung wahrzunehmen.

In der Ferne schimmerte das Mittelmeer, während das Land von winzigen Dörfchen mit Steinhäusern gesprenkelt war, dazwischen Weiden, auf denen Ziegen, Schafe und Rinder grasten. Der rosa und orange gestreifte Abendhimmel schien sich ins Unendliche zu strecken.

Schweigend ritten sie weiter, wobei die dick gepolsterten Hufe der Pferde auf dem felsigen Boden kaum ein Geräusch machten. Allmählich fühlte sich Annabelle immer sicherer, bis sie das mittlerweile allzu vertraute Dröhnen von Flugzeugen vernahm.

Das Pferd schien das dringende Bedürfnis zu spüren, Deckung zu suchen, und ging schneller, während die anderen bereits auf eine von Büschen umgebene Baumgruppe zusteuerten.

Annabelle blieb im Sattel, die Knie an die Flanken des Tiers gepresst, und hüpfte dabei auf und ab. Als das Pferd schließlich abrupt stehen blieb, rutschte sie ab und fiel unelegant zu Boden.

Sie sah, wie sich die beiden Spanier einvernehmlich angrinsten, und wurde rot vor Scham, wie sie da flach auf der Erde lag, außer Atem und voller Staub.

Henri sprang von seinem Pferd, riss sie in seine Arme und trug sie zu den Bäumen. »Bist du verletzt?«, fragte er besorgt.

»Ehrlich gesagt nur in meinem Stolz«, antwortete sie trocken, klopfte sich ab und versuchte die Schmerzen in ihrem Hinterteil zu ignorieren.

Es war keine Zeit für längere Gespräche, da sie es gerade noch schafften, sich mit den Pferden unter die Bäume zu drängen, als die erste Welle Fiat-Maschinen über sie hinwegflog. Wie zuvor folgten diesen mindestens sechs Heinkels; dann kamen die viel schwereren Junkers mit ihrer Kampfbomber-Eskorte in enger Formation.

Pablo spuckte verächtlich aus und reckte hinter den bereits abdrehenden Fliegern seine knorrige Faust in die Luft, während Joaquim etwas vor sich hin flüsterte. Annabelle brauchte keine Übersetzung, um zu verstehen, welcher Hass auf den faschistischen Feind dieses Land spaltete.

Nachdem sie sich vergewissert hatten, dass die Luft rein war, erklomm Annabelle mit Unterstützung der Männer wieder den Sattel, und sie nahmen ihren Ritt in Richtung Süden im grauen Licht der Abenddämmerung wieder auf. Inzwischen fühlte sie sich wohler, und hätte sie nicht vom Bergsteigen einen Muskelkater und von ihrem Sturz etliche blaue Flecken gehabt, hätte sie den langsamen Trott des gutmütigen Tiers sogar genossen, als sie nun durch kleine Bäche und über Pfade ritten, die in der zunehmenden Dunkelheit kaum mehr auszumachen waren.

Schließlich gelangten sie zu einem verlassenen Dorf, doch Pedro und Joaquim hinderten sie daran näherzukommen, da sie zuerst Ausschau nach Faschisten halten wollten, die womöglich hier auf der Lauer lagen.

Während die beiden Spanier vorsichtig die Häuser des Dorfes durchsuchten, registrierte Annabelle, dass die Mauer, die es einst umgeben hatte, von Bomben in Schutt gelegt worden war. Die traurigen Überreste der kleinen Häuser neben den Ruinen der Dorfkirche und dem Marktplatz waren schutzlos den Elementen preisgegeben. Das Ackerland ringsum, das einst das Dorf versorgt hatte, war bereits von Gräsern und Disteln überwuchert.

»Die Faschisten haben das Dorf bombardiert«, übersetzte ihr Etienne, was Joaquim ihm zuvor erzählt hatte. »Wer nicht im Bombenhagel ums Leben kam, wurde wegen seiner Treue zu den Republikanern massakriert. Niemand wurde verschont, nicht einmal Frauen und Kinder.«

Annabelle wurde übel beim Gedanken an eine solche Barbarei. Als die Männer von ihrem Erkundungsgang zurückkehrten, ließ sie sich vom Pferd gleiten und streckte ihr schmerzendes Rückgrat. In den Geschichtsbüchern war viel von gnadenloser menschlicher Grausamkeit zu lesen, die im Lauf der Jahrhunderte immer wieder ihren Niederschlag gefunden hatte. Vom Burenkrieg in Südafrika über die Konflikte in Indien und auf der Krim bis zum Ersten Weltkrieg, immer hatte es den Anschein, als könne der Durst des Menschen nach Brutalität nicht gestillt werden. Warum sollte dieser spanische Krieg irgendwie anders sein?

»Wie hältst du dich?«, fragte Henri, während er aus dem Lederschlauch, der an seinem Sattel befestigt war, Wasser in eine Blechtasse goss.

Sie trank das warme, nach Leder schmeckende Wasser und verzog das Gesicht, doch sie hatte solchen Durst, dass ihr der

Geschmack egal war. Das Wasser spülte ihr Staub und Sand aus der Kehle, und sie fühlte sich augenblicklich erfrischt. »Besser als erwartet«, erwiderte sie. »Wie weit ist es denn noch?«

Er legte ihr einen Arm um die Schulter. »Wir nehmen von hier aus den Laster, also dauert es nicht mehr lange«, murmelte er.

Sie packte ihn vorn an seiner Jacke und sah ihm ins Gesicht. »Versprich mir, dass du nichts Dummes machst«, bat sie. »Spiel nicht den Helden, sondern pass auf, dass du nicht verletzt oder gar getötet wirst. Ich könnte es nicht ertragen.«

Er zog sie an sich und legte sein Kinn auf ihren Kopf. »Ich habe nicht die geringste Absicht, mich verletzen oder töten zu lassen«, sagte er leise. »Und wenn das alles vorbei ist und wir wieder zusammen sein können, spazieren wir über den Pont Neuf, und ich bekomme meinen Kuss.«

»Wir müssen jetzt weiter«, mahnte Etienne, der aus dem Dunkel eines zerstörten Hauses trat. »Es ist noch eine Stunde bis Tarragona, und dann brauchen wir noch drei, bis wir in der Nähe von Albacete sind.«

Henri küsste sie leidenschaftlich. »Ich liebe dich, Belle. Vergiss das nie«, sagte er rau.

Sie nickte nur, denn ihre Gefühle wurden derart übermächtig, dass sie keine Worte dafür fand. Sie drückte ihm einen sanften Kuss auf die Wange und wandte sich dann rasch ab, um sich zu den anderen Männern zu gesellen, die bereits neben einem staubbedeckten rostigen Laster auf sie warteten. Das Fahrzeug sah nicht so aus, als könnte es auch nur das Dorf hinter sich lassen, geschweige denn weitere dreihundert Kilometer bis nach Albacete fahren.

Pedro hatte die Pferde getränkt und saß bereits wieder im Sattel. Die anderen Tiere führte er an Stricken hinter sich. Er würde mit ihnen zum Stadtrand von Tarragona reiten und sich dann auf dem Weg nach Albacete wieder zu den anderen gesellen. Etienne hatte bereits neben Joaquim Platz genommen, der am Lenkrad des ramponierten Lasters saß, während Henri rasch Annabelle auf die Rückbank half.

Obwohl es schon spät und die Nacht kalt war, kam ihnen die Fahrerkabine nach einem ganzen Tag im Freien stickig vor, und sowie Joaquim losfuhr, kurbelten sie sämtliche Fenster herunter, um etwas Luft hereinzulassen. Trotz seines Alters und des Rosts, der die Karosserie zu zerfressen drohte, lief der Motor des Lasters einwandfrei, denn er war sorgfältig gewartet worden.

Annabelle hielt Henris Hand, während der Laster scheppernd über den unebenen Boden rumpelte und sich die Hügel westlich von Barcelona hocharbeitete. An manchen Stellen, wo es einen feindlichen Angriff gegeben hatte, sahen sie Feuer lodern, und erneut war in der Ferne das tiefe Dröhnen zahlreicher Flugzeuge zu vernehmen. Allerdings kannte Joaquim die Gegend gut und umfuhr die Dörfer und Städte, wo sie von feindlichen Patrouillen hätten gestoppt werden können, ebenso wie stark bewaldete Gebiete, in denen sie Angriffe hätten befürchten müssen.

Henri legte ihr einen Arm um die Schultern und drückte sie fest an sich, als der Laster auf einmal bremste, lange nachdem Pablo mit seinen Pferden in der dunklen Wildnis verschwunden war.

»Eine Straßensperre«, murmelte Etienne. »Sie werden von uns allen die Papiere sehen wollen. Da Tarragona momentan noch in republikanischen Händen ist, ist es ungefährlich, wenn du über den Grund deines Aufenthalts hier die Wahrheit sagst, Annabelle.«

Der Lastwagen kam rumpelnd zum Stehen, und ein uniformierter Wachmann schob seinen Gewehrlauf durchs Seitenfenster, während sein Kollege ihre Papiere verlangte. In gespanntem Schweigen saßen sie da, während Joaquim streng befragt wurde. Schließlich atmeten sie erleichtert auf, als sie die Papiere zurückbekamen und durchgelassen wurden.

Sie fuhren durch die fast verlassenen Straßen von Tarragona und bogen dann in eine von Soldaten bewachte und mit Sandsäcken schwer gesicherte Einfahrt ein. Sie hatten das Krankenhaus erreicht.

Als der Laster vor der Außentreppe haltmachte, spürte Annabelle Panik in sich aufsteigen und wandte sich an Henri. »Pass auf dich auf, mein Liebster«, flüsterte sie beschwörend. »Und lass uns beten, dass wir uns bald wiedersehen.«

»Vergiss niemals, dass ich dich liebe«, erwiderte er, während Etienne schon die Tür aufstieß und nach Annabelles Rucksack griff.

Rasch gab sie Henri einen Kuss, stieg aus und umarmte Etienne. »Vielen Dank, Etienne, du warst ein wahrer und geduldiger Freund. Pass auf dich auf.«

»Wir sehen uns dann in Paris«, sagte er fröhlich.

Sie sah zu, wie er wieder einstieg und die Tür zuschlug. Joaquim nickte ihr zu, trat aufs Gaspedal, und ehe sie sich versah, war der Laster schon aus der Einfahrt verschwunden.

Sie drängte die Tränen zurück, warf sich den Rucksack über die Schulter und erklomm die Treppen zum Haupteingang. Wände und Säulen hatten vom Beschuss durch Granaten etliche Schäden abbekommen, doch der Marmorfußboden war auf Hochglanz poliert, und hinter der verzierten Doppeltür am Ende des Flurs war lautes Stimmengewirr zu vernehmen.

Annabelle zögerte, ehe sie darauf zuging, doch als sie die Türen aufstieß, prallte sie zurück bei dem Lärm, der ihr entgegenschlug, und dem Anblick von verwundeten Männern, Frauen und Kindern, die dicht gedrängt auf Matratzen, Decken und Tragbahren lagen. Schwestern eilten hin und her, während freiwillige Helferinnen Schalen und Tücher brachten und sich bemühten, Blutlachen und Erbrochenes aufzuwischen, und die Ärzte ihre Patienten behandelten.

»Hallo, Süße. Willste mithelfen?«

Annabelle blickte in ein Paar leuchtend blaue Augen über einer sommersprossigen Nase und einem kecken Lächeln. Unter der Helferinnenkappe quoll karottenrotes Haar hervor, und die Schürze der jungen Frau war voller Blut.

»Ich bin Annabelle Blake«, erklärte Annabelle über das schreckliche Stöhnen und Schreien der Verletzten hinweg. »Ich komme aus London.«

»Dann hoff ich mal, dass du 'ne echte Schwester bist und keine von denen, wo glauben, sie wissen alles, in Wahrheit aber keinen Schimmer haben«, erwiderte das Mädchen und zog eine Grimasse.

»Ich habe als Stationsschwester im St Swithin's gearbeitet«, erklärte Annabelle entschlossen.

»Na, dann zieh mal dein' Mantel aus und wasch dir die Hände. Rumstehen bringt nix, weil wir hatten grad 'nen Bombenangriff, und 's gibt 'ne Menge Verletzte.«

»Wer ist der verantwortliche Arzt?«, fragte Annabelle, während sie Mantel und Rucksack ablegte, zur nächsten Wasserschüssel ging und sich die schmutzigen Hände und Arme abschrubbte.

»Gott weiß, wer das ist. Wir werden alle andauernd rumgeschoben, sodass sich kein Mensch mehr auskennt. Red halt mal mit Dr. Quemada. Das ist der erste Chirurg hier.«

Annabelle folgte dem Zeigefinger der jungen Frau und sah einen hochgewachsenen Mann Anfang vierzig, ein dunkler spanischer Typ von ähnlich gutem Aussehen wie Joaquim. »Spricht er englisch?«

»Besser wie ich«, antwortete sie mit müdem Grinsen. »Er ist Spanier, aber er ist in Amerika geboren.« Sie trat von einem Fuß auf den anderen und musterte den Stapel Handtücher in ihrem Arm. »Pass auf, ich muss weiter. Ich heiß übrigens Sal. Sal Piper.«

»Schön, dich kennenzulernen, Sal, und vielen Dank für deine Hilfe.«

Kaum war die kleine Cockney-Frau mit ihren Handtüchern verschwunden, da trocknete sich Annabelle rasch die Hände ab und schlängelte sich durch das Chaos zum Arzt durch. »Entschuldigen Sie, Sir«, sagte sie. »Ich bin Krankenschwester Blake und wollte Sie fragen, was ich als Erstes tun soll.«

Er unterbrach seine Inspektion der tiefen Wunde, die sein Patient an der Brust hatte, und sah sie an. Er hatte lange dunkle Wimpern, und seine Augen hatten die Farbe von geschmolzener Schokolade. Ein träges Lächeln enthüllte weiße Zähne und kräuselte seine Augenwinkel auf höchst attraktive Weise. »Sie sehen aus, als hätten Sie selbst ein paar Kriege durchgemacht«, sagte er mit lässigem amerikanischen Akzent, während sein Blick von ihren derben Stiefeln zu ihrem zerzausten, staubigen Haarschopf und ihrem verschmierten Gesicht wanderte. »Sind Sie sicher, dass Sie nicht zu müde sind, um sich gleich in die Arbeit zu stürzen?«

»Ich habe zu Fuß die Pyrenäen überquert und in einer Höhle geschlafen; ich bin zum ersten Mal geritten und in einem rostigen alten Laster hierhergerumpelt. Wenn ich das geschafft habe, schaffe ich alles. Ausruhen kann ich mich später.«

Er grinste. »Willkommen im Irrenhaus, Stationsschwester Blake«, sagte er herzlich und schüttelte ihr die Hand. »Wir brauchen junge Frauen wie Sie. Und jetzt besorgen Sie sich eine Schürze, damit Sie die Wunde hier frisch verbinden können. Sie werden bestimmt schnell heraushaben, wie hier alles läuft.«

Angetan von seiner freundlichen Art und erfreut darüber, erwünscht zu sein und gebraucht zu werden, trat Annabelles Kummer über die Trennung von Henri in den Hintergrund, und sie eilte los, um ihr Schwesternkleid anzuziehen.

9

April 1937

George hatte sich in den letzten Monaten in seine Arbeit gestürzt und sich die finanzielle Last, ein so großes Haus zu führen, dadurch erleichtert, dass er die oberste Etage an zwei Medizinstudenten vermietet hatte. Außerdem war er Mitglied im Golfclub geworden und hatte sogar begonnen Rugby zu spielen, wenn es seine Zeit erlaubte. Neben alldem hatte er es noch geschafft, einen Bereitschaftsplan aufzustellen, an dem sämtliche Dartforder Arztpraxen beteiligt waren, damit Absenzen abgedeckt waren und man wenigstens einmal im Monat ein freies Wochenende genießen konnte. Das Golfspiel hielt ihn gesund, und das Rugby bescherte ihm zwar Schmerzen und blaue Flecke, doch die Aggressivität des Spiels besaß auch eine reinigende Wirkung. Er hatte erfreut festgestellt, dass er mit seinen dreißig Jahren noch fit und agil war und als Erste-Reihe-Stürmer eine wichtige Rolle spielen konnte.

Abgesehen davon, dass er Annabelle vermisste – was er ununterbrochen tat –, gab es nur wenig, was sein neues Leben überschattet hätte. Felicity Jenkins war tüchtig, und die Patienten mochten sie – allerdings ließ sie es sich nicht nehmen, ihm Aufläufe und sahnige Desserts zu bringen, die er meist an seine Mieter weiterreichte. Anscheinend war sie besorgt, dass er nicht richtig aß – genau wie die Gemeindeschwester, die Hebamme und sogar einige seiner weiblichen Patienten, die ihm Kuchen, Plätzchen, Pasteten und Eintopfgerichte mitbrachten. Junggeselle zu sein erwies sich also tatsächlich als ein bisschen problematisch, und hätte er nicht regelmäßig Golf und gelegentlich Rugby gespielt, hätte er enorm an Gewicht zugelegt.

Kritisch betrachtete er sich im Spiegel, klopfte sich auf den nach wie vor flachen Bauch und zog sich fertig an. Er band sich die Krawatte mit dem Abzeichen vom Rugby-Club um, kämmte sein dunkles Haar nach hinten und schlüpfte in das Tweed-Sakko, das an seinen breiten Schultern perfekt saß. Er war nicht ganz eins achtzig groß, hatte aber die kräftige Statur eines guten Rugby-Spielers, genau wie einst sein Vater. Und auch wenn er nicht eitel war, so war ihm doch bewusst, dass er Eindruck machen konnte, wenn er es darauf anlegte. Zufrieden mit seiner Erscheinung schritt er durch den Flur ins Wohnzimmer, um Pfeife und Streichhölzer zu holen, ehe er nach unten eilte, um sich auf den Weg zum alljährlichen Mitglieder-Essen in seinem Club zu machen.

Auf der Fußmatte lag ein Brief. Als er ihn aufhob und sah, dass er von Annabelle war, war jeder Gedanke an das Club-Essen wie weggefegt. Er ging damit in die Küche und dachte dabei an all die anderen kurzen Mitteilungen, die er von ihr erhalten hatte. Obwohl er über ihr plötzliches Verschwinden noch immer ziemlich verärgert war – und wütend, dass sie sich in Gefahr brachte, indem sie nach Spanien gegangen war –, war seine Bewunderung für ihren Mut gewachsen. Nicht viele Frauen würden eine so gefährliche Reise auf sich nehmen, um sich zu bewähren, und Annabelle schien dabei regelrecht aufzublühen.

Als er die dünnen, zerknitterten Blätter aus dem Umschlag zog, registrierte er als Erstes das Datum. Der Brief war schon vor drei Monaten geschrieben worden, und Annabelle hatte sich zu diesem Zeitpunkt nicht mehr in Tarragona, sondern an einem Ort namens Cañete aufgehalten, der etwa hundert Kilometer westlich von Valencia lag. Er begann zu lesen.

Cañete, 15. Februar 1937

Mein lieber George,
ich schreibe dies in Eile, da wir schon wieder evakuiert und verlegt werden sollen und ich nicht weiß, wann ich wieder zum Schreiben komme. Wir werden ununterbrochen von feindlichen Flugzeugen attackiert, und es hat den Anschein, als wären die faschistischen Barbaren entschlossen, Krankenhäuser und schutzlose Dörfer ins Visier zu nehmen, von denen bekannt ist, dass sie loyal zu den Republikanern stehen. Angesichts dessen, wie viele Bomben sie werfen, ist erstaunlich wenig Schaden entstanden, aber wenn ihnen eine Horde marodierender Plünderer folgt, ist niemand mehr sicher.
Kürzlich hat uns eine italienische Division angegriffen, und obwohl sie von den republikanischen Wachleuten, die für unseren Schutz sorgen, abgewehrt wurde, gibt es Gerüchte über einen wesentlich größer angelegten geplanten Überfall durch Francos spanische Nationalisten, die in ihrer sinnlosen Zerstörungswut bereits mehrere Städte in der Umgebung in Schutt und Asche gelegt haben.
Wir haben den Tag damit verbracht, zu packen und die schwerer verletzten Patienten auf den Umzug in ein anderes Krankenhaus vorzubereiten. Einige der Verletzten, die gehen können, wurden entlassen, aber es sind noch viele hier, die wir in den wenigen Krankenwagen mitnehmen müssen, die Rafael Quemada irgendwie der amerikanischen Sanitätstruppe abgebettelt hat. Die scheint wesentlich besser ausgerüstet zu sein als wir.
Die Bombardierungen haben sogar die Ratten aufgescheucht, die uns jetzt noch mehr plagen als zuvor. Sie scheinen immun gegen das Gift zu sein, das wir auslegen, und stehlen oder verseuchen unser weniges Essen. Wir leben von Reis, Brot und Mandeln und einer seltsamen Mixtur, die weder Tee noch Kaffee ist, sondern eine Mischung aus beidem, vermischt mit heißem Wasser – es gibt weder Milch noch Zucker –, aber wenigstens ist es warm und flüssig, und es bringt unsere Mägen dazu zu glauben, sie seien voll.

Der Regen ist unerbittlich, und unsere Kleider leiden schon unter der Feuchtigkeit. Wir sind umgeben von Schlamm und können nur beten, dass die Krankenwagen uns hier rausbringen. Jetzt muss ich Schluss machen. Ich schreibe später zu Ende.

Wie immer liebe Grüße
Annabelle

George konnte sich die Mühen und Schrecken, die Annabelle durchlitt, nur ansatzweise vorstellen, doch es machte ganz den Eindruck, als bliebe sie im Geist unerschüttert und als hätten sie und die anderen ihre gefährliche Flucht aus Cañete überlebt, denn ihr Brief ging weiter.

Provinz Aragón, 26. Februar 1937

Wir mussten uns von unserem geliebten Rafael Quemada verabschieden, da er zu einer amerikanischen Einheit in der Nähe von Madrid abkommandiert wurde. Es war schwer, sich an seinen Nachfolger zu gewöhnen, einen arroganten Engländer namens Cyril Beecham. Aber jeder Arzt ist besser als keiner, und ich vermute, die Arroganz wird ihm schon bald zwangsläufig vergehen, wenn der Granatbeschuss wieder losgeht und die Zahl der Verletzten steigt. Wir sind jetzt schon seit mehr als zehn Tagen im Spital der Mission Santa Rosa. Weil es kaum mehr war als eine Ruine, haben wir die meiste Zeit mit Putzen und Renovieren verbracht und versucht, wenigstens zwei Räume sauber genug für unsere Patienten zu bekommen. Doch es hat sich als Ding der Unmöglichkeit erwiesen, einen sterilen OP-Saal einzurichten, und Beecham muss jetzt unter frisch gewaschenen Laken operieren, die wir wie ein Zelt an einer Reihe von Flaschenzügen über ihm und dem Operationstisch aufhängen.
Wir müssen unser Trinkwasser abkochen und all unser Weißzeug

selbst waschen, genau wie sämtliches wiederverwendbares Verbandsmaterial. Nach einem harten Tag auf der Station ist das sehr anstrengend, aber irgendwie schaffen wir es. Es gibt nur wenige Betten hier, aber wir haben hier einen Schreiner gefunden, der sich als wahres Genie erweist, wenn es darum geht, aus allem möglichen Schrott Brauchbares herzustellen, und so haben wir endlich Blöcke, auf die wir die von ihm gezimmerten Betten stellen können, Rückenlehnen, Flaschenzüge, Tragbahren, Schaufeltragen und zahlreiche andere Dinge, die allesamt zum Wohl unserer armen Patienten beitragen.
Wir versorgen sowohl Zivilisten als auch Soldaten, und die Gräueltaten, die an unschuldigen Frauen und Kindern verübt werden, sind sehr, sehr schockierend, George. Ich habe hier schon so viel Schreckliches gesehen, und wir alle können das nur ertragen, indem wir unermüdlich weiterarbeiten und unser Bestes tun, um das Leid der Betroffenen zu lindern. Ich habe nichts als Lob für die freiwilligen Helferinnen, die unermüdlich arbeiten und klaglos die schmutzigsten und niedersten Aufgaben verrichten. Die kleine Sal Piper aus dem Londoner East End ist ein wahrer Sonnenschein. Ganz egal, wie hart der Tag war, sie hat immer ein Lächeln, das einfach ansteckend ist.
Man hört mehr und mehr von erbitterten Kämpfen im Norden zwischen den Nationalisten und den Internationalen Brigaden. Die Schlacht tobt nun schon seit Tagen, und keine Seite kann bisher den Sieg für sich verbuchen, doch die Zahl der Todesopfer ist bereits jetzt unerträglich hoch, und ich warte verzweifelt auf Nachricht von Henri, Etienne, Bertram und Arthur. Aber wie du dir denken kannst, ist die Kommunikation schwierig und frustrierend langsam, und ich habe von Henri nur im Januar eine kurze Nachricht erhalten, die mir sehr wenig gesagt hat.
Doch es gibt auch gute Nachrichten. Endlich habe ich von Caroline gehört! Sie arbeitet in einem Feldlazarett in der Nähe von Albacete. Erwartungsgemäß leidet sie nicht unter den gleichen Entbehrungen

wie wir, denn sie arbeitet bei einer Sanitätseinheit der Amerikaner. Gutes Essen ist auch bei ihr knapp, aber wenigstens scheint es ihr nicht schwerzufallen, ordentliche medizinische Versorgungsgüter zu bekommen. Ich hoffe, dass wir es irgendwie einmal schaffen werden, zur selben Zeit am selben Ort tätig zu sein, aber da sind wir von der Gnade unserer Vorgesetzten abhängig, und außerdem hängt es von den feindlichen Attacken ab, daher bezweifle ich, dass es je dazu kommen wird. Zu der Zeit, als sie mir geschrieben hat, waren ihre Brüder Arthur und Bertram noch gesund und munter, was eine große Erleichterung ist. Bestimmt klammern sich ihre Eltern an die Hoffnung, dass sie alle diesen furchtbaren Krieg heil überstehen.
Trotz all dieser Mühen und Schrecken bin ich glücklich, George. Das hier ist echte Arbeit für eine Krankenschwester, und ich habe endlich das Gefühl, etwas zu bewirken, das Gefühl, dass ich die Chance habe, das zu tun, wofür ich auf der Welt bin – ganz egal, was die Zukunft bringt.
Ich hoffe, du hast dich in deinem neuen Zuhause eingelebt. In deinen Briefen – die mich immer irgendwann erreichen – klingt alles wunderbar, und ich kann mir richtig vorstellen, wie du an einem englischen Sommertag in deinem schönen Garten sitzt, vielleicht mit einem Schälchen Erdbeeren mit Sahne! Ach, wie einfach das Leben doch war, als wir mit einem Picknickkorb in den Park gehen konnten und eine Decke auf dem saftigen grünen Gras ausbreiteten. Wie ich die Spuren des Frühlings vermisse in dieser kahlen, kargen Umgebung! Doch die Erinnerungen an die schönen Zeiten, die wir zusammen erlebt haben, halten mich nach wie vor aufrecht, wenn es hier sehr hart zugeht.
Ich höre Lastwagen näher kommen, also muss ich aufhören. Schreibe später zu Ende.
Einstweilen liebe Grüße

George war froh, dass sie ihre gemeinsame Zeit nicht vergessen hatte, sondern sie in lieber Erinnerung bewahrte. Er drehte das

Blatt um in der Hoffnung, mehr davon zu lesen, doch es folgte nur ein einziger tieftrauriger Absatz, ehe ihr Brief endete.

Die Laster kamen von der Front. Einige der Kämpfer waren bereits unterwegs an ihren Verletzungen gestorben, andere lebten nur noch so lange, dass wir ihre Wunden versorgen und sie trösten konnten. Mein lieber Kindheitsfreund Arthur Howden ist heute früh um zwei Uhr in meinen Armen gestorben, und ich weine nicht nur um meinen Verlust, sondern auch wegen des herzzerreißenden Kummers, den dies seinen Eltern und Geschwistern bereiten wird.
In tiefer Trauer
Deine Annabelle

Die Junisonne brannte gnadenlos herunter, während sich der Staub in jeder schwitzenden Pore absetzte und Kehlen, Augen und Ohren verstopfte. Etienne war so erschöpft, dass er nicht einmal genug Energie aufbrachte, um den Stift aufs Papier zu setzen. Die Hitze, der Staub und die dichten Wolken lästiger schwarzer Fliegen machten ihn wahnsinnig, doch nun lag er hier in dem flachen felsigen Hohlweg neben Henri und ließ die verdammten Viecher auf sich herumkrabbeln.

Sie waren beide völlig verdreckt, da sie sich seit Tagen nicht hatten waschen können; ihre Augen brannten und tränten, und die Lider waren von dem grellen Licht und dem allgegenwärtigen Staub geschwollen. Sie rochen ihren eigenen Gestank nicht mehr, ebenso wenig wie den der verwesenden Leichname ihrer toten Kameraden. Allmählich waren sie immun dagegen geworden – genau wie gegen die Fliegen.

Die heftigen Kämpfe um das kleine Dorf nordöstlich von Madrid tobten nun schon seit Tagen, und nicht einmal die drei harten Ausbildungswochen im Hauptquartier hatten sie auf das vorbereitet, was sie seither durchgemacht hatten. Nach Ende ihrer Ausbildung hatten sie binnen dreier Tage eine Feuertaufe erlebt, und der Ansturm hatte mit kaum verminderter Wucht die letzten sechs Monate angehalten.

Seit der Bombardierung und fast völligen Zerstörung von Guernica waren sie absolut entschlossen, diesen Feind um jeden Preis zu besiegen. Guernica war das spirituelle Herz der Basken, und obwohl niemand aus ihren eigenen Familien an jenem schicksalhaften Montag zu Schaden gekommen war, so waren doch etliche Verwandte ihrer Nachbarn betroffen, und die Zahl der Toten stieg immer weiter, da viele Verletzte starben und immer noch weitere Tote in den Trümmern gefunden wurden.

Das kleine von Landwirtschaft geprägte Dorf, das sie jetzt zu erobern suchten, war praktisch dem Erdboden gleichgemacht worden, als die faschistischen Splittergruppen aus marokkanischen und spanischen Legionären es eingenommen hatten. Die Internationalen Brigaden hatten sich mit dem aus Freiwilligen verschiedener Nationalitäten bestehenden Thälmann-Bataillon zusammengetan, um die Faschisten zu verjagen und die Einwohner zu retten. Allerdings wurden sie immer wieder von Fiat-Maschinen beschossen, während die Heinkel He 111 sie von allen Seiten bombardierten. Das hinter dem Kirchturm versteckte Hotchkiss-Maschinengewehr schoss sie in Fetzen, wenn sie in den felsigen Hügeln, wo sie Deckung suchten, auch nur die Köpfe reckten.

Der Kommandant der Internationalen Brigaden war ein schlimmer Menschenschinder. Er schikanierte die Männer, wenn er sie als Simulanten verdächtigte und der Meinung war, dass ihre Verletzungen nicht ausreichten, um sie vom Kämpfen freizustellen. In den geringsten Anzeichen von Schwanken oder Erschöpfung sah er Feigheit vor dem Feind, und er hatte keine Gewissensbisse, jeden Mann unter seinem Kommando zu erschießen, den er als Schwächling betrachtete. Es gab keinen Einzigen unter ihnen, der ihn nicht fürchtete und hasste, und

Etienne vermutete, dass irgendwann in einem günstigen Augenblick jemand den Spieß umdrehen und ihm eine Kugel in den Kopf schießen würde.

Dies war nicht der glorreiche, abenteuerliche Krieg, den sich Etienne ausgemalt hatte, sondern ein brutales, gnadenloses Gemetzel unter einer brennenden spanischen Sonne um ein paar wertlose Quadratmeter Land, die wieder verloren gingen, ehe der Tag sich neigte. Sie hatten Kameraden fallen sehen, hatten die wahnsinnigen Schreie von schwer verletzten Männern gehört, die im Sterben lagen. Die Albträume überfielen sie nicht nur in den wenigen Momenten des Schlafs, sondern auch in wachem Zustand, in den Dörfern und Städten, wenn sie zu spät kamen und die zerfetzten, verwesenden Leichen von Frauen und Kindern vorfanden, und beim Anblick der flachen Gräben, in denen sich die Leichen derjenigen stapelten, die man gezwungen hatte, sich ihr eigenes Grab zu graben, ehe man sie erschoss.

»*Merde!*«, schimpfte Etienne angeekelt, als ihm eine Fliege in den Mund flog. »Ich schwöre bei Gott, Henri«, keuchte er. »Wenn ich das hier überlebe, erfinde ich etwas, was diese Mistviecher ein für alle Mal ausmerzt.«

»Tu das, und du bist ein gemachter Mann«, murmelte Henri, während er sich weiter seiner Skizze der herrlichen Hügel und Berge der Sierra de Guadarrama widmete. Dort trugen die höchsten Gipfel trotz der Sonnenhitze immer noch eine Mütze aus Schnee.

Etienne waren die Beine eingeschlafen, und er versuchte seine Muskeln zu lockern, indem er sich auf der Suche nach Schatten hinter ein paar Felsen verkroch. Seit dem späteren Vormittag saßen sie hier fest, wegen des Maschinengewehrs und der um das Dorf verteilten Heckenschützen ohne Möglichkeit der Flucht. Mühsam verlagerte er in dem engen Versteck das Gewicht und versuchte ganz bewusst, sich etwas zu entspannen.

Doch der Hunger nagte in seinen Eingeweiden, die Mittagshitze war unerträglich, und seine Feldflasche enthielt nur noch wenige Schlucke brackiges Wasser. Wenn sie nicht bald den Rückzug antraten, käme keiner von ihnen lebend hier heraus.

Einen Augenblick musterte er Henri und fragte sich, wie er angesichts ihrer Lage so ruhig bleiben konnte. Henri blätterte einfach die Seite seines Skizzenbuchs um und begann, mit großen Strichen die Ruinen des Dorfs und die fruchtbare Ebene zu zeichnen, wo Flüsse und Seen unter dem blassen Himmel schimmerten.

Etienne rückte seine Sonnenbrille zurecht und blickte über seinen Freund hinweg auf das Bild der Zerstörung. Die Felder waren zertrampelt; landwirtschaftliche Geräte lagen überall verstreut. Die Tiere waren rasch zusammengetrieben und geschlachtet worden, um die Armee der Invasoren zu ernähren. Die Häuser waren aus einer Mischung aus Lehm, Dung und Stroh erbaut, wobei Kamine und Stützpfeiler aus Steinen gemauert waren, die aus den unteren Hängen der Berge stammten. Bomben und Gewehrfeuer hatten alles zerstört, die Schiefer- und Wellblechdächer waren heruntergekracht und hatten die Menschen im Haus erschlagen. Ein paar Einheimische hatten zu Beginn der Kämpfe fliehen können, doch wesentlich mehr waren von dem Maschinengewehr niedergemäht worden, und jetzt regte sich auf dem Dorfplatz und in der Umgebung nichts mehr.

»Warum zum Teufel überlassen wir ihnen nicht einfach das Feld?«, zischte er ärgerlich. »Es ist doch ohnehin alles kaputt.«

Henri beendete seine Skizze, klappte das Buch zu und steckte es wieder in den Rucksack. »Es ist nicht an uns, über das Warum nachzudenken«, murmelte er und begann, sein Gewehr zu reinigen. »Aber ich stimme dir darin zu, dass dieses spezielle Unterfangen aussichtslos ist.«

Etienne hörte ein Wispern durch die Reihen gehen, und

sein Magen verkrampfte sich. Sie wurden angewiesen, sich auf den Befehl zum Vorrücken vorzubereiten. Das war reiner Selbstmord. Dennoch überprüfte er Gewehr und Pistole, die beide wegen des verdammten Staubs ständig Ladehemmung hatten, und rollte sich zur Seite. »Wenn ich es nicht hier rausschaffe, sagst du dann meinen Eltern Bescheid?«

»Natürlich«, flüsterte Henri. »Und verständigst du meine und Annabelle, wenn ich nicht durchkomme? Ich fände es schrecklich, wenn sie es durch Hörensagen erfahren würde.«

Etienne nickte, er überlegte bereits, in welche Richtung es gleich weitergehen sollte, wenn der Befehl eintraf. Ihr oberstes Ziel musste es sein, dieses Maschinengewehr auszuschalten. Er kniff die Augen zusammen und folgte dem Weg, der am wenigsten dazu angetan war, die Aufmerksamkeit der Heckenschützen zu erregen. Es gab zwei zerstörte Häuser in der Nähe, und wenn …

»Vorrücken! Vorrücken!«

Mit einem Sperrfeuer aus Dutzenden von Gewehren und wütendem Gebrüll erhoben sich die Männer der kombinierten Brigaden aus ihren Verstecken und liefen in die tödliche Schusslinie des Maschinengewehrs.

»Mir nach!«, brüllte Etienne und duckte sich. Statt den anderen zum Dorfplatz zu folgen, wo sie der sichere Tod erwartete, lief er auf die erste Wand eines der ruinierten Häuser zu. Die ersten Kugeln bohrten sich bereits in den weichen Boden vor seinen Füßen oder flogen ihm um die Ohren.

An der Mauer angelangt presste er sich fest dagegen, und Henri tat es ihm nach. Das Adrenalin hatte Hunger und Erschöpfung weggewischt; jetzt war er konzentriert. Er lugte vorsichtig um die Ecke, spürte die Kugel des Heckenschützen an seiner Nase vorbeisausen und warf sich gegen die nächste Hauswand.

Das tödliche Rattern des Maschinengewehrs ertönte über

die Ebene, während sich das Dröhnen der Granaten sowie das Pfeifen der Gewehrschüsse mit den Schreien der Männer vermischten. Etienne schätzte die Distanz ab, die er zurücklegen musste, um die demolierte Scheune zu erreichen – er begriff, dass er dabei eindeutig zu lange ohne Deckung wäre –, und beschloss, stattdessen auf die Ställe zuzuhalten. Er gab Henri ein Zeichen, warf sich auf dessen Nicken hin auf den Boden und rollte sich rasch ins Dunkel des stabilen hölzernen Gatters.

Als Henri bei ihm anlangte, sahen sie sich an und verzogen beide das Gesicht. Sie waren über und über vom Matsch eines Schweinestalls bedeckt. »Wir müssen diesen Scheißkerl am Maschinengewehr kriegen«, brüllte Etienne Henri zu. »Wenn wir die Scheune erreichen und in die Dachbalken klettern, müssten wir gute Sicht für einen Schuss haben. Kommst du mit?«

Henri nickte mit entschlossener Miene und musterte die Scheune. »Ein Heckenschütze«, warnte er, ehe er das Gewehr auf den Mann auf dem Dach gegenüber anlegte und ihn herunterschoss.

Sie krochen durch den stinkenden Matsch des Schweinestalls, während Kugeln über ihre Köpfe hinwegpfiffen und um sie her in die Zaunlatten schlugen. Jemand musste sie gesehen haben, deshalb war es nicht sicher, sich noch länger hier aufzuhalten. Etienne und Henri erreichten das letzte bisschen Deckung, wechselten einen Blick und rannten los, über den offenen Platz, wobei die Kugeln ihnen um die Ohren flogen.

»Wir haben's geschafft«, keuchte Henri, als sie sich hinter den hohen Strohballen in der Scheune versteckten. Sie grinsten einander an wie Schuljungen und rangen um Atem.

Kugeln aus dem Maschinengewehr schossen nur wenige Zentimeter über ihren Köpfen eine dichte Reihe von Löchern in die Scheunenwand. »Zeit, ihn ein für alle Mal auszuschalten«, knurrte Henri. Dann musterte er die Heuballen und schickte sich an hinaufzusteigen.

Sowie Henri oben auf den Heuballen angelangt war, packte er einen der massiven Balken der Scheunendecke und kletterte an ihm hinauf. Etienne kam kurz nach ihm am selben Kreuzbalken an, und sogleich rammten sie ihre Gewehre in die Lehmwände, um Löcher zu bohren, die groß genug waren, um hindurchzuspähen.

»Er hält unsere Männer unten beim Kornspeicher in Schach«, knurrte Henri, während er den Lauf seines Gewehrs durch das Loch schob und durchs Visier äugte, den Zeigefinger leicht auf dem Abzug. Er bewegte es ein wenig, bis der Kopf des Schützen genau im Fadenkreuz war, und drückte ab. Der Mann fiel um wie ein gefällter Baum, und das Maschinengewehr verstummte.

Etienne erledigte den zweiten Mann, der auf einmal auftauchte, um das Maschinengewehr zu übernehmen, und dann einen dritten.

Nun, da das Maschinengewehr schwieg, fassten ihre Leute neuen Mut, schwärmten über den Marktplatz aus und schossen auf alles, was sich bewegte. Ein Heckenschütze schoss einige von ihnen nieder, ehe Henri auch ihn vors Visier bekam und ihn erledigte. Zufrieden sah er einen weiteren aus seinem Versteck fallen, nachdem eine Kugel von Etienne ihn getroffen hatte.

Die Schüsse kamen jetzt nur noch sporadisch, und so hielten sie es für ungefährlich, ihr Versteck zu verlassen. Sie erreichten den Eingang der Scheune, die Gewehre im Anschlag, falls sie angegriffen werden sollten. Doch die wenigen überlebenden feindlichen Soldaten waren zusammengetrieben worden und wurden im Kornspeicher in Schach gehalten. Ihre eigenen Leute konnten jetzt ihre verletzten Kameraden versorgen oder den Weinladen im Dorf plündern.

Henri und Etienne schüttelten sich grinsend die Hände und traten auf den Platz hinaus. Den Schützen auf dem Dach des Kornspeichers bemerkten sie nicht.

Henri hörte den Schuss nur einen Sekundenbruchteil, bevor er seine Schulter traf. Er wankte schon, als ihn ein zweiter Schuss vollends aus dem Gleichgewicht brachte und niederstreckte. Und er lag bereits gekrümmt auf dem Boden, als ein dritter nur knapp seinen Kopf verfehlte. Er stand unter Schock, als er die Reaktion aus Etiennes Gewehr hörte und die erschrockenen Schreie seiner Kameraden. Er empfand keinen Schmerz, sondern nur eine sonderbare Taubheit, die sich durch seinen ganzen Körper auszubreiten schien.

»Alles in Ordnung, Henri. Ich hole Hilfe. Bleib bloß wach. Hörst du mich? Bleib wach, Henri.«

Etiennes Stimme drang wie von fern an sein Ohr. Sie hatte einen angstvollen Unterton, was ihn sehr verwirrte. Und dann durchzuckte ihn ein brennender Schmerz, als er vom Boden aufgehoben wurde. Er litt Höllenqualen, hatte das Gefühl, als bohrten sich Krallen in ihn, die ihn zu zerfleischen drohten und Schockwellen durch seinen Leib jagten.

So fühlt sich also der Tod an, dachte er, während ihn eine große Dunkelheit einzuhüllen begann.

»Stirb mir bloß nicht weg, Henri«, herrschte Etienne ihn an.

Er war noch nicht bereit zum Sterben – er konnte nicht sterben, ehe er Annabelle wiedergesehen hatte. Doch der Schmerz war allumfassend, und die Dunkelheit war dicht und schwer und versprach eine Linderung der Schmerzen. Und zu guter Letzt konnte er ihr nicht widerstehen.

10

Die katholische Missionskirche stand direkt am Dorfplatz, und das eiserne Kreuz auf ihrem Glockenturm verkündete weithin ihre Botschaft: dass sie in der kleinen, von Landwirtschaft geprägten Gemeinde Santa Rosa über das spirituelle Heil der Menschen wachte. Nach einem Blitzüberfall einer abgespaltenen Schar von Francos Horden, die nach Lebensmitteln und Wertsachen gesucht hatten, war sie nun verlassen. Nachdem sie weder Geld noch Essen gefunden hatten, hatten die Banditen den Pfarrer und seine Haushälterin umgebracht und das Dorf terrorisiert, bis sie von einer republikanischen Brigade festgenommen und ins Gefängnis geworfen worden waren. Da die Mission mitsamt ihren Nebengebäuden in einer Gegend lag, die von beiden Seiten als nicht lohnenswert für große Kämpfe erachtet wurde, hatte man beschlossen, dass sie sich hervorragend für ein Lazarett eignete.

Die jungen Männer aus dem Dorf waren in den Krieg gezogen, doch die Frauen und die älteren Männer hatten bei der Reparatur des Dachs und der beschädigten Mauern geholfen. Marodierende Horden hatten sie im Suff mit Schüssen durchlöchert. Der betagte Zimmermann hatte mit allem, was ihm zur Verfügung stand, erstklassige Arbeit geleistet und für über dreißig Patienten Betten geschreinert.

Wasser musste aus dem Dorfbrunnen geholt werden, und Strom gab es erst, als aus Tarragona ein Generator eintraf. Der Küchenherd war so alt, dass sie ständig fürchteten, er werde eines Tages entweder explodieren oder zu einem Haufen Rost zusammenfallen und das ganze Gebäude in Brand stecken.

In den Räumen der ehemaligen Pfarrerswohnung gab es nun zwei Krankenstationen, und nachdem man zwei Wände niedergerissen hatte, um mehr Platz zu schaffen, war im früheren Zimmer der Haushälterin der Operationssaal eingerichtet worden. Die sechs Schwestern, zwei Freiwilligen und der Arzt wohnten im ehemaligen Schulzimmer hinten im Haupthaus. Provisorische Trennwände ermöglichten ihnen eine gewisse Privatsphäre, und dass sie auf harten, unbequemen Feldbetten schliefen, spürten sie meistens gar nicht mehr vor lauter Erschöpfung.

Da es kein fließendes Wasser gab, mussten die beiden Badewannen mit auf dem Herd erhitztem Brunnenwasser gefüllt werden. Die im Freien gelegenen Toiletten waren laut Sal Piper auch nicht anders als jene im Londoner East End – außer dass sie nachts wesentlich beängstigender waren, denn es gab Skorpione, Schlangen und Eidechsen sowie große, behaarte Spinnen, mit denen man es in der Finsternis aufnehmen musste.

Annabelle warf die Bürste in den Eimer mit dem Schmutzwasser, steckte ein paar Strähnen zurück in ihren Haarknoten und reckte sich. Schweiß lief ihr übers Gesicht, das Schwesternkleid aus leichter Baumwolle klebte ihr am Leib, und ihre Hände waren vom kochend heißen Wasser und der Karbolseife gerötet. Doch genau diese Art von geistloser Arbeit brauchte sie, um den tiefen Schmerz zu vertreiben, der sie nach Arthurs Tod noch immer quälte.

Sie tröstete sich mit dem Wissen, dass er nicht allein unter Fremden gestorben war; dass er trotz seiner Schmerzen und seines Fieberwahns registriert hatte, dass sie da war und ihn festhielt, während er seinen Todeskampf ausfocht. Sein Tod hatte sie tief getroffen, und noch jetzt, nach all den Monaten, gab es Momente, in denen sie tiefen Schmerz über diesen traurigen Verlust empfand.

»Jetzt sieht's schon besser aus, was?« Sal Piper ging mit

einem zufriedenen Seufzen in die Hocke und musterte den frisch geschrubbten Boden der kleineren Station.

»Allerdings«, stimmte Annabelle zu und erhob sich mühsam. »Aber es ist eine Sisyphusarbeit, weil immer wieder Staub hereingeweht kommt.« Sie musterte die mit Läden versehenen Fenster, die so schlecht schlossen, dass sie fast unnütz waren. »Ich habe Emanuel gebeten, die Fenster zu reparieren, aber ich glaube, das übersteigt selbst seine handwerklichen Fähigkeiten.«

Sie nahmen ihre Eimer und gingen hinaus zu dem frisch angelegten Gemüsegarten. Er wirkte bereits welk, obwohl sie eine Segeltuchplane darübergespannt hatten, die auf der einen Seite an der Kirchenmauer und an der anderen an zwei massiven Pfosten befestigt war. Nachdem sie das Putzwasser über den durstigen Paprika, Tomaten, Zwiebeln und Kartoffeln ausgeschüttet hatten, beobachteten sie, wie es rasch versickerte und den blass ockerfarbenen Erdboden so trocken und rissig zurückließ wie zuvor.

»War 'ne gute Idee von dir, den Garten anzulegen«, sagte Sal, »aber ich glaub nich, dass viel überlebt – garantiert nich genug, um alle damit durchzufüttern.«

Annabelle hatte schon geahnt, dass das Projekt zum Scheitern verurteilt war, als sie die ersten Setzlinge pflanzte, die sie bei einem Bauern in der Nähe gekauft hatte. Obwohl sie dessen Anweisungen streng befolgt und jede Menge Mist zum Düngen darauf verteilt hatte, sah das Ergebnis wenig hoffnungsvoll aus. »Wenigstens sind die Lebensmittellieferungen heute gekommen«, sagte sie, »und dem Geruch nach zu urteilen kochen Marge und Cybil schon etwas Feines.«

»Die zwei sind echte Goldstücke, was? Und wo sie doch aus Australien sind, sind sie die Hitze bestimmt gewöhnt. Aber mich siehste garantiert nich in der Küche. Da is 'ne Bullenhitze.«

»Sie kommen beide aus einer Stadt namens Alice Springs, und laut Marge ist es hier harmlos, verglichen damit, wie heiß es dort werden kann.«

»Also, ich freu mich jedenfalls nich auf den Sommer, das kann ich dir sagen«, entgegnete Sal. »Emanuels Frau hat gesagt, das is erst der Anfang, und wenn der bescheuerte Krieg nich wär, würde das ganze Dorf im Juli und August in die Berge ziehen.«

Annabelle musterte die dünne Schneeschicht, die sich hartnäckig auf dem höchsten Gipfel hielt. Sie wischte sich das verschwitzte Gesicht an der Schürze ab und schob sich erneut eine Haarsträhne aus dem Gesicht. Die Dorfleute haben schon recht, dachte sie, während sie sich die kühle Luft und das kalte Wasser in den Bächen ausmalte, die durch die üppigen Bergwiesen strömten. Wenn es nur irgendwie ginge, wäre ich jetzt auch da oben.

Bald würde es Nacht werden, doch die Hitze flirrte nach wie vor über den Felsbrocken, die verstreut in dem kahlen, staubigen Tal lagen. Trüber Dunst hing über dem Horizont, und der Himmel wirkte immer noch wie ausgebleicht, als die Sonne sich schon langsam hinter dem Gipfel des Caimodorro herabsenkte. Es war eine dramatische Landschaft. Die Erde hatte die Farbe zerstoßener Chilischoten, durchbrochen von den schmalen Silberbändern seichter Bäche, die sich am Fuß der Bergkette Serranía de Cuenca verzweigten. Inzwischen waren die Berge vom tiefen Dunkelblau des allmählichen Sonnenuntergangs überschattet. Büschel von verdorrtem gelben Gras und dunkle knorrige Olivenbäume wuchsen aus der felsigen Landschaft. Hinter dem kleinen Dorf mit seinen Lehmhäusern und Bauernhöfen, die sich hinter der Missionskirche erstreckten, sah Annabelle verschwommen blassgrüne Weiden.

»Ganz anders als daheim, was?«, sagte Sal seufzend. »Ich würd was geben für ein bisschen kalten Wind und Regen.«

»Du würdest bald darüber schimpfen«, lachte Annabelle. »Weißt du noch, was für Regengüsse und welchen Matsch wir hier schon erdulden mussten?«

Sal verzog das Gesicht und nickte. »Die machen hier keine halben Sachen, was? Wenn du nicht gebraten wirst, wirst du ertränkt.«

Annabelle musterte die ausgetrocknete Erde, die dürren Olivenbäume und die Staubwolken, die über den verlassenen Dorfplatz wehten, und dachte an den saftigen Rasen in den Londoner Parks, das Plätschern der Brunnen und das helle Grün der frischen Blätter an den Bäumen. Manchmal sehnte sie sich sogar nach den kalten, nebligen Morgen, dem leichten Nieselregen. Die milde Sommersonne in London war so viel freundlicher als diese Höllenhitze.

»Ich muss los. Ich hab Sergeant Smith versprochen, ihm vor dem Abendessen seinen Brief vorzulesen, sonst glaubt er noch, ich hab ihn vergessen.«

Während Sal davoneilte, blieb Annabelle im Schatten der Plane zurück. Sie ließ sich erschöpft auf die Bank sinken, die der Zimmermann ihnen gebaut hatte, und steckte sich eine Zigarette an. Das Rauchen hatte sie sich erst vor wenigen Wochen angewöhnt, und obwohl die Zigaretten im Hals kratzten und nicht besonders schmeckten, so wirkten sie doch irgendwie entspannend, zudem waren sie billig und ließen sie vorübergehend ihren Hunger vergessen. Doch als die köstlichen Düfte von gebratenen Zwiebeln und Fleisch aus der Küche zu ihr wehten, knurrte ihr Magen vor Vorfreude.

Die Vorräte waren bedenklich knapp geworden, und sie hatten alles rationieren müssen, damit der Löwenanteil ihren Patienten vorbehalten blieb. Ein Kanten Brot oder eine Handvoll Reis in wässriger Suppe wurde andächtig genossen und mit heißem Wasser oder einer Tasse der sonderbaren Mixtur aus Kaffee und Tee hinuntergespült. Als der Konvoi mit frischen Nahrungsmitteln endlich eingetroffen war, hatten sich alle gierig auf die Kisten mit Konservendosen und die Mehl- und Reissäcke gestürzt und sich gefreut wie die Schneekönige. Die Atmosphäre war regelrecht festlich geworden, und sogar die Patienten hatte die Aussicht auf etwas Interessanteres zum Abendessen als der übliche Eintopf aus Reis und Gemüse aufgemuntert.

Annabelle lehnte sich zurück und tastete automatisch nach Henris Granatring, den sie stets an einem schmalen Lederband um den Hals trug. Sie betrachtete die Landschaft hinter dem Schatten der Plane und kehrte in Gedanken nach Hause und zu den Menschen zurück, die ihr lieb waren. George hatte sich eindeutig gut in seinem neuen Leben eingewöhnt und war zufrieden. Sie fragte sich, ob ihm eigentlich klar war, dass Felicity Jenkins es auf ihn abgesehen hatte. Die Vorstellung, dass er seine Gefühle einer anderen Frau zuwenden könnte, störte sie seltsamerweise, und obwohl sie versucht hatte zu ergründen, warum das so war, hatte sie keine Antwort darauf gefunden.

Sie hatte Briefe von ihrer Mutter bekommen. Nach der Nachricht von Arthurs Tod drückte sie darin ihre Sorge um Annabelles Sicherheit aus. Doch offenbar hatte Camille neuen Sinn in ihrem Leben gefunden: Gemeinsam mit Philippa Howden sammelte sie Spendengelder für medizinische Hilfsgüter, die Aline dann in Frankreich besorgte und nach Spanien schickte. Sogar Edwin war mit ihren wohltätigen Aktivitäten einverstanden, da dies bedeutete, dass man mit den Reichen und Mächtigen der englischen Gesellschaft verkehrte. Allerdings hegte Annabelle den Verdacht, dass ihm nicht ganz klar war, wofür sie das Geld eigentlich sammelten.

Arthurs Tod hatte Philippa und Richard sehr getroffen, und auch Caroline verkraftete diesen Verlust nur schwer, wie Annabelle aus ihren seltenen Briefen entnehmen konnte. Caroline zweifelte nun ernsthaft an ihrem Einsatz hier und zog sogar in Erwägung, nach Hause zurückzukehren, um bei ihren trauernden Eltern zu sein. Noch immer hatten sie es nicht geschafft, sich zu treffen, und Annabelle glaubte nicht, dass sie ihre Freundin wiedersehen würde, bevor sie beide wieder in England waren. Wie lange es bis dahin dauern würde, konnte niemand wissen, da die Kämpfe nach wie vor heftig tobten und keine Seite zur Kapitulation bereit war.

Aline hatte ausführliche Briefe geschrieben, in denen sie von ihren eigenen Spendensammlungen und den Unternehmungen ihrer Mieter berichtete. Ihre Ausstellung war ein enormer Erfolg gewesen, und sie schrieb voller Freude, dass sie nun fast alle ihre Schulden tilgen und sogar noch das Dach reparieren lassen konnte. Doch trotz aller Heiterkeit klang zwischen den Zeilen ihre Sorge heraus, dass Annabelle in großer Gefahr schwebte, und sie deutete an, dass es doch jetzt, wo sie sich bewiesen hatte, an der Zeit sei, nach Paris zurückzukehren.

Und dann war da noch die Post, auf die sie stets am sehnsüchtigsten wartete. Henris Briefe, so knapp sie auch sein mochten, waren ihr wertvollster Schatz, genau wie die witzigen kleinen Zeichnungen, die er beilegte und die ihn und Etienne in Situationen darstellten, in denen sie sich wieder einmal aus der Patsche retteten. Seine Liebesbeteuerungen kamen spürbar von Herzen, und obwohl sie weit voneinander entfernt waren, brachten diese lieben Worte ihn näher zu ihr und bedeuteten ihr sehr viel.

Und doch wusste Annabelle, dass zwischen den Zeilen seiner hastig verfassten Briefe Mühsal, Grauen und Angst lagen und dass die Erinnerung daran in seinen Geist eingebrannt war wie mit einem Brenneisen. Sie hatte die Geschichten von ihren Patienten gehört, sah, unter welchen Traumen sie litten und was für entsetzliche Albträume sie quälten. Und sie wusste, dass Henri das Gleiche durchmachte.

Die zwei Briefe von Etienne waren eine Überraschung

gewesen, da er normalerweise nur einen scherzhaften Spruch unter die Zeilen von Henri setzte. Sein Tonfall war ebenfalls leicht gewesen, und er hatte ein paar gereimte Zeilen angefügt, in denen er sich böse über seinen bei allen verhassten Kommandeur lustig machte. Die Zerstörung von Guernica machte sie offenbar beide schwer betroffen, aber zumindest hatten sie erfahren, dass aus ihren Familien alle unverletzt geblieben waren.

Betrübt hatte sie erfahren müssen, dass Joaquim und Pablo bei einem nächtlichen Überfall auf ihr Lager getötet worden waren. Das Wissen, dass Pablos Mut und Kraft und Joaquims fast leichtsinnige Lebensfreude so willkürlich ausgelöscht worden waren, hatte sie zum Weinen gebracht, und so hatte sie in der Dorfkirche eine Kerze entzündet und für die beiden gebetet.

Sie sah zur Missionskirche hinüber und drückte ihre Zigarette mit dem Absatz aus. Sie war nicht besonders religiös, und die Dinge, die sie gesehen, und die Geschichten, die sie gehört hatte, hatten ihren ohnehin schon schwachen Glauben an einen liebevollen, allmächtigen Gott weiter erschüttert. Doch in manchen Momenten hatte sie Trost innerhalb dieser Mauern gefunden.

Sie wusste, dass sie erst in geraumer Zeit wieder auf der Station erwartet wurde, und so schritt sie über den Dorfplatz. Inzwischen war es bereits dunkel geworden, was hier immer schnell ging, und ihr Weg wurde nur von den wenigen Lampen beleuchtet, die in den baufälligen Häusern entzündet worden waren. Sie erwiderte die leisen Grüße der Männer und Frauen, die sich aufgemacht hatten, um am Brunnen Wasser zu holen und ihre abendlichen Arbeiten zu verrichten, und wich einer Herde Ziegen aus, die auf die Weide getrieben wurde, wobei die Glöckchen an ihren Hälsen munter bimmelten.

Die dicken Wände der Missionskirche mit den schmalen

Fenstern hielten den Innenraum angenehm kühl. Die Gummisohlen ihrer Schuhe quietschten auf dem Steinboden, als sie unter den massiven Balken durch den Mittelgang schritt. Im Gegensatz zu den Kirchen, die sie in Tarragona gesehen hatte, gab es hier keine goldenen Tabernakel oder Kerzenleuchter, kein reich besticktes Altartuch, goldgerahmte Bilder des Kreuzwegs oder eine kunstvoll geschnitzte Kanzel. Als Altar diente ein schlichter Tisch mit einer handgeklöppelten Spitzendecke, und das Kruzifix war aus Olivenholz geschnitzt. Die Kerzen flackerten in Gläsern unter der Gipsstatue der Madonna, und die Fresken an den Wänden waren dem Zahn der Zeit zum Opfer gefallen und verblasst.

Annabelle warf eine Peseta in die Kollekte, zündete eine Kerze an und setzte sich. Ein außergewöhnliches Gefühl von Frieden umfing sie und erfrischte ihren müden Geist in ungeahnter Weise. Sie spürte, wie dieser Ort zu ihr sprach, sie mit heiliger Wärme und Zärtlichkeit aufnahm, und sie glaubte beinahe, die gemurmelten Gebete früherer Generationen hören zu können. Dieses schlichte, alte Gotteshaus besaß die Kraft, zu heilen und zu stärken, und so schloss sie die Augen und ließ sich davon auffangen.

Ein leichtes Schulterklopfen ließ sie zusammenzucken. Sie war so in der Atmosphäre ihrer Umgebung vertieft gewesen, dass sie niemanden hatte kommen hören.

»Entschuldige, Annabelle«, begann Marge mit ihrem breiten australischen Akzent, »aber wir haben über Funk erfahren, dass ein Konvoi mit Notfallpatienten kommt, und so wie es klingt, brauchen wir jeden Einzelnen.«

Annabelle sammelte sich und folgte Marge rasch aus der Kirche. Aus der Ferne war bereits das Rumpeln schwerer Lastwagen zu vernehmen, und die Einheimischen kamen ängstlich aus ihren Häusern, um zu sehen, was los war. Am Eingang des

Lazaretts stand das gesamte medizinische Personal mit Krankentragen.

»Keine Sorge«, versuchte Annabelle in ihrem holprigen Spanisch die Einheimischen zu beruhigen. »Die Laster bringen Verletzte.«

Sowie sie wussten, dass es kein feindlicher Angriff war, eilten die Frauen herbei, um dem Pflegepersonal zur Seite zu stehen.

»Wisst ihr, woher der Konvoi kommt?«

»Gute Frage, Annabelle. Er könnte von überall kommen. Aber ich vermute, es sind die Verwundeten aus den Kämpfen vor Madrid.«

»Warum bringt man sie dann nicht nach Madrid? Dort haben sie besser ausgestattete Lazarette.«

Marge zuckte gleichmütig die Achseln. »Jetzt ist es zu spät, um sich darüber den Kopf zu zerbrechen, meine Gute. Sie sind schon da.«

Der Konvoi aus Lastern und Krankenwagen kam aus der Dunkelheit, eine Staubwolke hinter sich. Die Scheinwerfer waren fast ganz abgedeckt, damit man nicht von feindlichen Flugzeugen aus der Luft erspäht wurde. Der erste Lastwagen kam mit quietschenden Bremsen vor dem Missionshaus zum Stehen, ehe der Fahrer, ein braun gebrannter Mann in bäuerlicher Kleidung, heraussprang, um die Ladeklappen herunterzulassen.

Die liegend transportierten Verletzten wurden heruntergehoben und diejenigen, die gehen konnten, ins Lazarett geführt. Annabelle und Dr. Beecham bildeten sich rasch ein Urteil über die Schwere der Verletzungen. Es handelte sich vorwiegend um Schusswunden, von denen einige wohl den besten Chirurgen überfordert hätten und die tödlich waren.

»Die lange Fahrt hierher hat den Verletzten auch nicht gerade gutgetan«, bemerkte Annabelle, als die zwei Krankenwagen zu ihrem nächsten Einsatzort davonbrausten.

»Wenigstens haben es die meisten überlebt«, sagte Marge, während sie einem Mann mit Krücken auf die Beine half.

Annabelle blickte zu den fünf Tragbahren hinüber, die man in den Flur gebracht hatte. Man hatte Leintücher über die Toten gezogen, der traurige Beweis dafür, dass nicht alle diese peinvolle Fahrt überlebt hatten.

Beklommen ging sie zu einer Trage, auf der ein junger Mann lag, der dem Tode nahe war und leise nach seiner Mutter rief. Er hatte eine Morphiumspritze bekommen und litt daher wenigstens keine Schmerzen. Sie hielt seine Hand, während er sachte auf ein Bett gelegt wurde. »Alles in Ordnung«, murmelte sie. »Du bist jetzt in Sicherheit.«

Er wandte ihr seinen bandagierten Kopf zu und starrte sie mit leerem Blick an. »Mutter? Bist du da?«

»Ja, mein Liebling. Ich bin da«, flüsterte sie und streichelte ihm die weiche Wange, die noch kaum einen Rasierer gesehen hatte.

»Es tut mir leid, Mutter. Ich … ich …« Sein Kopf rollte zur Seite, und mit einem letzten Seufzer starb er.

Annabelle küsste ihm den schmutzigen Handrücken und schob seine Hand unter das Laken. Vorsichtig durchsuchte sie seine Taschen, bis sie seine Ausweispapiere fand, und legte sie ihm auf die Brust, ehe sie ihm das Laken übers Gesicht zog. Er war gerade einmal sechzehn, und obwohl sie schon so viele junge Männer hatte sterben sehen und allen dieselbe barmherzige Lüge erzählt hatte, um ihnen einen letzten tröstlichen Moment zu verschaffen, ging es ihr noch immer nahe, und sie musste die Tränen zurückhalten, während sie zum nächsten Patienten ging.

Dr. Beecham bellte seine Anweisungen, während er von Bett zu Bett ging und Schwestern wie Freiwillige zur Eile antrieb. Es herrschte ein geordnetes Chaos. Kleinere Wunden wurden gereinigt und verbunden, winzige Granatsplitter entfernt und

Augen mit warmem Wasser ausgespült. Die unangenehme bakterielle Augenentzündung konnte zu Blindheit führen, wenn man nichts dagegen tat, und Annabelle und ihre Kolleginnen hatten dafür gesorgt, dass die Kinder des Dorfes regelmäßig behandelt wurden.

Während die Dorfleute weitere Tragen mit Verletzten hereinbrachten und die Gehfähigen sich auf dem Boden niederließen und geduldig warteten, wurde Annabelle klar, dass ihnen allmählich die Betten ausgingen. »Ihr werdet die Tragen auf dem Boden abstellen müssen. Aber lasst genug Platz dazwischen, damit wir durchkommen«, sagte sie, während sie weitereilte, bereits einen anderen Patienten im Blick.

»Annabelle?«, hörte sie eine Stimme hinter sich.

Sie blieb wie angewurzelt stehen, wandte den Kopf zu dem Mann mit dem verschmierten Gesicht, und ihr Herz machte einen Satz, als sie Etienne erkannte. Abgemagert und durch die Erlebnisse und Härten des Krieges gealtert war er kaum mehr zu erkennen. »Etienne? Bist du verletzt?«

Er schüttelte den Kopf. »Nein, aber Henri. Er hat ein paar Kugeln abgekriegt.«

Mit einem erstickten Schrei ging Annabelle an der Trage neben Etienne auf die Knie und streckte zitternd die Hand nach der in Laken gehüllten Gestalt aus. Als sie die Tücher herunterzog und das Gesicht sah, schnappte sie entsetzt nach Luft. Unter einer Schicht aus Schmutz und Blut war Henri aschfahl. Sie stellte fest, dass sein Puls flach und schnell ging und dass er hohes Fieber hatte. Sie zerrte die Laken ganz herunter und sah, dass sein Hemd unter den Verbänden voller Blut war.

»Hat schon jemand versucht, die Kugeln rauszuholen?«, fragte sie, als sie den blutdurchtränkten Verband abnahm und das klaffende Loch in Henris Schulter sah.

»Eine ist glatt durch ihn hindurchgegangen, aber die andere steckt fest. Er stirbt doch nicht, oder?«

Nicht, wenn es nach mir geht«, versetzte sie entschlossen. »Hat er Morphium bekommen?«

»Im Krankenwagen auf der Fahrt hierher.«

»Dr. Beecham«, rief Annabelle quer durch den Raum. »Dieser Mann muss sofort in den OP.« Sie sah Etienne an. »Hilf mir mal, die Trage in den Raum dort drüben zu schaffen.«

Die Trage war schwer, doch mit vereinten Kräften schafften sie es, Henri in den OP-Raum zu bringen und auf den OP-Tisch unter seinem Zeltdach aus Laken zu legen. Annabelle machte sämtliche Lampen an und begann, Henris Hemd aufzuschneiden. Obwohl sie wusste, dass er sie nicht hören konnte, redete sie dabei leise und beruhigend auf ihn ein.

Die Wunde lag jetzt völlig frei, doch Dr. Beecham war nirgends zu sehen. »Dr. Beecham«, schrie sie. »Sie müssen sofort in den OP kommen!« Sie begann die Wunde zu reinigen und die Fäden vom Hemdstoff daraus zu entfernen, die sich ebenso wie Sand und Staub darin eingenistet hatten.

Mit finsterer Miene kam Beecham hereinmarschiert. »Ich schätze es nicht …«

»Das ist mir egal«, zischte Annabelle. »Dieser Mann braucht Hilfe, bevor die Wunde sich entzündet.«

Beecham warf einen Blick auf Henris Wunde. »Es gibt dringendere Fälle als diesen hier«, knurrte er. »Dieser Mann muss warten.«

»Nein. Er wartet nicht. Er heißt Henri-Pascal und ist mein Verlobter«, fauchte sie. »Und wenn Sie jetzt nicht gleich anfangen, die Kugel herauszuoperieren, dann mache ich es selbst.«

Er zog eine Braue hoch und verschränkte die Arme. »Na dann mal los. Genug Übung haben Sie ja.«

Sie starrte ihn ungläubig an. Es stimmte ja, dass sie diesen Eingriff schon oft durchgeführt hatte, aber das hier war Henri, und wenn er ihretwegen starb, würde sie sich das nie verzeihen. »Ich … ich …«

Er schnaubte verächtlich. »Jetzt sind Sie auf einmal nicht mehr so frech und vorlaut, was? Treten Sie beiseite, Schwester Blake, und kümmern Sie sich um die anderen Patienten.«

»Aber …«

»Sie sind persönlich zu stark beteiligt und außerdem überreizt«, schnauzte er sie an. »Holen Sie mir Cybil, und wenn Sie schon einmal unterwegs sind, dann nehmen Sie den da gleich mit.« Er funkelte Etienne böse an. »Raus jetzt, alle beide.«

Annabelle eilte davon, um Cybil und eine der Pflegehilfen zu holen, damit sie Dr. Beecham assistierten. Danach wandte sie sich an Etienne, der kreidebleich war und vor Aufregung zitterte. »Beecham mag ja ein arroganter Du-weißt-schon-Was sein, aber er weiß, was er tut«, erklärte sie fest.

»Henri kommt doch durch, oder, Belle? Ich muss den Laster bis morgen früh wieder im Hauptquartier abliefern, und bevor ich aufbreche, muss ich wissen, dass es ihm gut geht.«

»Das werden wir erst wissen, wenn Beecham fertig operiert hat.« Sie legte ihm tröstend eine Hand auf den Arm. »Mach dir keine Sorgen, Etienne, bei ihm ist er in sehr guten Händen.« Sie erhaschte einen Blick auf Marge, die Mühe damit hatte, einen Patienten zu beruhigen, der im Fieberwahn um sich schlug. »Ich werde gebraucht. Wir sehen uns später.«

Annabelle half Marge, den armen Mann zur Ruhe zu bringen, und machte sich dann – nach einem ängstlichen Blick zum Operationsraum – daran, eine Oberschenkelwunde zu säubern. Sie sah schlimmer aus, als sie war, und benötigte lediglich ein paar Stiche und einen frischen Verband. Sie hatte die Wunde soeben genäht, als die Tür zum OP-Raum aufging und Cybil erschien. Sie hielt das eine Ende der Trage mit beiden Händen, während Beecham das andere trug.

»Er kommt durch«, knurrte er barsch. »Die Kugel hatte sich in das weiche Gewebe unter seiner Schulter verbohrt, aber es gab keine Knochensplitter, und die zweite Kugel ist glatt durchgegangen. Ich habe ihm etwas gegen die Infektion gegeben, also sorgen Sie einfach dafür, dass er genügend Flüssigkeit bekommt, und vergessen Sie nicht, dass auch noch andere Patienten Ihrer Zuwendung bedürfen.«

Sein Vorwurf traf Annabelle hart, und sie spürte, wie sie rot anlief. Sie wandte sich zu Henri, der nun ganz still auf der Trage lag. Seine Gesichtsfarbe war mittlerweile ein bisschen besser, so registrierte sie, und sein Atem ging deutlich kräftiger und gleichmäßiger. In dem Wissen, dass Beecham sie mit Argusaugen beobachtete, strich sie Henri nur das Haar zurück, küsste ihn auf die Stirn und überließ ihn den überaus fähigen Händen von Sal Piper, die ihn ausziehen, waschen und ins Bett legen würde.

Die nächsten zwei Stunden waren von hektischer Betriebsamkeit erfüllt, doch schließlich waren die schwereren Verletzungen operiert und die leichteren Wunden gesäubert, genäht und verbunden. Die zwanzig Männer schliefen nun einigermaßen friedlich, abgesehen von gelegentlichem Stöhnen oder Murmeln. Die beiden, von denen man fürchtete, dass sie den Rest der Nacht nicht überstehen würden, waren mit ihren Betten in eine Ecke geschoben worden, die man mit einer Wäscheleine und Vorhängen abgeteilt hatte, damit sie ungestört waren. Eine der Schwestern würde bis zu ihrem Ende bei ihnen bleiben. Auf Zehenspitzen schlich Annabelle zwischen den Schlafenden hindurch und blieb neben Henris Bett stehen. Er schlief fest, was wahrscheinlich dem Morphium zu verdanken war, doch er atmete wesentlich leichter, und auch wenn er noch etwas Temperatur hatte, ging es ihm eindeutig besser.

Sie nahm seine Hand, die auf dem Laken gelegen hatte, und presste sie an ihr Herz. »Gott sei Dank bist du über den Berg«, flüsterte sie. »Schlaf gut, mein Schatz, ich setze mich später wieder zu dir.«

Langsam entfernte sie sich aus dem Krankenzimmer und

kehrte in den Flur zurück, wo mittlerweile sieben Tote lagen. Man würde sie gleich nach Tagesanbruch, solange es noch kühl war, auf dem Friedhof hinter der Kirche begraben. In die aus Olivenholz grob gezimmerten Kreuze würden ihre Namen geritzt werden, um an sie zu erinnern.

Schwankend vor Müdigkeit ging sie hinaus in die warme Nacht und blickte hinauf zu den Sternen, die so klar und hell über der schlafenden Welt glänzten. Es war ein ehrfurchtgebietender Anblick, und die kühle Nachtluft legte sich wie Balsam auf ihre Haut, während sie schon fast im Stehen einschlief.

»Du siehst erschöpft aus.« Etienne trat aus der Dunkelheit. »Setz dich doch kurz zu mir.«

Sie ließ sich nicht zweimal bitten, sondern sank erleichtert auf die Bank. »Er schläft jetzt friedlich, und es sieht so aus, dass er sich wieder vollständig erholt«, sagte sie und steckte sich eine Zigarette an. »Aber es wird eine Weile dauern, bis er entlassen werden kann.«

»Ja, ich weiß. Ich habe vorhin nach ihm gesehen und kurz mit dem Arzt gesprochen.« Etienne betrachtete amüsiert ihre Zigarette. »Bist du also auch endlich dem Laster erlegen.«

»Wir rauchen alle«, sagte sie gelassen. »Es hält uns wach und lässt uns unseren Hunger vergessen.« Plötzlich schnappte sie nach Luft. »Meine Güte. Ich war dermaßen beschäftigt, dass ich ganz vergessen habe, dass wir heute Abend ja was Richtiges zu essen kriegen sollten.«

»Ja, und es schmeckt sehr gut«, erwiderte er lächelnd. »Es ist noch jede Menge übrig. Wir haben nicht alles aufgefuttert.«

»Na, Gott sei Dank.«

»Ich muss fahren, Annabelle, aber ich wollte dir noch sagen, dass ihr hier erstklassige Arbeit leistet, du und die anderen Mädchen.«

»Dazu sind wir ausgebildet«, erwiderte sie mit einem leichten Achselzucken.

Etienne stand auf und drehte seine Kappe in den Händen. »Danke für alles, was du für Henri getan hast«, sagte er fast schüchtern. »Ich wusste gar nicht, dass du ein so angriffslustiger kleiner Tiger sein kannst.«

Annabelle lachte. »Normalerweise bin ich nicht so unhöflich und herrisch, aber das waren außergewöhnliche Umstände.«

Er nahm ihre Hand und küsste sie sachte auf die Innenfläche. »Du bist eine außergewöhnliche Frau, Belle. Henri kann sich sehr glücklich schätzen.« Er sah ihr einen Moment lang tief in die Augen, dann ging er langsam davon.

Verblüfft starrte Annabelle ihm nach, und erst als sie das Rattern des Motors vernahm, erhob sie sich von der Bank. Etienne war wirklich der rätselhafteste Mann, den sie je kennengelernt hatte. Er konnte ein Prahlhans sein und ein hemmungsloser Charmeur; er konnte kühl und überheblich sein und zugleich amüsant und geistreich; in den letzten Monaten hatte er sich außerdem als tapfer und aufopferungsvoll erwiesen in ihrer gemeinsamen Sache sowie in seiner Freundschaft zu Henri. Heute Abend aber hatte er sich von einer weicheren, sanfteren Seite gezeigt, von der sie vermutete, dass er sie anderen nur selten offenbarte. Und zum ersten Mal, seit sie ihn kannte, merkte sie, dass sie ihn wirklich mochte und bewunderte.

Annabelles knurrender Magen erinnerte sie daran, dass sie seit dem Frühstück nichts mehr gegessen hatte, und so schob sie alle Gedanken an Etienne beiseite. Auf dem Weg in die Küche freute sie sich auf die erste ordentliche Mahlzeit seit Wochen.

11

Mittlerweile war es Ende Juli, und Henri befand sich schon seit fast einem Monat im Lazarett. Annabelle hatte sich vergewissert, dass in den Krankenzimmern alles glatt lief, ehe sie sich eine Pause genehmigte und Marge Bescheid sagte. »Ich bin gleich draußen vor der Tür, also falls du mich brauchst …«

»Keine Sorge, Annabelle. Setz dich ruhig ein bisschen zu deinem netten Freund und mach dir wegen uns keinen Kopf.«

Eilig ging Annabelle hinaus. Henri – den Arm immer noch in einer Schlinge – hockte neben dem Gemüsebeet und versuchte, Sal begreiflich zu machen, wie sie seiner Meinung nach mit den Tomaten verfahren sollte.

»Du kannst dir dein endloses Gequassel sparen. Ich versteh eh kein Wort«, erklärte Sal verdrossen.

»Er will, dass du die Blüten und die noch kleinen Früchte oben an der Pflanze abmachst, damit die Früchte weiter unten besser reifen«, übersetzte Annabelle. Sie lächelte Henri an und wechselte mühelos ins Französische. »Ich wusste gar nicht, dass du ein Gartenexperte bist.«

»Wir hatten einen Bauernhof, also weiß ich natürlich, wie man Obst und Gemüse anpflanzt. Wenn du eine gute Ernte haben willst, musst du die besten Teile der Pflanze pflegen.«

»Es ist eh viel zu heiß zum Arbeiten.« Sal stand auf und klopfte sich die Erde von den Händen. »Dann lass ich euch zwei Turteltauben mal allein«, sagte sie und ging davon.

»Oh weh, haben wir sie jetzt vergrault?«

Annabelle lachte. »Das glaube ich nicht. Sal ist ein zähes

Cockney-Mädchen und lässt sich nicht so leicht abschrecken.« Sie küsste ihn sanft auf die Lippen. »Wie fühlst du dich heute Nachmittag?«

»Wesentlich besser, auch wenn meine Schulter noch ein bisschen steif ist und wehtut. Aber wenigstens funktionieren meine Finger wieder ordentlich, und darüber bin ich sehr erleichtert. Ich weiß nicht, was ich gemacht hätte, wenn ich nicht mehr zeichnen oder malen könnte.«

»Dir wäre schon was eingefallen«, sagte sie liebevoll.

Er steckte für sie beide Zigaretten an, und so saßen sie in vertrautem Schweigen im Schatten der Plane und blickten durch die flirrende Hitze auf den Dorfplatz, wo ein paar Jungen lustlos einen Fußball umherkickten.

»Dr. Beecham meint, in einer Woche bin ich fit genug, um zur Brigade zurückzukehren«, sagte er nach einer Weile.

Annabelle spürte, wie ihre Hochstimmung schwand und die Angst wiederkehrte. »Musst du denn wirklich zurück, Henri? Ich kann den Gedanken nicht ertragen, dass du noch einmal verwundet werden könntest. Es wäre so viel vernünftiger, nach Frankreich zurückzufahren. Schließlich ist deine Malerei jetzt, nach all den Zeitungsartikeln, viel anerkannter, und du könntest ohne Weiteres …«

Er brachte sie mit einem zarten Kuss zum Schweigen. »Ich bin kein Deserteur, Belle. Und ich lasse weder Etienne noch all die anderen tapferen Männer im Stich, damit sie meinen Kampf kämpfen, während ich in Paris Bilder male.« Er küsste sie erneut. »Wir überstehen das alle beide, du wirst sehen.«

Annabelle wollte ihren Einwänden gerade Nachdruck verleihen, als sie jemanden kommen hörten.

»Ah, da sind Sie ja.« Dr. Beecham kam um die Ecke und trat aus dem grellen Sonnenschein in den Schatten. »Ich habe mir Ihr Krankenblatt angesehen, Henri«, sagte er in stockendem Schulfranzösisch. »Und ich habe den Eindruck, dass Sie sich blendend erholen. Da wir so knapp mit Betten sind, wollte ich Sie fragen, ob ich Sie vielleicht etwas früher als geplant entlassen darf.«

»Aber er kann noch nicht in den Kampf zurückkehren«, protestierte Annabelle. »Seine verletzte Schulter würde den Rückstoß eines Gewehrs nicht verkraften, und außerdem ist er vom Fieber noch geschwächt.«

»Das ist mir durchaus bewusst, Schwester Blake, und deshalb schlage ich vor, ihn in einen kleinen Ort an der Küste zu schicken, wo er sich in einem angenehmeren Klima erholen kann. Es ist ein ziemlich einfaches Häuschen am Meer, aber meine Frau und ich haben im Lauf der Jahre viele schöne Sommer dort verbracht.«

Annabelle verkniff sich jeden weiteren Protest, denn auch wenn sie sich nur ungern von Henri trennte, würde es ihm doch auf jeden Fall guttun, sich in luftigerer Umgebung auszuruhen und zu erholen.

»Sie brauchen sich nicht in Gelassenheit zu üben, Schwester Blake«, fuhr der Arzt mit einem angedeuteten Grinsen fort. »Ich würde meinem Patienten niemals erlauben, allein zu verreisen, ohne dass sich eine kompetente Pflegekraft um ihn kümmert. Und da Sie schon seit Monaten pausenlos arbeiten, halte ich es nur für angebracht, dass Sie ihn begleiten.«

Annabelle starrte ihn an, während Hoffnung und Vorfreude in ihr aufwallten, nur um gleich darauf von dem Gedanken überschattet zu werden, dass ihre Abwesenheit die Arbeitslast der anderen erhöhen würde. »Aber ich habe doch hier alle Hände voll zu tun«, wandte sie ein.

»Hier gibt es immer etwas zu tun«, versetzte er mit breitem Grinsen. »Morgen früh kommt ein Laster aus Zaragoza mit medizinischen Hilfsgütern und zwei neuen Schwestern. Sie bekommen den Laster für zehn Tage, und dann müssen Sie ihn dem Krankenhaus in Belchite zurückbringen. Ich habe schon alles mit Henris Kommandanten abgesprochen. Er war nicht besonders erfreut, aber er wird jemanden schicken, der ihn abholt. Und ich werde dafür sorgen, dass auch Sie abgeholt werden, Annabelle, und wieder hierher zurückkommen.«

Annabelle schoss in die Höhe und schlang die Arme um seinen Hals. »Oh, vielen, vielen Dank«, hauchte sie unter Tränen. »Sie ahnen gar nicht, was uns das bedeutet.«

Er räusperte sich und sah reichlich verlegen drein. »Oh, doch, ich glaube schon«, erwiderte er schroff. »Ich war auch mal jung, wissen Sie.« Er löste sich aus Annabelles Umarmung. »Ich schreibe Ihnen die Wegbeschreibung auf und gebe sie Ihnen nach dem Abendessen.« Damit wandte er sich um und stampfte davon.

»Henri«, hauchte sie. »Kannst du das glauben?«

»Vielleicht, wenn ich wüsste, worüber ihr geredet habt«, entgegnete er stirnrunzelnd. »Und warum bist du ihm so um den Hals gefallen? Ich dachte, du magst ihn nicht.«

»Er ist ein wunderbarer, netter und aufmerksamer Mann, und ich verbitte mir jedes böse Wort über ihn«, erklärte sie überglücklich. Dann berichtete sie Henri, was Beecham für sie getan hatte.

Als er allmählich begriff, erschien auf Henris bleichem Gesicht ein breites Lächeln. »Oh, là là, Mademoiselle Annabelle«, witzelte er. »Willst du ernsthaft vorschlagen, dass wir zehn volle Tage zusammen verbringen … ganz allein? Heißt das, du vertraust darauf, dass ich die Situation nicht ausnutze?«

Annabelle lief rot an und kicherte. »Ich werde sogar stocksauer, wenn du die Situation nicht ausnutzt. Ja, womöglich mache ich mich sogar als Erste an dich heran, also pass bloß auf.«

»Miss Blake«, japste er in gespielter Empörung. »Ich hätte nie gedacht, dass Sie so eine sind.« Sie prusteten beide vor Lachen und küssten sich, ehe sie anfingen, Mutmaßungen anzustellen, wo das Haus wohl lag und wie lange die Fahrt dorthin dauern mochte.

Der Laster kam kurz nach Sonnenaufgang. Beim Anhalten legte er eine knallende Fehlzündung hin, und die junge Frau am Steuer drückte fröhlich auf die Hupe. Sie stellte den Motor ab, und sie und ihre Beifahrerin stiegen aus. Ihre Hemden waren verschwitzt, und sie trugen schmutzige Hosen und derbe Stiefel.

»Puh«, stieß sie hervor. »Bin ich froh, dass das vorbei ist.« Sie streckte Dr. Beecham die Hand entgegen. »Schwester Alice Frobisher meldet sich zum Dienst, Sir«, sagte sie mit südenglischem Akzent. »Und das ist Schwester Caroline Howden.«

Annabelle hörte den Namen, als sie gerade ihren Koffer durch den Flur trug. »Caroline?«, schrie sie, ließ den Koffer fallen und lief los. »Caro? Bist du's wirklich?«

»Ganz eindeutig«, antwortete Caroline, während sie sich beglückt in die Arme fielen. »Aber ich muss sagen, ich fühle mich, als hätte man mich rückwärts durch den Wolf gedreht.«

Annabelle musste lachen, als sie das ungepflegte Haar und die schmutzigen Klamotten ihrer Freundin sah. Carolines einst cremeweißer Teint war sonnenverbrannt, aber obwohl sie zerzaust und verschwitzt war, wirkte sie schlanker und fitter denn je. »Ach, Caro«, seufzte Annabelle betrübt. »Der Zeitpunkt ist ganz schlecht. Ich breche nämlich gerade in Richtung Küste auf.«

»Dann bist also du diejenige, die meinen Laster übernimmt?«, lachte sie. »Na, dann pass gut auf ihn auf. Ich musste ihn den ganzen Weg von Zaragoza hierher bei Laune halten, und er kann ein bisschen zickig sein.«

»Wir passen bestens auf deinen Laster auf, Caro, das verspreche ich dir.«

In Carolines dunklen Augen blitzte der Schalk, und sie hob fragend eine Braue. »Wir? Wer ist wir?«

Annabelle wurde rot. »Ich und Henri. Wir haben zehn Tage frei«, antwortet sie.

Caroline spähte über Annabelles Schulter und sah einen reichlich verwirrten Henri, der gerade mit Annabelles verlassenem Koffer auftauchte. »Mein Gott«, stöhnte Caroline, »du hast in deinen Briefen nie erwähnt, wie fantastisch er aussieht. Gut gemacht, Annabelle.«

Verlegen stellte Annabelle die beiden einander vor, während die Freiwilligen Schwester Frobisher und Dr. Beecham halfen, die medizinischen Güter vom Laster zu laden.

Henri begrüßte Caroline mit seinem charmantesten Lächeln. Dann trug er Annabelles Koffer und seinen Rucksack zum Lastwagen, setzte sich auf den Beifahrersitz und wartete geduldig.

»Oh, du Glückliche«, japste Caroline.

Annabelle kicherte. Caroline hatte sich kein bisschen verändert. »Ich weiß, dass ich Glück hatte, aber es war ja schließlich auch an der Zeit, nicht wahr?« Caroline nickte, und sie fuhr fort: »Aber ich wünschte, du und ich hätten mehr Zeit füreinander.« Annabelle nahm Carolines schmutzige Hand. »Es ist mir furchtbar, dich hier einfach so stehen zu lassen.«

»Sei nicht albern. Wenn ich an deiner Stelle wäre und einen so umwerfenden Mann hätte, der mit mir durchbrennen wollte, würdest du von mir auch nur noch eine Staubwolke sehen.« Sie grinste anzüglich. »Versprich mir einfach, dass du die Zeit in vollen Zügen genießt und mir alles erzählst, wenn du zurückkommst.«

Annabelle hatte nicht die leiseste Absicht, ihr etwas zu erzählen, denn das, was sie und Henri vorhatten, war rein privat. »Dann bleibst du also hier?«

Caroline kicherte. »Tja, ohne meinen Laster kann ich ja

nicht weg, oder?« Sie schlang die Arme um ihre Freundin. »Ich habe dich schrecklich vermisst, und es ist herrlich zu sehen, dass du so gesund und glücklich bist.« Sie machte sich los. »Ich bin hier, wenn du zurückkommst, und dann können wir uns alles erzählen. Aber jetzt verschwinde, damit ich mich waschen und einen Happen essen kann.«

Annabelle verabschiedete sich von den anderen, während statt der medizinischen Hilfsgüter ein Kanister Wasser und ein Kanister Benzin auf den Wagen geladen wurden. Sie stieg ein und setzte ihre Sonnenbrille auf. »Tut mir leid, dass du warten musstest, aber Caro und ich haben einander eine halbe Ewigkeit nicht gesehen.«

Er drehte sich auf dem Sitz zur Seite, wobei seine Shorts nach oben rutschten und kräftige braun gebrannte Knie enthüllten. »Du siehst sie wieder, wenn wir zurückkommen«, sagte er heiter. »Dr. Beecham hat mir erzählt, dass sie für sechs Monate hierher abgeordnet wurde.«

Annabelle freute sich über diese Nachricht. Nun rutschte auch sie auf dem ledernen Sitzpolster herum, denn es war rissig und rau, und die daraus aufsteigende Hitze durchdrang ihr dünnes Kleid und die baumwollene Unterwäsche. Sie drehte den Schlüssel in der Zündung, woraufhin der Motor hustend ansprang und die ganze Karosserie erzittern ließ. »Hast du die Wegbeschreibung, damit wir hinfinden? Und die Salztabletten?«

»Ja, mein Liebling. Aber können wir jetzt bitte losfahren, bevor wir in dieser Blechbüchse noch schmelzen?«

Annabelle grinste, löste die Handbremse und winkte Caroline und den anderen fröhlich zu, die ihnen vom Eingang des Lazaretts aus zusahen. Dann trat sie aufs Gaspedal, und sie rumpelten die Schotterstraße entlang, die sie zur Landstraße und schließlich an das blaue Mittelmeer führen sollte.

Annabelle stieg wieder in den Lastwagen und bewunderte einen Augenblick lang Henris muskulöse, gebräunte Beine, während sie die Tüte mit dem Proviant neben seinen gestiefelten Füßen ablegte. Der kleine Wein- und Lebensmittelladen war für die abgelegene Gegend sehr gut sortiert gewesen, was hieß, dass sie zumindest ein paar Tage lang nicht einkaufen gehen mussten.

Sie drehte den Schlüssel in der Zündung, rückte ihre Sonnenbrille zurecht und fuhr wieder los. Sie war müde und hatte das Gefühl, Sand in den Augen zu haben, nachdem sie stundenlang durch die verkratzte Windschutzscheibe auf die sonnenhelle Landschaft geschaut hatte. Doch sie wusste einfach, dass es die Sache wert war. Sie war den ganzen Tag gefahren, und ihr Kleid klebte ihr von der Hitze am Leib, doch trotz ihrer Müdigkeit und der Unannehmlichkeiten vermochte sie die nervöse Vorfreude nicht zu unterdrücken, die in ihr pulsierte.

»Bist du sicher, dass ich nicht auch mal fahren soll?«, fragte Henri schon wieder. »Ich fühle mich so nutzlos, wenn ich gar nichts tue.«

»Du kannst nicht fahren«, erinnerte sie ihn zum wiederholten Mal. »Deine Schulter ist zu steif, und du bekommst nur Schmerzen davon. Außerdem hast du mich mit deinen Geschichten unterhalten und am Einschlafen gehindert, also warst du ausgesprochen nützlich.«

»Wie wohl die Kämpfe weiter verlaufen sind?«, murmelte er, während er irgendwo in dem lauten Rauschen im Radio die Frequenz des Militärsenders zu finden versuchte. »Die Nachricht, dass die Nationalisten Brunete zurückerobert haben, bedeutet, dass sich die Republikaner ein anderes baskisches Ziel suchen werden.«

Annabelle langte herüber und schaltete das Radio aus. »Wir waren uns doch einig, dass wir in den nächsten zehn Tagen nicht über den Krieg reden wollen«, sagte sie über das Rattern und Röhren des Motors hinweg. »Das soll unsere Auszeit vom Rest der Welt mit all ihren Sorgen sein.«

»Ja, da hast du recht.« Er lehnte sich mit einem zufriedenen Seufzen zurück und griff nach der grob gezeichneten Landkarte mitsamt den Erläuterungen, die ihm Dr. Beecham am Morgen gegeben hatte. »Wir müssen an der nächsten Kreuzung links abbiegen, dann kommen wir durch ein kleines Wäldchen, und dahinter liegt die Küste.«

In vertrautem Schweigen fuhren sie weiter, folgten der Abzweigung und durchquerten einen Wald aus Pinien und Eukalyptusbäumen, deren Schatten einen lichtgesprenkelten Baldachin über der schmalen Straße bildete. Es war bereits um einige Grad kühler, und der Geruch des Meeres hing in der Luft.

Als die Straße wieder zu einer Art Feldweg wurde und sich eine sanfte Anhöhe hinaufwand, ging Annabelles Puls schneller. Und dann, als sie den Hügel erklommen hatten, schnappte sie vor Freude nach Luft und brachte den Laster zum Stehen.

Direkt vor ihnen lag wie ein glitzernder azurblauer Spiegel das Mittelmeer, am Horizont begrenzt durch die wie flüchtig hingetupften kleinen Inseln. Bäume umstanden einen Bogen aus goldenem Sand, hinter dem Regenpfeifer und Möwen in den flachen, sanft plätschernden Wellen fischten. Die Landzungen rechts und links der hufeisenförmigen Bucht waren von grünen Pinien und bunten Wildblumen bestanden, rote Felsen, die wie Würfel dalagen, bildeten einen natürlichen Hafen.

Staunend kletterten sie aus dem Lastwagen und stiegen schweigend Hand in Hand den sanften Abhang hinab. Unten, zwischen den Bäumen, stand das kleine weiße Holzhäuschen, umgeben von üppigen scharlachroten Bougainvilleen, die über Dach und Mauern wucherten.

Annabelle betrachtete die hellblauen Fensterläden und die orangefarbenen Terrakottaziegel auf dem Dach. Um sie herum zwitscherten Vögel, und sie vernahm das sanfte Plätschern der Wellen am Strand. »Es ist herrlich«, hauchte sie.

Henri fischte den Schlüssel aus der Tasche und warf ihr einen bedauernden Blick zu. »Eigentlich müsste ich dich über die Schwelle tragen«, sagte er, »aber ich fürchte, das geht nicht.«

Sie küsste ihn lachend auf die Wange. »Schließ einfach die Tür auf, ich will mir erst mal alles ansehen.«

Bei genauerer Betrachtung entging einem nicht, dass die Farbe an Wänden und Fensterläden abblätterte und dass die Triebe der Bougainvilleen durch Risse in den Balken wuchsen. Drinnen herrschte die abgestandene, stickige Hitze eines Hauses, das schon lange nicht mehr gelüftet worden war. Trotzdem war alles so hinreißend, dass sie diese Kleinigkeiten ignorieren konnten.

Sie grinsten sich an, eilten hinein und rissen Fenster und Läden auf, um die saubere Salzluft und das helle Sonnenlicht hereinzulassen. Aufgeregt erkundeten sie den Hauptraum mit seinem massiven gemauerten Herd und dem Kamin, den abgewetzten Sofas und den sonnengebleichten Vorhängen. Eine Glastür führte hinaus auf eine kleine Veranda, wo Liegestühle, Fischernetze und Angelruten sowie Wasserbälle unter einer verwitterten Plane lagerten. Flache Stufen führten zu dem groben Plankenweg, der zum Teil von Sand bedeckt war und bei Flut beinahe bis zur Wasserkante reichte.

Die Küche war einfach, nur mit einem Spülstein, einem Kaltwasserhahn, zwei Gasflammen und ein paar Regalbrettern an der Wand ausgestattet. Es gab einen Tisch mit Stühlen, ein paar Töpfe, Besteck und Geschirr auf einem hölzernen Abtropfbrett und den Luxus eines gasbetriebenen Kühlschranks. Draußen, hinter der Küche, befand sich in einem nach oben offenen gemauerten Viereck eine Kaltwasserdusche. Die Außentoilette verdiente nur eine kurze Inspektion, ehe sie eilig wieder hineingingen und schauten, was es sonst noch gab.

Das Schlafzimmer war hübsch möbliert. Auf einem großen Bett mit verschnörkeltem Messinggestell lagen eine dicke Rosshaarmatratze und zwei ziemlich klumpige Kissen. Es gab einen kleinen Frisiertisch mit Hocker, einen verblichenen spanischen Teppich auf dem staubigen Fußboden und eine Kommode. Über einer Kleiderstange hing ein amateurhaftes Gemälde von einer Flamencotänzerin an der Wand.

Hand in Hand standen sie da und sahen das Bett an, beide plötzlich ganz schüchtern und verlegen in dem Wissen, dass sie heute Nacht hier schlafen würden.

Annabelle brach den Bann als Erste, indem sie Henris Hand losließ, um die kleine Kommode zu durchsuchen. »Oh, schau mal, da sind Badesachen«, sagte sie und hielt sie in die Höhe. »Sogar für uns beide. Gott sei Dank, ich dachte schon, wir müssten in Unterwäsche baden gehen.«

Annabelle errötete und öffnete schnell die massive Kiste aus Zedernholz am Fußende des Betts. Sie war voller Bettwäsche und Handtücher. »Willst du nicht unseren Proviant holen gehen, während ich das Zimmer hier herrichte und uns beiden etwas zu trinken mache?«, fragte sie, außerstande, ihm in die Augen zu blicken.

Henri nickte, und sein hastiger Rückzug verriet ihr, dass er genauso verlegen war.

Rasch riss sie die Fenster auf und öffnete die Läden, um frische Luft hereinzulassen, dann bezog sie das Bett und legte die handgenähte Tagesdecke mit dem Spitzenbesatz darüber. Die Laken waren von guter Qualität und erstaunlich trocken und frisch, und die Kissenbezüge mit ihrem Spitzenbesatz verliehen dem Ganzen sogar einen Hauch von Luxus.

Sie stand da und betrachtete das Bett, und dabei schlug ihr das Herz bis zum Hals. Henri würde der erste Mann sein, mit dem sie schlief, und ihr wurde ganz heiß, als sie ihrer Fantasie freien Lauf ließ.

Ihre angenehmen und ziemlich erotischen Gedanken wurden von dem Geräusch der Haustür unterbrochen, die mit einem lauten Schlag ins Schloss fiel. Als sie hinauseilte, stellte sie fest, dass Henri bereits das Essen in der Küche verstaute.

»Soll ich uns vielleicht eine Tasse Tee machen?«, fragte sie, überzeugt davon, dass er ihrem geröteten Gesicht ansah, was sie gerade gedacht hatte.

»Ich habe eine viel bessere Idee«, erwiderte er, während er sich von dem Gaskühlschrank abwandte. Er hielt eine Weinflasche, einen Korkenzieher und zwei Gläser in der Hand. »Lass uns zum Strand runtergehen und den Beginn unseres Urlaubs feiern.«

Sie griff sich eine Decke von der Sofalehne und ging ihm nach durch das große Zimmer. Sie traten durch die Verandatür, schritten über den sandigen Holzplankenweg und setzten sich schließlich am Strand auf die Decke, stellten die Flasche in den Sand und zogen Schuhe und Strümpfe aus.

Sie spürte den warmen Sand weich zwischen ihren Zehnen, als sie aufstanden und Hand in Hand aus dem Schatten der Bäume traten. Die Hitze der Sonne wurde von einer leichten Meeresbrise gemildert, und das kristallklare Wasser war gerade kühl genug, um erfrischend zu sein, und sie schwammen und planschten darin herum und lächelten einander an, wenn sie hübsche Muscheln und Treibholzstücke entdeckten oder einen Krebs erspähten, der hastig in sein Sandloch flüchtete.

Als sie vom Wasser aus zu dem kleinen Haus hinaufblickten, sahen sie, dass der Strand auf allen Seiten vor neugierigen Blicken geschützt war. Der Sand war unberührt bis auf ein paar Vogelspuren. Die Wellen plätscherten sanft um ihre Füße, Vögel sangen in den Bäumen, das Meer glitzerte unter einem blassblauen Himmel, und die salzige Brise war wie eine Liebkosung. Es war ihr ganz privates Paradies.

»Es ist himmlisch hier, nicht?«, flüsterte sie.

»Du bist himmlisch«, erwiderte er, lächelte sie an und drückte ihr einen Kuss auf die Wange. »Komm, lass uns ein Glas Wein trinken, ehe die Sonne untergeht.«

Langsam schlenderten sie zu ihrer Decke zurück, wo Henri gekonnt den Wein entkorkte und zwei Gläser füllte. »Ich hoffe, er ist nicht zu herb«, sagte er fast schüchtern.

Ebenso verlegen erwiderte sie sein Lächeln. »Er war sehr billig, aber das ist egal.« Sie trank einen Schluck und stellte fest, dass der Wein weich und fruchtig war.

»Mmm. Nicht schlecht«, sagte Henri. »Trotzdem wünschte ich, wir hätten Champagner aufgetrieben.«

Der Wein war dunkelrot und wohlschmeckend, die Sonnenstrahlen, die durch die Bäume fielen, zeichneten Muster auf die Decke, das Meer rauschte, und aus dem nahen Wäldchen drang der Duft von Mimosen herüber. Es war alles perfekt. Sie brauchten keinen Champagner. Annabelle nippte noch einmal an ihrem Glas und stellte es dann beiseite. Als sie zu Henri hinübersah, wurde ihr bewusst, wie blau seine Augen in seinem gebräunten Gesicht leuchteten. Wenn sie hineinblickte, spannte sich ihr ganzer Körper an vor Verlangen.

Er stellte sein Glas ab, streckte den Arm aus und fuhr mit den Fingern sachte über ihre Wangenknochen und ihr Kinn.

Annabelle saß ganz still, ängstlich darauf bedacht, den Zauber des Augenblicks nicht zu zerstören.

Er strich ihr mit der Hand übers Haar und fing eine Locke ein, die er sich um den Finger wickelte, ehe er sie ihr hinters Ohr steckte. »Meine schöne Belle«, flüsterte er, ehe er zärtlich die Finger über ihren Hals wandern ließ.

Annabelles Herz klopfte, ihre Haut prickelte vor Wonne, und sie schmolz unter Henris Berührung geradezu dahin. Sie schloss die Augen, als seine zärtlichen Finger über ihr Schlüsselbein strichen und sich den Weg zu der Kuhle unter ihrem Kehlkopf bahnten.

»Schau mich an, Belle«, flüsterte er.

Ihr Atem ging flach, sie sah ihr Spiegelbild in seinen Augen, und als seine sanften Finger erneut der Biegung ihres Halses folgten, bemerkte sie, wie sich seine Pupillen weiteten und sein Atem schneller ging.

Zitternd und durchdrungen von Verlangen berührte sie sein geliebtes Gesicht und folgte dessen markanten Konturen. Unter den dunklen Bartstoppeln hatte er ein Grübchen am Kinn, und eine kleine Narbe zog sich über einen seiner hohen Wangenknochen. Seine Brauen fühlten sich unter ihren Fingern dicht und seidig an, und sie fuhr über die Lachfältchen um seine Augen und berührte sachte seine langen dunklen Wimpern.

Henris blaue Augen hypnotisierten sie, während er ihr zärtlich über die Lippen strich.

Annabelle legte ihm eine Hand auf die Brust und spürte die Wärme seiner Haut durch das dünne Hemd. Sie war wie benommen vor Verlangen, ihre Sinne spielten verrückt in dem berauschenden unbekannten Sehnen, das sie immer näher an etwas zu führen drohte, was wundervoll zu werden versprach. Mit leisem Stöhnen lehnte sie sich zurück, während ihr ganzes Wesen danach schrie, dass er sie umarmte, sie liebte, sie zur Seinen machte.

Zärtlich schlang er einen Arm um sie, neigte den Kopf und nach kurzem atemlosen Innehalten küsste er sie leidenschaftlich.

Sie presste sich an ihn, verschmolz mit ihm, während ihr ganzer Körper danach verlangte, eins mit ihm zu werden. Und als sie sich langsam auf der Decke ausstreckten, öffnete sie sich ihm wie eine Blume der Sonne.

12

Etienne hatte den brutalen Angriff auf Brunete überlebt, und obwohl er einen Schuss in den Oberschenkel bekommen hatte, wurde die Wunde von seinem Kommandanten als nicht gravierend genug erachtet, um einen Krankenhausaufenthalt zu rechtfertigen. In einem Feldlazarett war die Kugel entfernt sowie die Wunde gesäubert und genäht worden, und binnen Stunden hatte man ihn wieder ins Kampfgetümmel geschickt. Als die Schlacht vorüber war und die Nationalisten einen Überraschungssieg errungen hatten, bekamen die Männer der Brigade ein paar Tage Urlaub. Er hatte per Anhalter zu seinen Eltern fahren können, deren Haus nordöstlich von San Sebastián im französischen Baskenland lag.

Seine Familie war überglücklich und erleichtert gewesen, ihn zu sehen, denn auch wenn ihr Teil des Baskenlandes von Francos Faschisten nur wenig in Mitleidenschaft gezogen worden war, hatten sie doch von den heftigen Kämpfen gehört und bereits vermutet, dass Etienne daran teilgenommen hatte. Er hatte angenehme drei Tage bei ihnen verbracht und auch Henris Familie einen Besuch abgestattet. Dabei hatte er ihnen versichert, dass ihr Sohn sich gut von seinen Verletzungen erhole und schon bald von seinem Urlaub am Meer zurückkehren werde.

Am letzten Tag packte er seine Sachen, als die Sonne bereits im Westen hinter den Pyrenäen zu versinken begann. Mit Tränen in den Augen umfasste seine Mutter mit ihren abgearbeiteten Händen sein Gesicht. »Geh zurück nach Paris«, beschwor sie ihn. »Dieser Krieg fordert zu viele junge Männer, und ich will nicht, dass dir noch mehr zustößt.«

»Ich würde als Deserteur erschossen werden«, erklärte er und zog sie in seine Arme. Ihr Kopf reichte ihm nur bis zur Brust, und er beugte sich vor, um ihr Haar zu küssen, das mehr silberne Fäden aufwies, als er in Erinnerung hatte. Irgendwie machte das ihren Abschied noch schmerzlicher. »Wir tragen dazu bei, diesen Krieg zu gewinnen, Henri und ich, und wenn er zu Ende ist, kommen wir auf einen langen Besuch nach Hause. Ich versprech's.«

Sie blickte zu ihm auf, Tränen in den dunklen Augen, das Gesicht voller Sorge. »Wir sind stolz auf euch beide«, stieß sie hervor. »Möge Gott dich behüten, mein Sohn.«

Er drückte sie fest an sich und ging dann rasch hinaus, um sich zu seinem Vater Xabier zu gesellen, der schon mit den Pferden wartete. Sie würden nach San Sebastián reiten, wo jemand von der Brigade auf Etienne warten würde, um ihn mit dem Lastwagen zurück ins Lager nach Logroño zu bringen. Sein Vater würde den langen Ritt zurück dann mit beiden Pferden machen.

»Deine Mutter hat nur einen Sohn«, knurrte Xabier schroff. »Du musst ihr ihre Tränen nachsehen.« Sein verwittertes Gesicht und seine schwarzen Augen verrieten Stolz und Entschlossenheit. »Ich bin stolz auf dich, Etienne. Vergiss das nie.« Er legte Etienne eine schwere knorrige Hand auf die Schulter, ehe er sich in den Sattel schwang. »Wir haben einen langen Ritt vor uns«, murmelte er. »Da sollten wir das letzte Tageslicht lieber noch nutzen.«

Etienne bestieg sein Pferd und betrachtete noch einmal das Haus seiner Kindheit, lächelte seiner in Tränen aufgelöst in der Tür stehenden Mutter aufmunternd zu und blickte wehmütig zu den Feldern, wo seine Schwestern und Cousinen die letzten Feldfrüchte des Sommers ernteten und das Erdreich für die herbstliche Bepflanzung pflügten. Dies war seine Heimat, und er hatte keine Ahnung, wann er sie wiedersehen würde. Und obwohl es verlockend war, im französischen Teil des Baskenlandes zu bleiben und zurück nach Paris zu gehen, war ihm doch klar, dass seine Heimat es wert war, dass er für sie kämpfte – vielleicht sogar sein Leben opferte. Jedenfalls könnte er nicht mit der Schande leben, wenn er ihre Sache aufgab, seine Kameraden im Stich ließ oder seinen Vater enttäuschte.

Er lenkte sein Pferd weg von den Feldern Frankreichs, hin zu der Küstenstraße, die ihn zurück nach Spanien führen würde.

Sie hatten das idyllische Strandhaus am Morgen in aller Frühe verlassen. Während Henri den Laster über die Landstraße lenkte und der Moment ihres Abschieds näher rückte, legte ihm Annabelle die Hand aufs Knie und ließ noch einmal all die wertvollen Erinnerungen an ihren gemeinsamen Urlaub Revue passieren.

Die Badesachen waren an all den langen heißen Tagen, die in einem Rausch aus Liebe und Müßiggang verstrichen, kein einziges Mal benutzt worden. Sie waren nackt im Meer geschwommen und hatten sich am Strand und in dem großen Messingbett geliebt. Sie hatten Treibholz gesammelt und daraus am Strand Feuer gemacht und darauf Essen gekocht, hatten Wein getrunken, während sie auf einer Decke lagen und in den Sternenhimmel schauten.

Henri hatte ihr eine Halskette aus Muscheln gefertigt und ihre Namen in die Rinde eines knorrigen Baums geritzt, der seine Äste fast bis ins Wasser hängen ließ, und wenn sie befriedigt und benommen von ihrem Liebesspiel dalag, hatte er Aquarelle von ihr in sein Skizzenbuch gemalt. Eines davon hatte er ihr geschenkt. Sie hatte es ganz unten in ihren Koffer gelegt und würde es immer in Ehren halten.

Sie blickte durch die verkratzte, staubige Windschutzscheibe zum Horizont, wo sie den Glockenturm einer Kirche über die im Hitzedunst schimmernden Terrakottadächer der dicht gedrängten Häuser ragen sah. Sie waren fast da.

Henri stoppte den Lastwagen am Straßenrand und stellte den Motor aus. Wortlos zog er sie an sich und umarmte sie fest. Dann küsste er sie leidenschaftlich, und ihre Tränen vermischten sich, als sie die Wangen aneinanderpressten.

»Ich werde dich immer lieben, meine Belle«, sagte er heiser. »Und wenn der Krieg vorüber ist, dann heiraten wir und müssen uns nie mehr trennen.«

Annabelle klammerte sich an ihn. Der silberne Granatring an ihrem Finger erinnerte sie nun jederzeit an die Versprechen, die sie einander gegeben hatten. »Ich liebe dich so sehr«, flüsterte sie. »Bitte pass auf, dass dir nichts zustößt. Ich könnte es nicht ertragen.«

Er küsste ihre Tränen mit solcher Zärtlichkeit weg, dass sie glaubte, ihr werde das Herz brechen. Und dann machte er sich los von ihr, drehte den Schlüssel im Zündschloss und lenkte den Laster zurück auf die Straße. Die reale Welt lag direkt vor ihnen. Dort würde jemand darauf warten, Henri wieder zurück ins Kampfgetümmel zu bringen und Annabelle nach Santa Rosa. Sie wischte sich die Tränen ab, steckte für jeden von ihnen eine Zigarette an und sah starr aus dem Fenster, während die eleganten Häuser und der alte Kirchturm näher kamen.

Belchite war keine große Stadt, doch die Häuser waren recht stattlich, und viele davon bestanden aus Backsteinen, aus der hellen ockerfarbenen Erde der Umgebung. Die gepflasterten Straßen waren schmal, die imposante Kirche stand erhaben am Ortsrand, und ihre schönen Buntglasfenster gingen hinaus auf das öde Land dahinter, das bis zum Horizont zu reichen schien. Langsam fuhren sie durch die Stadt, bis sie das Krankenhaus fanden, ein kleines Gebäude in einer Seitenstraße. Sie beschlossen, den Laster nicht gleich dort abzuliefern, sondern sich noch etwas umzusehen, da sie früher dran waren als erwartet und jeder gemeinsam verbrachte Augenblick ihnen lieb und teuer war.

»Es ist schon eine Weile her, seit wir gefrühstückt haben«, sagte Henri, während er den Laster gegenüber einer Reihe hoher grauer Häuser mit schmiedeeisernen Balkonen parkte. »Schau mal, da vorn ist eine Bäckerei. Was hältst du davon, wenn ich uns frisches Brot und ein bisschen Käse besorge oder ein paar Gebäckstücke für ein Picknick?«

»Das wäre wunderbar. Und wenn du zum Bäcker gehst, hole ich Wein. Nicht weit von hier habe ich einen Weinladen gesehen.«

Er küsste sie zärtlich auf die Lippen, ehe er pfeifend davonging, den Rucksack über die Schulter gehängt. Annabelle kramte ihre Geldbörse hervor und setzte sich auf der Suche nach der Bodega, die sie zuvor erspäht hatte, in entgegengesetzter Richtung in Bewegung.

In der Bodega war es dunkel und kühl, und als sich ihre Augen an das Dämmerlicht gewöhnt hatten, sah sie, dass eine ganze Wand ausschließlich einem Regal voller Weinflaschen vorbehalten war. Auf der Ladentheke stand ein angezapftes Fass, in dem sich vermutlich der derbere lokale Wein befand. Ihr Spanisch war mittlerweile gut genug, dass sie den Ladenbesitzer fragen konnte, ob sie den Wein aus dem Fass probieren dürfe, ehe sie welchen kaufte.

Als er etwas in ein Glas goss, registrierten sie beide gleichzeitig ein Dröhnen aus der Ferne. Achselzuckend reichte er ihr das Glas. »Es ist sehr heiß heute«, sagte er. »Das ist wahrscheinlich Donner. Wir warten schon seit zwei Wochen auf ein Gewitter.«

Annabelle nahm das Glas mit zur Tür und spähte in den wolkenlosen Himmel, während sie den recht ordentlichen Tropfen probierte. Das Dröhnen war nach wie vor weit weg, doch fiel ihr auf, dass die Vögel unruhig zu werden schienen, denn sie stoben in dichten Schwärmen von den Dächern auf und krächzten aufgeregt.

Sie registrierte, dass sich der Ladenbesitzer zu ihr gesellt hatte und nun neben ihr stand. Beide erstarrten sie, als sie begriffen, dass das vermeintliche Donnern in Wirklichkeit das Knattern unzähliger Flugzeuge war. Sie wechselten einen Blick. »Sind das unsere oder die der anderen?«, fragte sie.

Achselzuckend hielt er sich eine Hand über die Augen und suchte den Himmel ab. »Der Feind hat keinen Grund, uns anzugreifen«, erklärte er. »Wir sind nicht wichtig.«

Annabelle wollte soeben etwas entgegnen, als ein Fiat-Kampfbomber pfeifend über sie hinwegflog und seine Geschütze ratternd einen Kugelhagel über die ganze Straße niedergehen ließen. Sie duckte sich instinktiv, und gerade als der Rotwein aus ihrem Glas auf den hellen Steinboden schwappte, flog eine zweite Fiat-Maschine röhrend über sie hinweg, gefolgt von vielen anderen.

»Schnell, schnell! Hier entlang!« Der Ladenbesitzer packte sie am Arm, riss sie von der Tür weg und zog sie in die tiefe Finsternis hinten im Laden, wo er sie neben sich hinter dem massiven hölzernen Ladentisch niederdrückte.

»Ich muss Henri suchen«, brüllte sie über das Rattern der Maschinengewehre und das Kreischen der Flugzeugmotoren hinweg.

»Sie müssen hierbleiben«, schrie er mit schreckgeweiteten Augen zurück, während Kugeln ins Dach einschlugen und die Vorderwand seines Ladens durchlöcherten.

Annabelle duckte sich hinter den Ladentisch, in panischer Angst um Henri. Sie musste zu ihm gelangen, doch es wäre Selbstmord, in diesem Kugelhagel hinauszugehen. Sie konnte nur hoffen, dass auch er einen Unterschlupf gefunden hatte.

Das Kreischen und Jaulen der Fiat-Maschinen wurde nun vom Dröhnen schwerer Kampfflugzeuge und dem Krachen unzähliger Explosionen übertönt. Das Haus zitterte und bebte, sodass die Flaschen aus den Regalen fielen und auf dem Boden zerbarsten. Die Kugeln schlugen gegen Metall und Stein, und weiter weg hörten sie die Kirchenglocke aufgrund des Beschusses immer wieder läuten.

Und dann bebte auf einmal die Erde unter einer gewaltigen Explosion, die die Fenster zersplittern ließ und tödliche Glasscherben durch die Luft jagte. Annabelle und der Ladenbesitzer duckten sich panisch vor dem Inferno und schrien beide entsetzt auf, als sie das laute, bedrohliche Ächzen eines benachbarten Gebäudes vernahmen, das dem Einsturz nahe war.

Atemlos und voller Angst warteten sie, während das Dröhnen langsam, aber stetig anschwoll. Sie hörten Glas splittern, gefolgt vom Ächzen und Brechen der Holzbalken, die dem Druck nicht mehr standhielten, bis schließlich das unvermeidliche Krachen einstürzender Häuser zu vernehmen war.

Eine dicke Staubwolke wallte zur Tür herein und nahm ihnen den Atem, doch sie blieben hinter dem Ladentisch, während sich der Staub um sie herum allmählich zu Boden senkte. Nach wie vor donnerte und dröhnte es aus der Ferne, sodass der Fußboden vibrierte, und als Annabelle das nächste Mal aufzublicken wagte, schnappte sie schockiert nach Luft: Ein langer gezackter Riss hatte sich in der Wand hinter ihnen aufgetan.

»Wir müssen raus«, brüllte sie über das tiefe Grollen der feindlichen Flugzeuge hinweg. »Sonst sitzen wir hier in der Falle, wenn die Wand einstürzt. Gibt es noch einen anderen Ausgang?«

Der Ladenbesitzer schüttelte den Kopf. Sein Gesicht und seine Haare waren grau vom Staub, und in seinen Augen loderte die Angst.

Annabelle begriff, dass er vor Schreck wie gelähmt war, und ihr wurde klar, dass es nun an ihr war, sie beide hier herauszubringen, auch wenn ihre Angst größer war als je zuvor. »Kommen Sie«, drängte sie und zog an seinem Arm. »Wir müssen hier weg.«

Er krümmte sich wimmernd und versuchte, unter die Regale neben dem Ladentisch zu kriechen. »Nein, nein. Das ist nicht sicher.«

Eine weitere Explosion brachte die Vorderwand zum Einsturz, und vom Dach erklang ein bedrohliches Knacken, während der gezackte Riss hinter ihnen immer breiter wurde. Annabelle packte den Weinhändler am Arm. In ihrer Angst brachte sie irgendwie die Kraft auf, ihn auf die Füße zu zerren. »Das Dach kommt gleich …«

Der Balken, der das Dach stützte, brach unter dem Druck, und Mörtel regnete auf sie herab, Terrakottaziegel rutschten herunter und zerschellten auf dem Steinboden, während der gemauerte Kamin in sich zusammenzufallen begann. Der Riss in der hinteren Wand war noch breiter geworden, und das ganze Gebäude war nun dem Einsturz bedrohlich nahe.

Annabelle hielt den Arm des Weinhändlers fest umklammert und zerrte den Mann durch die Trümmer aus seinem Laden. In den dicken Staubwolken konnte sie nichts erkennen, doch sie nahm Brandgeruch wahr und hörte das Dröhnen der zurückkehrenden Jagdbomber. Sie schleppte den Mann über die wackeligen Schutthaufen auf der Straße, einzig und allein darauf konzentriert, zur Bäckerei zu gelangen.

Während weitere Explosionen den Boden unter ihren Füßen erschütterten und die Häuser um sie herum einzustürzen drohten, feuerten die zurückkehrenden Fiat-Maschinen erneut aus allen Rohren, und die Bomber warfen ihre tödliche Fracht ab. Annabelle spürte, wie die Kugeln an ihr vorbeisausten, und sie suchte verzweifelt nach einem Versteck.

Schließlich entdeckte sie eine steile Treppe, die irgendwohin ins Dunkle führte, und ohne zu überlegen, ob das klug war, umklammerte sie den schockstarren Mann fest und stolperte mit ihm die Treppe hinab.

So gelangten sie in den Keller eines Hauses, das von einem direkten Einschlag komplett zerstört worden war. Zusammen mit dem Weinhändler kauerte sie sich am Fuß der Treppe nieder, während die feindlichen Flugzeuge Belchite in Trümmer legten. Es gab keine Zuflucht, kein Versteck. Sie standen unter Beschuss, und Annabelle wimmerte vor Angst.

Der Angriff schien stundenlang zu dauern, doch als das Röhren des letzten Flugzeugs in der Ferne verklang, wurde Annabelle bewusst, dass es keine fünfundvierzig Minuten gewesen waren. Die Hand des Weinhändlers in ihrer erklommen sie zögerlich die Stufen, die jetzt übersät von Terrakottascherben und Holzsplittern waren, und wagten einen vorsichtigen Blick auf die Straße.

Das Bild ähnelte einer Szene aus Dantes Inferno, denn die Zerstörung war komplett. Gebäudeskelette standen da, ohne Dächer, und stellten jämmerliche Reste menschlichen Lebens zur Schau, wenn zerrissene Vorhänge aus leeren Fensterhöhlen wehten, staubbedeckte Möbel gefährlich nahe an den Rissen in zerstörten Fußböden wankten und wertvolle Besitztümer in Schutthaufen auf der Straße lagen und verbrannten.

Die einst so anmutigen Balkone lagen nun kreuz und quer auf dem Straßenpflaster, Kirchturm und Kirchendach waren verschwunden. Auf den Überresten der Mauern zeigte sich, dass die alten Fresken unwiederbringlich zerstört waren, und die Bögen der einst so schönen Fenster hoben sich hohl vom leuchtend blauen Himmel ab. Steinerne Ornamente waren von Maschinengewehrsalven durchlöchert. Über allem lag ein penetranter Brandgeruch, der von den dicken schwarzen Wolken kam, welche die Sonne verdunkelten und Asche herabregnen ließen, die die Menschen husten und würgen ließ.

Annabelle legte sich ihr Taschentuch über Nase und Mund, während der Weinhändler nur entsetzt auf die Ruinen seines Ladens starrte. Es war nichts übrig außer einem brennenden Trümmerhaufen. Annabelle drückte ihm mitfühlend den Arm, als er darauf zustolperte, und bahnte sich den Weg über den Schutt, der in großen Haufen auf der schmalen Straße lag.

»Henri!«, rief sie und musste von dem Rauch und der Asche husten, die ihr die Kehle verstopften. »Henri, wo bist du?«

Die Schreie von in den Ruinen eingeschlossenen Frauen vermischten sich mit dem Weinen von Kindern und dem Gebrüll von Männern. Allmählich schüttelten diejenigen, die die Attacke überlebt hatten und gehen konnten, ihre dumpfe Fassungslosigkeit ab und begannen, die unter den Trümmern Verschütteten auszugraben.

Annabelle suchte immer verzweifelter nach Henri. Mit ihren leichten Schuhen kam sie auf den wackeligen Ziegeln und Brettern, die mit verbogenen Wasserrohren und Kabeln auf einem Haufen lagen, immer wieder ins Rutschen. Orientierungslos und panisch versuchte sie, irgendeinen Fixpunkt zu finden, doch es war unmöglich.

»Henri!«, rief sie. »Henri, wo bist du?«

Es kam keine Antwort, sie hörte nur die Schreie der Verängstigten und Verletzten, und so kämpfte sie sich hustend und spuckend weiter voran, während ihre Angst weiter wuchs. Sie entdeckte den Lastwagen eingeklemmt unter einem hohen Schutthaufen. Sein Dach war eingedrückt, die Türen verbeult, und die Fenster bestanden nur noch aus spitzen Scherben. Schutt lag auf den Sitzen und verteilte sich über Annabelles dort zurückgebliebene Handtasche.

Sie fasste über die mörderisch spitzen Glaszacken und angelte die Tasche heraus, ehe sie mit Gewalt die Hintertür aufzog, um an ihren Koffer zu kommen. Sie wollte nicht, dass Henris wertvolles Bild beschädigt wurde oder verloren ging.

»Annabelle? Annabelle, wo bist du?«

Sie wandte sich um, als sie seine Stimme hörte, und Freude und Erleichterung wallten in ihr auf. Sie kletterte auf die Motorhaube des Lasters, um ihn durch die Staub- und Rauchwolken sehen zu können. »Henri! Henri, ich bin hier drüben!«, rief sie.

Und da war er. Er führte gerade eine Gruppe schreckensstarrer Frauen und Kinder aus einem Keller. Annabelle war überwältigt von Erleichterung und wäre fast vom Laster gefallen, so stark war ihr Wunsch, ihn auf sich aufmerksam zu machen. »Ich bin hier, Henri! Mir fehlt nichts!«

Endlich sah er sie und winkte zurück, doch seine gesamte Aufmerksamkeit galt nach wie vor den Frauen und Kindern, denen er half, sich den Weg um ein lichterloh brennendes Haus zu bahnen.

Annabelle verlor ihn aus dem Blick, da ihn die schwarzen Rauchwolken aus den Ruinen einhüllten. Sie stieg von der Motorhaube, nahm ihren Koffer und wollte gerade auf ihn zugehen, als aus einer Seitenstraße Etienne auftauchte. Sein Gesicht war verschmiert von Ruß, Schweiß und Asche, und er blutete an der Stirn.

»Was machst du denn hier? Bist du verletzt? Lass mich mal sehen.«

Er winkte ab. »Mir fehlt nichts. Ich bin hier, um Henri zur Brigade zurückzuholen. Wo ist er?«

»Er ist ein Stück weiter da vorn und bringt eine Gruppe Frauen und Kinder in Sicherheit. Ich muss zu ihm, Etienne.«

»Gott sei Dank seid ihr alle beide am Leben«, erwiderte er, ehe er ihr den Koffer abnahm und ihr über die Trümmer eines Wohnhauses half. »Es ist ein Wunder, dass überhaupt jemand überlebt hat.«

Annabelles Augen brannten von dem beißenden Rauch, der sich wie ein öliger Film über ihre Haut legte und ihr in die

Kehle drang, während sie schlitternd die Straße entlangstolperte zu der Stelle, wo sie Henri zuletzt gesehen hatte.

Und dann brachte der unverkennbare Lärm feindlicher Flugzeuge eine zweite Welle der Zerstörung. Bomben und Kugeln schossen die Überlebenden nieder und brachten die wenigen noch stehen gebliebenen Mauern zum Einsturz.

Etienne riss Annabelle hinter einem zerbrochenen Pfeiler in Deckung, während die Maschinengewehre aus den Fiat-Flugzeugen ihre tödliche Fracht niederregnen ließen. Eine Bombe explodierte ganz in der Nähe, doch Annabelle zuckte kaum zusammen, denn sie war völlig fixiert auf Henri und die kleine Gruppe, die er an eine einigermaßen geschützte Stelle hinter einem Haus zu geleiten suchte.

Doch als die Jagdbomber dröhnend über die Straßen der zerstörten Stadt hinwegdonnerten, eröffneten sie erneut das Feuer, und noch ehe irgendjemand aus dem Grüppchen entkommen konnte, wurden sie alle niedergemäht.

»Nein!«, schrie Annabelle. »Nein, Henri!« Sie wehrte sich gegen Etiennes Griff, doch er war zu stark, und sie kam nicht los. Entsetzt sahen sie zu, wie das Haus, hinter das Henri die Menschen geführt hatte, zu schwanken begann. Große Risse taten sich auf, und Backsteine polterten auf die Menschen darunter, ehe es langsam, beinahe majestätisch, mit gewaltigem Krachen in sich zusammenfiel und nichts als eine riesige Staubwolke hinterließ. Die Bomber jagten davon, gefolgt von den italienischen Fiat-Maschinen, dann breitete sich Totenstille aus, man hörte nur noch das Knistern brennenden Holzes und die schleifenden Geräusche abrutschender Trümmer. Grell orangefarbene Flammen züngelten aus den Staubwolken empor, und Annabelle konnte nur entsetzt und fassungslos auf die Stelle starren, wo sie Henri zuletzt gesehen hatte.

»Bleib hier und rühr dich nicht«, wies Etienne sie mit grimmiger Miene an. »Ich suche ihn.«

Sie tat wie geheißen, gelähmt vor Entsetzen und außerstande, sich zu bewegen, selbst wenn sie es gewollt hätte. »Er kann nicht tot sein«, murmelte sie. »Er darf nicht tot sein. Bitte, bitte, lieber Gott, lass ihn nicht tot sein.«

Erneut kamen Menschen aus ihren Verstecken und eilten an die Stelle, wo Etienne stand und sie anwies, schnell zu graben. »Hier liegen Frauen und Kinder darunter«, brüllte er. »Wir müssen schnell zu ihnen vordringen.«

Annabelle stand da wie in Trance, als das hektische Graben begann. Sie sah Männer und Frauen und sogar Kinder den Schutt beiseiteräumen und immer mehr freilegen, doch als eine der Frauen aufschrie und den schlaffen Leichnam eines Kindes in ihre Arme schloss, setzte sich Annabelle wie ferngesteuert in Bewegung.

Stolpernd gelangte sie an die Stelle und begann mit bloßen Händen nach Henri zu graben.

Etienne zerrte sie weg. »Hier unten liegen nur noch Leichen«, erklärte er finster.

»Das weißt du nicht«, brüllte sie ihn an. »Er könnte noch am Leben sein und verzweifelt versuchen herauszukommen. Wir müssen weitergraben.« Sie riss sich los und begann, Trümmer beiseitezuwerfen, auf der verzweifelten Suche nach einem Anzeichen dafür, dass dort unten noch jemand am Leben war.

Sie gruben mehr als zwei Stunden lang und fanden die zerschmetterten Leichen von zwei Frauen und fünf Kindern. Sie alle hatten Schusswunden und waren vom Gewicht des einstürzenden Hauses zerdrückt worden.

Annabelle grub mit tränenüberströmtem Gesicht weiter. »Henri«, schluchzte sie. »Henri, sag doch was. Bitte, Liebling, sei am Leben.«

Sie fand die zerquetschten, blutigen Überreste zweier kleiner Kinder, die einander noch bei den Händen hielten wie in dem Moment, als sie von den Maschinengewehrsalven getroffen worden waren, und das war mehr, als sie ertragen konnte. Sie sank zu Boden, und ihr verzweifeltes Schluchzen mischte sich mit dem der anderen Frauen.

»Ich bin da, Annabelle«, sagte Etienne leise, zog sie in die Höhe und schloss sie in die Arme. Er drückte sie an seine Brust, während ihm selbst die Tränen über die Wangen liefen. »Es ist aus, Belle. Er hat uns verlassen.«

Annabelle wusste tief in ihrem Herzen, dass sie Henri nie wiedersehen würde. Aber wie konnte er tot sein? Wie konnte ein derart pulsierendes Leben voller Talente so schnell und vollständig ausgelöscht werden, zusammen mit all den Hoffnungen und Träumen, die sie für ihre gemeinsame Zukunft gehegt hatten?

Der Schmerz erschütterte sie, und ihre Tränen kamen aus ihrem tiefsten Inneren, während die Szene immer wieder in ihrem Kopf ablief. Sie klammerte sich an Etienne, froh, dass er bei ihr war, und dankbar für seine verlässlichen, starken Arme, die sie daran hinderten, auf die Knie zu fallen – doch es waren nicht Henris Arme, und sie würde nie mehr von ihm umarmt werden.

»Komm, Belle. Wir müssen dich nach Santa Rosa zurückbringen. Dort können deine Freunde dir helfen, darüber hinwegzukommen.«

»Ich werde niemals darüber hinwegkommen«, schluchzte sie mit tränenerstickter Stimme. »Niemals, niemals.«

Etienne sagte nichts, als er ihr Gepäck aufsammelte und sie sanft über die Schutthalden zurückführte.

Den Koffer mit Henris Gemälde fest umklammernd versank Annabelle in einer Welt des Schmerzes und ließ sich fast willenlos von Etienne davonführen. Ihre Beine bewegten sich automatisch, ihre Augen waren blind von Tränen und beißendem Rauch. Es kümmerte sie nicht mehr, was mit ihr geschah oder wohin sie ging, denn ohne Henri hatte ihr Leben keinen Sinn mehr.

Sie hörte den Knall gar nicht, als der Blindgänger explodierte, sie spürte lediglich den harten Schlag in ihrem Rücken, der ihre Hand aus der Etiennes riss und sie durch die Luft schleuderte. Mit Wucht prallte sie auf dem Boden auf und versank in schwarzer Bewusstlosigkeit.

13

George hatte gegenüber Felicity Jenkins ziemlich streng werden müssen. Sie hatte sich Vertraulichkeiten herausgenommen und begonnen, ihm schöne Augen zu machen, indem sie andeutete, dass sie vielleicht einmal zusammen ins Theater oder etwas trinken gehen könnten. Er fand solche Situationen extrem heikel und hatte darum gerungen, taktvoll und mit ausgesuchter Höflichkeit zu reagieren, obwohl er ihr am liebsten geradeheraus ins Gesicht gesagt hätte, dass er nicht interessiert war. Doch er hatte ihr vermitteln können, dass er mit seinem Dasein als Junggeselle völlig zufrieden war und nicht vorhatte, irgendetwas anderes für sie zu sein als ihr Arbeitgeber.

Es war alles furchtbar peinlich gewesen, und seitdem gab sie sich reichlich frostig. Er hoffte, sie würde nicht deswegen kündigen, denn sie war eine überaus tüchtige Sprechstundenhilfe, und die Praxis brauchte sie.

Als der August in den September überging und Felicity nach wie vor ihren Dienst versah, durfte er annehmen, dass sie ihm verziehen hatte und ihre Gefühle vielleicht einem anderen zugewandt hatte, wofür er enorm dankbar war. Er hasste peinliche Situationen – vor allem, wenn sie mit jungen Frauen zu tun hatten. Außerdem wurde er unentwegt von Erinnerungen an Annabelle geplagt und konnte gar nicht daran denken, eine andere Beziehung einzugehen. Er wusste, dass es lächerlich war, so starke Gefühle für eine Frau zu hegen, die diese eindeutig nicht erwiderte, aber so war es eben, und es schien absolut nichts zu geben, was er verdammt noch mal dagegen tun konnte.

Die Sonne war Ende September noch warm, und so saß er

nun an einem seiner raren freien Nachmittage draußen und genoss die Ruhe seines Gartens bei einem Glas sehr guten irischen Whiskeys. Nach einer Partie Golf war er wohlig müde und freute sich auf einen Abend im Rugby-Club, um mit ein paar Freunden die Spielpaarungen der nächsten Saison zu besprechen.

Er zündete seine Pfeife an, und wie stets in diesen ruhigen Augenblicken wanderten seine Gedanken zu Annabelle. Seit Juli hatte er nichts mehr von ihr gehört, und seine größte Sorge war, dass ihr etwas zugestoßen sein könnte. Während er im Stillen den Bürgerkrieg im Allgemeinen und die unzuverlässige spanische Post im Besonderen verfluchte, nippte er noch einmal an seinem Whiskey und nahm sich vor, weiter positiv zu denken. Keine Nachrichten hieß normalerweise, dass nichts Nennenswertes vorgefallen war.

Auf einmal ertönten aufgeregte Stimmen, und als er sich umwandte, sah er Felicity auf sich zueilen. »Dr. Ashton, es tut mir leid, aber diese Frau lässt sich einfach nicht …«

Caroline drängte sich an ihr vorbei. »George. Gott sei Dank bist du zuhause.«

Ein Blick auf ihr Gesicht verriet ihm alles, und seine gute Laune wurde von einer großen Woge der Angst weggespült. »Was ist los, Caroline? Was ist passiert?«

»Jetzt nur keine Panik, George. Annabelle ist am Leben und wird sich wahrscheinlich wieder vollständig erholen.« Sie drehte sich zu Felicity um, die nach wie vor mit missmutiger Miene dastand. »Würden Sie uns bitte allein lassen?«

Felicity stapfte davon, und Caroline nahm George am Arm. »Ich weiß, dass muss ein entsetzlicher Schock für dich sein, aber ganz ehrlich, George, Annabelle ist auf dem Weg der Besserung.«

»Was ist passiert? Wo ist sie?«

»Annabelle wurde bei einem Bombenangriff verletzt. Nur

Etienne, der ihr trotz seiner eigenen Verletzungen medizinische Hilfe besorgt hat, ist es zu verdanken, dass sie noch am Leben ist. Sie wurde in ein Feldlazarett in Logroño gebracht, wo die Brigade ihr Hauptquartier hat, und dort behandelt. Dann hat man sie mit einem Krankenhauszug nach Toulouse und später nach Paris gebracht. Wenn es ihr gut genug geht, zieht sie wieder zu Aline und erholt sich dort, bis sie ganz genesen ist.«

Sein Herz hämmerte. »Wie schwer wurde sie verletzt?«

Caroline steckte sich mit unsicherer Hand eine Zigarette an. »Sie und Etienne waren zum Glück ein Stück von dem Blindgänger entfernt, als er explodierte, aber sie haben beide mehrere Knochenbrüche und verschiedene innere Verletzungen erlitten. Annabelle hat etliche Narben von den Verbrennungen, doch die Ärzte sind sicher, dass sie abheilen werden, weil sie nur oberflächlich waren.«

»Und die inneren Verletzungen?«

»Man musste ihr die Milz und eine Niere herausnehmen«, antwortete sie leise.

»Ich muss sie besuchen.« Er ging einen Schritt aufs Haus zu, doch sie stellte sich ihm in den Weg.

»Bevor du davonläufst, solltest du noch ein paar andere Dinge wissen, George.«

Er merkte, dass ihm seine Beine nicht mehr gehorchten, und so ließ er sich wieder auf den Stuhl sinken. »Dann sag es mir lieber gleich – und red bloß nicht um den heißen Brei herum, Caroline, sag mir alles offen und ehrlich.«

Caroline erzählte ihm mit ernster Miene von der Liebesbeziehung zwischen Annabelle und Henri, ihrem kurzen gemeinsamen Urlaub und der anschließenden Tragödie. »Die Stadt wurde vollständig in Schutt und Asche gelegt, und die wenigen Überlebenden sind geflüchtet, also sind von dort keine Neuigkeiten zu erwarten. Aber Etienne hat mir versichert, dass unter diesen Ruinen garantiert niemand überlebt hat.«

Georges Magen verkrampfte sich beim Gedanken, dass seine angebetete Annabelle einen anderen so innig geliebt hatte, dass sie sich ihm hingegeben hatte. Er umklammerte die Armlehnen des Gartenstuhls und biss die Zähne zusammen, während er sich bemühte, ruhig zu bleiben und alles logisch zu durchdenken. Annabelle und Henri hatten sich mitten in einem Krieg befunden, und er konnte verstehen, dass in Zeiten heftiger Umwälzungen und Belastungen alle Sinne geschärft und die Gefühle stärker waren. Aufregung und Gefahr lösten unweigerlich das sehr menschliche Bedürfnis nach Liebe und Trost aus. Doch die schrecklichen Bilder von Annabelle, wie sie in den Armen eines anderen lag, quälten ihn maßlos.

»Aha«, sagte er, sorgsam darauf bedacht, Caroline nicht merken zu lassen, welche Gefühle in ihm tobten. »Aber du sagst, sie erholt sich von ihren Verletzungen, und die Prognose ist positiv?«

Caroline nickte. »Doch sie trauert, George, und das trägt nicht gerade zu ihrer Genesung bei. Aber wenigstens ist sie jetzt in Paris und hat Aline, die sich um sie kümmert.«

George musterte Caroline und registrierte zum ersten Mal, dass sie dunkle Schatten unter den Augen hatte und ihr gebräuntes Gesicht hager und abgezehrt wirkte. »Du bist aber nicht nur nach England zurückgekehrt, um mir von Annabelle zu erzählen, oder?«

Sie schüttelte den Kopf und sprach mit belegter Stimme weiter. »Ich hatte die Erlaubnis bekommen, nach Paris zu fahren, um Annabelle zu besuchen, aber ich war kaum ein paar Tage dort, als die Nachricht kam, dass Bertram ums Leben gekommen ist.« Sie kämpfte mit den Tränen. »Jetzt, wo meine beiden Brüder gefallen sind, musste ich nach Hause kommen. Meine armen Eltern sind untröstlich, und ich darf ihnen nicht noch mehr Kummer bereiten.«

»Oh, Caroline«, seufzte er. »Das tut mir ja so leid.«

»Pa hat recht gehabt«, erklärte sie heftig und wischte sich die Tränen fort. »Krieg ist brutal und grausam. Aber wenigstens sind Annabelle und Etienne noch am Leben. Sie hatten unglaubliches Glück.«

George tätschelte ihr linkisch die Hand. Er wusste nicht, was er angesichts solchen Leids sagen sollte. »Was glaubst du, wann es Annabelle gut genug gehen wird, um nach Hause zu kommen?«

Caroline zuckte die Achseln. »Kommt darauf an, was für Zukunftspläne sie hat.« Sie kaute auf ihrer Unterlippe. »Es gibt ein paar entscheidende Faktoren, die es ihr sehr schwer machen werden, wenn sie wieder hierherkommt«, fuhr sie zögernd fort. »Sie wird auf keinen Fall ins Haus von Camille und Edwin zurückkehren. Und obwohl ich mir sicher bin, dass meine Eltern auf der Stelle einwilligen würden, geht es ihnen einfach nicht gut genug, um sich um sie zu kümmern.«

»Sie kann hierherkommen. Ich kümmere mich um sie.«

»Oh, George, das ist sehr lieb von dir, aber das ist unmöglich, begreifst du das nicht?«

»Unsinn«, gab er zurück. »Glaubst du, mich kümmert auch nur einen Deut, was irgendwelche Klatschbasen sagen? Und was sind diese entscheidenden Faktoren, von denen du sprichst?«

Caroline senkte den Blick und drückte ihre Zigarette aus. »Medizinische«, sagte sie ruhig.

»Da hast du es ja«, erwiderte er tonlos. »Ich bin eindeutig die ideale Person, mich um sie zu kümmern. Also werde ich nach Paris fahren und sie zu mir holen, ob ihr das nun passt oder nicht.«

»Ach, George«, seufzte Caroline. »Bitte versuch ausnahmsweise einmal, taktvoll zu sein, und dränge sie nicht zu etwas, was sie nicht will.«

»Was glaubst du denn von mir, Caroline? Natürlich werde ich sie nicht bedrängen. Ich werde nur drauf hinweisen, dass der beste Ort für sie hier bei mir in England ist und dass es reichlich dumm von ihr wäre, meine Hilfe abzulehnen.«

Caroline kicherte. »Dann viel Glück, George. Sie kann manchmal genauso stur sein wie du, und ich würde wirklich gerne Mäuschen spielen, wenn dieses Gespräch stattfindet.«

Es war der zweite Oktober, im Kamin knisterte ein Feuer, und Annabelle lehnte sich in den Kissen zurück, die ihr Aline auf die Couch gelegt hatte. Es war angenehm, endlich nicht mehr im Krankenhaus zu sein, und der Anblick all des vertrauten Trödels und der bunten Farben war seltsam tröstlich nach der nüchternen Kühle der weißen Wände und auf Hochglanz polierten Böden.

»Ich habe dir den Tee so gemacht, wie du ihn magst«, sagte Aline. »Und Miriam hat extra für dich ein Stück von ihrem köstlichen Schokoladenkuchen vorbeigebracht.«

»Es ist so schön, dich wieder hier zu haben«, sagte Miriam, während sie ihr den Kuchen auf einen Teller legte. »Jetzt erholst du dich bestimmt viel schneller.«

Annabelle lächelte nur matt, denn sie spürte, dass ihr schon wieder die Tränen kamen. »Ihr seid alle so nett zu mir«, murmelte sie. »Aber bitte denkt nicht, dass ihr mich verwöhnen müsst. Ich weiß, wie viel ihr alle zu tun habt, und ich will auch meinen Anteil an der Hausarbeit übernehmen.«

»Aber natürlich müssen wir dich verwöhnen«, erklärte Aline und schüttelte die Kissen auf. »Du bist unser liebes Mädchen, und wir müssen uns gut um dich kümmern, vor allem jetzt.«

Annabelle strich sachte über ihren flachen Bauch. »Es ist ein Wunder, nicht wahr?«, flüsterte sie.

»Allerdings, und genau deswegen musst du verwöhnt und verhätschelt werden«, erklärte Aline. »Und ich will nichts mehr davon hören, dass du im Haushalt mithilfst. Gott weiß, ich vermeide die Hausarbeit ohnehin schon, so weit es geht. Das Leben ist zu kurz, um sich über Spinnweben und ein bisschen Staub den Kopf zu zerbrechen.«

Annabelle kamen erneut die Tränen, als sie an das winzige Leben dachte, das in ihr wuchs. Henris letztes und wertvollstes Geschenk hatte den düsteren Prophezeiungen der Ärzte getrotzt und überlebt. Dieses Kind würde innigst geliebt werden, denn es war der lebende Beweis für die Liebe zwischen ihr und Henri.

»Versuch, nicht so traurig zu sein, Annabelle.« Miriam sprach mit einem starken polnischen Akzent. »Henri lebt in eurem Kind weiter, und wenn das Kleine alt genug ist, um es zu begreifen, kannst du ihm von Henri erzählen und dafür sorgen, dass er nie vergessen wird.«

»Danke, Miriam. Wie kommt es, dass du so weise bist?«

Sie zuckte die Achseln. »Malachi und ich haben im Lauf der Jahre schon viele geliebte Menschen verloren. Und wir sind so oft umgezogen, dass wir wie Zigeuner sind. Unser Zuhause ist dort, wo wir zusammen sind, und unsere Toten sind unvergessen, weil sie für immer in unseren Herzen wohnen.«

Annabelle drückte ihr mitfühlend die Hand. Sie fragte sich, was die Zukunft wohl für sie selbst bereithalten mochte. Für den Moment lebte sie geborgen bei Aline, doch wenn das Kind erst auf der Welt war, konnte sie nicht erwarten, dass ihre Tante für sie beide sorgen würde. Zu ihren Eltern zurückzukehren kam nicht infrage, und ebenso ausgeschlossen war es, sich den Howdens aufzudrängen, nach allem, was sie erlitten hatten. Da die Rachsucht ihres Vaters noch immer jeder möglichen Anstellung in London im Weg stand und sie kaum Geld für ihren eigenen Lebensunterhalt hatte, geschweige denn für ein Kind, gingen ihr langsam die Alternativen aus.

»Achtung, Katze. Oh, là là!«, krächzte Napoleon.

Mignonette schlich an seinem Käfig vorbei und hüpfte

leichtfüßig auf Alines Schoß, wo sie sich zu einem schnurrenden Fellknäuel zusammenrollte.

Plötzlich ertönte lautes Klopfen an der Tür. Als Napoleon mehrmals »Komm rein, komm rein. Achtung, Katze« schrie, nahm Aline die gute Mignonette vorsichtig von ihrem Schoß, setzte sie auf ein Kissen und ging aufmachen.

Annabelle gab sich die größte Mühe, ein paar Bissen von Miriams Kuchen zu nehmen, doch sie hatte noch immer kaum Appetit. Sie nippte an ihrem Tee, während Aline an der Haustür mit jemandem redete, und überlegte schon, wer es sein könnte, als Aline mit gerötetem Gesicht und reichlich aufgeregt zurückkehrte.

»Annabelle, du hast Besuch«, sagte sie.

Annabelle runzelte die Stirn. »Ich bin eigentlich nicht in der Stimmung, Besucher zu empfangen«, erwiderte sie. »Wer ist es denn?«

»Ich bin es.« Ein grimmig entschlossen dreinblickender George betrat das Zimmer.

Annabelle schnappte verblüfft nach Luft. Er wirkte entsetzlich ernst und viel zu maskulin für diesen vollgestopften und sehr femininen Raum. Schlagartig wurde sie ganz nervös. »Guter Gott«, hauchte sie, während sie versuchte, von dem durchgesessenen Sofa hochzukommen.

»Bleib bloß sitzen«, befahl er, während er auf sie zueilte und sie wieder gegen die Kissen drückte. »Nach einer so schweren Operation solltest du dich so wenig wie möglich bewegen.«

Sie sah, wie sein Blick über ihr Gesicht wanderte, hin zu der hässlich vernarbten Haut an Hals, Wange und Handgelenk, und fragte sich, was er wohl dachte.

»Du bist viel zu dünn«, sagte er in weicherem Tonfall, »aber die Narben sind alle nur oberflächlich und verschwinden irgendwann.«

»Das hat der Arzt auch gesagt«, erwiderte sie. »Es ist

schön, dich zu sehen, George, aber was in aller Welt machst du hier?«

Er setzte sich ans Ende des Sofas und musterte sie. Der Blick seiner blauen Augen war so eindringlich, dass ihr ganz beklommen zumute wurde. »Caroline hat mir erzählt, was dir zugestoßen ist, also bin ich gekommen, um dich nach Hause zu holen.«

»Ich mache noch eine Kanne Tee«, murmelte Aline. »Miriam, kommst du mal mit und hilfst mir?«

Die beiden Frauen verließen den Raum, doch weder Annabelle noch George nahmen es richtig zur Kenntnis, so sehr waren sie aufeinander fixiert. Annabelle fuhr sich nervös mit der Hand über ihre vernarbte Wange, überzeugt davon, dass er sie hässlich fände.

»Du brauchst das nicht vor mir zu verstecken«, sagte er schroff. »Du bist immer noch schön.«

Annabelle begriff, dass George in eigenartiger Stimmung war, und wenn es nicht unangenehm werden sollte, musste sie ihn mit Samthandschuhen anfassen. »Ich sehe entsetzlich aus«, gab sie zurück, »aber trotzdem danke für das Kompliment.«

»Ich war im Krankenhaus, ehe ich hierhergekommen bin, und habe mit einem Arzt gesprochen, der mein Schulfranzösisch einigermaßen verstanden hat. Er hat gesagt, du brauchst so viel Ruhe wie möglich, meinte aber auch, dass du bald soweit genesen sein wirst, dass du nach England zurückfahren kannst.«

»Ich kann nicht zurück«, erwiderte sie entschieden.

»Sei nicht albern. England ist deine Heimat, und ich bin absolut qualifiziert, deine Pflege zu übernehmen.«

»Das mag ja sein, aber ich gehe nicht zurück.«

Er presste die Lippen zusammen, und seine blauen Augen funkelten. »Caroline hat mir alles über dich und Henri erzählt, und ich verstehe, dass es dir schwerfällt, nach allem, was geschehen ist, zur Ruhe zu kommen. Ich bin hier, um dir meine Hilfe dabei anzubieten, Wohnung und Arbeit zu finden.«

»George, das ist sehr freundlich von dir, aber …«

Auf seinen Wangen begannen sich rote Flecken abzuzeichnen. »Ich tue das nicht aus Freundlichkeit, Annabelle. Ich bin gekommen, weil ich dich liebe. Wirklich, du bist die anstrengendste Frau, die mir je begegnet ist.«

Das brachte Annabelle auf die Palme. »Bedräng mich nicht, George, und wenn das ein indirekter Versuch ist, mir erneut einen Heiratsantrag zu machen, dann empfehle ich dir, auf der Stelle damit aufzuhören.«

Sie beobachtete, wie er tief Luft holte, und wusste, dass es ihm schwerfiel, seine Gefühle unter Kontrolle zu halten. »Ich werde mich nicht lächerlich machen, indem ich das noch einmal tue«, entgegnete er ruhig. »Das Einzige, was ich dir anbiete, ist ein neues Zuhause und die Rückkehr in deinen Beruf.«

Unter seinem eindringlichen Blick errötete sie. »Das ist unheimlich nett von dir, aber …«

»Lass mich ausreden, Annabelle, Herrgott noch mal«, unterbrach er sie. »Einer meiner Mieter hat sich gerade in eine Praxis in London eingekauft, und der andere ist nach Südafrika zurückgekehrt. Die beiden freien Zimmer im obersten Stock lassen sich ohne Weiteres zu einer kleinen Wohnung umgestalten, in der du ganz ungestört wärst. Und was die Arbeit angeht, habe ich bereits mit der Pflegedienstleiterin des Dartford General Hospital gesprochen. Sie suchen eine OP-Schwester.«

Annabelle starrte ihn an, außerstande, die Tränen zurückzuhalten, die ihr nun übers Gesicht liefen. Er liebte sie also immer noch, nach allem, was geschehen war, und ihm lag so viel an ihr, dass er versuchte, ihr in England den Weg zu ebnen. Außerdem hatte er die lange Reise auf sich genommen, nur um hier auf eine undankbare Frau zu stoßen, die ihn verraten hatte, indem sie sich in einen anderen verliebte.

George zog ein makelloses Taschentuch hervor. »Nicht weinen, Annabelle, du weißt, ich ertrage es nicht, dich so aufgelöst zu sehen.« Er wartete, bis sie sich gefasst hatte, ehe er fortfuhr. »Lehne mein Angebot nicht vorschnell ab, nur weil du glaubst, es könnte zu einer peinlichen Situation führen. Ich kann mit Klatschmäulern umgehen, und du wirst in den Räumen im Obergeschoss völlig ungestört sein – ich verspreche, mich zu jeder Zeit als Gentleman zu erweisen.« Da lächelte er endlich, und seine blauen Augen sahen warm und freundlich drein. »Also, was sagst du dazu?«

Annabelle wusste, dass nun der Augenblick gekommen war, ihm den wahren Grund dafür zu enthüllen, dass sie niemals nach England zurückkehren konnte. Aber ihr Herz schmerzte bei dem Gedanken daran, wie sehr ihn das verletzen würde. »Das ist ein unglaublich liebes, freundliches Angebot, George, aber ich habe es nicht verdient. Weißt du, es gibt da einiges, was du nicht weißt – Dinge, die während meiner Zeit in Spanien geschehen sind und die für dich nur schwer zu akzeptieren wären, wenn wir im selben Haus wohnen würden.«

»Ich weiß, dass du um Henri trauerst und dass es Zeit brauchen wird, bis du deinen Verlust verkraftet hast. Aber bitte, Annabelle, schätz mich nicht falsch ein. Ich akzeptiere, was geschehen ist, und jetzt will ich dir helfen, wieder auf die Beine zu kommen.« Ihre Blicke trafen sich, und sie sahen einander an. »Möchtest du nach England zurückkommen, Annabelle?«

Sie konnte ihn nicht länger belügen. Sie wollte gerne nach England zurückkehren, auch wenn ihre Situation das unmöglich machte. Sie nickte, außerstande, die Worte zu sagen, die das Funkeln in seinen Augen auslöschen und ihn wahrscheinlich für immer gegen sie einnehmen würden.

»Warum nimmst du dann mein Angebot nicht an? Was hindert dich daran?«

»Ich … Es ist nicht so einfach«, begann sie zögernd. »Natürlich würde ich gerne nach England zurückkehren und dort arbeiten und wohnen. Aber es gibt Komplikationen, und ich kann dir auf keinen Fall zumuten, noch mehr Verantwortung auf dich zu nehmen.«

George runzelte die Stirn. »Weder der Arzt im Krankenhaus noch Caroline haben von Komplikationen gesprochen. Aber egal, worum es sich handelt, ich werde ohne weiteres damit fertig. Ich bin schließlich Arzt.«

Annabelle verschränkte die Hände fest in ihrem Schoß und überlegte, wie sie es ihm beibringen könnte. »Die Komplikationen haben nichts mit meinen Verletzungen zu tun.« Sie sah erneut zu ihm hinüber, die Hände jetzt schützend über ihren Bauch gelegt. »Du musst wissen, George, dass ich trotz allem, was ich mitgemacht habe, mit einem Wunder gesegnet wurde.«

Er runzelte die Stirn. Offensichtlich begriff er nicht, was sie ihm zu sagen versuchte, bis sein Blick auf ihre Hände fiel. Sein scharfes Atemholen verriet ihr, dass er nun endlich verstanden hatte. Ein langer Moment beklommenen Schweigens trat ein, in dem sein Blick immer durchdringender wurde.

»Du bist schwanger«, sagte er tonlos. »Hat Caroline das gewusst, als sie mich aufgesucht hat?«

Annabelle erkannte den Schmerz hinter seinem betont unbeteiligten Gesichtsausdruck und wusste, dass es ihm schwerfiel, sich zu beherrschen. »Sie war dabei, als die Ärzte es mir im Krankenhaus gesagt haben. Aber ich habe ihr das Versprechen abgenommen, es für sich zu behalten, also nimm es ihr bitte nicht übel.«

Steif und unnahbar saß er am Ende des Sofas, während ein Nerv an seinem Kinn zuckte.

»George« sagte sie weich, setzte sich auf und griff nach seiner Hand. »George, das macht es mir unmöglich, nach England zurückzukehren, begreifst du das nicht? Ich bin dir dankbar dafür, dass du dich nach all dem Kummer, den ich dir bereitet habe, als ein so guter, liebevoller Freund erweist, und du sollst wissen, dass es mir ein Gräuel ist, dich so zu verletzen.«

Seine Hand lag wie leblos in ihrer, während er den Blick auf seine auf Hochglanz polierten Schuhe geheftet hielt.

»George, bitte sag etwas.«

Er hob den Kopf und holte tief Luft. »Ich habe mich immer für einen klar denkenden, intelligenten Mann gehalten, der mit den meisten Gegebenheiten umgehen kann, aber bei dir bin ich mit meinem Latein am Ende, Annabelle.«

Endlich sah er ihr in die Augen. »Ich habe mich auf den ersten Blick in dich verliebt«, sagte er mit bewegter Stimme, »und obwohl ich mit allen Kräften versucht habe, dich nicht zu lieben, hat es sich als unmöglich erwiesen.«

Sie wollte schon etwas einwenden, als er weitersprach. »Wenn du mit mir zurück nach England kommst, verspreche ich, mich um dich zu kümmern – und um dein Kind. Wenn du den unvermeidlichen Skandal umgehen willst, heirate ich dich gern. Aber es ist dann eine reine Vernunftehe, in der ich weiter nichts von dir verlange als deine Freundschaft. Falls du aber zu dem Schluss kommst, dass du mich nicht heiraten willst, können wir uns eine Geschichte ausdenken, die der Wahrheit einigermaßen nahekommt und die Klatschmäuler zufriedenstellt.«

Ihre Augen wurden groß, und sie spürte, wie ihr Herz klopfte. »Das würdest du für mich tun, nach allem, was passiert ist?«

Er nickte, und seine blauen Augen glänzten verdächtig, auch wenn er entschlossen das Kinn reckte und ein ernstes Gesicht machte. »Ich wirke vielleicht manchmal schroff und überheblich, und ich weiß, dass ich dazu neige, rücksichtslos meine Meinung zu sagen und auf den Gefühlen anderer Leute herumzutrampeln, aber hinter alldem steckt ein Mann, der einfach nur mit der Frau zusammen sein will, die er bedingungslos liebt.«

Er sah sie eindringlich an. »Deshalb biete ich dir die Achtbarkeit der Ehe und ein Zuhause für dich und dein Kind. Ich weiß, dass du mich als Freund siehst, nicht als Geliebten, und ich verspreche dir, du wirst die Freiheit haben, dein Leben so zu führen, wie du es möchtest. Ich wäre damit zufrieden.«

Eine Woge von Wärme und Liebe wallte in ihr auf, als sie seine Hand nahm und sie sich an die Wange legte. Er opferte seine Chance, mit einer Frau, die ihn lieben und ehren könnte, sein wahres Glück zu finden, dabei hatte sie ihm im Gegenzug so wenig zu bieten. »Ach, George, das ist viel mehr, als ich verdiene. Bist du dir wirklich sicher?«

»Sonst hätte ich es dir nicht vorgeschlagen«, erwiderte er steif.

Annabelle betrachtete sein Gesicht und sah, dass seine Augen trotz der zusammengekniffenen Lippen und der ernsten Miene seine wahren Gefühle verrieten. Vielleicht hatte ihre Mutter vor all den Monaten doch recht gehabt, als sie gesagt hatte, dass Freundschaft in einer Ehe wichtiger sei als rauschhafte Verliebtheit. Und nun bot ihr George seine Hand an und schien dabei zu begreifen und zu akzeptieren, dass Freundschaft alles war, was sie in diese Vernunftehe einbringen konnte.

»Dann nehme ich deinen Antrag an«, sagte sie leise.

George räusperte sich und küsste sie sanft auf die Stirn. »Dann ist das also abgemacht«, sagte er. »Aber jetzt leg dich wieder hin und ruh dich aus. Ich spreche mit Aline und bitte sie, uns bei den Vorbereitungen zu helfen. Eine Hochzeit in Frankreich wird sicher extrem umständlich werden – die Franzosen müssen ja immer alles kompliziert machen.«

Aline ließ in ihrem großen Bekanntenkreis ein paar Beziehungen spielen und ergatterte Ende November einen Termin für die Eheschließung. George musste nach seinem ersten Besuch in Paris in seine Praxis nach Dartford zurückkehren, und in der

Zeit seiner Abwesenheit bemühte sich Annabelle sehr darum, Alines Begeisterung für die Hochzeitsvorbereitungen zu teilen.

Eine Vernunftehe war nicht der ideale Weg, um ein neues Leben zu beginnen, und obwohl sie George um seiner Großzügigkeit und seiner Freundschaft willen liebte, blieb diese Liebe zwangsläufig hinter der Leidenschaft zurück, die sie für Henri empfunden hatte. Sie hatten so viele Pläne für ihre gemeinsame Zukunft gemacht, und immer wenn sie an ihn dachte, kamen ihr die Tränen.

Annabelle hatte ihrer Mutter von den Heiratsplänen geschrieben, jedoch ihre Schwangerschaft mit keinem Wort erwähnt. Camilles Antwort war postwendend gekommen, und es war offenkundig, dass ihr die hastige Abwicklung der Heirat suspekt war. Dennoch legte sie ein kleines Glückwunschschreiben von Philippa Howden bei und versprach ein Hochzeitsgeschenk, sobald die Frischvermählten zurück in England wären. Ihre Entscheidung, Edwin die Neuigkeit zu verschweigen, war vermutlich klug, da er mit Sicherheit nicht einverstanden wäre und bestimmt Ärger machen würde.

Es war ein schöner, sonniger Tag Ende Oktober, und Annabelles Narben waren vollständig abgeheilt. Sie verließ das Haus in der Rue de l'Arbre, kaufte bei einem Blumenhändler in der Nähe eine einzelne Rose und schlenderte ein letztes Mal zum Pont Neuf.

Sie dachte an den Tag, an dem sie Henri kennengelernt hatte, und an die spontane Anziehung zwischen ihnen, die zu etwas weitaus Tieferem geworden war, dem sich keiner von beiden hatte entziehen können. Sie hatten einander versprochen, sich nach dem Krieg hier zu treffen und sich offiziell zu verloben, und das Wissen, dass ein Schicksalsschlag sie getroffen hatte und sie sich nie wiedersehen würden, brach ihr fast das Herz.

Sie küsste die rote Rose und ließ sie ins Wasser fallen, das sie schnell davontrug. »Adieu, mein Liebster«, flüsterte sie. »Ich werde dich nie vergessen.«

George kehrte am Tag vor der Hochzeit nach Paris zurück und mietete sich in einem Hotel ein. Er war sichtlich nervös und fürchtete, dass Annabelle es sich in letzter Minute noch anders überlegen könnte, und so hatte sie sich trotz ihrer eigenen Zweifel nach Kräften bemüht, ihn zu beruhigen. Aline hatte ihm mithilfe von Wein und einem guten, reichhaltigen Essen Mut gemacht, dann hatte sie ihn mit ihren Mietern losgeschickt, um einen vergnügten Streifzug durch die Bars von Paris zu unternehmen.

Als der Tag der Hochzeit herandämmerte, ging Aline in Annabelles Zimmer, wo diese trübsinnig aus dem Fenster starrte und unaufhörlich den kleinen silbernen Granatring um ihren Finger drehte. »Es ist nie gut, in der Vergangenheit zu leben, Annabelle«, sagte Aline leise zu ihr. »Henri wird immer in deinem Herzen wohnen, aber jetzt ist es an der Zeit, seinen Ring abzulegen. Du musst Henri zu einer lieben Erinnerung werden lassen, damit du der Zukunft entgegenblicken kannst.«

»Du findest es also nicht dumm von mir, dass ich Georges Antrag angenommen habe, so kurz nach … nach …?«

»Nein. Ich finde es sehr klug von dir«, murmelte Aline und schloss sie in die Arme. »Manchmal muss der Kopf über das Herz herrschen, Annabelle, und George ist ein guter Mann, der dich innig liebt. Eines Tages wirst du seine Liebe erwidern können – vielleicht nicht mit der gleichen Leidenschaft, die du für Henri empfunden hast, sondern auf eine sanftere und dauerhaftere Weise.«

Sie trat einen Schritt zurück und musterte Annabelle traurig. »Leidenschaft ist herrlich und aufregend, aber sie ist nicht von Dauer, Annabelle. Ein Feuer, das zu hell lodert, erlischt bald, und ohne den Brennstoff von Freundschaft und gemeinsamen Interessen, die es nähren, bleibt irgendwann nur kalte Asche zurück.«

Annabelle blickte mit schwerem Herzen über Alines Schulter hinweg auf das spitzenverzierte cremefarbene Kleid mit Seidenjäckchen, das Miriam ihr für den heutigen Tag genäht hatte und das noch auf dem Bügel hing. »Ich komme mir vor, als würde ich sie alle beide betrügen«, murmelte sie.

»Warum? Weil du glaubst, du kannst George nicht so lieben, wie er es will? Ach was, er liebt genug für euch beide. Und was Henri betrifft – er würde nicht wollen, dass sein Kind als Bastard gebrandmarkt wird.«

Annabelle zuckte bei dem hässlichen Wort zusammen.

Aline fasste sie am Kinn und sah ihr in die Augen. »Es tut mir leid, wenn ich es so hart ausdrücke, aber das ist der Lauf der Welt, Annabelle. Henri wäre mit deiner Entscheidung einverstanden, und mit George hast du den richtigen Mann an deiner Seite.« Sie tätschelte ihr die Wange. »Und jetzt keine Tränen mehr. Es ist Zeit, dass du dich fertig machst.«

Schicksalsergeben wartete George in seinem nagelneuen Anzug auf den Stufen des Rathauses. Mittlerweile war er überzeugt davon, dass Annabelle ihre Meinung geändert hatte und nicht erscheinen würde. Bisher war er in dem festen Glauben durchs Leben gegangen, nicht scheitern zu können, doch das hier war eine völlig andere Situation: Sein zukünftiges Glück lag nicht mehr in seinen eigenen Händen, sondern in denen Annabelles. Und die, so begriff er allmählich, zweifelte offenbar daran, dass es klug war, ihn so überstürzt zu heiraten.

Er sah auf seine Taschenuhr und registrierte, dass erst eine Minute verstrichen war, seit er zum letzten Mal einen Blick darauf geworfen hatte. Also marschierte er weiter auf den Stufen hin und her und bemühte sich, diese ungewohnte und kräftezehrende Nervosität abzuschütteln.

Sowie der Wagen am Straßenrand vorfuhr, stieß er erleichtert den Atem aus und nahm alle Kräfte zusammen, um möglichst gelassen zu wirken. Aline sah mit einem auffälligen pfauenblauen Hut und einem schicken grauen Seidenkostüm umwerfend aus, doch er nahm die anderen kaum wahr, als Annabelle ausstieg und ihn anlächelte.

Über ihrem Kleid aus cremefarbener Spitze trug sie ein kleines Seidenjäckchen, das sie über ihrer immer noch schmalen Taille zugeknöpft hatte, dazu einen Strohhut, der keck auf ihren Locken thronte und die schon fast verblassten Narben in ihrem Gesicht überschattete. In der Hand hielt sie ein Sträußchen cremeweißer Rosen, umgeben von Farnwedel, und dazwischen zartes weißes Schleierkraut.

»Du siehst wunderschön aus«, sagte er schroff und nahm ihre Hand. »Ich muss der glücklichste Mann Frankreichs sein.«

Sie küsste ihn auf die Wange. »Ich bin diejenige, die sich glücklich schätzen darf, George, und ich verspreche dir, du wirst den heutigen Tag nie bereuen.«

Die Zeremonie wurde von einem Standesbeamten abgehalten, der eifrig seine Fähigkeit demonstrierte, ein ganz passables Englisch zu sprechen, sodass George dem Ablauf folgen konnte. Als er erklärte, dass sie nun vor dem Gesetz Mann und Frau seien, zögerten George und Annabelle nur einen Augenblick, ehe sie sich küssten, was von ihren wenigen Gästen mit lautem Beifall quittiert wurde.

Als der Standesbeamte ihnen das *livret de famille* reichte, ein kleines Büchlein mit einer Abschrift ihrer Heiratsurkunde, erklärte er ihnen mit einem vielsagenden Augenzwinkern, dass die Geburtsurkunden ihrer Kinder auch dort eingeheftet werden sollten.

Es war kein förmliches Hochzeitsessen geplant, da die

Frischvermählten noch am selben Nachmittag nach England fliegen sollten. Und so kehrten sie in das Haus in der Rue de l'Arbre zurück, wo Aline und Miriam ein reichhaltiges Büffet mit köstlichen Speisen und Wein vorbereitet hatten.

Annabelle konnte an Georges Gesicht erkennen, wie glücklich er war, und so bemühte sie sich nach Kräften darum, ihre Vergangenheit hinter sich zu lassen und mitzufeiern. Sie hatte gemischte Gefühle in Bezug auf Etiennes Fehlen: Zwar hätte sein Segen ihr Gewissen erleichtert, aber seine Anwesenheit hätte auch eine weitere schmerzliche Erinnerung an Henri bedeutet. Vielleicht war es gut, dass er immer noch in Spanien war und sich dort von seinen Verletzungen erholte.

Als es an der Zeit war, zum Flughafen aufzubrechen, und alle das Brautpaar zur Hauptstraße begleiteten, klammerte sich Annabelle in Tränen aufgelöst an Aline. »Wir sehen uns wieder, Aline, ich verspreche es«, flüsterte sie. »Und vielen Dank für alles.«

»Einfach immer lächeln, meine Liebe, und zufrieden sein. Das ist alles, was ich mir von dir wünsche.«

Das Taxi wartete bereits, und George sah ungeduldig auf die Uhr. Annabelle winkte den anderen ein letztes Mal zu, ehe sie einstieg. Dann fuhren sie in Richtung Flughafen davon, dem neuen Leben entgegen, das sie in Dartford erwartete.

Als die kleine Hochzeitsgesellschaft in die Rue de l'Arbre zurückkehrte, bemerkte keiner von ihnen Etienne, der sie aus dem Schatten eines Hauseingangs heraus beobachtete. Schwer auf seinen Gehstock gestützt, um den Schmerz in seinem verletzten Bein zu mildern, sah er das Taxi davonfahren, und in ihm tobten widerstreitende Gefühle und Gedanken.

Sein Schmerz über den Verlust Henris war noch frisch, und es brachte ihn auf, Annabelle mit einem fröhlichen Lächeln Hochzeit feiern zu sehen. Wie konnte sie das tun, nachdem sie Henri erst vor Kurzem verloren hatte? Hatte er ihr denn überhaupt nichts bedeutet? Und wer war dieser Engländer, den sie da geheiratet hatte? Wenn sie Trost brauchte, warum hatte sie sich dann nicht an ihn gewandt, Henris besten und engsten Freund? Er hätte sie trösten können, denn sie hatten Henri beide geliebt, und vielleicht hätten sie zu gegebener Zeit in Liebe zueinander gefunden.

Er wandte sich ab und humpelte langsam in Richtung Pont Neuf davon. Hier hatte alles begonnen. Er lehnte sich an die Brüstung und blickte über den Fluss hinweg, am Louvre vorbei und auf die Dächer und Türme von Paris, und er fühlte sich einsamer denn je.

Annabelles Hochzeit lag nun schon zwei Wochen zurück, und Aline hatte bald eine Postkarte von ihr erhalten, in der sie ihr mitteilte, dass sie gut angekommen seien. Sie schrieb, sie habe alle Hände voll damit zu tun, ihre beiden Zimmer im Obergeschoss von Georges schönem Haus einzurichten. Es ginge ihr gut, sie sei erstaunlich zufrieden und habe just an diesem Morgen die ersten Regungen ihres Babys im Bauch gespürt.

Fröstelnd zog Aline die dicke wollene Strickjacke enger um sich, als sie in den zugigen Flur trat, um die Post von der Fußmatte aufzusammeln. Im Haus herrschte eine derartige Kälte, dass selbst die Katzen sich in die Küche verzogen hatten, wo wenigstens der Herd ein wenig Wärme spendete.

Aline hob die Briefe auf und sah sie seufzend durch. Es waren überwiegend Rechnungen, und sie hatte wirklich keine Ahnung, woher sie das Geld nehmen sollte, um sie zu bezahlen, denn es stand keine Ausstellung bevor, da sie in diesem Jahr nicht zum Malen in den Süden hatte fahren können.

Der letzte Brief ließ sie stutzen, da er eine spanische Briefmarke trug und die Schrift ihr unbekannt erschien. Sie drehte ihn hin und her, und dabei wurde ihr immer beklommener zumute. Wer konnte ihr aus Spanien schreiben? Caroline war vor einiger Zeit von dort abgereist, Etienne befand sich wieder in Paris, und ihr fiel niemand anders ein, der ihre Adresse gekannt hätte.

Die Beklommenheit nahm zu, und eine böse Vorahnung ließ sie zögern.

»Komm schon, Aline«, murmelte sie verdrossen. »Du kannst nicht den ganzen Tag hier stehen und den verdammten Brief anstarren. Mach ihn endlich auf.«

Linkisch öffnete sie den Umschlag, zog das einzelne Blatt liniertes Papier heraus und las die knappe Notiz, die eine Hilfspflegerin geschrieben hatte. *»Mon dieu«*, keuchte sie, als sie die wenigen Worte und deren tragische Konsequenzen begriffen hatte. »Oh, Henri«, flüsterte sie unter Tränen, »wenn dieser Brief doch nur früher gekommen wäre. Aber jetzt ist es zu spät. Viel zu spät.«

14

England 1956

Annabelle lehnte sich an Georges Brust, während er ihr einen zarten Kuss auf die Wange drückte. Er war ein so lieber Mann, und obwohl auch er die Leere spüren musste, die ihre Tochter Eugenie durch ihre Abreise nach Paris hinterlassen hatte, verstand er ihr Bedürfnis, eine Weile allein zu sein.

»Ich bin zur Abendsprechstunde wieder hier«, versprach sie. »Aber ich will nicht, dass du in der Zwischenzeit Trübsal bläst. Warum rufst du nicht Dr. Harvey an und spielst ein paar Runden Golf mit ihm?«

George verzog das Gesicht. »Offengestanden ist mir nicht danach. Ich glaube, ich fahre einfach nach Hause und werkele ein bisschen im Garten herum.«

»Sei nicht traurig, Liebling«, murmelte sie und strich ihm übers Gesicht. »Eugenie wird in Paris bei Aline eine herrliche Zeit verleben. Ein Jahr wird schnell um sein, und dann kommt sie wieder nach Hause.«

Er nickte. »Das Haus wird ohne sie schrecklich leer wirken«, sagte er schroff, ehe er ihre Hand drückte. »Viel Spaß beim Spazierengehen. Bis später.«

Sie sah ihn davonmarschieren, eine kräftige Gestalt in einem gut geschnittenen Anzug. Mit seinen breiten Schultern und dem energischen Gang sah man ihm seine neunundvierzig Jahre nicht an. In seinem welligen dunklen Haar glitzerten nur wenige silberne Fäden, und die anstrengende Arbeit in der Praxis sowie das regelmäßige Golfspiel hielten ihn fit und schlank.

Annabelle lächelte liebevoll, band ihr Kopftuch fester unter dem Kinn zusammen und ging los in Richtung Westminster

Bridge, wobei ihre hohen Absätze auf dem Pflaster klapperten. Es war ein herrlicher sonniger Tag Ende August, und auf der Themse wimmelte es von Ausflugsdampfern, Lastkähnen und Motorbooten, während ein paar wackere Sportler energisch gegen die schnelle Strömung des Flusses anruderten. Das Parlamentsgebäude leuchtete warm im Sonnenschein, und auf der Brücke drängten sich Fußgänger, Taxis, Autos und rote Doppeldeckerbusse.

Annabelle wandte alldem den Rücken zu und lehnte sich gegen die Brüstung, um auf das dunkle Wasser der Themse zu blicken, die unter der Brücke hindurchfloss. Wie lange es doch schon her zu sein schien, seit sie in einer anderen Stadt auf einer anderen Brücke gestanden und auf einen anderen Fluss hinabgeblickt hatte – ja, schon so lange, dass diese Episode ihres Lebens ihr nun vorkam, als hätte sie nie zu ihr gehört; als hätte sie sie geträumt oder einer anderen dabei zugeschaut, wie sie ihre Rolle spielte. Selbst der Schmerz, Henri zu verlieren, war verblasst. An seine Stelle war eine süße Zufriedenheit getreten, die ihrer Ehe mit George entsprang.

Ihre Bedenken, sie hätte vielleicht überstürzt gehandelt, als sie Georges Antrag annahm, hatten sich bald gelegt, denn George hatte zu seinem Wort gestanden und nichts anderes als Freundschaft von ihr erwartet. Sie hatte sich in der Wohnung im Dachgeschoss eingerichtet und war zum Kochen und Putzen nach unten gekommen. An den Abenden saß sie oft mit ihm in dem gemütlichen Wohnzimmer und las oder hörte Radio, und schon bald hatten sie sich wieder an die vertraute Kameradschaft von früher gewöhnt.

Abgesehen von ihrer Mutter Camille, die empört reagiert hatte, als sie begriff, dass Annabelle bereits vor ihrer Eheschließung schwanger gewesen sein musste, war die einzige echte Schwierigkeit durch Felicity Jenkins entstanden, deren steife Ablehnung ihr ein recht unangenehmes Gefühl einflößte. Es war eine Erleichterung gewesen, als sie kündigte und in eine andere Praxis wechselte. Annabelle hatte freudig die Aufgaben der Sprechstundenhilfe übernommen, Telefonate geführt und Arzneimittelvertreter empfangen und gewöhnte sich daran, peinlichen Fragen geschickt auszuweichen, als offenkundig wurde, dass sie schwanger war.

Der Wandel in ihrer Beziehung war so sachte vonstattengegangen, dass keiner von ihnen es richtig wahrnahm. Eugenies Geburt war der ausschlaggebende Moment gewesen. Annabelle musste beim Gedanken an Georges ehrfürchtige Miene lächeln, wenn er ihr beim Stillen ihres winzigen Babys zugesehen hatte, und wie ihm die Tränen in die Augen schossen, als er Eugenie zum ersten Mal auf den Arm genommen hatte. Sein hingebungsvoller Blick hatte sie damals zutiefst gerührt, genau wie heute, und sie hatte die Worte noch genau im Ohr, die er gesagt hatte und die sie zu einer richtigen Familie zusammengeschweißt hatten.

»Eugenie«, hatte er geflüstert. »Ein wunderschöner Name für meine wunderschöne geliebte Tochter. Ich verspreche, dass ich dich bis an mein Lebensende lieben und beschützen werde, du süßes kleines Mädchen.«

Annabelle rang mit den Tränen und kam sich ein bisschen dumm vor, weil sie nach so vielen Jahren noch so emotional reagierte. Doch von dem Augenblick an waren sie und George einander nähergekommen, und nachdem sie sich ganz von der schweren und kräftezehrenden Geburt erholt hatte, schien es die natürlichste Sache der Welt zu sein, dass sie Georges Bett teilte.

Sie durften überglückliche anderthalb Jahre zusammen genießen, bis der Zweite Weltkrieg ausbrach und George einberufen wurde. Beide hatten sie darauf gehofft, dass sie wieder schwanger würde, doch es sollte nicht sein, und dadurch hatte sich ein Anflug von Traurigkeit über ihre Ehe gelegt.

Ein pensionierter Allgemeinarzt hatte bis zu Georges Rückkehr die Praxis übernommen, während Annabelle die Warnungen der Regierung berücksichtigt hatte und für die Dauer des Kriegs mit Eugenie nach Wales gezogen war. Sie hatten in einem gemieteten Bungalow am Meer gewohnt, und Annabelle hatte im dortigen Landkrankenhaus ausgeholfen, während Eugenie den Kindergarten besuchte. Dort hatte sie schon als ganz kleines Mädchen ein großes Talent fürs Malen und Zeichnen bewiesen.

Annabelle hatte schon früh beschlossen, dass es Eugenie guttun würde, Französisch zu lernen, und so sprach sie, wenn sie allein mit ihr war, ausschließlich Französisch mit ihr. Auch stellte sie ein Foto von George an Eugenies Bett, und sobald die Kleine alt genug war, um es zu begreifen, erzählte sie ihr jeden Tag von ihm und las ihr aus seinen Briefen vor, damit sie das Gefühl hatte, ihn zu kennen, wenn er zurückkehrte.

Es war eine angstvolle, beklemmende Zeit gewesen. Aline hatte sich geweigert, das besetzte Paris zu verlassen, und George wurde ins Ausland geschickt, um sein ärztliches Können in Lazaretten einzusetzen, die in den gefährlichsten Kriegsgebieten lagen. Dies hatte ihm mehrere Tapferkeitsmedaillen eingebracht, die er aber für kaum der Rede wert erachtete. Doch so stolz sie auch auf ihn war, war sie doch in ständiger Sorge um ihn gewesen, und im Lauf der gesamten sechs Jahre hatte sie ihn kaum gesehen. Bei seiner Rückkehr war er in die Knie gegangen und hatte sich dem schüchternen kleinen Mädchen vorgestellt, das sich hinter dem Rock seiner Mutter versteckte. Als Eugenie endlich begriff, wer er war, hatten ihre Augen aufgeleuchtet, und sie hatte sich mit einem Freudenschrei in seine Arme gestürzt.

Annabelle und Caroline waren in ständigem Kontakt geblieben, seit sie mit George nach England zurückgekehrt war, und sowie der Krieg erklärt war, hatte sich Caroline den britischen

Luftwaffenhelferinnen angeschlossen und war in ein Krankenhaus an der Südküste abkommandiert worden. Sie schrieb oft und legte immer eine hübsche Karte oder ein Geschenk für ihr Patenkind Eugenie bei, das sie innig liebte.

Carolines Eltern waren in Fulham geblieben. Robert war Parlamentsabgeordneter, während Philippa beim Freiwilligendienst der Frauen tätig war. Es war pures Glück, dass sie beide nicht zuhause waren, als eine Bombe direkt in ihr Haus einschlug. Edwin Blake hatte nicht so viel Glück. Er wurde durch eine V2-Rakete getötet, die auf dem Dach eines Tabakladens explodierte, in dem er gerade eine Zeitung kaufen wollte.

Annabelle wandte sich von der Themse ab und ging in Richtung des St. Thomas Hospitals und der kleinen Gassen, die dahinter lagen. Das Leben konnte seltsam sein, so sinnierte sie, als sie an den Trümmergrundstücken vorbeiging, die noch geräumt und neu bebaut werden mussten. Camille war nach Edwins Tod zu ihr nach Wales gezogen und hatte sich als derart effektive Spendensammlerin und Organisatorin von Veranstaltungen erwiesen, dass sie nach dem Krieg für ihren Beitrag zu den Kriegsanstrengungen eine Medaille verliehen bekam.

Camille kehrte nicht mehr in das Haus in Fulham zurück, sondern erstand nach dessen Verkauf ein Häuschen in dem walisischen Dorf, wo sie so viele Freunde gefunden hatte. Es dauerte nicht lange, bis sie wieder heiratete, und jetzt, mit fünfundsechzig, lebte sie glücklich und zufrieden mit Dai Davies, einem heiteren und großzügigen Mann, zusammen. Er erlaubte ihr alles und verwöhnte sie nach Strich und Faden, weil er restlos hingerissen davon war, mit einer so eleganten Französin verheiratet zu sein.

Annabelle schlenderte an den Fertighäusern vorbei, die bereits Anzeichen von Verfall zeigten. Man hatte sie als Übergangsmaßnahme aufgestellt, um diejenigen unterzubringen, die ausgebombt worden waren, doch es hatte den Anschein, als lebten immer noch Leute darin, obwohl seither so viele Jahre vergangen waren.

London war nach wie vor vom Krieg gezeichnet: Man sah viele Trümmergrundstücke, geschwärzte Balken, verrammelte Geschäfte und Häuser sowie Einschusslöcher in den Wänden. Doch jetzt, da es immer weniger Einschränkungen und Lebensmittelengpässe gab, hing ein Gefühl von Optimismus und Zielstrebigkeit in der Luft. Neue Hochhäuser sollten die zerstörten Slums im East End ersetzen, und es gab Pläne für Tausende neuer Wohnungen in der Umgebung des Barbican, der großartigen Festhalle, die 1951 anlässlich des *Festival of Britain* eröffnet worden war. Aus den Schutthalden in der Innenstadt erhoben sich nach und nach moderne Bürohäuser.

Die Parks bekamen ihr frisches Grün zurück, nachdem die Gemüsegärten umgegraben und frischer Rasen gesät worden war, und obwohl es noch einige Rationierungen gab, hatten die Frauen das triste Grau, Dunkelblau und Schwarz der Uniformstoffe abgelegt und wirkten nun wie bunte Schmetterlinge in ihren weißen Stöckelschuhen und den Sommerkleidern mit den weiten Röcken, die sie über mehreren Schichten Organza-Petticoats trugen.

Annabelle ging den gleichen Weg zurück und fand eine Bank mit Aussicht auf die Themse. Sie strich Rock und Petticoat glatt, setzte sich und legte sich ihr Strickjäckchen um die Schultern, ehe sie ihre Sonnenbrille aufsetzte. Das Sonnenlicht auf dem Wasser war ziemlich grell, doch nach dem Trubel um Eugenies Reisevorbereitungen und dem Abschiedsschmerz, als sie dann tatsächlich abreiste, war es herrlich, einfach nur hier zu sitzen und die Welt an sich vorbeiziehen zu lassen.

Inzwischen musste Eugenie in Paris angekommen sein, dachte sie sehnsüchtig. Sie fragte sich, ob ihre Tochter wohl auch auf dem Pont Neuf innehalten würde, ehe sie den Weg zu Alines Haus fand. Sie hatte keinerlei Veranlassung dazu, denn sie wusste nicht, welche Bedeutung die Brücke hatte, und Aline war instruiert worden, kein Wort über Henri oder Etienne verlauten zu lassen.

Seufzend kramte Annabelle in ihrer Handtasche nach den Zigaretten. Nachdem sie sich eine angesteckt hatte, sah sie den vorbeituckernden Booten und den krächzenden Seevögeln nach, die einen Lastkahn umkreisten, der langsam flussabwärts in Richtung der Hafenanlagen fuhr. Am Tag von Eugenies Geburt war ihr klar geworden, dass sie ihrer Tochter niemals die Wahrheit sagen konnte, und als sie George über das schlafende Baby hinweg in die Augen geblickt hatte, hatten sie stillschweigend vereinbart, dass er nun Eugenies Vater war.

Im Lauf der Jahre hatten Eugenie und George ein enges, liebevolles Band zueinander geknüpft, und sie wusste, dass sie die richtige Entscheidung getroffen hatte. Die Zuneigung der beiden war gegenseitig, und es wäre grausam, diese zu beschädigen. Es gab keinen Grund, warum Eugenie von Henri erfahren sollte, denn schließlich war er schon lange tot. Etienne hatte nicht gewusst, dass sie bei ihrer Hochzeit schwanger gewesen war, und Aline würde das Geheimnis mit ins Grab nehmen.

Ein wenig hatte die Lüge sie allerdings manchmal doch belastet, als sie Eugenie zu einem intelligenten, lebhaften Mädchen und dann zu einer reizenden, begabten jungen Frau hatte heranwachsen sehen. Manchmal ähnelte sie Henri sehr: in einem flüchtigen Mienenspiel oder darin, wie sie fragend eine Braue hochzog. Doch ihre Augen waren ebenso blau wie die von George und ihr Haar von demselben golddurchwirkten Honigblond wie Annabelles, also bildete sie es sich vielleicht nur ein. Eugenie hatte allerdings Henris künstlerische Begabung geerbt, und als sie einmal gefragt hatte, woher die wohl kam, war es am einfachsten gewesen zu behaupten, das Talent müsse eine Generation übersprungen haben und ihr von Tante Aline vererbt worden sein. Es waren Lügen, die aus Liebe entstanden und dem Bedürfnis, die starken Familienbande zu schützen – und deshalb waren sie verzeihlich.

Annabelle rauchte ihre Zigarette zu Ende und ging wieder in Richtung Westminster Bridge. Natürlich hatte sie Eugenie von ihrem kurzen Aufenthalt bei Aline in Paris erzählt, genauso wie von ihrer Reise nach Spanien, die damit geendet hatte, dass sie schwer verletzt worden war und nach England hatte zurückkehren müssen. Es war natürlich eine verkürzte Version der tatsächlichen Ereignisse, doch Eugenies zahlreiche Fragen mussten ja irgendwie beantwortet werden.

Genau wie George war Annabelle sehr stolz auf ihre Tochter, denn Eugenie war schon mit siebzehn Jahren an der Slade School of Fine Art in London angenommen worden, und an ihrem achtzehnten Geburtstag im Mai hatte sie ein einjähriges Stipendium für die École des Beaux-Arts in Paris bekommen. Für Annabelle und George war das ein leichter Schock gewesen, doch es war eine Gelegenheit, die sich Eugenie trotz ihres jungen Alters nicht entgehen lassen durfte – und außerdem sprach sie nicht nur fließend französisch, sondern hatte auch Aline, die sich um sie kümmern würde.

Insgeheim machte es Annabelle allerdings unruhig, dass Eugenie in Paris war. Sie würde durch dieselben Straßen gehen, durch die sie und Henri gegangen waren, und die gleichen Orte aufsuchen. In gewisser Weise war sie auch ein bisschen eifersüchtig, denn sie wäre liebend gern mitgefahren. Das war egoistisch und dumm von ihr, dachte sie verdrossen, als sie über die Brücke zurückging. Es brachte nichts, an frühere Lieblingsplätze und zu traurigen Erinnerungen zurückzukehren. Besser war es, wenn sie Eugenie ihr Abenteuer gönnte, sie ihr eigenes Paris entdecken ließ, und damit zufrieden zu sein.

15

Obwohl seitdem so viele Jahre vergangen waren, hatte er gehofft, sie wie durch ein Wunder noch einmal dort zu sehen. Als sie dann tatsächlich erschien, fragte er sich, ob es allein die Macht seiner Sehnsucht gewesen war, die sie irgendwie herbeigezaubert hatte.

Sein Atem stockte, und sein Puls ging schneller, als er sich an der Balkontür im dritten Stock in seinem Rollstuhl nach vorne lehnte, das Weinglas und die Zigarette völlig vergessen, während er zu fassen versuchte, dass sie es wirklich war. Zwanzig Jahre waren vergangen, und seine Augen waren nicht mehr so gut wie früher. Spielten sie ihm womöglich einen grausamen Streich? Ging seine Fantasie mit ihm durch? Doch wie sie da auf dem Pont Neuf stand und über die schnell fließende Seine hinweg auf das Häusermeer von Paris in Richtung Eiffelturm blickte, schien es, als wären all diese Jahre ausgelöscht und sie sei zu ihm zurückgekehrt.

Er rutschte ein Stück weiter vor, sicher, dass sie ihn in dem allmählich dunkler werdenden Zimmer nicht sehen konnte, obwohl er seinen Augen noch immer nicht traute. Ihr Haar war länger als in seiner Erinnerung und wallte ihr in üppigen, weichen Locken über die schmalen Schultern. Ihre schlanke Gestalt besaß nach wie vor jene zarte Anmut, die so gar nicht zu der wilden Entschlossenheit passte, die sie immer ausgezeichnet hatte. Selbst noch in diesem entspannten Zustand hielt sie das Kinn fast trotzig gereckt, genau wie er es von früher kannte. Sie trug schmal geschnittene Hosen und einen Pullover, und zu ihren Füßen stand Reisegepäck; außerdem hatte sie eine Künstlermappe dabei und einen Mantel über dem Arm.

»Belle?«, flüsterte er verblüfft. »Bist du es wirklich?«

Als hätte sie ihn gehört, wandte sie sich vom Fluss ab und ließ den Blick von der Brücke über das Kopfsteinpflaster des Quai de la Mégisserie schweifen, hinauf zu den hohen grauen Häusern, deren Balkone und Fenster zur Seine hinausgingen.

Erneut stockte ihm der Atem, als ihr Gesicht von einer Straßenlaterne erleuchtet wurde. Einen Moment lang schien sie ihm direkt in die Augen zu sehen, dann wandte sie sich wieder ab. Die Enttäuschung tat weh. Es war nicht Belle, konnte unmöglich Belle sein. Zu viele Jahre waren verstrichen, und dieses Mädchen war jünger, als es Belle an jenem schicksalhaften Tag gewesen war, als sie sich auf der Brücke kennengelernt hatten. Und doch hatte sie etwas an sich, was ein Echo der Vergangenheit in sich barg …

»Alles in Ordnung, Patron?«

Das Licht ging an und erschreckte ihn, die plötzliche Helligkeit ließ ihn blinzeln. »Machen Sie das Licht wieder aus und kommen Sie her«, befahl er dem jungen Mann, während er sich erneut dem Fenster zuwandte. »Sehen Sie das Mädchen dort? Gehen Sie hinunter und finden Sie heraus, wer sie ist und woher sie kommt. Aber schnell jetzt, ehe sie von der Brücke verschwindet.«

Sein Blick war fragend und ein bisschen spöttisch. »Sie ist ein bisschen jung, sogar für Sie, oder nicht, Patron?«, witzelte er.

Die Ungeduld ließ seine Stimme schneidend klingen. »Tun Sie einfach, was ich sage, Max«, zischte er. »Ich erkläre es Ihnen später.«

Als Max gegangen war, wandte er sich erneut dem Fenster zu. Die junge Frau schaute jetzt herauf und ließ den Blick über das schmiedeeiserne Balkongeländer schweifen, vielleicht angezogen von dem plötzlich aufflackernden Licht, das ebenso schnell wieder erloschen war. Sie schien ihn eine Sekunde lang zu fixieren, und er spürte ihre Beklommenheit, als sie rasch beiseite sah und den Bann brach.

Er berührte das Glas in der Balkontür, als könnte er sie dadurch festhalten, doch ehe Max auch nur unten auf der Straße angelangt war, hatte sie schon ihre Koffer genommen und sich umgewandt. Augenblicklich hatte sie der Strom von Büroangestellten, die nach Hause eilten, und flanierenden Touristen verschluckt.

Er ließ sich in seinem Rollstuhl zurücksinken. Der Moment war verloren, sein Schmerz brannte. Er schloss die Augen und versuchte so, etwas von seiner Pein zu vertreiben, doch das Einzige, was er vor sich sah, war die junge, lebenslustige Belle, die vor so vielen Jahren auf dem Pont Neuf gestanden hatte, und die Erinnerung und der tiefe Schmerz über die Ereignisse, die sie auseinandergerissen hatten, drohten ihn zu überwältigen.

Eugenie hatte sich auf den ersten Blick in Paris verliebt, sowie sie aus dem Gare de Lyon geschritten war. Die schick gekleideten Passanten und der über die Pflastersteine brausende Verkehr strahlten Energie aus. Das französische Stimmengewirr und das Läuten der Kirchenglocken, der Anblick von Blumenverkäufern und kleinen Straßencafés, all das trug dazu bei, dass sie sich in der Stadt, von der ihre Mutter so liebevoll gesprochen hatte, willkommen fühlte.

Die lange Fahrt war eine kleine Mutprobe für sie gewesen, da sie außer nach Irland zu ihren Großeltern noch nie allein verreist war. Doch alle Bedenken, die sie gehegt haben mochte, waren auf der Stelle verflogen, weil sie sich in Paris sofort wie zuhause fühlte.

Nachdem sie den Plan konsultiert hatte, den ihre Mutter ihr aufgezeichnet hatte, hatte Eugenie beschlossen, am Seineufer entlangzugehen, um die Stadt gleich richtig auf sich wirken zu lassen. Als sie merkte, dass der Louvre nur ein kleines Stück hinter der Abzweigung lag, die sie nehmen musste, um zu Tante Aline zu gelangen, hatte sie der Versuchung nicht widerstehen können, sich die herrlichen alten Meister anzusehen, die dort an den Wänden prangten. Ihr Gepäck und ihre Mappe sicher an der Garderobe verstaut hatte sie zwei Stunden damit zugebracht, das prächtige Gebäude und die darin enthaltenen Schätze zu bewundern.

Nun stand sie auf dem Pont Neuf, blickte auf den Fluss und die Dächer und Türme von Paris und verspürte auf einmal ein befremdliches Unbehagen. Es begann allmählich zu dämmern, und obwohl überall Menschen waren, hatte sie das sichere Gefühl, beobachtet zu werden.

Sie wandte sich vom Fluss ab und ließ den Blick an den hohen grauen Häusern entlangschweifen, deren Fenster hinter den schmiedeeisernen Balkonen bereits im Halbdunkel lagen. Schaute da jemand aus dem dritten Stock heraus? Sie hatte scharfe Augen, und als sie genauer hinsah, wurde ihr noch beklommener zumute. Da saß eindeutig jemand am Fenster.

Eilig wandte sie sich ab, gerade als im Haus plötzlich Licht aufleuchtete. Als sie genauer hinsah, lag wieder alles im Dunkeln. Eugenie fragte sich, ob die lange Reise und die Begeisterung darüber, in Paris zu sein, ihre Fantasie zu sehr anregte. Warum sollte jemand sie beobachten? Sie beschloss, nicht mehr länger zu verweilen, sondern griff sich ihre Koffer und die Zeichenmappe und schritt eilig über die Brücke, über die Straße und weiter auf den breiten, belebten Boulevard.

Nun war es schon fast dunkel, und die Straßenlampen spendeten nur ein mattes Licht, doch sie konnte die Zeichnung, die ihre Mutter für sie angefertigt hatte, noch erkennen und die Beschreibung lesen, wie sie zur Rue de l'Arbre kam. Bald fand sie die schmale Gasse mit der scharfen Biegung in der Mitte und trat auf den Platz, wo sie alles genauso vorfand, wie ihre

Mutter es ihr geschildert hatte, nur vielleicht ein bisschen schäbiger und heruntergekommener. Der knorrige Baum am Ende des Platzes stand auch noch da, allerdings waren seine Blüten längst verwelkt, und er trug nur noch die glänzenden Blätter.

Eugenie näherte sich dem Haus mit den verblassten blauen Fensterläden und stieg die Treppe zur Eingangstür hinauf. Sie hatte Fotos von Tante Aline gesehen und von ihrer Mutter die Geschichten über Alines chaotisches Haus, die Katzen und den Papagei gehört. Das alles klang sehr amüsant, und sie hoffte, es hatte sich nicht allzu sehr verändert. Sie betätigte den Messing-Türklopfer und wartete nervös auf dem Treppenabsatz.

»Komm rein. Komm rein«, rief eine Stimme von drinnen.

Stirnrunzelnd stieß Eugenie gegen die Tür, doch sie war verschlossen. Nach erneutem Klopfen hörte sie langsame Schritte näher kommen. Sie wich ein Stück zurück, als die Tür aufging und ein paar misstrauische braune Augen herauslugten. »Tante Aline?«

Die Tür ging weiter auf, und eine winzige, magere Frau erschien. Sie hatte schneeweißes, dichtes und wildes Haar, das von einem Streifen lila Seidenstoff zurückgehalten wurde. Unter einer dünnen mattgrauen Stola trug sie ein schimmerndes schwarzes Kleid und dazu als einzigen Schmuck eine Kette aus billigen bunten Perlen. Kurzsichtig beäugte sie Eugenie. »Annabelle?«

Auf einmal war sich Eugenie nicht mehr sicher, ob sie hier willkommen war, und fragte sich, ob ihre Tante taub oder nicht mehr ganz bei Sinnen war. Auf jeden Fall sah sie reichlich merkwürdig aus und ganz anders als die Frau auf den Fotos ihrer Mutter. »Nein, Tante Aline«, sagte sie laut und deutlich auf Französisch. »Ich bin Annabelles Tochter Eugenie.«

Ein breites Lächeln ließ Alines Gesicht aufleuchten, und ihre Augen blitzten. »Ach ja, natürlich. Oh là là, wie dumm von mir. Es sind meine alten Augen, weißt du. Ich sehe nicht mehr so gut wie früher, und ich hasse Brillen – sie wirken so unvorteilhaft.«

Eugenie stand immer noch auf der Schwelle, und das Gewicht ihrer Koffer und der Zeichenmappe zerrte an ihren Armen. »Meine Eltern senden dir die herzlichsten Grüße, und ich habe auch Geschenke für dich dabei – in meinem Koffer«, fügte sie als Wink mit dem Zaunpfahl hinzu.

Aline klatschte in die Hände wie ein junges Mädchen. »Wie aufregend! Aber steh doch nicht da rum, komm rein. Deine Koffer sehen ganz schön schwer aus, und nach der langen Reise bist du sicher müde.«

Eugenie folgte ihr hinein in die Diele. Bilder in leuchtenden Farben hingen hier an den Wänden, und ein Sammelsurium aus Mänteln, Hüten und Schuhen füllte die Garderobe und den Fußboden darunter. Die Treppe bestand aus schmucklosem braunen Holz, wie sie enttäuscht registrierte, und nirgends hingen Gipsengel oder sonstiger Nippes. Die Decke war blassblau, ohne eine Spur von Wolken, und selbst der Perlenvorhang am Ende des Flurs war durch eine hässliche Holztür ersetzt worden.

»Stell deine Sachen ab und komm mit. Du möchtest bestimmt gern eine Tasse Tee – deine Mutter hat Tee geliebt.«

»Wenn es nicht zu viel Mühe macht, hätte ich offengestanden lieber eine Tasse Kaffee.«

»Natürlich, natürlich. Und achte gar nicht auf Napoleons Gekrächze. Es ist nur Blödsinn.«

»Er lebt noch?«

»Oh ja. Wahrscheinlich wird er uns alle überleben«, antwortete Aline mit einem schiefen Lächeln.

Eugenie folgte ihr in das staubige, vollgestellte Zimmer und registrierte betrübt, dass die Tapete von der Wand hing und die Möbel abgenutzt waren. Die Sofas waren so durchgesessen, dass man die Sprungfedern und Teile der Füllung sah, obwohl

Decken, Kissen und Überwürfe darüber ausgebreitet lagen. Anstatt des schönen Kronleuchters, den ihre Mutter ihr beschrieben hatte, hing nur eine nackte Glühbirne von der Decke, während ein dunkler Nässefleck den Putz abblättern ließ. Selbst Napoleons Federn wirkten verblasst, doch seine leuchtenden Augen hatten wohl nichts von ihrer Bosheit verloren, als er sie frech durch die Stäbe seines verzierten Käfigs musterte.

»Deine Mutter würde das Haus wahrscheinlich nicht wiedererkennen«, sagte Aline, während sie durchs Zimmer ging. »Früher war es einmal richtig hübsch.« Sie seufzte. »Ich musste alles verkaufen, was wertvoll war, um in der Besatzungszeit etwas zu essen zu ergattern. Aber wenigstens habe ich überlebt, im Gegensatz zu so vielen meiner Freunde.«

»Es muss schwer für dich gewesen sein, all deine schönen Sachen verschwinden zu sehen«, murmelte Eugenie voller Mitgefühl.

»Weniger schwer, als die *Boches* in meinem Haus zu haben«, versetzte Aline. »Beschlagnahmt haben sie es, und dann sind sie mit ihren schweren Stiefeln hier herumgetrampelt und haben mit ihren lauten Stimmen und ständigen Befehlen das Regiment geführt. Ach, sie konnten durchaus charmant sein, wenn sie wollten, aber im Großen und Ganzen hatten sie schlechte Manieren.«

»Meine Mutter hat mir erzählt, dass du sie aufnehmen musstest«, sagte Eugenie leise. »Ich hoffe, sie haben dich anständig behandelt.«

»Jedenfalls ging es mir besser als Miriam und Malachi«, murmelte sie, während sie in die Küche ging. »Die armen Schäfchen mussten sich verstecken, und dann hat jemand sie verraten. Soweit wir gehört haben, wurden sie in eines der Vernichtungslager verschleppt.«

Sie stellte den Kaffeebereiter auf den alten Küchenherd und verschränkte die Arme. »Krieg ist etwas Hässliches und

Unmenschliches, Eugenie, aber das hast du sicher schon von deiner Mutter gehört. Allerdings war das, was sie in Spanien erlebt hat, noch gar nichts gegen Hitlers Krieg. Und jetzt, mit der Suezkrise, geht es schon wieder los. Anscheinend werden wir nie klüger.«

Darauf gab es im Grunde keine Antwort, und so streichelte Eugenie nur die alte Katze, die auf einem Küchenstuhl döste, wofür sie mit einem tiefen, grollenden Schnurren belohnt wurde. Die Küche war genauso schäbig und heruntergekommen wie der andere Raum, und ihr Herz wurde schwer bei dem Gedanken daran, wie hart der Krieg für Aline gewesen sein musste.

Verstohlen sah sie zu, wie Aline Kaffee machte und Milch, Zucker und Tassen holte. Sie sah viel älter aus als Großmutter Camille, obwohl sie fünf Jahre jünger war. Die Falten in ihrem Gesicht zeugten von Kummer und Not, und ihre knorrigen Hände besaßen sicher nicht mehr die Fähigkeit, einen Pinsel zu führen. Es war alles so schrecklich traurig, und irgendwie wünschte Eugenie, sie wäre nicht hergekommen. Die Bilder und Erwartungen, die sich aus den Schilderungen ihrer Mutter in ihrem Kopf festgesetzt hatten, standen in scharfem Kontrast zur Wirklichkeit.

Aline schien ihre Enttäuschung zu spüren. »Genug trübsinniges Gerede. Nimm das mal mit nach drüben, dann können wir darüber plaudern, warum du hier bist und wie es allen in England geht. Ich habe gehört, meine Schwester ist endlich doch noch zur Vernunft gekommen und hat jemanden mit weniger Geld und einem freundlicheren Herzen geheiratet als den fiesen Kerl, an den sie sich zuvor gebunden hatte.«

Eugenie musste sich angesichts des bissigen Untertons ihrer Tante ein Grinsen verkneifen. Es war in der Familie wohlbekannt, dass die Schwestern sich nicht verstanden, und offenbar hatte sich daran nichts geändert. Sie nahm das Tablett und suchte nach einem Platz, wo sie es abstellen konnte, doch jede Fläche war entweder von Büchern, Zeitschriften, Strickzeug oder von benutztem Geschirr in Beschlag genommen. Am Ende musste sie das Tablett auf den Boden stellen und erst einmal einen Couchtisch von Illustrierten befreien.

Während Aline den Kaffee in die winzigen Tassen goss, erzählte Eugenie ihr von zuhause und reichte ihr das Geld, das ihr Vater ihr für die ersten drei Monate Kost und Logis mitgegeben hatte.

Aline machte große Augen, als sie die Summe sah, und legte das Geld dann rasch auf das Kaminsims. »Ich bringe es gleich morgen zur Bank«, sagte sie. »Eine solche Summe ist sehr großzügig – und ich schäme mich nicht, es zuzugeben: auch höchst willkommen.«

»Daddy will alle drei Monate die gleiche Summe schicken. Er und Mummy wissen, wie teuer hier alles ist, und sie sind dir enorm dankbar dafür, dass du mich aufnimmst.«

Aline kehrte zur Couch zurück und nippte an ihrem Kaffee. »Ich freue mich, dass es deinen Eltern gut geht und dass sie miteinander glücklich sind. Und es freut mich zu hören, dass Camille endlich mit einem Mann zusammen ist, der sie wirklich zu schätzen weiß. Edwin war ein entsetzlicher Fehler, weißt du, er hat allen das Leben zur Hölle gemacht. Ich kann nicht behaupten, dass mich sein Tod irgendwie berührt hätte, und ich glaube, Camille war wirklich erleichtert, ihn los zu sein.«

»Ich habe ihn nie kennengelernt«, sagte Eugenie ruhig. »Er ist umgekommen, als ich fünf oder sechs war.«

Aline legte den Kopf schief, und ihre Augen blitzten interessiert. »Und was ist mit dir, Eugenie? Ich habe gehört, du bist eine recht begabte Künstlerin.«

Eugenie lief rot an. »Ich habe ein einjähriges Stipendium für die Kunsthochschule hier in Paris«, antwortete sie schüchtern.

»Soweit ich weiß, bin ich eine der jüngsten Studentinnen, denen je eine solche Ehre zuteilwurde, und ich bin schon wahnsinnig gespannt auf alles.«

Aline musterte sie mit ihren kurzsichtigen Augen über den Rand der angeschlagenen Tasse hinweg. »Die Kunsthochschule ist anspruchsvoll und verlangt sehr viel von ihren Studenten«, sagte sie. »Worauf willst du dich spezialisieren?«

»Architektur und Architekturgeschichte. Ich habe schon immer alte Gebäude geliebt, und Paris ist ja offenbar voll davon. Hier ist kaum etwas beschädigt, ganz anders als in London.«

»Die *Boches* haben immerhin begriffen, dass Paris eine schützenswerte Stadt ist, und darauf geachtet, dass beinahe alles heil blieb.« Aline seufzte. »Ich beneide dich, Eugenie. Wie wundervoll, dass du dich ein ganzes Jahr lang der Kunst widmen kannst.« Sie blickte auf ihre verkrüppelten Hände hinab. »Ich kann nicht mehr malen, weißt du. Meine rechte Hand taugt nicht mehr viel, seit einer dieser deutschen Offiziere wegen eines angebrannten Eintopfs die Beherrschung verloren und mir den Gewehrkolben über das Handgelenk gezogen hat, um mir eine Lektion zu erteilen. Ich habe versucht, mit der linken Hand zu malen, aber es hat sich als unmöglich erwiesen. Und jetzt, wo die Arthritis dazugekommen ist, kann ich gerade noch eine Tasse halten.«

Eugenie blutete das Herz, nicht nur wegen der Brutalität, die ihre Tante erlitten hatte, sondern auch wegen der fast beiläufigen Art, mit der sie davon sprach. »Warum bist du nicht nach England gekommen, als es noch möglich war? Ich weiß, dass meine Mutter dir oft geschrieben und dich angefleht hat, zu ihr zu kommen.«

»Das hier ist meine Heimat. Paris ist mein Zuhause. Ich wollte nicht zulassen, dass die Deutschen hier schalten und walten konnten, wie sie wollten.« Sie schnaubte verächtlich und reckte das Kinn, während ihre Augen trotzig blitzten. »Ich war zwar gezwungen, sie aufzunehmen und für sie zu kochen und zu putzen, aber ich habe einiges gehört und gesehen, und diese Informationen haben meinen Freunden dabei geholfen, sich zu wehren.«

Eugenie horchte auf. »Du warst in der Résistance?«

Aline schüttelte den Kopf. »Ich hatte Freunde, die dabei waren«, sagte sie traurig. »Freunde, die umgekommen sind, und Freunde, die miterlebt haben, wie unser Land uns siegreich zurückgegeben wurde. Manche von ihnen treffe ich heute noch.« Sie lächelte Eugenie zu und wechselte das Thema. »Du siehst deiner Mutter sehr ähnlich, aber die Augen hast du offenbar von deinem Vater.«

»Meine sind dunkler als die von Daddy. Am liebsten wäre es mir, wenn ich die Augen von Mummy hätte. Sie haben eine sagenhafte Farbe.« Sie kicherte. »Daddy hat gesagt, es waren ihre Augen, derentwegen er sich auf den ersten Blick in sie verliebt hat.«

Aline nickte nachdenklich. »Ja, das leuchtet mir ein«, murmelte sie. Sie nippte an ihrem Kaffee und schien gegen einen Anflug von Traurigkeit anzukämpfen. »Es wird ganz wie in alten Zeiten sein, jetzt, wo du hier bist. Bestimmt wirst du dich gut mit den anderen Studenten verstehen, die bei mir wohnen, obwohl sie ein bisschen älter sind als du. Fleur und Jean-Michel sind beide in ihrem letzten Studienjahr an der Kunsthochschule, und Antoine und Pascal studieren Musik am Konservatorium. Ich habe gern künstlerische Menschen um mich. Ich kann mich in sie einfühlen, weißt du.«

Eugenies Stimmung hob sich. »Das klingt schön. Ich freue mich schon darauf, sie kennenzulernen.«

»Sie müssten bald zum Abendessen zurück sein. Meistens gehen sie nach ihren Kursen noch in ein Café oder ein Bistro, um den neuesten Klatsch auszutauschen und zu sehen, ob sie jemand Wichtigen dazu überreden können, ihr Förderer zu werden.« Aline schaute auf die billige Uhr, die auf dem verstaubten Kaminsims stand. »Dann wollen wir dich mal auf dein Zimmer bringen, bevor sie kommen.«

Eugenie holte ihr Gepäck aus der Diele und folgte Aline, die sich langsam die kahle Holztreppe hinaufschleppte. Sie erkannte die verblassten Spuren der Fresken an den Wänden. Hier oben hingen auch noch einige Landschaftsgemälde. Sie waren in so leuchtenden Farben und mit so geschickter Hand gemalt, dass es ihr noch tragischer erschien, dass Aline nicht mehr malen konnte.

»Hier ist es«, sagte Aline und stieß die Tür am Ende des Flurs auf. »Das war das Zimmer deiner Mutter, direkt neben meinem. Ich hoffe, es gefällt dir.«

Eugenie betrachtete die blau gestrichenen Wände und den verblassten Fries aus Kirschblüten, den jemand unter die Bilderleiste gemalt hatte. An der Wand hing ein einziges Landschaftsgemälde, und davor stand ein ziemlich großes Himmelbett, umgeben von dunklen massiven Mahagonimöbeln.

»Es ist sehr schön«, sagte sie aufrichtig, »und nach allem, was Mummy mir erzählt hat, hat es sich auch nicht sehr verändert, seit sie hier gewesen ist.«

»Nein, ich habe es geschafft, dieses Zimmer und auch meines mehr oder weniger so zu erhalten, wie sie waren. Ich durfte ja den Krieg nicht alles zerstören lassen.«

Eugenie legte ihre Taschen auf die Patchwork-Tagesdecke und trat ans Fenster. Dort kniete sie sich auf einen Polstersessel und blickte über die Dächer und Schornsteine und hinauf zu den Sternen, die so hell über Paris leuchteten. »Ich kann kaum glauben, dass ich wirklich hier bin«, flüsterte sie.

Aline stellte sich hinter sie und legte ihre knorrige Hand leicht auf ihre Schulter. »Paris ist ein ganz besonderer Ort, Eugenie«, sagte sie leise. »Und wenn du dir Zeit nimmst, es zu erforschen, und Augen und Ohren offen hältst, dann wirst du feststellen, dass es dich willkommen heißt, genau wie deine Mutter.«

Eugenie löste sich von dem Platz am Fenster und ließ sich von Aline in die Arme nehmen. Ihre Tante war zart und zerbrechlich, doch innerlich war sie nach wie vor stark, trotz allem, was sie durchgemacht hatte. Eugenie wusste, dass sie hier glücklich sein würde. Die vielen Fragen, die sie beschäftigten, seit sie zu Hause auf dem Dachboden die versteckten Dinge entdeckt hatte, konnten noch ein wenig warten.

16

Max Preston war nicht direkt eitel, doch hatte er kurz nach seiner Ankunft in Paris festgestellt, dass den Mädchen sein hoher Wuchs ebenso zu gefallen schien wie sein Schlapphut, seine derben Stiefel und die Moleskin-Hosen. Und so hatte er beschlossen, diese Kluft weiter zu tragen, wenn sie ihn fürs andere Geschlecht attraktiv machte. Er war fünfundzwanzig, blond und braunäugig und ein stolzer Australier, der jedoch das Leben in Paris liebte – vor allem jetzt, da er endlich die Sprache beherrschte und zum Schützling von Le Basque geworden war. Sein Zimmer in dem großen Haus am Fluss, das seinem Mentor gehörte, war geräumig, das Atelier im Dachgeschoss war lichtdurchflutet, und die drei anderen Künstler, mit denen er es teilte, waren begabte und lebhafte Burschen, mit denen er sich sehr gut verstand.

Das Leben in einer alten und doch dynamischen Stadt, in der die Kunst allgegenwärtig war, stand in scharfem Kontrast zu seinem früheren Leben auf einer entlegenen Rinderfarm im Norden Australiens. Obwohl er bereits seit fünf Jahren in Paris war, fand er die Stadt noch immer faszinierend und konnte sein Glück kaum fassen.

Die Hände in den Hosentaschen ging er den Boulevard entlang und kehrte zu dem Haus zurück, wo sein Patron sicher schon ungeduldig auf Informationen über das Mädchen wartete. Es war ihm zwar ein Rätsel, warum Le Basque sie unbedingt finden wollte, doch das würde er bestimmt früher oder später erfahren.

Max ging durch die Haustür, vorbei an dem klapprigen Aufzug, in dem er Platzangst bekam, und eilte die Treppe hinauf, indem er zwei Stufen auf einmal nahm. Im dritten Stock waren zwei der großen Räume miteinander verbunden worden, damit das Licht von beiden Seiten durch die Fenster fiel. Das war das Atelier seines Patrons, in dem dieser auch den größten Teil des Tages verbrachte. Dort gab es mehrere Staffeleien mit fertigen Bildern – darunter auch sein jüngstes – oder nackten Leinwänden. Eine Tischplatte auf zwei Böcken war übersät von Farbtuben, Pinseln, Skizzen und Paletten.

Eine Chaiselongue aus rotem Samt stand an der einen Wand, unter einem Bord mit einer interessanten Sammlung aus Mineralien, wunderlich verdrehten Holzstücken, farbigem Glas und einer Kristallschale voller Muscheln. Auf einem schlichten Stuhl lag ein Paar Hanteln neben einem ordentlich gefalteten Handtuch, und auf einem Hutständer hingen zahlreiche Schals, Tücher und exotische Morgenmäntel aus chinesischer Seide sowie einige Federboas – nützliche Requisiten für den endlosen Strom von Modellen, die hier ein uns aus gingen.

Der Ältere saß noch immer an seinem gewohnten Platz im Rollstuhl an dem vorhanglosen Fenster, die verkrüppelten Beine unter einer leichten Decke. Mit seinen sechsundvierzig Jahren sah er nach wie vor gut aus, seine blauen Augen leuchteten hell und intelligent unter den dunklen Brauen, und seine schwarzen Haare wiesen nur an den Schläfen ein paar silberne Fäden auf. Er trug einen ordentlich gestutzten Kinn- und Schnurrbart und hielt seinen kräftigen Oberkörper durch ein strenges tägliches Trainingsprogramm in Schuss, um die Schwäche seiner verkrüppelten Beine wettzumachen.

Hastig wandte er bei Max' Eintreten den Kopf. »Und? Haben Sie sie gefunden?«

»Es tut mir leid, Patron, aber sie ist in der Menschenmenge verschwunden, und ich habe sie aus den Augen verloren.« Max setzte sich in den Stuhl neben ihm, damit der Ältere nicht zu ihm aufblicken musste. »Soweit ich gesehen habe, war sie ziemlich hübsch, aber nicht der Typ, den Sie sonst als Modell nehmen. Warum sind Sie so erpicht darauf, sie zu finden?«

Sein Mentor starrte trübsinnig aus dem Fenster, auf den dunklen Fluss und die blinkenden Lichter an der Rive Gauche. »Sie hat mich an eine Frau erinnert, die ich einmal kannte«, murmelte er. »Wenn sie Ihnen noch einmal begegnet, sprechen Sie sie bitte an und finden Sie heraus, wer sie ist.«

Max streckte die langen Beine aus und lehnte sich auf dem bequemen Stuhl zurück. »Paris ist groß«, sagte er mit seinem australischen Akzent. »Vielleicht kommt sie nie wieder hier vorbei.«

Der Ältere musterte ihn schmunzelnd. »Für einen Künstler sind Sie aber sehr unaufmerksam«, schalt er gutmütig. »Sie hatte eine Mappe dabei, was bedeutet, dass sie auch irgendeine Art von Künstlerin ist. So groß ist Paris nicht; Sie werden sie wiedersehen, da bin ich mir sicher.«

Max grinste. »Wenn das so ist, dann wahrscheinlich schon. Aber ich habe sie nur ganz kurz gesehen, Patron. Womöglich erkenne ich sie nicht wieder.«

»Doch, bestimmt. Sie haben einen Blick für hübsche Mädchen«, sagte er trocken und musterte Max nachdenklich. »Apropos hübsche Mädchen – haben Sie das Bild für Monsieur Delacroix fertig?«

»Ich denke schon. Ich wollte es morgen früh noch einmal genau unter die Lupe nehmen, ehe er kommt, um es zu inspizieren. Nur um sicherzugehen, dass nicht da und dort noch ein Pinselstrich fehlt.«

»Bringen Sie es herunter, und lassen Sie es mich sehen. Delacroix ist nicht so einfach zufriedenzustellen.«

Max ging hinaus und eilte die zwei Stockwerke zu dem verlassenen Dachatelier hinauf, das sich in seinem gewohnt chaotischen Zustand befand. Das Porträt von Delacroix' junger

Frau stand auf einer Staffelei. Er betrachtete es einen Moment lang, ehe er es nach unten trug. Le Basques Glaube an ihn hatte seine beruflichen Aussichten enorm gefördert, und dies war eine von mehreren Auftragsarbeiten, die er im vergangenen Jahr unter seiner Ägide angefertigt hatte.

Wieder unten angelangt stellte er das Bild so auf eine Staffelei, dass das Licht des Kronleuchters direkt darauffiel, und wartete beklommen auf die Kritik des anderen, wobei er sich nur allzu bewusst war, dass das jüngste Bild seines Mentors mit dem Motiv einer alten Pariser Blumenverkäuferin direkt daneben stand und sich zum Vergleich anbot – und mit einer solchen Meisterhaftigkeit konnte er nicht konkurrieren.

Sophia Delacroix war eine schöne Frau Anfang dreißig, und er hoffte, ihren cremeweißen Teint, ihr schwarzes Haar und die seelenvollen Augen, die sie ihrer italienischen Abstammung verdankte, gut getroffen zu haben. In den Stunden, die sie ihm Modell gesessen hatte, war sie ihm eine reizende Gesellschaft gewesen. Obwohl sie offen mit ihm geflirtet hatte, war er nicht darauf eingegangen. Delacroix war ein reicher Mann, der sich in den Kreisen bewegte, in denen man Bilder kaufte und die edelsten Dinge, die man mit Geld bezahlen konnte, zu schätzen wusste, und so groß die Versuchung auch war, würde Max doch unter keinen Umständen seine Zukunft gefährden.

Sein Mentor fuhr mit dem Rollstuhl durchs Zimmer, rieb sich nachdenklich den Bart und musterte das Bild. »Sie hat den Blick einer Frau, die nach allen Regeln der Kunst geliebt worden ist«, murmelte er nach langer Überlegung. »Ich hoffe, das war nicht Ihr Verdienst.« Er drehte den Kopf, und in seinen leuchtend blauen Augen blitzte der Schalk.

»Diesmal nicht, Patron«, versetzte Max mit zerknirschtem Grinsen. »Ihr Mann ist viel zu wichtig, und außerdem würde sie mich wahrscheinlich mit Haut und Haar auffressen.«

Le Basque lachte. »Ich bin froh, dass Sie Ihre Lektion gelernt haben, junger Mann. Es laufen wirklich mehr als genug willige unverheiratete Frauen herum, mit denen Sie ins Bett gehen können, ohne den Zorn eines eifersüchtigen Gatten zu riskieren.« Er rollte vor und zurück, den Blick erneut auf das Bild geheftet. »Sie haben die Hauttöne gut getroffen, und es gefällt mir, wie das Licht auf ihrem Gesicht ihre feine Knochenstruktur zur Geltung bringt.« Lächelnd rollte er zurück ans Fenster. »Gut gemacht, Max. Sie werden eindeutig besser.«

Max spürte, wie er vor Freude errötete. Ein Lob von Le Basque war etwas Seltenes und daher umso wertvoller.

»Morgen könnten Sie sich vielleicht noch ihres Zeigefingers annehmen«, fügte er gelassen hinzu, nachdem er sich eine Zigarette angesteckt hatte. »Er ist ein bisschen lang, und vielleicht sollte der Ring daran das Licht ein bisschen reflektieren.«

»Ich hätte mir denken können, dass Sie etwas zu bemängeln haben würden«, erwiderte Max ohne Groll. Dann betrachtete er selbst sein Bild und erkannte, dass die erfahrenen Augen seines Mentors etwas gesehen hatten, was ihm entgangen war.

»Deshalb bin ich auch der Meister und Sie der Student«, sagte sein Mentor verständnisvoll und nippte an seinem Rotwein. »Aber Sie werden mich bald nicht mehr brauchen, Max. Sie sind auf dem besten Weg in die Unabhängigkeit.« Er schob ihm die Weinkaraffe hin und bedeutete ihm, sich zu setzen. »Haben Sie sich schon überlegt, wo Sie hinwollen?«

»Jedenfalls nicht zurück nach Australien«, erwiderte er, während er sich Wein in ein frisches Glas goss. »Wenn ich mir einen Namen machen will, muss ich hier in Europa bleiben. Obwohl es auch schön wäre, einmal auf Heimatbesuch zu fahren und mit all den Leuten von früher zu plaudern.«

»Europa ist das Herz unserer Welt, Max. Sie sind gut beraten, wenn Sie hierbleiben.« Er zog an seiner Zigarette und sah aus dem Fenster. »Warum sie wohl in Paris ist?«, murmelte er. »Glauben sie, sie studiert vielleicht an der Kunsthochschule?«

Max brauchte einen Moment, bis er begriff, wen sein Mentor meinte. »Gut möglich, aber dann muss sie außergewöhnlich begabt sein. Die Kunsthochschule ist sehr anspruchsvoll und nimmt nur die Allerbesten.« Mit ironischem Grinsen sah er zu ihm hinüber. »Die Frau, an die sie Sie erinnert, muss ja etwas ganz Besonderes gewesen sein«, spöttelte er.

Der Ältere seufzte tief, und sein Blick war voller Sehnsucht. »Ja, allerdings.«

Max bemerkte seine Traurigkeit und wurde neugierig. Le Basque liebte die Frauen, und sie liebten ihn, doch er hatte nie geheiratet, und nun fragte er sich, ob diese mysteriöse Frau aus seiner Vergangenheit der Grund dafür gewesen war. »Möchten Sie mir von ihr erzählen?«

Henri schüttelte den Kopf. »Es ist alles schon so lange her, und es tut immer noch weh. Aber dieses Mädchen heute Abend …« Er blickte zu Max hinüber, und in seinen Augen spiegelte sich ein geheimer Kummer. »Suchen Sie sie, Max. Gehen Sie an die Kunstschulen und forschen Sie nach, ob sie dort irgendwo studiert. Durchkämmen Sie den Montmartre – dort landen sie irgendwann alle –, und wenn Sie da kein Glück haben, versuchen Sie es in ein paar Pensionen und sehen Sie sich in den Cafés und Bistros um.«

»Das Mädchen ist wichtig für Sie, stimmt's?«

Er zuckte mit den Achseln. »Wahrscheinlich ist es dumm von mir. Aber so etwas passiert eben, wenn man tagaus, tagein in diesem Ding hier festsitzt und nicht viel hat, was einen beschäftigt oder den Geist anregt – aber bevor ich nicht weiß, wer sie ist, finde ich keine Ruhe.«

»Dann werde ich mein Bestes tun, um sie zu finden, ich verspreche es.«

Le Basque schlief selten gut, und es war bereits drei Uhr morgens, als er den leeren Salon verließ und in sein Schlafzimmer ging. Seine Haushälterin hatte eine exzellente Bouillabaisse zubereitet, die er und seine Protegés mitsamt Baguette und der traditionellen Knoblauchsoße verzehrt hatten. Obwohl er wusste, dass seine Verdauung wahrscheinlich verrücktspielen würde, hatte er nicht widerstehen können.

Er schloss die Tür hinter sich, machte Licht und nahm zur Kenntnis, dass Madame Doumer die Vorhänge zugezogen und sein Bett aufgeschlagen hatte. Die tatkräftige Witwe war eine großartige Kraft, und er konnte sich glücklich schätzen, sie gefunden zu haben, denn sich um ihn und die vier jungen Kunststudenten zu kümmern war keine einfache Aufgabe – und deshalb ließ er sie auch kostenlos in der Wohnung im Souterrain wohnen. Sein Arzt hatte ihn gewarnt, dass seine Behinderung irgendwann einmal zusätzliche Hilfe erfordern würde, doch im Moment kam er ganz gut zurecht und war noch weitgehend unabhängig.

Das Haus war eine reine Freude für ihn, denn er hatte lange davon geträumt, ein solches Anwesen zu besitzen. Nach seiner überaus erfolgreichen Ausstellung im Jahr 1949 war man auf ihn aufmerksam geworden, und heute war er unter seinem Künstlernamen auf der ganzen Welt bekannt. Er lächelte mit bitterer Ironie. Die Deutschen hatten ihn »Le Basque« genannt, und er hatte den Namen aus reiner Sturheit und Verachtung beibehalten. Jedenfalls hatte er die Mistkerle an der Nase herumgeführt, und schon allein darauf durfte er stolz sein.

Während er sich bettfertig machte, blickte er immer wieder zu dem Schrank hinüber, den er sich in die Nische neben dem Kamin hatte einbauen lassen. Der winzige Schlüssel dazu hing an seiner Uhrkette und war immer bei ihm, außer wenn er schlief. Niemand sonst besaß einen Schlüssel. Die hinter massiven Holztüren verborgenen Objekte schirmte er eifersüchtig vor neugierigen Blicken ab, denn es handelte sich dabei um die wertvollsten Erinnerungen aus seinen jungen Jahren.

Er schlüpfte in seinen Morgenmantel und ging in das speziell für ihn umgebaute Badezimmer, um sich zu waschen, bevor er mit seinem Rollstuhl zum Schrank fuhr. Und dann steckte Henri-Pascal Baptiste den Schlüssel ins Schloss, zog die beiden Türen auf und betrachtete zurückgelehnt das gerahmte Porträt Annabelles.

Er hatte es noch an dem Tag begonnen, als er ihr zum ersten Mal auf dem Pont Neuf begegnet war. Im Lauf der Wochen, in denen er sie besser kennenlernte, hatte er lange Stunden damit zugebracht, ihr innerstes Wesen malerisch zu erfassen. Er musterte sein Werk und fragte sich, ob seine Fantasie ihm vielleicht tatsächlich einen Streich gespielt hatte, denn obwohl das junge Mädchen, das er vor ein paar Stunden gesehen hatte, etwas von Annabelle an sich hatte, war es selbstverständlich nicht seine Belle.

Henri vergaß die Zeit, während er das Bild betrachtete und sich in Erinnerungen verlor. Als er registrierte, dass es draußen langsam hell wurde, drückte er auf einen verborgenen Knopf, woraufhin eine geheime Schublade unter dem Bild herausfuhr. Er griff hinein und zog das Skizzenbuch heraus, das die Bombardierung von Belchite wesentlich besser überstanden hatte als er selbst.

Die Zeichnungen und Aquarelle, die er in diesen magischen zehn Tagen an der spanischen Küste von Annabelle angefertigt hatte, waren wesentlich gekonnter und letztlich weitaus tiefgründiger und persönlicher als das Porträt. Sie waren mit so viel Liebe gemalt worden, dass dies aus jeder Linie ihres schönen Gesichts und jeder hinreißenden Kurve ihres Körpers sprach.

Als er die Seiten umblätterte und die wenigen kostbaren Tage Revue passieren ließ, die sie zusammen verbracht hatten, fragte er sich, wo sie wohl war – ob sie glücklich war und ob sie das Bild behalten hatte, das er ihr geschenkt hatte, und ob sie je an ihn dachte.

»Für sie bin ich tot«, murmelte er traurig, während er das Skizzenbuch zuklappte und es wieder in sein Versteck legte. »Tot und begraben unter den Trümmern von Belchite. Falls sie aber doch an mich denkt, dann als einen gesunden, lebenslustigen jungen Mann mit zwei funktionierenden Beinen und ohne Narben im Gesicht.«

Er strich sich über das Gesicht und berührte die unebenen Stellen verfärbter Haut, die er durch den Bart kaschierte. Wahrscheinlich war es besser so, sinnierte er, während er den Schrank abschloss und mit seinem Rollstuhl ans Bett fuhr. Mit Erinnerungen kam man besser zurecht als mit der Realität dessen, was Krieg und Alter anrichten konnten. Sie musste jetzt Mitte vierzig sein und war wahrscheinlich eine füllige Matrone mit einem halben Dutzend Kinder, die ganz in der Häuslichkeit ihres Ehelebens aufging. Nicht, dass das etwas an seinen Gefühlen für sie geändert hätte, denn seine Liebe war nach wie vor stark genug, um Zeit und Wandel zu überwinden.

Henri zog die Vorhänge einen Spalt weit auf, legte sich ins Bett und betrachtete den heller werdenden Himmel. Ihretwegen hatte er so hart ums Überleben gekämpft, hatte die quälenden Behandlungen und die schlimmen Wochen durchgestanden, als er fürchtete, erblindet zu sein. Standhaft hatte er sich dagegen gewehrt, in Selbstmitleid abzugleiten und der entsetzlichen Versuchung zu erliegen, einfach aufzugeben. Außerdem hatte er die ganze Zeit nicht gewusst, ob Annabelle den Luftangriff überlebt hatte. Er hatte weder von ihr noch von Etienne etwas gehört, und soweit er wusste, hatte man ihn, Henri, für tot gehalten, ehe er wie durch ein Wunder gefunden worden war. Erst als er begriffen hatte, dass er weder erblinden noch sterben würde, hatte er eine der Hilfspflegerinnen gebeten, an Aline zu schreiben.

»Zu spät«, flüsterte er. »Ich bin zu spät gekommen.« Langsam rannen ihm die Tränen über die Wangen und benetzten das Kissen, während Annabelles Verrat ihm wieder einmal ins Herz schnitt. Sie konnte ihn nicht geliebt haben – nicht so wie er sie –, denn wie hätte sie sonst so schnell nach seinem vermeintlichen Tod einen anderen heiraten können?

Henri zerrte an seinen verkrüppelten Beinen, bis er sich auf die Seite drehen konnte, zog die Kissen an sich und vergrub das Gesicht darin, damit niemand in dem allmählich erwachenden Haus sein verzweifeltes Schluchzen hörte.

Eugenie lag in dem breiten Himmelbett und sah zu, wie der Himmel über den Dächern heller wurde. Trotz des langen Abends war sie jetzt, um fünf Uhr morgens, schon hellwach. Unablässig ging ihr all das durch den Kopf, was bereits geschehen war und was noch kommen sollte, denn in zwei Tagen würde sie das Anmeldeverfahren an der Kunsthochschule durchlaufen und einen ersten Blick auf die Einrichtung werfen.

Sie hatte alles gelesen, was sie über die École des Beaux-Arts hatte finden können, und Bilder davon gesehen. Die Kunsthochschule war im siebzehnten Jahrhundert gegründet worden. Die Fotos hatten Annabelle regelrecht eingeschüchtert, denn der Bau wirkte so groß wie der Louvre, der direkt gegenüber am anderen Ufer der Seine stand. Allerdings beunruhigte es sie nicht, dass die Schule sehr hohe Ansprüche an ihre Studenten stellte und ein herausragendes Können ebenso erwartete wie unbedingten Einsatz für das Studium. Im Gegenteil – sie freute sich darauf, sich anzustrengen und herauszufinden, was in ihr steckte. Ihre größte Sorge war, dass sie keinen Menschen dort kannte.

Die Leute glaubten ihr oft nicht, wenn sie ihnen versicherte, dass sie ziemlich schüchtern sei, denn nach außen wirkte sie gesellig und selbstsicher. Doch nur sie selbst wusste von der Beklemmung, die sie empfand, wenn sie allein einen Raum voller fremder Menschen betrat. Ihre Ängste in dieser Hinsicht waren durch Tante Caroline etwas gemildert worden, die ihr geraten hatte, sich alle Leute nackt vorzustellen. Eine andere Möglichkeit war, sich von der jeweiligen Gastgeberin mit Personen bekannt machen zu lassen, die ähnliche Interessen hatten. Und man musste lächeln, bis einem das Gesicht wehtat. Trotzdem vermisste Eugenie ihre beste Freundin Dianna und das kleine Grüppchen von Vertrauten um sie herum, und sie fürchtete sich insgeheim vor dem ersten Tag.

Sie hatte sehr gehofft, dass sich Fleur und Michel als offen und freundlich erweisen würden, war aber enttäuscht worden, als sie die beiden am Vorabend kennengelernt hatte. Fleur war eine quirlige, zierliche blonde Pariserin im zweiten Studienjahr, die eindeutig immer im Mittelpunkt stehen wollte. Sie hatte ein anderes Hauptfach als Eugenie und stellte unverzüglich klar, dass es ihr nicht passte, ein zweites Mädchen als Konkurrenz im Haus zu haben, denn offenbar hatte sie es auf den Schweizer Musikstudenten Antoine abgesehen. Es hatte die Sache auch nicht besser gemacht, dass Antoine sich offenbar für ein Geschenk Gottes an die Frauen hielt und den ganzen Abend trotz Fleurs böser Blicke hemmungslos mit Eugenie flirtete.

Michel aus Belgien studierte ebenfalls an der Kunsthochschule. Groß, schlaksig und reichlich mürrisch steckte er in abgerissenen, viel zu weiten Sachen, schaufelte Essen in sich hinein wie ein Verhungernder und sprach nur einsilbig. Als er ihr widerwillig seine Mappe mit Zeichnungen zeigte, begriff Eugenie, dass er nicht nur krankhaft schüchtern, sondern auch enorm begabt war.

Pascal war ein dunkeläugiger ruhiger Junge aus einem kleinen Dorf in Südfrankreich und studierte wie Antoine Musik am Konservatorium. Er spielte sowohl klassische Gitarre als auch Geige und Klavier, und Eugenie war hingerissen gewesen, als er den Abend mit einer melancholischen spanischen Melodie auf seiner Gitarre abgerundet hatte.

Im Lauf des Abends registrierte Eugenie, dass zwischen den drei jungen Männern eine gewisse Rivalität herrschte, doch trotz ihrer unleugbaren Begeisterung für Wein und Mädchen war offenkundig, dass Kunst und Musik für sie vorgingen. Das gefiel Eugenie, denn sie war sich bewusst, wie glücklich sie sich alle schätzen konnten, dass sie bei den Meistern ihres Fachs lernen durften.

Eugenie fand keine Ruhe mehr und stand auf. Nachdem sie aus dem Fenster geblickt und sich vergewissert hatte, dass nicht alles nur ein Traum gewesen war, wusch sie sich, zog sich an und ging nach unten.

Bobo, die alte Katze, reckte sich gähnend und wand sich um Eugenies Knöchel, bis sie ihr ein Schälchen Futter hinstellte. Im Haus war es zu dieser frühen Stunde noch völlig still, doch das störte Eugenie nicht, und sie machte sich eine Kanne Kaffee. Schließlich musterte sie das schmutzige Geschirr in der Spüle, die Überreste ihres abendlichen Gelages auf dem Tisch und das Chaos im Wohnzimmer. Da sie ohnehin nichts anderes zu tun hatte, beschloss sie, erst einmal Ordnung zu machen.

Nachdem sie abgespült und Tisch und Fußboden gewischt hatte, trank sie zwei Tassen Kaffee und machte sich anschließend ans Wohnzimmer. Sowie sie Zeitschriften und Bücher ordentlich gestapelt, die Kissen aufgeschüttelt, die Aschenbecher geleert und die Sofas von verstreuten Kleidungsstücken, alten Brotresten und vereinzelten Hausschuhen befreit hatte, drapierte sie die Stolen und Schals kunstvoll darüber und trat einen Schritt zurück, um die Wirkung zu bestaunen. Es war herrlich befriedigend, eine Aufgabe erledigt zu haben, und genau wie ihr Vater hatte sie alles gern ordentlich.

Die sonnengebleichten Vorhänge waren am gestrigen Abend vorgezogen worden. Nun zog sie sie zurück und schlang die mit Quasten verzierten Kordeln um die angelaufenen Messinghaken. Dann öffnete sie die Glastür, um ein bisschen frische

Luft hereinzulassen, und registrierte, dass der kleine Garten noch im Schatten lag. Dennoch konnte sie ein paar beschädigte Möbelstücke ausmachen, einen ausgetrockneten Brunnen mit einer zerbrochenen, von Flechten bedeckten Engelsstatue sowie die verblassten Überreste eines Wandmosaiks. Unkraut hatte sich zwischen den groben Steinfliesen breitgemacht, und die vielen Terrakottatöpfe enthielten nur noch die schrumpeligen Überreste längst verdorrter Kräuter. Eugenie betrachtete alles betrübt, denn ihre Mutter hatte ein ganz anderes Bild davon gezeichnet, wie es hier ausgesehen hatte.

Während sie in Gedanken überschlug, was sie alles zur Unterstützung ihrer Tante beitragen konnte, suchte Eugenie eine Kehrschaufel, einen Besen, Möbelpolitur und Staubtuch zusammen und machte sich daran, das Wohnzimmer zu putzen. Napoleon krächzte in seinem Käfig unter der Decke, die Aline darübergehängt hatte, und hämmerte mit dem Schnabel gegen die Gitterstäbe, doch Eugenie fand, er könne warten, bis sie fertig war. Als alles erledigt war, wirkte das Zimmer zwar immer noch schäbig, doch zumindest war es ordentlich und roch etwas frischer.

Nun zog sie die Decke vom Käfig, füllte Napoleons Wassernapf und gab Körner in sein Schälchen, ehe sie in die Küche zurückkehrte, um ein paar alte Zeitungen und einen Lappen zu suchen. Es war noch früh, und immer noch regte sich oben kein Mensch, also würde sie sich gleich noch der Fenster annehmen.

»Oh là là, du warst schon fleißig«, rief Aline erfreut aus, als sie etwas später die Küche betrat. »Konntest du nicht schlafen, meine Liebe? War das Bett unbequem?«

Eugenie erwiderte ihren Kuss und schüttelte den Kopf. »Ich war zu aufgeregt, um zu schlafen, also dachte ich, ich nutze meine Energie und räume auf.« Schlagartig wurde ihr klar, dass ihre Tante sie unhöflich oder selbstherrlich finden könnte. »Ich hoffe, es macht dir nichts aus«, fügte sie eilig hinzu.

Aline zog ihren rotseidenen Morgenmantel enger um ihre schmale Gestalt und setzte sich lächelnd an den akkurat gedeckten Küchentisch. »Natürlich macht es mir nichts aus. Es freut mich sogar sehr, wenn ich nach unten komme und alles so aufgeräumt vorfinde. Aber du bist nicht hier, um Hausarbeit zu verrichten, Eugenie.«

Sanft nahm Eugenie die verkrüppelte Hand ihrer Tante. »Ich mache es gern, Tante Aline. Und es ist höchste Zeit, dass die anderen auch mit anpacken. Es ist nicht fair, dass sie erwarten, von hinten und vorne von dir bedient zu werden.«

Aline kicherte. »Das werden sie gewiss nicht. Aber sei nicht zu streng mit ihnen, Liebes, sie sind sehr beschäftigt – und das wirst du auch bald sein, wenn du an der Kunsthochschule anfängst. Denk nur nicht, du musst das machen, wenn es dir zu viel wird, Eugenie. Der Staub wird noch da sein, wenn wir schon lange verschwunden sind.«

Eugenie schenkte ihrer Tante eine Tasse Kaffee ein. »Ich weiß nicht, was die anderen zum Frühstück essen«, sagte sie. »Soll ich dir ein Ei kochen?«

Aline lachte. »Heute ist Samstag, und ich bezweifle, dass auch nur einer von ihnen vor Mittag aufsteht. Am Wochenende gehe ich meistens zum Bäcker und hole Croissants und Brot.«

»Lass mich gehen. Wo ist er denn?«

Aline erklärte es ihr und reichte ihr ihre Geldbörse. Sie kicherte noch immer, als Eugenie zur Haustür hinauseilte. »Mon dieu, Napoleon«, murmelte sie und streichelte dem Papagei das Gefieder, »sie hat die Energie der Jugend, nicht so wie wir armen alten Fossile.«

Sie wandte sich vom Käfig ab, um ihren Kaffee auszutrinken. Als sie sich an den Küchentisch setzte, wanderten ihre Gedanken zurück zu dem Tag, an dem Annabelle ihr geschrieben und sie gefragt hatte, ob Eugenie bei ihr wohnen könne. Aline war versucht gewesen, eine Ausrede zu erfinden und eine andere

Lösung vorzuschlagen, doch im Grunde war ihr sofort klar gewesen, dass sie das junge Mädchen aufnehmen musste – sonst hätte es zu viele Fragen gegeben, und womöglich wäre Annabelle sogar selbst nach Paris gekommen, was überhaupt nicht gut gewesen wäre. Aline steckte in dem Netz aus Geheimnissen und Lügen fest, das sie selbst gewebt hatte, um alle Beteiligten zu schützen, und sie hatte inbrünstig darum gebetet, dass Eugenie keinem ihrer beiden Elternteile ähnlich sähe.

Dies war eine falsche Hoffnung gewesen. Als sie Eugenie am Vorabend genau beobachtet hatte, war ihr Unbehagen dabei, sie zu beherbergen, noch gestiegen. Das Mädchen hatte unverkennbar Annabelles Aussehen und ähnelte ihr auch in ihrer Art, aber in ihren Augen und in ihrer Mimik fanden sich auch Spuren von Henri. Würde er das erkennen, wenn er sie sah?

Aline erschauerte, während sie eine böse Vorahnung überkam. Eugenie würde zweimal täglich diese Brücke überqueren, wenn sie erst einmal an der Kunsthochschule angefangen hatte, und da Henri fast immer am Fenster saß, würde er sie unweigerlich sehen. Die Geheimnisse, die sie vor ihm und vor Annabelle bewahrt hatte, würden erbarmungslos aufgedeckt werden, und es schien, als könnte sie rein gar nichts tun, um den unvermeidlichen Kummer und seine bitteren Folgen zu verhindern.

17

Das Skizzenbuch in der Umhängetasche hatte Eugenie den größten Teil des Wochenendes mit Spaziergängen durch Paris verbracht. Sie hatte in die Auslagen der teuren Läden auf den Champs-Élysées geschaut, war mit dem Aufzug auf den Eiffelturm gefahren und hatte die engen Gassen des Künstlerviertels am linken Seineufer erkundet. Die Gebäude der Kunsthochschule erwiesen sich als genauso imposant, wie sie befürchtet hatte, doch Michel hatte freundlicherweise eine kleine Führung mit ihr unternommen, sodass sie wusste, wohin sie am Montagmorgen gehen musste.

An diesem Sonntag hatte sie sich, obwohl sie nicht katholisch war, in eine der hintersten Bänke der Kathedrale Notre-Dame gesetzt und fasziniert die lateinische Messe verfolgt, die von benebelnden Weihrauchdämpfen und den engelsgleichen Stimmen eines Knabenchors begleitet wurde. Sie hatte in einem Straßencafé zu Mittag gegessen, nachdem sie die vielen steilen Stufen zum Montmartre erklommen hatte, und war dann beglückt über die kleinen Plätze und durch die schmalen Gassen geschlendert, in denen es von Künstlern und Touristen nur so wimmelte.

Jeder Künstler hatte eine Staffelei aufgestellt, wobei manche aus dem Gedächtnis Pariser Motive malten und als Souvenirs verkauften, während andere schnelle Porträts von Touristen anfertigten. Es gab auch ein paar sehr clevere Karikaturen-Zeichner, und obwohl ihre Blätter nicht besonders schmeichelhaft waren, verkauften sie sich blendend.

Die Sonne schien, der Himmel über Paris war klar und blau,

und sie stand da und blickte über die Stadt, die sich vor ihr erstreckte. Die Düfte von Knoblauch, Kräutern, Olivenöl und gutem Kaffee hingen in der Luft, und die hellroten Geranien, die auf jedem Fenstersims prangten, wippten im warmen Wind mit den Köpfen. Eine ältere Blumenverkäuferin hatte ihre Körbe mit Rosen und Lavendel neben sich auf den Stufen von Sacré-Cœur abgestellt und band nun mit geschickten Fingern den Lavendel zu duftenden Sträußchen.

Eugenie beobachtete sie einen Moment lang, ehe sie sich einen freien Platz in einem der Cafés suchte, von wo sie eine gute Sicht auf die Frau hatte. Nachdem sie sich eine Tasse Kaffee bestellt hatte, schlug sie ihr Skizzenbuch auf und begann zu zeichnen.

Das zerklüftete Gesicht der Frau sprach von Alter und einem harten Leben, doch ihre glänzenden schwarzen Knopfaugen waren lebhaft und intelligent und hielten nach potenziellen Kunden Ausschau. Ganz in Schwarz gekleidet sah sie aus wie einer anderen Zeit entsprungen, denn ihre Röcke waren lang, ihr eisgraues Haar teilweise von einem Fransentuch und die schmalen Schultern von einem bestickten Schal bedeckt.

Sie ist wirklich das ideale Motiv, dachte Eugenie, während ihr Stift über das Papier flog, aber noch viel besser wäre es, wenn ich meinen Aquarellkasten mitgebracht hätte. Die kontrastierenden Farben der Blumen hoben sich scharf von ihren schwarzen Kleidern und den strahlend weißen Arkaden der Basilika im Hintergrund ab.

»Sie ist ein gutes Motiv, nicht wahr?«

Erschrocken sah Eugenie auf. Ein junger Mann stand direkt vor ihr und nahm ihr die Sicht. Sein breitkrempiger Hut überschattete sein Gesicht. Dazu trug er Stiefel und Hosen aus einem bei dieser Hitze unpassend wirkenden dicken Stoff. »Allerdings«, sagte sie, in der Hoffnung, dass er weiterging.

Er tippte sich gegen den Hut. »Tut mir leid, wenn ich dich erschreckt habe. Darf ich dich auf einen Kaffee einladen?«

Sein Akzent war merkwürdig, er war eindeutig kein Franzose. Und falls das ein Versuch sein sollte, ihr näherzukommen, so hatte er sich das falsche Mädchen ausgesucht. »Nein danke«, entgegnete sie reichlich spröde. »Und wenn es dir nichts ausmacht, möchte ich jetzt gern weitermachen, und du verstellst mir den Blick.«

Er ignorierte den Hinweis, indem er sich auf den freien Stuhl neben ihr setzte, dem Kellner winkte und ohne Umschweife für sie beide Kaffee und Pernod bestellte.

Eugenie holte tief Luft und wäre am liebsten aufgestanden und gegangen, aber sie war auch erpicht darauf, ihre Zeichnung zu vollenden, und so versuchte sie einfach, ihn zu ignorieren. Dennoch war sie sich bewusst, dass er sie beobachtete, und als sie den Kellner mit den Getränken kommen hörte, wurde ihr klar, dass sie den jungen Mann nur loswurde, wenn sie ging. Rasch beendete sie ihre Zeichnung und griff nach ihrer Umhängetasche.

»Du bist sehr gut«, sagte er. »Zufälligerweise malt mein Patron zurzeit auch eine Blumenverkäuferin; vielleicht ist es sogar dieselbe.«

Eugenie schlug ihr Skizzenbuch mit einem Knall zu und stopfte es in die Tasche. »Pass auf«, sagte sie verärgert. »Ich weiß nicht, was du von mir willst, aber ich bin nicht interessiert.«

»Geh nicht weg«, sagte er hastig. »Ich suche dich schon seit Freitag, und wenn ich dich noch mal aus den Augen verliere, wird mein Patron ziemlich ungehalten sein.«

Ihr wurde leicht mulmig zumute. »Du bist mir nachgegangen?«

Er schüttelte den Kopf. »Ich bin hierhergekommen, weil das meine letzte Hoffnung war, und es war reines Glück, dass ich dich gesehen habe.« Er rutschte auf seinem Stuhl nach vorn und schob seinen Hut zurück. »Was meinst du – können wir noch mal von vorn anfangen? Ich heiße Max Preston und komme aus Australien.«

Eugenie verkniff sich ein Lächeln. »Das erklärt so manches«, sagte sie.

Er runzelte die Stirn und kniff die braunen Augen zusammen. »Das erklärt was?«

»Deine grässliche französische Aussprache und diesen albernen Aufzug«, gab sie auf Englisch zurück.

»Jetzt aber mal langsam, junge Frau. Ich wollte nur nett sein.« Sein hübsches Gesicht verzog sich zu einem breiten Grinsen. »Du bist also Engländerin, stimmt's? Was machst du hier in Paris?«

»Ich gehe auf die Kunsthochschule.« Eugenie wusste noch immer nicht, was er im Schilde führte, und war daher zurückhaltend mit dem, was sie ihm anvertraute. »Und was treibt einen Australier hierher – abgesehen davon, Mädchen in Cafés zu belästigen?«

Er schlug die gestiefelten Beine übereinander und lehnte sich auf dem Stuhl zurück, der viel zu klein war für seine große Gestalt. »Ich bin vor fünf Jahren hergekommen, um auf die Kunsthochschule zu gehen. Ich habe an einem Austauschprogramm der Universität Sydney teilgenommen.« Er blickte zufrieden auf den Platz und das geschäftige Treiben. »Ich habe viel Zeit hier oben verbracht, um mir das Geld für meinen Lebensunterhalt zu verdienen, aber letztlich hat es sich gelohnt.«

Obwohl sie ihm skeptisch gegenüberstand, wurde sie allmählich neugierig. »Warum, was ist passiert?«

Er grinste. »Ich habe einen Mentor gefunden. Und zwar nicht nur irgendeinen Mentor, sondern – Le Basque.«

Eugenie schnappte nach Luft und riss die Augen auf. »Doch nicht *der* ›Le Basque‹? Der, dessen Werke gerade in der Tate

Gallery ausgestellt werden und dessen Bilder und Zeichnungen aus dem Spanischen Bürgerkrieg heute jedem Kunststudenten ein Begriff sind?«

»Doch, genau der«, erklärte er gedehnt, und seine Augen blitzten. »Ich hatte riesiges Glück, dass ich zur rechten Zeit am rechten Ort war. Einmal habe ich unten am Fluss gemalt, und er ist zufällig vorbeigekommen. Er hat sich meine Arbeiten angesehen, mir erklärt, ich müsste erst mal richtig malen lernen, und dann hat er sich meiner angenommen. Durch ihn ist es mir dann gelungen, mir einen eigenen Namen zu machen.«

Sie musterte ihn nachdenklich, immer noch ein wenig argwöhnisch. »Da hast du aber wirklich Glück gehabt. Ich habe gehört, er soll fast wie ein Einsiedler leben.«

Max' Miene wurde ernst. »Er hält immer noch Vorträge und besucht die Cafés und Bistros, in denen sich die Künstler treffen, aber die meiste Zeit hält er sich in seinem Atelier auf. Er ist nicht mehr sehr mobil, aber das heißt nicht, dass er nicht mehr daran interessiert wäre, was um ihn herum geschieht. Er möchte wissen, wer neu in der Stadt ist, wer einen großen Auftrag bekommen hat oder eine Ausstellung macht; wer eine vielversprechende Karriere vor sich hat … Er nimmt an allem regen Anteil.«

»Mein Gott«, sagte sie leise. »Ich würde ihn ja so gern kennenlernen. Meinst du, das wäre möglich?«

Er grinste breit. »Ich schätze, das könnte sich einrichten lassen«, sagte er. »Aber es hat keine Eile, und du hast noch keines deiner Getränke angerührt. Sollen wir einander nicht erst ein bisschen besser kennenlernen?«

Sie musterte ihn aufmerksam. »Ist das ein Flirt? Denn falls ja, dann verschwendest du deine Zeit.«

Er verdrehte die Augen. »Himmel! Was muss ich denn noch tun, um dich davon zu überzeugen, dass ich dich nicht verführen will? Hen … mein Mentor, der Patron, hat mich gebeten, dich zu suchen. Einzig und allein aus diesem Grund habe ich dich angesprochen.«

Obwohl sie nicht an ihm interessiert war, ärgerte sich Eugenie ein wenig darüber, dass er sie nur seines Patrons wegen angesprochen hatte. Doch da er ehrlich zu sein schien, war sie nach einigem Zögern bereit, ihn anzuhören. »Und woher weiß er, dass ich hier bin, und warum will er, dass du mich suchst?«

»Sein Haus steht direkt an der Seine, und er hat dich letzten Freitagnachmittag auf dem Pont Neuf gesehen.« Er trank seinen Kaffee aus und goss Wasser in die beiden Pernodgläser. »Ich weiß, es klingt schwer nachvollziehbar, aber anscheinend erinnerst du ihn an eine Frau, die er vor Jahren einmal gekannt hat, und er möchte gern wissen, wer du bist.«

Eugenie nippte an ihrem Pernod, während ihre Gedanken sich überschlugen. »Ich wusste, dass mich jemand beobachtet«, murmelte sie. »Ich hab's gespürt.« Ihr lief ein Schauder über den Rücken. »Eigentlich ist das ein bisschen unheimlich, oder?«

»Ich glaube nicht, dass er finstere Absichten hat«, erklärte er und drehte sich eine Zigarette. »Er möchte nur wissen, wer du bist und woher du kommst. Wenn du mir etwas über dich erzählst, kann ich es an ihn weitergeben, dann brauchst du ihn gar nicht selbst zu treffen, wenn du nicht willst.« Er musterte sie über die Flamme seines Feuerzeugs hinweg. »Aber ich vermute, du bist immer noch skeptisch.«

»Erzähl mir erst mal etwas über dich«, erwiderte sie. »Dann überlege ich es mir.«

Sie lauschte, als er ihr von der Rinderfarm erzählte, die seine Familie seit drei Generationen bewirtschaftete, und davon, wie seine Eltern zur Zeit des Krieges an dem berühmten Viehtrieb von Winton quer durch das Outback nach Brisbane teilgenommen hatten. Er sprach von seinen Geschwistern, seinen Anfängen an der Kunstakademie in Sydney und den Schwierigkeiten beim Erlernen der französischen Sprache. Als er schließlich auf seinen Patron und das Haus zu sprechen kam, das dieser mit seinen Schützlingen bewohnte, und ihr von den Aufträgen erzählte, die Henri ihnen allen vermittelt hatte, entspannte sie sich allmählich.

Max war ein bisschen älter als sie, schätzungsweise Mitte zwanzig, und sah auf seine ungeschlachte Art gut aus. Es fiel ihr schwer, sich ihn in den Salons und Ausstellungsräumen der gesellschaftlichen Elite vorzustellen, aber sie konnte sich sehr gut ausmalen, wie er hoch zu Pferd durch das australische Outback ritt. Die Kluft, die er trug, passte zu ihm, und zusammen mit seiner Körpergröße und seinen breiten Schultern ließ sie ihn überall aus der Menge hervorstechen. Vielleicht war das sogar beabsichtigt – Künstler wollten ja auffallen, und es war immer gut, ein Merkmal zu haben, das einen von den anderen unterschied.

Er verstummte und sah zu ihr herüber. »Du bist dran«, sagte er. »Und es wäre schön, wenn du mir deinen Namen verraten würdest.«

Sie wurde rot. »Ich heiße Eugenie Ashton.«

»Schön, dich kennenzulernen, Eugenie Ashton.« Mit seiner großen Pranke packte er ihre Finger, und sie schüttelten sich die Hände. »Wie kommt es, dass du einen französischen Vornamen hast? Dein Vater ist doch sicher Engländer?«

»Ehrlich gesagt ist er Ire«, antwortete sie lächelnd. »Aber meine Großmutter ist Französin, und meine Mutter hat eine Zeit lang in Paris gelebt, bei meiner Tante Aline Fournier. Bei ihr wohne ich zurzeit auch.«

Er riss die Augen auf. »Bei Aline? Wirklich?« Auf ihr verwirrtes Nicken reagierte er mit einem leisen Pfiff. »Himmel, die Welt ist wirklich klein«, sagte er gedehnt. »Aline und mein Patron kennen sich seit Urzeiten, und ich war schon ein paarmal bei ihr zum Abendessen eingeladen.« Er senkte den Blick.

»Ich war mal mit einem Mädchen zusammen, das bei ihr wohnte, aber sie ist inzwischen wieder nach Amerika zurückgekehrt.«

Eugenie wurde klar, dass sie sich vor diesem Mann nicht zu fürchten brauchte. Er mochte zwar recht forsch auftreten, schien aber offen und ehrlich zu sein. Sie erzählte ihm von ihren Eltern, von ihrem großzügigen Zuhause in Dartford, wo ihr Vater sich die Praxis mit einem zweiten, jüngeren Arzt teilte, während ihre Mutter als örtliche Gemeindeschwester arbeitete. Sie erzählte ihm von ihrer Zeit an der Slade School, bevor sie die sagenhafte Chance bekommen hatte, an der École des Beaux-Arts im Pariser Künstlerviertel zu studieren.

»Der Brief ist im Mai gekommen, und es war das herrlichste Geschenk zu meinem achtzehnten Geburtstag, das ich mir je hätte erträumen können«, endete sie begeistert.

Er kniff die Augen zusammen, während er sie durch den Zigarettenrauch musterte. »Nicht viele bekommen diese Chance, also musst du sehr gut sein. Auf was willst du dich spezialisieren?«

»Auf Architektur und ihre Geschichte.«

Er grinste. »Tja, dann bist du an den richtigen Ort gekommen. Paris ist voll von großartigen Gebäuden, wie du siehst.« Er holte aus und wies mit einer ausladenden Armbewegung über das Panorama der Stadt.

»Und du, was malst du?«, fragte sie ihn.

»In erster Linie Porträts, aber auch gern Stillleben und Figuren.«

»Le Basque ist ein Meister des Porträts«, murmelte sie. »Da hast du wirklich einen Glückstreffer gelandet, was?«

»Ja, ich weiß, wie glücklich ich mich schätzen darf, Eugenie, und ich wette, er würde sich freuen, dich kennenzulernen.« Grinsend lehnte er sich vor. »Aber lass mir Zeit, vorher mit ihm zu reden – er ist ein bisschen vorsichtig in Bezug auf unangemeldete Besucher. Und wenn ich alles arrangiert habe, melde ich mich über Aline bei dir.«

»Tatsächlich? Und du erzählst mir keine Märchen?«

»Das würde ich nie tun, Eugenie. Ich sehe doch, wie ernst es dir mit deiner Kunst ist.« Er rauchte seine Zigarette zu Ende. »Es wäre vielleicht eine gute Idee, wenn du deine Mappe mitbringst. Man kann nie wissen, vielleicht gefallen ihm deine Arbeiten, und er beschließt, dich zu unterstützen.«

Eugenie schnappte nach Luft. »Meinst du wirklich?«, fragte sie atemlos.

»Puh, na ja, versprechen kann ich es nicht«, wehrte er hastig ab. »Aber ich schätze, er wird dir zumindest ein paar Tipps geben und dir weiterhelfen, wenn er glaubt, dass du es wert bist.«

Eugenie brachte vor Aufregung kein Wort mehr heraus.

Grinsend trank er seinen Pernod aus. »Ich muss los.« Er stand auf und tippte sich an den Hut. »War nett, dich kennenzulernen, Eugenie. Wir sehen uns.«

Eugenie sah ihn davongehen, einen großen, gut gebauten jungen Mann mit leichtem Seemannsgang, der sich geschmeidig durch die Menge der Touristen schlängelte und die bewundernden Blicke der Mädchen ignorierte. Die ganze Situation war merkwürdig, und sie wusste, dass sie sich alles genau überlegen musste, ehe sie eine übereilte Entscheidung traf. Doch ihr Puls raste, und das Adrenalin jagte durch ihre Adern, wenn sie daran dachte, dass Le Basque sie bemerkt hatte und sie kennenlernen wollte. Wie unglaublich aufregend es wäre, wenn er sie fragte, ob er ihre Mappe durchsehen dürfe! Eilig griff sie nach ihrer Tasche und verließ den Platz. Sie konnte es gar nicht erwarten, Aline davon zu erzählen.

Voller Freude hatte Aline gesehen, wie ihre Großnichte nach diesem sonnigen Tag ganz aufgeregt und euphorisch nach

Hause kam, doch als das Mädchen ihr die außergewöhnliche Geschichte erzählte, zerrann ihre Freude unter der bitteren Erkenntnis, dass all ihre Ängste gerechtfertigt waren. Und dass es so schnell geschehen war.

»Ich würde nicht so viel auf das geben, was Max sagt«, sagte sie leichthin. »Er ist oft schlagartig Feuer und Flamme für irgendetwas. Wahrscheinlich fand Le Basque, dass du ein gutes Modell abgeben würdest, und wenn er erst einmal weiß, dass du hier wohnst, wird er die Sache kaum weiterverfolgen.«

»Aber ich würde ihn nur zu gern treffen und ihm meine Arbeiten zeigen«, stieß Eugenie atemlos hervor. »Oh, Tante Aline, es könnte der Anfang von etwas ganz Besonderem sein, wenn er meine Sachen gut findet.«

Es wäre eine Katastrophe, dachte Aline panisch. Sie rang mit aller Kraft darum, gelassen zu wirken, doch ihr Herz raste, und ihr war schwindelig. »Die Kunsthochschule, die du besuchen wirst, ist eine der besten der Welt. Du bekommst alles, was du brauchst, von den Dozenten dort, ohne dass du deine Hoffnungen auf einen Künstler setzen müsstest, der heutzutage kaum mehr ans Licht der Öffentlichkeit tritt.«

Aline sah das Leuchten in Eugenies Augen und wusste, dass sie das junge Mädchen nicht überzeugt hatte, also änderte sie ihre Taktik. »Offenbar hast du dich lange mit Max unterhalten. Ich weiß, wie charmant er sein kann und wie gut es sich mit ihm plaudern lässt, aber es macht mir etwas Sorge, dass du ihm vielleicht ein bisschen zu viel über dich erzählt haben könntest. Ich finde es meistens klüger, gewisse Dinge für sich zu behalten, bis man sein Gegenüber besser kennt.«

Eugenie lief rot an und blickte auf ihre gefalteten Hände herab. »Offengestanden habe ich mich ein bisschen hinreißen lassen«, gestand sie. »Ich habe ihm von meiner Familie erzählt und davon, dass Mummy auch mal hier gewohnt hat, bevor sie als Krankenschwester nach Spanien gegangen ist. Und wie es sich ergeben hat, dass ich zum Studium nach Paris gekommen und bei dir eingezogen bin.«

Guter Gott. Aline ließ sich gegen die Sofalehne sinken und zündete sich mit zitternden Händen eine Zigarette an. Henri würde Eugenie unbedingt sehen wollen, wenn Max ihm erst einmal von diesem allzu offenherzigen Gespräch berichtet hatte. Bestimmt würde er sie nach allen Regeln der Kunst ausfragen, und in ihrer jugendlichen Naivität und Begeisterung darüber, dass sich ein so bedeutender Mann für sie interessierte, würde Eugenie ihm alles verraten. Henri war von schneller Auffassungsgabe und würde nicht lange brauchen, um die Wahrheit herauszufinden. Die Sache musste im Keim erstickt werden – und zwar sofort.

»Du scheinst nicht besonders erfreut zu sein, Tante Aline«, sagte Eugenie betrübt. »Eigentlich scheinst du es sogar zu missbilligen. Hast du dich irgendwie mit Le Basque zerstritten?«

Aline überlegte fieberhaft. Sie musste aufpassen, was sie sagte. Also beschloss sie, möglichst nahe an der Wahrheit zu bleiben. »Le Basque hat einen Ruf als Schürzenjäger«, erklärte sie. »Er sitzt zwar im Rollstuhl, aber das hat ihn nicht daran gehindert, sich gegenüber seinen Modellen ziemliche Freiheiten herauszunehmen. Es hat im Lauf der Jahre einige Skandale gegeben – Geschichten über Affären mit verheirateten Frauen und dergleichen. Nicht, dass man hier viel Aufhebens darum machen würde. Affären gehören in Paris einfach dazu. Aber bei vier lebenslustigen jungen Männern im Haus, deren Patron ihr gewagtes Benehmen auch noch gutheißt, wäre es wohl besser, wenn du nicht hingehen würdest. Schließlich bist du noch sehr jung, und deine Mutter erwartet von mir, dass ich auf deinen guten Ruf achte.«

Eugenie kicherte. »Sicher kann ich einem Rollstuhl davonlaufen, falls es nötig sein sollte. Und ich kann sehr gut selbst auf mich aufpassen, Tante Aline.«

»Das glaube ich dir gerne, meine Liebe, aber du hast dich schon von Max zu der Hoffnung hinreißen lassen, dass Le Basque dich fördert. Dazu hatte er kein Recht, und ich vermute, dass er damit bloß Eindruck bei dir schinden wollte.« Sie legte Eugenie ihre verkrüppelte Hand aufs Knie. »Halte lieber ein bisschen Distanz zu Max – er hat den gleichen Ruf wie sein Mentor, und ich bezweifle, dass du schneller läufst als er.«

Eugenie ließ die Schultern hängen, und ihre ganze Freude über den Tag verrann. »Ach, Tante Aline. Ich bin sehr dumm gewesen, nicht wahr? Ich habe mir schon gedacht, dass Max mich nur beeindrucken wollte, habe mir aber so sehr gewünscht, dass das alles wahr wäre, dass ich gar nicht richtig darüber nachgedacht habe.«

»Es ist Max' beliebteste Art, sich an Mädchen ranzumachen, wie ihr jungen Leute das nennt«, erklärte Aline. »Ich rate dir, die beiden zu vergessen und das, was heute geschehen ist, für dich zu behalten. Es bringt nichts, deiner Mutter davon zu schreiben; es würde sie nur beunruhigen.«

Eugenie lächelte reumütig. »Ja, das stimmt. Und nach all den Vorträgen, die sie mir gehalten und in denen sie mich vor den Pariser Männern gewarnt hat, wäre sie überhaupt nicht angetan von meinem Verhalten.« Sie erhob sich und gab Aline einen Kuss auf die Wange. »Ich mache erst mal Tee und bereite dann das Abendessen vor. Du siehst müde aus.«

Obwohl Eugenie eingelenkt hatte, war Aline schwer ums Herz. »Das ist die Hitze«, seufzte sie, »und selbst bei offenen Türen ist es stickig hier drinnen.«

»Dann räume ich mal im Garten auf, damit du dich hinaussetzen kannst. Ich hab doch neulich erst unter der Treppe einen Sonnenschirm entdeckt.«

»Mach einfach nur Tee, Liebes. Mir fehlt nichts, wirklich nicht.«

Während Eugenie rasch davonging, ließ sich Aline wieder

gegen die Polster sinken. Ihr Herz pochte schmerzhaft. Sie nahm an, dass Eugenies Stolz heute ein bisschen gelitten hatte und dass sie die Sache in ihren Briefen an Annabelle deshalb wahrscheinlich nicht erwähnen würde. Doch was sollte sie in Bezug auf Henri unternehmen?

Aus Eugenies Äußerungen würde Henri schließen können, dass sie Annabelles Tochter war – was an sich keine Überraschung für ihn wäre, da er wusste, dass sie miteinander verwandt waren und es daher naheliegend war, dass das junge Mädchen bei ihr wohnte. Doch wenn sie sich kennenlernten und er erfuhr, wie alt sie war, würde er sofort begreifen, dass man ihn jahrelang belogen hatte. »*Mon dieu*«, flüsterte sie. »Was für eine heikle Situation, und ich stecke mittendrin.«

Als Max die Treppe hinaufgeeilt kam und unangemeldet und mit leuchtendem Gesicht in sein Atelier stürmte, wusste Henri sofort, dass er sie gefunden hatte. Dennoch wahrte er einen unbeteiligten Gesichtsausdruck und stellte nur wenige Fragen, um Max ungehindert von ihrer Begegnung berichten zu lassen.

Sein Puls raste aber bei dem Gedanken, dass Annabelles Tochter nun hier in Paris war; dass sie bei Aline wohnte und an der Kunsthochschule angenommen worden war. Da Annabelle nicht die geringste künstlerische Ader besaß, hatte das Mädchen die Begabung wohl von Alines Seite geerbt. Er musste sie unbedingt kennenlernen, mit ihr reden und ihre Arbeiten sehen. Aber natürlich musste all das taktvoll geschehen, denn es lag auf der Hand, dass man ihr nichts von seiner Beziehung zu ihrer Mutter erzählt hatte.

»Sie hat mich zuerst ganz schön abblitzen lassen«, gestand Max, während er sich ein großes Glas Wein aus der Karaffe einschenkte, die stets auf dem Tisch stand. »Bestimmt hat ihre Mutter ihr eingeschärft, sich vor fremden Männern zu hüten, die mit ihr flirten wollen. Aber sowie ich ihr von Ihnen erzählt hatte, wurde sie lockerer, und der Rest war ein Kinderspiel.«

Henri sah zu, wie sich Max mit zufriedenem Grinsen auf der Chaiselongue ausstreckte. Die Arroganz und Selbstsicherheit der Jugend erstaunten ihn immer wieder, aber schließlich war er selbst auch einmal jung gewesen, und so konnte er dem jungen Mann schwerlich einen Vorwurf machen.

»Das haben Sie sehr gut gemacht«, murmelte er, während er von dem Bild wegrollte, an dem er gerade arbeitete, und es kritisch musterte. Die Blumenverkäuferin hatte ein interessantes, charaktervolles Gesicht, und er fand, dass er sie gut getroffen hatte, doch es war noch lange nicht fertig. »Sie sagen, sie hat die Frau auf den Stufen von Sacré-Cœur gezeichnet?«

»Was für ein Zufall, nicht wahr?« Max strahlte ihn an, völlig ahnungslos, welches Chaos in Henris Innerem tobte. »Und zwar ziemlich gekonnt. Jetzt ist mir klar, warum man sie an der Kunsthochschule aufgenommen hat.«

»Es wäre interessant, sie kennenzulernen«, sagte Henri wie beiläufig, »und mich selbst davon zu überzeugen.«

»Nachdem ich sie nun gefunden habe – haben sich die Geister aus Ihrer Vergangenheit jetzt wieder zurückgezogen, Patron?«

Ganz im Gegenteil – es hatte sie aufgestört und ihn völlig aus der Ruhe gebracht. Nun wünschte er fast, er hätte gar nicht damit angefangen, doch das würde er Max gegenüber niemals zugeben. »Es war ein bisschen übereilt von Ihnen anzudeuten, dass ich sie vielleicht fördern würde, Max. Das stand Ihnen nicht zu.«

Max sah angemessen reumütig drein. »Ja, ich weiß, und das tut mir leid. Ich habe mich ein bisschen zu weit aus dem Fenster gelehnt.«

»Das tun Sie immer, wenn es um ein hübsches Mädchen

geht«, erwiderte Henri und seufzte. »Aber es wäre mir recht, wenn Sie diese eine in Ruhe lassen würden.«

Er fing Max' fragenden Blick auf und wusste, dass er seinen Wunsch begründen musste, ohne dabei irgendetwas von Belang zu verraten. »Wenn sie so begabt ist, wie wir vermuten, dann braucht sie einen klaren Kopf, um an der Kunsthochschule voranzukommen. Die Art von Ablenkung, die Ihnen vermutlich vorschwebt, hilft ihr überhaupt nicht weiter.«

»Sie ist wirklich kein Mädchen von dieser Sorte, Patron. Wahrscheinlich könnte nicht einmal ich sie dazu bringen, mit mir ins Bett zu gehen. Außerdem ist sie ein bisschen zu jung für mich. Ich mag lieber Frauen, die reifer und erfahrener sind.«

»Wie jung ist sie denn?«

Max zuckte die Achseln. »Sie ist im Mai achtzehn geworden.« Er trank sein Glas in einem Zug aus und erhob sich vom Sofa. »Ich bin am Verhungern. Mal sehen, was die Küche zu bieten hat.«

Henri hörte ihn kaum mehr und registrierte gar nicht, dass er hinausgegangen war. Wie erstarrt saß er in seinem Rollstuhl. Sein Herz hämmerte, während er den Schock zu verkraften suchte. Mathematik war nicht gerade seine Stärke, doch selbst er konnte sich ausrechnen, dass Annabelle während ihres idyllischen Aufenthalts an der spanischen Mittelmeerküste schwanger geworden sein musste.

»Sie ist meine Tochter«, flüsterte er fassungslos. Er schloss die Augen und dachte an die seligen Tage in dem kleinen Häuschen am Strand zurück, als die Leidenschaft jede Vernunft ausgeschaltet hatte und sie auf jegliche Vorsicht verzichtet hatten. Damals, als der Luftangriff Belchite in Schutt und Asche gelegt und ihre Träume von einer gemeinsamen Zukunft zunichte gemacht hatte, konnte Annabelle noch nicht gewusst haben, dass ein Kind in ihr wuchs. Doch sie und das Baby hatten überlebt. Es war ein so großes Wunder, dass er es kaum glauben konnte.

Er rollte hinüber ans Fenster und blickte auf die in Rot und Orange untergehende Sonne. Er konnte sich noch an jedes Wort aus dem Brief von Aline erinnern, in dem sie ihm schrieb, sie alle hätten ihn für tot gehalten, und dass Annabelle und Etienne den Luftangriff mit knapper Not überlebt hatten, dass sie aber nun geheiratet habe und nach England zurückgekehrt sei. Es war ein kurzer Brief gewesen, geschrieben mit viel Gefühl und Anteilnahme, und nach seiner Rückkehr nach Paris hatte er Aline aufgesucht, um ihr dafür zu danken, dass sie ihm diese niederschmetternde Nachricht so schonend beigebracht hatte.

»Das war alles eine List«, keuchte er und umklammerte die Armlehnen seines Rollstuhls. »Eine grausame und vorsätzliche List, um die wahren Umstände vor mir zu verbergen. Und das alles nur, weil ich zu lange gebraucht habe, um ihnen mitzuteilen, dass ich überlebt habe.« Er senkte das Kinn auf die Brust, und die Tränen liefen ihm in Strömen übers Gesicht. Sein Herz verkrampfte sich vor Schmerz, wenn er an all die verlorenen Jahre dachte, die er mit Annabelle und ihrer gemeinsamen Tochter hätte verbringen können.

Es war schon nach neun Uhr, als das Telefon im Flur klingelte. Aline löste sich aus der lebhaften Diskussion mit ihren Mietern und ging hinaus, um das Gespräch anzunehmen.

»Ich bin's, Henri.«

Ihr Herzschlag setzte einen Moment lang aus, und sie schloss rasch die Tür zwischen sich und den anderen. »Hallo, Henri«, sagte sie nervös. »Wie geht es dir?«

»Max hat mir von Eugenie erzählt«, sagte er ohne Vorrede. »Ich will sie kennenlernen.«

»Das wäre wahrscheinlich nicht so klug«, erwiderte sie hastig. »Ein einziger Versprecher oder eine unüberlegte Anspielung auf die Vergangenheit würde genügen, um sie neugierig zu machen. Dann würde eine Frage zur nächsten führen, und letztlich würde es Annabelle großen Schmerz verursachen und niemandem etwas nützen.«

»Du meinst, es würde dich als Lügnerin entlarven«, sagte er schroff. »Ich weiß, wer sie ist, Aline. Ich habe es mir anhand ihres Alters und ihres Geburtsmonats zusammengereimt.«

Aline schloss die Augen und musste sich an der Wand abstützen. Eugenie hatte eindeutig noch mehr verraten, als sie zugegeben hatte. »Sie darf es nie erfahren, Henri.«

»Sie hat ein Recht darauf, es zu wissen. Und nachdem man mir seit ihrer Geburt verweigert hat, auch nur von ihr zu wissen, habe ich nun das Recht, mit ihr zusammen zu sein.«

Aline umklammerte den Hörer fester. »Du spielst ein selbstsüchtiges und gefährliches Spiel, Henri«, zischte sie böse. »Das lasse ich nicht zu.«

»Du hast mir nicht zu sagen, was ich zu tun und zu lassen habe«, schnaubte er zurück. »Deine Einmischung hat schon genug Unheil angerichtet.«

Es machte Aline wütend, dass er ihren Akt der Barmherzigkeit und Liebe als Einmischung bezeichnete. »Du bist für Annabelle seit achtzehn Jahren tot, Henri«, erklärte sie kalt. »Das Mädchen liebt den Mann, der ihr in dieser ganzen Zeit ein Vater gewesen ist, und ich lasse nicht zu, dass du das zerstörst. Sie kennt dich nur aufgrund deines Ruhms in der Kunstwelt. Belasse es dabei, Henri, sonst zerstörst du alles, was Annabelle für sie getan hat.«

Am anderen Ende der Leitung trat Schweigen ein, und als Aline genauer hinhörte, schien es ihr, als hörte sie ihn weinen. »Es tut mir ehrlich leid, Henri«, sagte sie ruhig, »aber ich wusste mir damals keinen anderen Rat. Wir dachten, du wärst tot. Annabelle merkte, dass sie schwanger war, und George hat ihr eine Vernunftehe angeboten, damit sie ihr Kind in aller Ehrbarkeit aufziehen konnte. Wie hätte ich dir in aller Fairness von Eugenie erzählen können – oder Annabelle sagen, dass du doch überlebt hast, wo es doch schon viel zu spät war?«

»Du sagst, es war eine Vernunftehe. Dann hat sie ihn also nicht geliebt?«

Aline hörte, dass seine Stimme brach, und ihr wurde das Herz schwer. »Sie hat noch um dich getrauert und liebte dich noch immer – selbst an ihrem Hochzeitstag«, antwortete sie sanft. »Aber jetzt hat sie eine andere Art von Liebe gefunden, und ihre Ehe mit George steht auf einem starken Fundament.«

»Es klingt alles entsetzlich einleuchtend, so wie du es erklärst«, sagte er traurig. »Doch es ändert nichts daran, dass Eugenie meine Tochter ist, und ich will – nein, ich muss – sie kennenlernen. Ich verspreche, ihr nichts von mir und ihrer Mutter zu verraten.«

»Sie wird Annabelle davon berichten, dass sie das Interesse eines der berühmtesten Künstlers unserer Zeit geweckt hat«, erwiderte Aline. »Kennt sie deinen richtigen Namen?«

»Max hat mir versichert, dass er ihn nicht verraten hat, und ich glaube ihm.«

»Dann sorg dafür, dass das auch so bleibt«, mahnte sie. »Wenn ihr euch kennenlernt, wird sie ihrer Mutter davon schreiben. Zum Glück hat Annabelle keine Ahnung von der Kunstszene. Sie weiß nicht, was du während des Krieges gemacht hast, und hat daher wahrscheinlich nie davon gehört, dass du unter dem Namen bekannt bist, den die Deutschen dir gegeben haben.«

»Ich werde darüber nachdenken«, sagte er nach längerem Schweigen. »Würdest du Eugenie bitte ausrichten, dass ich angerufen habe und sie bitte, morgen mit ihrer Mappe zu mir zu kommen?«

»Das ist ein bisschen übereilt, Henri. Kannst du nicht noch eine Weile warten, und …«

»Ich habe achtzehn Jahre gewartet«, fiel er ihr in schneidendem Ton ins Wort. »Das reicht.«

Aline schloss die Augen und holte tief Luft. »Dann werde ich sie begleiten«, sagte sie schließlich. »So kann ich sicher sein, dass du dein Wort hältst und nicht anfängst, ihr Dinge zu erzählen, die sie nicht zu wissen braucht.«

»Du bist in meinem Haus immer willkommen, Aline«, sagte er leise. »Und es tut mir leid, wenn ich vorhin schroff und unhöflich zu dir war. Aber das alles ist ein entsetzlicher Schock für mich.«

»Für mich auch«, gestand sie. »Wir sehen uns morgen, wenn sie die Aufnahmeprüfung überstanden, all diese schrecklichen Formulare ausgefüllt und die Führung mitgemacht hat. Wir müssten gegen vier bei dir sein.«

Sie legte den Hörer auf und umklammerte den Treppenpfosten, um nicht das Gleichgewicht zu verlieren. Ihr Herz hatte durch die Brutalität und Entbehrungen der Kriegszeit gelitten und schlug nun schmerzhaft und unregelmäßig in ihrer Brust. Ihr war schwindlig, und sie fühlte sich wackelig auf den Beinen.

Sie blickte in Richtung Tür, hörte die jungen Leute auf der anderen Seite reden und über eine Bemerkung von Antoine lachen. Ausnahmsweise hatte sie einmal keine Lust auf ihr albernes jugendliches Geplauder und verspürte nicht den Wunsch, bis spät in die Nacht aufzubleiben. Sie brauchte den Trost ihres Betts, brauchte Ruhe und musste eine Weile allein sein.

Eugenie registrierte, dass Aline schon lange fort blieb, seit sie ans Telefon geeilt war, und so ging sie hinaus in den Flur. Da Aline nirgends zu sehen war, huschte sie rasch die Treppe hinauf und blieb vor ihrer Zimmertür stehen. Sie hörte, wie Schubladen auf- und zugeschoben wurden und ihre Tante leise Selbstgespräche führte. Daraus schloss sie, dass alles in Ordnung war und Aline lediglich beschlossen hatte, ausnahmsweise einmal früh zu Bett zu gehen.

Offenbar dachten auch die anderen schon ans Schlafengehen, und so schlug sie vor, dass sie alle mit anpackten, um in Alines Küche und im Wohnzimmer aufzuräumen. Fleur reagierte mit einem säuerlichen Blick und die jungen Männer mit einem desinteressierten Achselzucken. Eugenie verlieh ihrem Ansinnen noch einmal Nachdruck und scheuchte sie alle in die Küche, damit sie den Tisch abräumten, während sie selbst mit dem Abwasch begann.

»Wenn wir alle jeden Tag mithelfen würden, hätte Aline nicht mehr so viel Arbeit«, erklärte sie streng. »Es ist unfair von uns, ihr weiches Herz auszunutzen.« Sie milderte ihre harten Worte durch ein Lächeln. »Es kostet nur ein paar Minuten, doch es würde einen großen Unterschied machen.«

Fleur schnaubte leise und stellte die schmutzigen Gläser unsanft neben das Spülbecken. »Als Nächstes schreibst du noch einen Arbeitsplan«, maulte sie. »Nur weil sie deine Großtante ist, hast du nicht das Recht, uns hier herumzukommandieren.«

Eugenie wollte schon etwas entgegnen, doch Fleur war bereits hinausstolziert. Sie warf einen Blick zu den Jungen, die zumindest anstandshalber betreten dreinsahen.

»Lass dich von Fleur nicht ärgern«, sagte Michel leise. »Sie ist bloß ein verwöhntes Gör, das noch nie im Leben einen Finger krumm machen musste.« Er begann das Geschirr abzutrocknen, während Antoine das Wohnzimmer aufräumte und Pascal den Küchenboden fegte.

Binnen Minuten war alles aufgeräumt, und nachdem Eugenie Napoleons Käfig abgedeckt hatte, folgte sie den anderen nach oben. Es war ein denkwürdiger Tag gewesen, dachte sie, während sie in dem kleinen Badezimmer mit den unvertrauten französischen Armaturen kämpfte, ein Wechselbad der Gefühle und enorm anstrengend.

Sie ging in ihr Zimmer und schloss die Läden vor dem offenen Fenster, um Insekten auszusperren. Tante Aline hatte eindeutig nichts davon gehalten, dass sie sich mit Max' Mentor einließ. Wie in aller Welt konnte sie sich die Chance entgehen lassen, einen so renommierten Künstler ihre Arbeiten begutachten zu lassen? Es schien beinahe so, als hätte ihre Großtante Vorbehalte gegen Le Basque. Doch laut Max kannten sie einander seit Jahren. Vielleicht wusste sie ja Dinge über ihn, die sie zu anstößig fand, um sie mit einem so jungen Mädchen zu besprechen? Wie auch immer, Eugenie war entschlossen, ihn kennenzulernen.

Nachdem sie sich bettfertig gemacht hatte, schlüpfte sie unter die Decke und versuchte einzuschlafen. Der Tag war seltsam und aufregend gewesen, und morgen würde sich das alles noch steigern, daher brauchte sie unbedingt ausreichend Nachtschlaf. Doch sie lag noch lange wach, während ihr all die Fragen durch den Kopf gingen, die sie Aline über den Aufenthalt ihrer Mutter in Paris stellen wollte. Womöglich hatte Le Basque damals auch schon in Paris gelebt. Vielleicht war er regelmäßig hier im Haus zu Gast gewesen? Hatte ihre Mutter ihn gekannt? Wusste sie, dass er jetzt ein berühmter Künstler war?

Sie kuschelte sich in die Kissen und schloss die Augen. Le Basque war ganz bestimmt nicht sein richtiger Name. Sie musste morgen daran denken, Aline zu fragen, wie er wirklich hieß.

Annabelle schmiegte sich an George, während sie auf dem Sofa saßen und sich ein klassisches Konzert im Radio anhörten. »Ich könnte mich daran gewöhnen, dich für mich allein zu haben«, murmelte sie. »Andererseits fehlen mir aber auch Eugenie und ihre vielen Freunde im Haus.«

Er drückte seine Wange an ihr Haar. »Mir fehlt sie auch, aber es ist schon eine Wohltat, dass ihre grässliche Musik nicht mehr hier herumplärrt. Ich kann nicht verstehen, warum sie sich alle diesen Little Richard anhören. Was für ein dämlicher Name – und seine Stimme tut mir in den Ohren weh. Elvis kann ja wenigstens singen, aber dieses ganze Hüftgewackel ist reichlich unanständig.«

Annabelle versetzte ihm kichernd einen Rippenstoß. »Langsam wirst du wirklich ein alter Knacker«, spöttelte sie. »Elvis ist ein absoluter Frauenschwarm, und ich muss sagen, die Bilder in den Illustrierten, die Eugenie immer kauft, sprechen wirklich für ihn.«

George umarmte sie fester und küsste sie aufs Haar. »Also, ich bekomme bei Rosemary Clooney Herzklopfen«, witzelte er. »Das ist eine tolle Frau – und was für eine Stimme!«

Sie knuffte ihn erneut und kuschelte sich noch enger an ihn, als das Streichquartett den letzten, dramatischsten Teil des Stücks spielte.

George achtete gar nicht auf die Musik; er war viel zu sehr davon gefangen, Annabelle neben sich zu spüren, die sich so perfekt an seine Seite schmiegte, und ihren Duft wahrzunehmen. Ihre Liebe hatte seine harten Kanten abgeschliffen und ihn zu etwas Ganzem gemacht. Er wusste, dass sie Eugenie vermisste, genau wie er, und vermutete, dass sie in ihrem tiefsten Inneren vielleicht sogar ein bisschen neidisch auf ihre Tochter war.

Er hatte selbst schon erwogen, irgendwann einmal mit Annabelle eine Reise nach Paris zu unternehmen, jedoch eingesehen, dass es nicht klug wäre, sich eigene Erinnerungen an die Stadt schaffen zu wollen. Paris bedeutete für Annabelle nur eines, nämlich Henri, und er durfte sich keine Hoffnungen darauf machen, daran etwas zu ändern.

Zu Beginn ihrer Ehe hatte sie selten von Henri gesprochen, und inzwischen erwähnte sie ihn überhaupt nicht mehr, und ihm war klar, dass ihre Erinnerungen an diese Zeit etwas Intimes waren. Da er sie nicht bedrängen wollte, hatte er Annabelle nicht ermuntert, mehr von ihren Erlebnissen bei Aline und der harten Zeit in Spanien zu sprechen. Doch er wusste instinktiv, dass Annabelles Gedanken jetzt, da ihre Tochter in Paris war, in die Vergangenheit zurückkehrten.

Er hielt sie eng an sich gedrückt, während die Musik zu einem Crescendo anschwoll und in einem langen, beinahe klagenden Ton endete, in dem seine tiefsten Ängste mitzuschwingen schienen. Henri mochte schon lange tot sein, doch George spürte noch immer seinen Schatten zwischen ihnen, auch wenn Annabelle das vehement bestritten hätte. Wie konnte er gegen einen Geist ankämpfen, eine Erinnerung?

Als Annabelle das Zimmer durchquerte, um das Radio auszuschalten, kam George zu dem Schluss, dass er übermüdet war und langsam lächerlich sentimental wurde. Ihre Ehe stand auf festen Beinen; sie hatten sich mit der Vergangenheit arrangiert und würden gemeinsam allem trotzen, was die Zukunft ihnen bringen mochte.

18

Eugenie hatte gut geschlafen und war früh aufgestanden, damit sie genug Zeit hatte, sich für diesen so besonderen Tag anzukleiden. Ihre Wahl war auf einen weiten roten Rock gefallen, der am Saum mit Notensymbolen bestickt war – ein Muster, das sie aus einer von Tante Carolines amerikanischen Modezeitschriften kopiert hatte –, und sie hatte ihn über einen bauschigen blassrosafarbenen Petticoat aus Organza gezogen. Eine weiße Bluse, ein breiter schwarzer Gürtel und flache schwarze Ballerinas rundeten ihr Erscheinungsbild ab. Die dicken honigblonden Locken hielt ein rotes Band aus dem Gesicht, und sie hatte es über dem rechten Ohr zu einer Schleife gebunden. Als Accessoires trug sie bunte Plastikarmreifen und rote Ohrringe, die zur Farbe ihres Lippenstifts passten. Zuletzt hatte sie sich kritisch im Spiegel beäugt und war zu dem Schluss gekommen, dass sie genauso aussah, wie sie es angestrebt hatte.

Als die anderen Hausbewohner herunterkamen, hatte sie schon Kaffee gekocht und beim Bäcker Brot geholt. Als Aline hereinkam, hob Eugenie den Blick vom Küchentisch und wurde augenblicklich von Sorge ergriffen. Ihre Tante war kreidebleich. »Fühlst du dich nicht wohl, Tante Aline?«

»Ich bin ein bisschen müde.« Sie setzte sich und lächelte ihre Nichte an. »Du siehst heute Morgen reizend aus, meine Liebe. Wie ich sehe, hast du meine Liebe zu kräftigen Farben geerbt.«

»Du findest also nicht, dass es zu viel ist?«, fragte sie, auf einmal unschlüssig geworden.

»Es ist perfekt«, antwortete Aline mit sanfter Stimme. »Du

siehst genau wie eine moderne junge Kunststudentin aus und wirst prima zu den anderen passen.«

Michel und Pascal kümmerten sich um Aline, schenkten ihr gesüßten Milchkaffee ein und sorgten dafür, dass sie ein weiches Stück Baguette bekam, während Fleur und Antoine sich darüber stritten, wer das Buttermesser in die Marmelade gesteckt hatte.

»Freust du dich schon auf heute?«, fragte Aline und tunkte ihr Brot in die große Tasse Milchkaffee. »Oder bist du nur nervös?«

»Beides«, gestand Eugenie. »Aber ich kann es kaum erwarten, endlich loszulegen. Die Wartezeit, bis ich mich endlich einschreiben kann, wird sich endlos hinziehen, also dachte ich, dass ich nach dem Frühstück noch ein bisschen spazieren gehe.«

Aline musterte sie scharf. »Geh doch in den Park am Ende der Straße. Dort gibt es einen hübschen Teich und einen entzückenden kleinen Pavillon, der überwuchert ist von Passionsblumen und Kletterrosen.«

»Ja, das könnte ich tun«, antwortete sie, obwohl sie eigentlich vorhatte, zum Quai de la Mégisserie zu gehen und einen Blick auf das Haus von Le Basque zu werfen. Vielleicht schaute er aus dem Fenster. Sie wusste nicht genau, wie sie reagieren würde, falls er es tat – wahrscheinlich würde sie nur lächeln, winken und schleunigst den Rückzug antreten.

»Wie viel Uhr war es, als du am Tag der Einschreibung fertig warst, Fleur?«, erkundigte sich Aline.

Das Mädchen zuckte die Achseln. »Etwa vier, schätze ich. Aber das ist schon ein Jahr her, also weiß ich es nicht mehr so genau.« Sie blickte von Aline zu Eugenie und wieder zurück. »Sie haben doch nicht etwa vor, sie zu begleiten, oder? Das wäre wohl kaum angebracht – es sei denn, die arme, kleine Eugenie braucht jemanden zum Händchenhalten«, fügte sie gehässig hinzu.

Aline blickte mit ungerührter Miene über den Tisch und sah Fleur aus ihren braunen Augen direkt an. »Du hältst dich wohl für ein hübsches Mädchen, Fleur, aber dein Benehmen ist alles andere als anziehend.«

Fleur wurde rot, während die Jungen kicherten. »Tut mir leid«, murmelte sie. »Ich wollte nicht unhöflich sein.«

»Oh doch, ich glaube schon«, sagte Aline. »Und das verbitte ich mir in Zukunft. Das hier ist mein Haus, und das hast du zu respektieren, genau wie alle anderen Menschen, die darin leben.« Aline umfasste mit beiden Händen ihre Tasse und führte sie zum Mund. Sie trank einen Schluck, ohne Fleur aus den Augen zu lassen.

Eugenie begann das Mädchen schon leidzutun, und wenn sie geglaubt hätte, es nützte etwas, dann hätte sie ihr einen beruhigenden Blick zugeworfen. Doch Fleur war wirklich sehr unhöflich gewesen, und sie schien kein bisschen zerknirscht zu sein, daher war es wohl am besten, sie einfach zu ignorieren.

Das Frühstück wurde in betretenem Schweigen zügig beendet, und nachdem die anderen einen geräuschvollen Abgang gemacht und die Tür hinter sich zugeschlagen hatten, entspannte sich Aline sichtlich. »Sie ist nur eifersüchtig, Eugenie. Beachte sie gar nicht.«

»Sie hat doch überhaupt keinen Grund dazu. Ich bin nicht an Antoine interessiert; ja, ich finde ihn sogar ein bisschen eingebildet.«

Aline schmunzelte. »Er erinnert mich ein wenig an Etienne«, sagte sie leise. »Der war auch andauernd am Flirten und gab an.« Sie blinzelte und sammelte sich. »Entschuldige, Eugenie, ich habe gerade an jemanden gedacht, den ich vor vielen Jahren gekannt habe. Aber jetzt muss ich dir etwas Wichtiges sagen.«

Eugenie runzelte die Stirn. Aline hörte sich sehr ernst an.

»Ich habe heute Nachmittag eine Verabredung für uns getroffen, deshalb werde ich in dem kleinen Café an der Ecke bei der Kunsthochschule auf dich warten.«

»Was für eine Verabredung?«

»Das wirst du schon sehen«, antwortete Aline geheimnisvoll. »Aber erwarte dir nicht zu viel, denn wahrscheinlich wird es recht langweilig.«

Eugenie kicherte. »Ich bezweifle, dass irgendetwas langweilig sein kann, wenn du die Finger im Spiel hast. Aber warum die Heimlichtuerei?«

Aline zuckte die Achseln. »Ich bin eine alte Frau. Ich habe manchmal so meine Ideen.« Sie stand vom Tisch auf und ging langsam ins Wohnzimmer, um die Vorhänge aufzuziehen. »Vielleicht setze ich mich heute Morgen ein bisschen raus, solange es noch kühl ist. Aber ich traue diesen Stühlen nicht. Könntest du mir einen aus der Küche bringen und dazu einen Sonnenschirm?«

Eugenie suchte beides zusammen und eilte damit in den Garten hinaus. Sie hatte keine Zeit gehabt, um sich des Unkrauts und der Töpfe mit verdorrten Pflanzen anzunehmen, aber vielleicht konnte sie an diesem Abend damit anfangen. Gartenarbeit gefiel ihr, und sie hatte oft ihrem Vater dabei geholfen. Dann hatten sie in stillem Einvernehmen Seite an Seite vor sich hin gewerkelt und hatten beide ihre Gedanken schweifen lassen, während sie Unkraut jäteten oder harkten. Die plötzliche Erinnerung an Zuhause ließ Heimweh in ihr aufwallen, und sie fragte sich, was ihre Eltern wohl gerade machten und wie sie mit dem leeren Haus zurechtkamen.

Sowie Aline bequem unter dem Sonnenschirm saß und sie ihr eine zweite Tasse Kaffee und ihre Zeitung gebracht hatte, gab Eugenie ihr einen Abschiedskuss. »Ich bin zu aufgeregt, um mich zu entspannen«, sagte sie. »Ein Spaziergang tut mir sicher gut.«

»Viel Glück, meine Liebe; wir sehen uns dann heute Nachmittag.«

Eugenie nahm ihre Mappe und ihre Umhängetasche und zog die Haustür hinter sich ins Schloss. Auf der obersten Stufe stehend beschloss sie, zuerst durch den Park zu spazieren und dann hinunter zur Seine zu gehen. So würde sie Aline nicht anlügen müssen, falls diese wissen wollte, wohin sie gegangen war.

Der Park war nicht besonders groß, doch die Blumenbeete leuchteten in allen Farben, das Gras war frisch und grün, und der kleine Pavillon war einfach traumhaft. Sie setzte sich einen Augenblick dort hinein, atmete den Duft der weißen Rosen ein, die zwischen den violetten Passionsblumen mit ihren gelben Herzen am Spalier um Halt rangen, und sah den Schwänen und Enten auf dem Teich zu. Immer noch unruhig wegen der bevorstehenden Prüfung verließ sie schließlich den Park und ging in Richtung Fluss.

Die Seine floss rasch unter den Brücken hindurch, und die Bronzestatue des stolz auf seinem Pferd thronenden Heinrich IV. hob sich vom strahlend blauen Himmel ab. Eugenie schritt die Uferstraße entlang und ließ den Blick über die hohen Häuser mit ihren schmiedeeisernen Balkonen und den hohen Glasfenstern schweifen. In einem von ihnen lebte Le Basque, doch sie hatte keine Ahnung, in welchem, und so studierte sie im Vorübergehen die Namen an den Klingelschildern.

Die meisten Häuser waren in einzelne Wohnungen aufgeteilt, sodass mehrere Namen aufgeführt waren, doch als sie zum letzten kam, fand sie dort keine Namen, sondern lediglich eine Hausnummer in dem Buntglasfenster über der Tür. Ihr Puls beschleunigte sich, als sie auf die schwarz lackierte Tür mit dem auf Hochglanz polierten Messingklopfer blickte. Würde sie es wagen, diesen Klopfer zu betätigen und sich selbst vorzustellen?

Das Geräusch von Schritten hinter der Tür drängte sie zu einer Entscheidung, und so stürmte sie hastig davon und blieb auf der Brücke stehen. Eine stämmige Frau in einer weiten Schürze erschien auf den Stufen und begann, den delfinförmigen Messingklopfer zu polieren. Eugenie fragte sich, ob das Le Basques Ehefrau oder seine Haushälterin war. Sie wusste so wenig über den Mann, von dem sie eigentlich nur seine Bilder kannte, und auf einmal ging ihr auf, dass sie vergessen hatte, Aline nach seinem richtigen Namen zu fragen.

Reichlich verärgert über sich selbst beobachtete sie die Frau eine Weile, ehe sie an einem Fenster im dritten Stock eine Bewegung wahrnahm. Sie kniff die Augen zusammen und sah genauer hin. Ihr Herz klopfte wie verrückt, als sie registrierte, dass Le Basque mit seinem Rollstuhl dicht ans Fenster gefahren war und sie direkt ansah.

Es war schwer, sein Alter zu schätzen, da er einen Vollbart trug, der den größten Teil seines Gesichts verbarg. Aber er musste auf jeden Fall alt sein, wahrscheinlich älter als ihr Vater, was bedeutete, dass er mindestens fünfzig war, also wirklich uralt. Doch seine breiten Schultern und sein kräftiger Oberkörper waren die eines wesentlich jüngeren Mannes, und auch sein Haar und sein Bart schienen noch ganz dunkel zu sein.

Sie sah, wie er eine Hand hob und lächelte, und so hob sie zögerlich die Ihre und lächelte nervös zurück. In diesem Moment hörte sie die Kirchenglocke die Viertelstunde schlagen und merkte, dass sie zu spät kommen würde, wenn sie sich nicht schleunigst in Bewegung setzte. Mit einem kurzen Winken wandte sie sich um und lief über die Brücke zum anderen Flussufer.

Die Kunsthochschule lag mitten in Saint-Germain-des-Prés, einem Viertel im sechsten Arrondissement. Der Haupteingang führte durch ein fein gearbeitetes schmiedeeisernes Tor in einer imposanten Mauer mit verzierter Brüstung.

Eugenie betrat eilig den gepflasterten Hauptplatz. In der Mitte blieb sie völlig außer Atem abrupt vor einem hohen Sockel stehen, der von einer Bronzestatue des Kardinal Mazarin gekrönt war. Der Gründer der Kunsthochschule blickte nun von hoch oben auf seine Schöpfung herab. Während sie noch um Atem rang und versuchte, zur Ruhe zu kommen, sah sie sich mit der gleichen Ehrfurcht um, die sie schon empfunden hatte, als Michel sie vor zwei Tagen hierhergeführt hatte.

Das ursprüngliche Gebäude aus dem Jahr 1648 war durch den Architekten Félix Duban zwischen 1830 und 1861 um mehrere Anbauten erweitert worden, die sich nun an drei Seiten um den Platz herum erstreckten. Mit ihren eleganten Bogenfenstern und hohen Türen erweckten sie den Eindruck von erhabener Schönheit und solider Dauerhaftigkeit. Dies war zweifellos das pulsierende Herz des künstlerischen Paris, und Eugenie wusste, dass sie in den Fußstapfen der Meister wandelte, die hier studiert hatten – Größen wie Degas, Monet, Renoir und Moreau. Es war eine Herausforderung, ihnen nachzueifern, und sie konnte nur hoffen, dass sie gut genug war, um sich ihnen würdig zu erweisen.

Um nicht noch mehr Zeit zu verschwenden, steckte sie rasch die Bluse fest unter den breiten Gürtel, strich echte oder eingebildete Falten in ihrem Rock glatt und hängte sich die Tasche über die Schulter. Die lederne Mappe, die ihre Eltern ihr zum Geburtstag geschenkt hatten, fest in der Hand schritt sie nervös durch den Torbogen in den weiten, überdachten Innenhof mit seinem hallenden Marmorfußboden.

Sie fragte nach dem Weg, und als sie den richtigen Raum gefunden hatte, blieb sie zögernd vor der Tür stehen. Sie dachte an die Geschichte ihrer Mutter, die sich vor so vielen Jahren in Paris um ihre Anerkennung als Krankenschwester bemüht hatte. Sie war damals gescheitert, weil ihr Französisch nicht gut genug gewesen war. In dieser Hinsicht hatte Eugenie keine Bedenken, da sie während ihres letzten Schuljahrs einen Tutor für Französisch gehabt hatte. Sie hatte keine Ruhe gegeben, bis sie alles gelernt hatte, was sie wissen musste, falls sie je nach Paris käme. Es war ein lang gehegter Traum von ihr gewesen, unterstützt von den Erzählungen ihrer Mutter, und nun, da sie wirklich hier war, war sie so nervös, dass sie kaum Luft bekam.

»Du siehst aus, als hättest du genauso viel Angst wie ich.«

Eugenie wandte sich um und sah ein großes, dunkelhaariges Mädchen schräg hinter sich stehen, dessen braune Augen in einem blassen Gesicht riesig wirkten. »Ganz schön einschüchternd, was? Sollen wir zusammen reingehen?«, schlug Eugenie ihr vor.

Die andere nickte. »Ja, gern. Ich heiße übrigens Ellie.«

Eugenie stellte sich ebenfalls vor. Im weiteren Gespräch erfuhr sie, dass Ellie dreiundzwanzig war, ebenfalls aus England stammte und soeben ein dreijähriges Studium an der Slade School abgeschlossen hatte. Erleichtert darüber, dass sie nun nicht mehr allein waren, holten sie beide tief Luft, um Mut zu fassen, und gingen hinein.

Aline schlenderte gemächlich in Richtung des Pont Neuf und ließ sich Zeit, um die leichte Brise zu genießen, die vom Fluss herüberwehte. Die Seine hatte einen ganz eigenen feuchtdumpfen Geruch, und der zeitlose, unendliche Strom des Wassers unter den vielen Brückenbögen erinnerte sie daran, dass sich manche Dinge in Paris nie ändern würden.

In der Mitte der Brücke blieb sie stehen, während ihr der Wind in die Haare blies und sachte unten an ihrem langen orangefarbenen Seidenmantel und dem hellvioletten Kleid zupfte. Sie hatte beschlossen, wieder Farben zu tragen, nachdem sie Eugenie heute Morgen so fröhlich und bunt gekleidet gesehen hatte. Seit Paris gefallen war, hatte sie Schwarz getragen, wobei ihre Trauer nicht nur dem Verlust ihrer Stadt galt, sondern auch dem verlorenen Teil von ihr, der ihrer Kunst gehörte, und der jugendlichen Vitalität, mit der sie einst den Widrigkeiten der Welt getrotzt hatte.

Ihre Farbwahl beruhte auch auf einem fast trotzigen Stolz, den sie schon verloren geglaubt hatte. Schwarz war trist; Schwarz stand für alt und vergessen; und vor allem ließ Schwarz sie fahl wirken und alles andere als stilvoll. Nur weil sie sechzig Jahre alt war und Herzprobleme hatte, hieß das nicht, dass die Glut ihres inneren Feuers sich nicht wieder zu einer Flamme hochpäppeln ließ – doch langsam wurde die Zeit knapp.

Sie spürte ein Kribbeln, das ihr verriet, dass er da war und sie beobachtete, und so drehte sie sich langsam zu den Häusern am Kai um. In stillem Einverständnis neigte sie den Kopf, als er die Hand hob, ehe sie sich abwandte und über die Brücke ging in Richtung der Rue Bonaparte zu dem Café an der Ecke. Sie würden sich früh genug begegnen, und obwohl sie glaubte, dass er Wort halten würde, war sie immer noch ziemlich angespannt bei dem Gedanken daran, dass er und Eugenie sich im selben Raum aufhalten würden.

Die Kirchturmglocken hatten schon vor geraumer Zeit die Stunde geschlagen, doch Aline saß zufrieden an dem kleinen Tisch vor dem Straßencafé, durch eine blau-weiß gestreifte Markise vor der grellen Sonne geschützt. Sie nippte an einem Glas sehr guten Rotweins, lauschte amüsiert dem Geplauder der jungen Leute um sie herum und fragte sich, warum sie so etwas nicht öfter machte.

Früher war sie Stammgast in den Cafés und Bars gewesen, hatte die Gesellschaft anderer Künstler genossen und sich von den Dozenten und Meistern aus den Akademien anregen lassen, die mit ihren Studenten über verschiedene Maltechniken diskutierten und leidenschaftlich über die neuesten Kunstformen stritten. Vor dem Krieg hatte es eine lebhafte, vielfältige Kunstszene gegeben, und diese neue Generation war eindeutig genauso begeisterungsfähig, meinungsstark und streitlustig wie die vorhergegangene, und es war ebenso faszinierend, ihren Vertretern zuzuhören.

Sie wurde aus ihren Gedanken gerissen, als sie Eugenie erblickte, die zusammen mit einem anderen Mädchen durch das reich verzierte Tor kam. Die beiden schwatzten ohne Punkt und Komma, plapperten und gestikulierten, als würden sie sich schon seit Jahren kennen. Aline musste schmunzeln. Offenbar hatte Eugenie eine Freundin gefunden, und ihr erster Tag war gar nicht so beängstigend gewesen wie befürchtet.

»Das ist Ellie, Tante Aline. Und stell dir nur vor, ihre Mutter ist Französin, ihr Vater ist Ire, und sie kommt aus London.«

Lächelnd schüttelte Aline der jungen Frau die Hand. »Ihr habt offensichtlich alle beide einen anstrengenden Tag hinter euch. Darf ich euch vielleicht auf ein Glas Wein einladen, und ihr erzählt mir alles ganz genau?« Sie winkte dem Kellner, hob ihr Glas und drei Finger.

Der Wein kam, gerade als Eugenie aufgeregt die große Aula beschrieb, in der sie – obwohl sie bereits in England den französischen Sprachtest bestanden hatte – noch einmal auf die Probe gestellt worden waren, ergänzt durch eine lange mündliche Prüfung. Immer wieder hielten die beiden inne, um genüsslich an ihrem Wein zu nippen, während sie abwechselnd die riesigen Hörsäle, die imposanten Ateliers und die fantastischen Arbeiten der anderen Studenten sowie die herrliche Architektur der Schule schilderten.

Aline lehnte sich zurück und schmunzelte über die jugendliche Begeisterung der beiden, froh, dass sie daran teilhaben durfte und dass Eugenie eine so nette Freundin gefunden hatte. Sie musterte Ellies leuchtende dunkle Augen, ihren cremeweißen Teint und das lange schwarze Haar, das sie mit einem blauen Band zu einem modischen Pferdeschwanz zurückgebunden hatte. Sie hatte schlanke Arme und lange

Beine und erinnerte sie ein bisschen an Amélie, Henris einstmaliges Modell, denn auch sie besaß eine sehr sinnliche Ausstrahlung.

»Also, Tante Aline, was hast du nun für eine Überraschung?«

Aline besann sich und sah auf die Uhr. »Du liebe Güte, schon so spät. Es tut mir leid, Ellie, aber wir müssen gehen.«

»Kann Ellie auch mitkommen?«

»Heute nicht, Liebes. Vielleicht ein andermal.« Sie lächelte dem anderen Mädchen zu und griff nach Tasche und Handschuhen. »Sie sind mir jederzeit willkommen. Und bitte denken Sie nicht, Sie bräuchten eine spezielle Einladung – meine Tür steht immer offen.«

Ellie verabschiedete sich und machte sich auf den Weg zu ihrer Unterkunft in einer Seitenstraße der Rue Bonaparte.

»Sie ist nett, findest du nicht auch?«, sagte Eugenie und nahm Alines Arm. »Und sie studiert das Gleiche wie ich, also werden wir in denselben Kursen sitzen.«

»Das freut mich für euch«, sagte Aline, während sie auf den Pont Neuf zuschritten. »Sicher vermisst du deine Freundinnen von zuhause.«

»Wohin gehen wir, Tante Aline?«

»Wir treffen jemanden in dem Haus da drüben«, antwortete sie.

Eugenie blieb wie angewurzelt stehen und riss die Augen auf. Ihr Gesicht lief vor Aufregung rot an. »Wir besuchen Le Basque? Wirklich? Aber wie hast du …? Wann …?«

»Er hat gestern Abend angerufen«, versetzte Aline rasch. »Und jetzt komm, es ist schon reichlich spät, und er wird gegen Abend schnell müde.«

»Ich kann nicht Le Basque zu ihm sagen«, erklärte Eugenie, als sie sich wieder in Bewegung setzten. »Wie lautet sein richtiger Name?«

»Den gibt er nicht gerne preis«, erwiderte Aline entschlossen. »Er zieht es mittlerweile vor, mit ›Patron‹ angesprochen zu werden, also würde ich mich an deiner Stelle daran halten.«

»Aber Max hat mir erzählt, dass du ihn schon seit Jahren kennst – aus der Zeit, als er noch nicht berühmt war. Du musst wissen, was sein wahrer Name ist«, beharrte Eugenie. »Komm schon, Tante Aline, verrat's mir.«

Nun war es an Aline, stehen zu bleiben. »Du wirst ›Patron‹ zu ihm sagen, und damit hat es sich, Eugenie«, erklärte sie streng. »Ist das klar?«

Eugenie errötete und senkte den Kopf. »Ja, natürlich. Entschuldige, wenn ich dich verärgert habe.«

Aline nickte zustimmend und ging auf die schwarz lackierte Tür zu. Kurz nachdem sie den Türklopfer betätigt hatte, hörten sie schwere Schritte durch den Flur kommen. Es war Max, der ihnen die Tür aufmachte.

»Hallo. Ich wusste nicht, dass Sie heute kommen würden«, sagte er fröhlich. »Aber das erklärt, warum mein Patron sich so viel Mühe gegeben und Madame Doumer angewiesen hat, besonders gründlich aufzuräumen.« Er wich zur Seite, damit sie eintreten konnten. »Schön, dich wiederzusehen, Eugenie.«

Aline wartete, bis er im Hausflur das stabile Metallgitter zu dem kleinen Aufzug aufgeschoben hatte, und trat dann in die Kabine. »Du kommst mit mir, Eugenie«, befahl sie. »Ich hasse dieses Ding.«

Kaum hatte Max Tür und Eisengitter geschlossen, drückte Aline auf den Knopf, und der Lift setzte sich ruckelnd und quietschend in Bewegung und trat langsam seinen Weg nach oben an. Max lief die Treppe hinauf, wobei er ihnen jedes Mal Grimassen schnitt, wenn sie einen Treppenabsatz passierten, und stand bereit, um ihnen bei der Ankunft im dritten Stock die Türen zu öffnen.

»Dann lasse ich euch mal allein«, erklärte er fröhlich. »Ich habe eine dringende Verabredung in einem Bistro um die Ecke.«

In Wirklichkeit hatte Aline gar nichts gegen den Aufzug, doch sie hatte verhindern wollen, dass Eugenie zusammen mit Max die Treppe hinaufeilte und Henri begegnete, bevor sie selbst oben anlangte. Sie betastete die mehrreihige Kette aus bunten Perlen an ihrem Hals, klemmte sich ihre Handtasche unter den Arm und trat mit der gebieterischen Ruhe einer Fürstin aus der Aufzugkabine.

Henri wartete bereits in der Tür, um sie zu begrüßen, die Beine im Rollstuhl wie üblich mit einer leichten Decke zugedeckt. Er sah gut aus und hatte sich eindeutig extra für diesen Anlass herausgeputzt. Er trug einen Anzug mit einem seidenen Einstecktuch in der Brusttasche, und sowohl Kinn- und Backenbart als auch der Schnurrbart waren frisch gestutzt.

Aline registrierte sofort, dass er nur Augen für Eugenie hatte, trat aber dennoch auf ihn zu und küsste ihn auf beide Wangen. »Schön, dich bei so guter Gesundheit zu sehen«, murmelte sie.

»Danke, gleichfalls«, sagte er abwesend und löste den Blick von Eugenie. »Hast du endlich beschlossen, dein tristes Schwarz abzulegen? Die kräftigen Farben stehen dir, aber das war ja schon immer so.« Nach diesen Worten wandte er den Blick wieder Eugenie zu.

»Das ist meine Nichte Eugenie Ashton«, erklärte Aline und schubste das sprachlose, völlig hingerissene Mädchen vorwärts. »Du musst ihr ihre Schüchternheit nachsehen. Ich glaube, sie ist völlig überwältigt davon, dich kennenzulernen«, fügte sie wie beiläufig hinzu.

»*Enchanté*, Eugenie«, sagte er, während er ihre Hand nahm und die Luft über ihren Fingerknöcheln küsste.

»Es ist mir eine solche Ehre, Sie kennenzulernen, Patron«, stotterte sie. »Ich bin fasziniert von Ihrer Arbeit und habe Ihre Bilder gesehen, die gerade in der Tate Gallery ausgestellt werden«, fuhr sie atemlos fort. »Und natürlich kenne ich vom Kunstunterricht her Ihre Zeichnungen aus dem Bürgerkrieg, und …«

Henri grinste. »Komm lieber mit in mein Atelier, ehe du völlig außer Atem bist. Wir haben noch den ganzen Rest des Tages, um einander kennenzulernen, also warum sollte man gleich alles in den ersten fünf Minuten unterbringen?«

Eugenie lief puterrot an, und Aline folgte den beiden schweigend in den großen, sonnendurchfluteten Raum, der als Atelier und Wohnzimmer zugleich diente. Henri schien sie vergessen zu haben, doch das störte sie nicht, solange er sich nicht dazu hinreißen ließ, Dinge zu sagen, die er für den Rest seines Lebens bedauern würde.

Henri bot Eugenie einen Stuhl am Fenster an, damit das Licht auf ihr Gesicht fiel, ohne sie zu blenden, und Aline den zweiten Stuhl, der direkt neben ihm stand. Er schenkte Wein ein und sah amüsiert zu, wie sich Eugenie in unverhohlener Bewunderung im Raum umsah.

»Das ist die Blumenverkäuferin«, hauchte sie, als ihr Blick auf das unvollendete Gemälde fiel. »Dieselbe, die ich gestern gezeichnet habe. Aber Sie haben ihren Gesichtsausdruck so gut getroffen und das Leuchten in ihren Augen …« Sie verstummte und errötete erneut. »Verzeihung, Patron, ich wollte kein dummes Zeug reden.«

»Schon gut, Eugenie. Ich habe kein Problem mit Kritik, wo auch immer sie herkommt. Kritik ist das Herzblut der Kreativität, und auch wenn sie manchmal wehtut, ist sie nie verfehlt, solange man sie zu seinem Vorteil nutzt und kein eitles Getue um seine Arbeit macht.«

Lächelnd nippte er an seinem Wein. »Letztlich ist jedes Kunstwerk etwas, das man versteht oder nicht; es ist mehr oder weniger eine Frage des persönlichen Geschmacks. Selbst unter den Kritikern bevorzugt jeder einen bestimmten Stil und bestimmte Genres. Es ist allgemein bekannt, dass immer wieder neue Arbeiten hochgelobt werden, die im Grunde unverständlich und nicht besonders gut gemacht sind, nur weil die Kritiker glauben, dass sie dadurch scharfsinniger und tiefgründiger wirken als der Rest der Menschheit. Die Kunstwelt kann sehr aufgeblasen sein.«

»Ich muss noch so viel lernen«, seufzte sie.

»Lass mich das beurteilen«, erwiderte er. »Würdest du mir deine Mappe und dein Skizzenbuch zeigen?«

Eugenie rutschte auf dem Stuhl herum, während sich auf ihrem Gesicht eine gequälte Mischung aus Freude und Angst abzeichnete. »Ich bin nicht besonders gut, und vieles davon ist schon ziemlich alt«, stammelte sie.

Henri lachte. »In unserer Welt ist kein Platz für Bescheidenheit, Eugenie. Zeig mir, was du kannst, und vergiss niemals, stolz darauf zu sein.«

Eugenie gab ihm ihre Mappe, und Henri zog ein kleines Tischchen heran, um sie daraufzulegen.

Während Eugenie nervös ihre Hände knetete und auf ihrer Unterlippe kaute, sah Henri langsam und konzentriert die Arbeiten durch, die ihr das einjährige Stipendium an einer der renommiertesten Kunsthochschulen der Welt verschafft hatten.

Aline sah schweigend zu und registrierte die unübersehbare Ähnlichkeit zwischen den beiden. Diese fand sich fraglos in den Augen, aber auch in der Knochenstruktur ihrer Gesichter. Selbst ihre Hände ähnelten sich, schmal und mit langen, gelenkigen Fingern. Obwohl Eugenie die Haar- und Hautfarbe ihrer Mutter geerbt hatte, konnte kein Zweifel daran bestehen, dass sie Henris Tochter war.

Sie beobachtete Henri, wie er sich über die Mappe beugte und langsam und mit großer Aufmerksamkeit jedes Gemälde und jede Zeichnung betrachtete. Dies musste ihm äußerste Selbstbeherrschung abverlangen, denn er hatte gerade eine

Tochter gefunden, von deren Existenz er bis gestern nichts geahnt hatte. Er würde sie nie als solche anerkennen können, würde ihr nie ein Vater sein dürfen.

Henri klappte die Mappe zu und griff nach dem Skizzenbuch. Er schürzte die Lippen, während er sich die vielen Zeichnungen ansah, die sie auf ihren Spaziergängen durch Paris gemacht hatte, bis er schließlich zu der Skizze der Blumenverkäuferin kam. »Wie lang hast du dafür gebraucht, Eugenie?«, fragte er nach langem Schweigen.

»Ungefähr eine halbe Stunde. Ich habe nicht richtig auf die Zeit geachtet.«

»Es ist eindeutig eine schnelle Skizze, wie alle Arbeiten hier, aber du hast ihr Wesen perfekt eingefangen.« Er schlug das Buch zu und trank von seinem Wein. »Du bist eine begabte junge Frau, Eugenie Ashton, und es wundert mich ganz und gar nicht, dass du von der Kunsthochschule akzeptiert worden bist. Aber du hast noch einen weiten Weg vor dir.«

Eugenie nickte, und ihr Mienenspiel zeigte sowohl Besorgnis als auch Hoffnung.

»Bist du bereit, hart an den kleinen Dingen zu arbeiten? Den langweiligen Dingen, den Dingen, die dir am schwersten fallen?«

»Ich werde so hart arbeiten, wie ich nur kann, Patron. Mir ist bewusst, was für ein Privileg es ist, die Kunsthochschule besuchen zu dürfen – und hier bei Ihnen zu sein.« Sie senkte den Kopf, als ihr erneut Röte in die Wangen stieg. »Glauben Sie, ich könnte es tatsächlich zu etwas bringen?«

»Allerdings«, erklärte er fest. »Aber das dauert noch eine Weile.« Er lächelte sie an. »Verlier nicht den Mut, Eugenie, diese Dinge kosten viel Zeit und Mühe.«

Sie musterte ihn in wortloser Beklommenheit.

»Du musst mehr Lebenserfahrung sammeln, dir der Welt um dich herum bewusster werden und die Dinge nicht nur mit den Augen sehen, sondern auch mit dem Herzen. Dann könntest du vielleicht – aber nur vielleicht – Großes erreichen.«

»Glauben Sie wirklich?«, fragte sie atemlos.

»Es ist bekanntermaßen schwer, sich in der Kunstwelt einen Namen zu machen«, erklärte er ruhig. »Es gibt viele sehr begabte Künstler, Schauspieler, Dramatiker und Dichter, die nur mühsam über die Runden kommen und nie ihr Potenzial ausschöpfen. Das ist sehr bedauerlich, aber es ist der Lauf der Welt. Wir bekommen nicht immer das, wonach wir uns sehnen – oder die Dinge, von denen wir glauben, dass sie uns zustehen.«

Er lächelte, um seinen Worten die Spitze zu nehmen. »Aber zumindest hast du von Anfang an die besten Chancen bekommen, und das allein ist schon ein Erfolg.«

»Ja«, sagte sie leise. »Ich weiß, wie viel Glück ich gehabt habe.«

Er räusperte sich und nippte erneut an seinem Wein. »Glück spielt dabei auch manchmal eine Rolle. Und wenn du älter und erfahrener bist, wirst du feststellen, dass Ehrgeiz allein nicht genug ist – was zählt, ist nur echte Begabung.«

Er lächelte warm, und sie runzelte erstaunt die Stirn. »Echte Begabung heißt, dass deine Kunst ein lebendiger, atmender Teil von dir ist, der sich nicht verleugnen lässt. Sie ist das Feuer in deinem Inneren und die Überzeugung, dass deine Kunst das ist, wofür du geboren wurdest. Du wirst Ablehnung und schlechte Kritiken verkraften müssen; du wirst Mühe haben, genug zu verdienen, um dir ein Dach über dem Kopf leisten zu können, während du um Anerkennung ringst. Doch das wird es wert sein, Eugenie.«

Sie musterte ihn mit feierlichem Ernst und nickte zustimmend.

»Rodin hat sich dreimal an der Kunsthochschule beworben und wurde dreimal abgelehnt«, fuhr Henri fort, »doch das Feuer brannte in ihm, Eugenie – er glaubte immer fest an seine Begabung. Und sieh dir an, wie er der Welt bewiesen hat, wie recht er damit hatte, an sich selbst zu glauben und sich nicht von jenen unterkriegen zu lassen, die diesen Glauben nicht teilten.«

»Aber was, wenn dieser Glaube ein Irrglaube ist? Was, wenn ich mir nur etwas vormache und mir bloß einbilde, ich könnte mit meiner Kunst Erfolg haben?«

»Ah, die nagenden Zweifel«, seufzte er. »Sie leben in jedem von uns – selbst noch in meinem fortgeschrittenen Alter. Aber pass auf, Eugenie, diese Zweifel können wachsen und übermächtig werden, und dann bedeutet alles, was du erreicht hast, nichts mehr.« Er hob ihr sein Glas entgegen. »Hab keine Angst, Eugenie, deine Arbeiten beweisen enormes Potenzial, und wenn du deine erste Ausstellung hast, will ich unbedingt zur Vernissage eingeladen werden.«

Eugenie lächelte selig, und als sie miteinander anstießen, musste Aline gegen Tränen ankämpfen. Es war ein so inniger Augenblick der Eintracht zwischen Vater und Tochter, ein Augenblick, den Annabelle hätte miterleben können, wäre das Schicksal nicht so grausam gewesen.

Eugenie hatte das Gefühl, auf Wolken zu schweben, als sie das Haus verließen. Lächelnd blickte sie zum Fenster hinauf und winkte ein letztes Mal, ehe sie ihrer Tante nacheilte. »Ist er nicht wunderbar?«, rief sie aus. »Er war so geduldig und klug, und ich hoffe so sehr, dass ich ihn mit all meinen Fragen nicht ermüdet habe.«

»Das bezweifle ich«, murmelte Aline. »Er redet gern über Kunst, und ein so hingerissenes Publikum wie du verschafft ihm gewiss große Befriedigung.«

»Es war eine so große Ehre, zwei Stunden lang seine ungeteilte Aufmerksamkeit zu haben«, japste Eugenie. »Ich wette, die anderen Studenten würden alles für ein solches Erlebnis geben.«

»Es ist wahrscheinlich klüger, nicht davon zu sprechen«, warnte Aline. »Es könnte die anderen neidisch machen, und außerdem würden sie dich mit Bitten bestürmen, beim nächsten Mal mitkommen zu dürfen.«

»Glaubst du wirklich, es gibt ein nächstes Mal?«

»Ich habe das Gefühl, sein Interesse an dir ist groß genug, um dich noch einmal einzuladen.« Aline blieb vor den Stufen zu ihrem Haus stehen. »Ich verstehe gut, dass du dich freust und dein Erlebnis mit anderen teilen willst, doch der Patron lebt sehr zurückgezogen – vor allem, seit er im Rollstuhl sitzt –, und es wäre ihm überhaupt nicht recht, wenn du seine ungewöhnliche Freundlichkeit ausnutzen und alle möglichen Leute mit zu ihm schleppen würdest.«

»Das würde ich nie tun, Tante Aline«, erwiderte Eugenie bestimmt. »Aber glaubst du *wirklich*, dass ich ihn vielleicht wieder besuchen darf?«

»Schon möglich. Aber nur, wenn er eine Einladung ausspricht, Eugenie. Du darfst dir nicht einbilden, du könntest dort aufkreuzen, wann immer du willst.«

»Natürlich nicht«, stimmte Eugenie zu. »Aber es wäre schön, noch einmal mit ihm zu reden. Ich habe mich in seiner Gegenwart so wohlgefühlt – so, als würde ich ihn längst kennen.« Sie lächelte Aline an und öffnete die Haustür. »Er ist jünger, als ich dachte, und hinter diesem Vollbart eigentlich recht gutaussehend. Ich frage mich, warum er sein Gesicht so versteckt.«

»Er wurde vor vielen Jahren schwer verletzt«, antwortete Aline, während sie in die Diele trat, »und hat schlimme Narben im Gesicht.«

»Wurden dabei auch seine Beine zerstört?«

Aline streifte die Schuhe ab und tappte ins Wohnzimmer. »Nein, das war viel später.«

Napoleon hieß sie auf seine gewohnt raubeinige Art willkommen. Nachdem sich Aline um ihn gekümmert und seinen

Napf mit Körnern aufgefüllt hatte, streichelte sie die alte Katze, trug sie in die Küche und stellte ihr ein Schälchen Milch hin. »Ich weiß ja nicht, wie es dir geht, aber ich hätte Lust auf eine Tasse Kaffee, ehe wir anfangen, das Abendessen vorzubereiten.«

»Ich mache welchen.« Rasch gab Eugenie mehrere Löffel Kaffeepulver in den Kaffeebereiter, goss Wasser hinein und stellte ihn auf die Gasflamme. In ihrem Kopf jagten sich so viele Fragen, dass sie gar nicht wusste, wo sie anfangen sollte. Doch Aline schien milde gestimmt zu sein, und das Haus war leer, deshalb hatte sie das Gefühl, es sei ein günstiger Zeitpunkt, um ein paar davon zu stellen. »Hat meine Mutter den Patron kennengelernt, als sie hier wohnte?«, fragte sie beiläufig.

Langes Schweigen folgte, und als Eugenie sich umwandte, stellte sie fest, dass ihre Tante sich eine Zigarette ansteckte und ein wenig verstört wirkte. »Das weiß ich wirklich nicht«, antwortete sie schließlich. »Damals herrschte hier im Haus ein ständiges Kommen und Gehen.«

Eugenie musterte sie nachdenklich und vermutete, dass sie nicht ganz ehrlich war, wurde dann aber vom Zischen des Kaffeebereiters abgelenkt.

»Meine Mutter hat mir von ihrer Reise nach Spanien berichtet, sich aber nie ganz klar darüber geäußert, mit wem sie eigentlich gefahren ist«, fuhr sie fort, während sie die Kanne und Tassen auf den Tisch stellte. »Sie hat einfach nur gesagt, sie sei mit ein paar Leuten aus dem Baskenland gereist und hätte das letzte Stück auf einem Pferd reiten müssen. Der Patron war nicht zufällig einer von denen, die mit ihr zusammen unterwegs waren, oder?«

»Damals gab es eine Menge Basken in Paris«, wiegelte Aline ab. »Außerdem fuhren zu jener Zeit Wagenladungen von Freiwilligen aus der ganzen Welt nach Spanien, soweit ich mich erinnere. Aber jetzt genug mit den Fragen, Eugenie, ich bin müde, und es war ein langer Tag.«

Eugenie erkannte Alines Erschöpfung und war auf der Stelle zerknirscht. Doch als sie den Kaffee in die Tassen goss, überschlugen sich in ihrem Kopf all die anderen Fragen, die sie noch stellen musste. Es gab Dinge, die sie verwirrten – Dinge, die nicht zusammenpassten –, und es hatte den Anschein, als wüsste Aline die Antworten entweder nicht oder wollte sie ihr nicht geben. Falls ihr die Ehre zuteil würde, den Patron noch einmal zu sprechen, würde sie ihn selbst fragen, ob er vor all den Jahren ihre Mutter kennengelernt hatte.

Als die anderen nach Hause zurückkehrten und alle zum Abendessen um den Küchentisch versammelt waren, fiel es Eugenie enorm schwer, über ihren nachmittäglichen Besuch bei Le Basque zu schweigen. Sie begriff aber, dass es klug von Aline gewesen war, ihr zu Diskretion zu raten, denn Fleur zeigte sich ohnehin schon frostig ihr gegenüber. Jeglicher Neid, den sie womöglich bereits empfand, würde durch eine solche Enthüllung nur weiter angeheizt werden.

Eugenie war von dem aufregenden Tag erschöpft, deshalb war es noch früh, als sie allen eine gute Nacht wünschte und auf ihr Zimmer ging. Sie setzte sich auf die Fensterbank, blickte hinaus in den dunklen, sternengesprenkelten Nachthimmel über den Dächern und dachte über die Ereignisse nach.

Das Atelier des Patrons war ein magischer Ort gewesen, und sie hatte ehrfürchtig die halb fertigen Bilder, die Gläser voller Pinsel und Malmesser, die Vorstudien, die Paletten und die unzähligen Farbtuben betrachtet. Der Geruch von Terpentin und Ölfarbe, von Zigarrenrauch und gutem Wein hatte den Raum durchdrungen, in dem das Licht von beiden Seiten hereinfiel und die herrlichen Kronleuchter glitzern ließ.

Seine Augen hatten mit ihrem intensiven Blau hypnotisierend gewirkt, und sie hatte sich fast augenblicklich zu ihm hingezogen gefühlt. Beim Klang seiner weichen Stimme fiel die nervöse Anspannung von ihr ab und lullte sie ein. Er hatte all ihre Fragen beantwortet, ihr Rat erteilt, und er schien sich aufrichtig für ihre Träume und Pläne zu interessieren. Doch vor allem hatte er verstanden, welchen inneren Drang sie verspürte, diese zu verwirklichen.

Es war ein Erlebnis gewesen, das sie unmöglich für sich behalten konnte, und so griff sie nach ihrem Block und begann einen Brief an ihre Eltern zu schreiben. Sie wussten nur sehr wenig über die Welt der Kunst und der Künstler und betrachteten sie als recht zwielichtig und unsolide, doch vielleicht fanden sie ja die Zeit, in die Tate Gallery zu gehen und sich die Bilder des Patron anzusehen, bevor sie Ende September nach New York zurückgeschickt wurden. Dann wüssten sie Bescheid und könnten sicher sein, dass sie nicht in die Fänge eines leichtsinnigen Menschen geraten war, sondern einen der angesehensten Künstler seiner Generation kennengelernt hatte.

Henri hatte noch lange am Fenster gesessen, nachdem Eugenie und Aline das Haus verlassen hatten. Er starrte auf den Fluss und die Brücke, wo alles begonnen hatte, und versuchte seine aktuelle Lage zu akzeptieren. In gewissem Sinne bereute er, so übereilt gehandelt und das Mädchen zu sich geholt zu haben, um seine Neugier zu befriedigen – doch jetzt musste er mit den Konsequenzen leben.

Zweifellos hatte Eugenie die Eleganz und das herrliche Haar ihrer Mutter ebenso geerbt wie deren Elan und hartnäckige Entschlossenheit. Doch als er in ihre blauen Augen geblickt hatte, war es gewesen, als sähe er in einen Spiegel. Auch war ihm sofort aufgefallen, dass ihre Hände die gleiche Form hatten wie seine, schmal und mit langen Fingern, die Nägel sauber und kurz. Ihr noch ungeschliffenes künstlerisches Talent stand außer Frage, genau wie ihr brennender Ehrgeiz. Wenn sie die Chancen, die sich ihr boten, zur Gänze ausschöpfte, würde sie es weit bringen.

Henri spürte, wie der Stolz in ihm anschwoll. Seine Tochter war alles, was er sich je hätte erträumen können; ihre Jugend und Lebendigkeit machten sein Leben auf neue Art wieder interessant und beschworen das Glück der Vergangenheit herauf, das er einst gekannt hatte. Und dennoch, dennoch …

Er seufzte tief. Sie durfte nie erfahren, dass er ihr Vater war, durfte nicht von der Liebe wissen, die ihn mit Annabelle verbunden hatte, und auf welch grausame Weise sie getrennt worden waren. Sie war Annabelle und auch wieder nicht. Sie war das Vermächtnis ihrer gemeinsamen Vergangenheit – durfte aber nicht als solches anerkannt werden.

Schließlich rollte er weg vom Fenster und suchte sein Schlafzimmer auf. Er schloss die Tür hinter sich, drehte den Schlüssel in der Schranktür und betrachtete liebevoll Annabelles Porträt.

»Unsere Tochter ist ein schönes, begabtes Mädchen«, murmelte er. »Ich werde sie beraten und beschützen«, fuhr er leise fort, »und alles tun, was in meiner Macht steht, damit sie ihr Potenzial ausschöpfen kann. Doch so sehr es mich auch schmerzt, Annabelle, ich schwöre dir, die Liebe und Fürsorge, die du und George unserem Kind geschenkt habt, zu respektieren. Ich werde unser Geheimnis niemals verraten.«

19

Annabelle saß im Garten und genoss die Septembersonne. Es war einer ihrer seltenen freien Vormittage, heute musste sie ihren Pflichten als Gemeindeschwester einmal nicht nachkommen. Allmählich machte sie sich ein bisschen Sorgen, weil sie schon seit zwei Wochen nichts mehr von Eugenie gehört hatte. Doch wahrscheinlich hieß das nur, dass sie damit beschäftigt war, sich an der Kunsthochschule zurechtzufinden und neue Leute kennenzulernen. Annabelle wusste noch, wie nachlässig sie selbst in Bezug auf das Briefeschreiben gewesen war, als sie damals nach Frankreich gekommen war, also konnte sie Eugenie eigentlich keinen Vorwurf machen, wenn sie sich von der Begeisterung über ihr neues Leben hinreißen ließ. Jedenfalls war es garantiert wesentlich interessanter als der Alltag hier.

Sie rückte ihre Sonnenbrille zurecht und hob das Gesicht der Sonne entgegen, glücklich und zufrieden. Ein Routinebesuch beim Internisten hatte ergeben, dass sie absolut gesund war, obwohl ihr die Milz fehlte und sie nur noch eine Niere hatte. So viele Leute waren an jenem Tag umgekommen, aber sie hatte unglaubliches Glück gehabt.

Als sie an Henri dachte, schien es ihr plötzlich, als hätte sich ein Schatten über die Sonne gelegt, und sie wandte sich rasch anderen Dingen zu.

Das Haus hatte während des Kriegs nur geringfügige Schäden erlitten. In der ganzen Gegend wurde gerade renoviert und gebaut. Neue Einfamilienhäuser und Wohnblocks entstanden, dazu mehr Schulen und bessere Freizeiteinrichtungen. Es gab ein Hallenbad, eine Bowlingbahn und sogar einen Eislaufplatz, und die jungen Leute trafen sich in den Cafés, die überall in der Stadt wie Pilze aus dem Boden schossen. Georges Praxis war dermaßen groß geworden, dass er einen dritten Arzt mit hineinnehmen musste, der ihn und Dr. Goodall unterstützte, und ihr eigenes Gebiet als Gemeindeschwester umfasste nun auch die neue Wohnsiedlung. Sie führten ein betriebsames Leben und waren ausgefüllt.

»Es ist endlich wieder ein Brief von Eugenie gekommen«, rief George ihr zu und kam über den Rasen auf sie zu, das Gesicht zu einem breiten Lächeln verzogen. »Ich dachte schon, sie hätte uns vergessen.«

»Was schreibt sie denn? Wie geht es ihr?«

»Lies lieber selbst«, erwiderte er und ließ sich auf den Liegestuhl neben ihr sinken. »Der Brief ist ziemlich lang und offenbar im Lauf mehrerer Tage geschrieben, aber anscheinend geht es ihr prächtig.«

Annabelle zog die Krempe ihres Sonnenhuts herunter, um ihre Augen vor der grellen Sonne zu schützen, nahm den Packen Luftpostpapier aus dem dünnen Umschlag und begann beinahe gierig zu lesen.

Eugenie war nun seit fast einem Monat in Paris und hatte anscheinend wirklich sehr viel zu tun. Die Kunsthochschule war wesentlich strenger und förmlicher als die Slade School und verlangte, dass die Studenten zuerst einen hohen Standard in figürlichem Zeichnen erreichten, ehe sie mit ihren Spezialfächern anfangen oder auch nur einen Klecks Farbe auf die Leinwand bringen durften. Es war klar, dass Eugenie langsam ungeduldig wurde und frustriert war.

»Ich bin ja so froh, dass sie Freunde gefunden hat«, murmelte Annabelle. »Diese Elspeth Grey scheint nett zu sein, und offenbar ist Eugenie auch einem berühmten Künstler aufgefallen, der sich erboten hat, sie zu unterrichten und zu beraten.«

Sie legte den Brief beiseite. »Ich mache mir trotzdem Sorgen um sie, George. Paris kann einen sehr ablenken, und es klingt ganz danach, als hätte dieser Künstler einen richtigen Narren an ihr gefressen. Ich hoffe, er hat keine unlauteren Absichten.«

»Ich würde mir nicht allzu sehr den Kopf zerbrechen«, murmelte George. »Eugenie ist ziemlich reif für ihr Alter, und natürlich hat Aline ein wachsames Auge auf sie. Wenn irgendetwas im Schwange wäre, würde sie dem Ganzen sicher schnell einen Riegel vorschieben.«

»Du hast wahrscheinlich recht«, seufzte sie und wandte sich wieder dem Brief zu. »Aber sie scheint wirklich ungemein beeindruckt zu sein. Sie schreibt ja seitenweise über ihn. Ich hoffe doch, dass sie ihr Studium nicht vernachlässigt, wenn sie so viel Zeit mit ihm verbringt.«

George steckte sich seine Pfeife an und streckte die Beine aus. »Wenn er so berühmt ist, wie Eugenie sagt, dann kann das doch nur gut für sie sein«, sagte er gelassen. »Weiter unten steht, dass ein paar von seinen Bildern in der Tate hängen. Warum gehst du nicht mal hin und siehst sie dir an? Vielleicht würde dich das beruhigen.«

Annabelle las den Brief zu Ende. »Ich frage mich, warum er sich Le Basque nennt. Das ist doch ein bisschen prätentiös, oder? Warum benutzt er nicht seinen richtigen Namen?«

»Wahrscheinlich heißt er Fred Smith oder wie das französische Pendant dazu«, nuschelte George an seinem Pfeifenstiel vorbei. »Du weißt doch, dass die Franzosen gern alles verklären.«

»Mmm.« Annabelle las den Brief rasch noch einmal durch und steckte ihn wieder in den Umschlag. Dann sah sie auf die Uhr. »Es ist noch früh, also glaube ich, ich fahre wirklich in die Stadt und werfe mal einen Blick in die Tate«, sagte sie. »Willst du nicht mitkommen?«

»Ich habe heute Nachmittag die Werdende-Mütter-Gruppe

und abends Sprechstunde. Dr. Goodall ist zu einem Hausbesuch bei einem Patienten gerufen worden, der wahrscheinlich nicht mehr lange zu leben hat, und Dr. Jones ist mit der Gesundheitsvorsorge in der Fabrik beschäftigt, also kann ich hier nicht weg und alles stehen und liegen lassen.« Er lächelte sie an. »Geh du ruhig, genieß die Ausstellung und kauf dir einen neuen Hut oder so was. Du kannst dir ruhig mal was gönnen nach der vielen Arbeit.«

»Es würde mehr Spaß machen, wenn du mitkommen könntest«, sagte sie seufzend. »Aber als Arztgattin müsste ich es ja eigentlich gewöhnt sein, allein etwas zu unternehmen.«

Er nahm ihre Hand, gerade als das Telefon zu klingeln begann. »Ich würde mir freinehmen, wenn ich könnte«, sagte er. »Aber ich verspreche, dich am Wochenende ins Theater und zum Essen auszuführen.«

»Das wäre herrlich.« Sie küsste ihn auf die Wange und ging ins Haus, während die Sprechstundenhilfe, eine Frau mittleren Alters, herauskam, um ihm mitzuteilen, dass er einen Hausbesuch machen müsse.

Annabelle beschloss, den Zug zu nehmen, da das Autofahren in London mehr und mehr zu einem Albtraum wurde und es kaum Parkplätze gab. Sie zog ein frisches Kleid und eine leichte Jacke an, dazu flache Schuhe und einen breitkrempigen Hut. Dann frischte sie ihr Make-up auf, streifte ein Paar weiße Handschuhe über und klemmte sich ihre Handtasche unter den Arm. Als sie wieder nach unten kam, stellte sie fest, dass George bereits weg war, und so schlenderte sie fröhlich im Sonnenschein zum Bahnhof.

In der Tate Gallery war ziemlich viel Betrieb. Draußen hing ein großes Plakat und bewarb die Ausstellung des berühmten französischen Künstlers, von dem sie bisher noch nie gehört hatte. Eugenie hatte zwar versucht, ihr die Kunstwelt ein bisschen nahezubringen, seit sich herauskristallisierte, dass sie

Henris Begabung geerbt hatte, doch obwohl sich Annabelle nach Kräften bemühte, Interesse zu zeigen, hatte sie feststellen müssen, dass sie das alles viel zu sehr an Henri erinnerte, und sich dagegen gesperrt.

Sie folgte den Schildern in den hohen Ausstellungssaal, an dessen Tür ein älterer Herr saß. »Ist das der richtige Raum für die Ausstellung von Le Basque?«

»Ja, Madam. Sie kommen gerade noch rechtzeitig, denn die meisten der Bilder und Zeichnungen sind Leihgaben und werden in einer Woche nach New York zurückgeschickt.«

Annabelle bedankte sich und trat in den Raum, wo herrliche Kronleuchter von der hohen Decke strahlten. Die Besucher sprachen mit gedämpften Stimmen, während andere auf den langen Lederbänken saßen und stumm die Bilder bewunderten.

Sie sind wirklich schön, dachte Annabelle. Wie perfekt das Sonnenlicht gemalt war, das auf die Kinder fiel, die in einem Gezeitentümpel spielten. Fast konnte sie die Möwen und das Rauschen der Wellen hören, die sich sachte an der Küste brachen, während der salzige Wind den Kindern das Haar zauste.

Sie las die Karte neben dem Bild: *Im Gezeitentümpel, Südfrankreich 1950.*

Annabelle ging weiter und registrierte immer wieder denselben leichten Pinselstrich, mit dem er das Sonnenlicht auf seinen Motiven leuchten ließ. Es erinnerte sie an etwas, das sie schon einmal gesehen hatte, doch sie wusste einfach nicht mehr, wo oder wann, und sagte sich schließlich, dass es in irgendeiner Zeitschrift gewesen sein musste, die ihr Caroline geliehen hatte.

Sie las das Schild neben dem Gemälde und erfuhr, dass das junge Bauernmädchen 1949 in Spanien gemalt worden war. Offenbar war Le Basque ein Meister darin, das innere Wesen seiner Modelle zu erfassen, denn sie konnte die Wärme der Sonnenstrahlen auf der gebräunten Haut des Mädchens beinahe selbst spüren, wenn sie das Bild betrachtete. Das Mädchen stand auf eine Forke gestützt da und blickte auf einen mit Heu beladenen Karren.

Während sie von einem herrlichen Bild zum nächsten schritt, wuchs Annabelles Bewunderung für den Künstler. Wenn Eugenie von diesem Mann lernen durfte, konnte sie sich allerdings glücklich schätzen. Sie schlenderte auf die andere Seite des Raums und stand plötzlich vor einem Porträt, das sie schon einmal gesehen hatte.

Ihr Herz hämmerte, und einen Augenblick lang fürchtete sie, ohnmächtig zu werden, daher stolperte sie zu einer Sitzbank in der Nähe und ließ sich darauffallen, den Blick auf Amélies schönes Gesicht geheftet. Sinnlich auf dem Rücken liegend schlummerte Henris Modell in der Hängematte, während das Sonnenlicht durch das Blätterdach fiel und Buch und Sonnenhut vergessen zwischen den wilden Veilchen im Gras lagen.

Annabelle konnte kaum mehr atmen, als sie wie gehetzt den Blick auf das nächste Bild richtete – und das übernächste. Auf jedem war Amélie zu sehen – es waren alles Bilder, die sie vor vielen Jahren in Henris Atelier gesehen hatte. Doch das konnte nicht sein! Es war völlig ausgeschlossen.

Sie raffte sich auf, erhob sich von der Sitzbank und kehrte zu den Bildern zurück. Die kleinen Schilder daneben verrieten ihr, dass die Bilder aus den Dreißigerjahren stammten und dass das Modell in der Tat Amélie war. Sie blickte zurück zu den Kindern im Gezeitentümpel und dem auf seine Heugabel gestützten Bauernmädchen. Diese beiden waren lange nach dem Krieg entstanden, und diese Erkenntnis brachte sie völlig durcheinander. Ihr wurde so schwindlig, dass sie sich mit letzter Kraft zu einem Stuhl schleppte und darauf niedersank.

»Das kann nicht sein«, keuchte sie. »Es ist unmöglich. Einfach unmöglich.«

Doch als sie den Kopf hob, registrierte sie, dass sie direkt vor einer Wand mit gerahmten Zeichnungen saß, Zeichnungen, die Henri im Spanischen Bürgerkrieg angefertigt hatte, Zeichnungen, die er ihr während ihrer glücklichen Tage an der Küste gezeigt hatte.

Tränen rannen ihr über das Gesicht, und sie musste hart dagegen ankämpfen, nicht vor Entsetzen aufzuschreien. Henri hatte überlebt – und sie hatte nie davon erfahren.

»Ist Ihnen nicht gut, Madam?«

Durch einen Tränenschleier blickte sie in das besorgte Gesicht des alten Kurators. »Le Basque ist Henri-Pascal Baptiste, nicht wahr?«, fragte sie mit erstickter Stimme.

»Das ist aber nicht allgemein bekannt«, räumte er ein, während er ein großes blütenweißes Taschentuch aus der Jackentasche zog und es ihr reichte. »Bitte, Madam, lassen Sie sich von der Thematik dieser Zeichnungen nicht verstören. Sie sind von enormer emotionaler Kraft, das ist mir klar, und es tut mir leid, dass sie Sie so erschüttert haben. Darf ich Ihnen vorschlagen, vielleicht in unserem Café eine Tasse Tee zu trinken?«

Er wollte nur nett sein, doch sie hatte keine Lust, mit ihm zu reden, geschweige denn eine dämliche Tasse Tee zu trinken. »Es geht schon«, sagte sie und bemühte sich, ihre Tränen zu trocknen und sich zu beruhigen. »Danke für das Taschentuch. Ich bringe es Ihnen bald wieder.«

Sie versuchte aufzustehen, musste jedoch feststellen, dass ihre Beine ihr den Dienst versagten. »Ach du liebe Zeit«, stöhnte sie und ließ sich wieder auf die Bank sinken. »Das ist alles ein ziemlicher Schock für mich.«

Er setzte sich mit besorgter Miene neben sie. »Darf ich fragen, woher sie über Le Basque Bescheid wissen?«, fragte er, nachdem sie sich gefasst hatte.

»Ich habe ihn vor langer Zeit kennengelernt«, antwortete sie und richtete den Blick erneut auf die eindrucksvollen Zeichnungen der Szenen aus dem Bürgerkrieg. »Ich dachte, er sei in Belchite umgekommen.«

Seine Augen glitzerten interessiert. »Sie kannten ihn offenbar gut«, murmelte er. »Aber entgegen den Gerüchten hat er Belchite überlebt. Später hat er sich der Résistance angeschlossen und im besetzten Frankreich gegen die Nazis gekämpft – daher der Name ›Le Basque‹. So haben ihn die Nazis genannt.«

»Und er lebt heute noch«, sagte sie tonlos.

»Oh ja. Er lebt in Paris.«

Sie sah ihm an, dass er ihr noch viel hätte erzählen können, doch sie wollte es nicht hören. Sie wusste nur, dass Henri am Leben war und dass er ihre Tochter in Paris förderte – und dass man sie jahrelang belogen hatte. »Entschuldigen Sie bitte, aber ich muss jetzt gehen«, sagte sie, während sie nach Tasche, Handschuhen und Sonnenbrille griff. »Vielen Dank für Ihre Fürsorge, aber es geht mir schon wieder gut, wirklich.«

Sie konnte gar nicht schnell genug aus der Tate Gallery kommen und flog die Stufen förmlich hinunter, um sich ein Taxi herbeizuwinken. Als sie den Fahrer anwies, sie zum Bahnhof zu bringen, wurde ihr klar, dass dies eine unnötige Ausgabe war, doch sie musste dringend nach Hause und sich sammeln, ehe George aus seiner Praxis zurückkehrte.

Eugenie saß neben dem Rollstuhl auf einer Bank, ganz und gar konzentriert auf den Louvre, den sie in Aquarellfarben festzuhalten suchte. Sie befanden sich auf dem sonnenbeschienenen Platz oberhalb der Tuilerien, der schließlich in die Place de la Concorde mit dem Obelisken in der Mitte überging. Der helle Sandstein des Gebäudes leuchtete sanft im Sonnenlicht, während die Fensterhöhlen bereits in dunklen Schatten lagen, die sich allmählich über die Pflastersteine auszudehnen begannen.

Henri sah ihr beim Arbeiten zu und schmunzelte, als sie vor

Konzentration die Zunge in den Mundwinkel steckte. Annabelle hatte das beim Briefeschreiben auch immer getan.

Seit ihrer ersten Begegnung hatten sie sich fast jeden Tag getroffen, und obwohl er vermutete, dass Aline nichts davon wusste, hatte er nicht den Mut aufgebracht, es ihr zu sagen. Sie würde dem Ganzen unweigerlich einen Riegel vorschieben, doch jetzt, wo er das Mädchen immer besser kennenlernte, fand er es unvorstellbar, sie wieder aus seinem Leben verschwinden zu lassen, selbst wenn ihr Jahr in Paris vorüber wäre. Ihre gemeinsame Zeit war zwangsläufig begrenzt – ein Jahr wäre im Handumdrehen vergangen, und dann würde sie wieder an die Slade School nach London zurückkehren. Also war jeder Augenblick wertvoll, und er ärgerte sich schon jetzt über die Stunden, die sie ohne ihn an der Kunsthochschule verbringen musste.

Es gab so viele Fragen, die er ihr stellen wollte, und er hatte das Gefühl, dass auch sie nach Antworten auf etwas suchte, was sie belastete. Doch fürs Erste war er einfach damit zufrieden, in ihrer Nähe zu sein.

Er beobachtete sie noch ein bisschen, angetan von der Art, wie sie die verschiedenen Farben und Formen des von der Sonne beschienenen Gebäudes einfing, und zündete sich dann eine Zigarette an, wobei ihn die breite Krempe seines schwarzen Filzhuts vor den neugierigen Augen der Passanten abschirmte. Es war angenehm, das Atelier einmal zu verlassen und Sonne und frische Luft zu genießen. Er war in letzter Zeit zu viel drinnen gewesen und drohte allmählich ein richtiger Einsiedler zu werden. Vielleicht würde er, wenn Eugenie nach England zurückkehrte, in das Haus in Südfrankreich ziehen, das er nach dem Krieg angemietet hatte. Er hatte dort einige gute Arbeiten geschaffen und den Frieden gefunden, nach dem er sich gesehnt hatte. So hatte er den entsetzlichen Schmerz verarbeitet, Annabelle an einen anderen Mann verloren zu haben.

Eugenie wusch ihre Pinsel aus und musterte kritisch ihr Werk. »Die Perspektive da an der Ecke ist ein bisschen verschoben, und die Schatten bewegen sich so schnell, dass die Farbtöne sich ständig verändern, aber es ist nicht übel. Was meinen Sie, Patron?«

»In Bezug auf die Perspektive hast du recht, und bei den oberen Fenstern warst du ein bisschen nachlässig, aber alles in allem ist es eine Verbesserung gegenüber dem Letzten.«

Sie steckte Farben und Pinsel in ihre Schultertasche, hob vorsichtig das Bild von der kleinen hölzernen Staffelei und klappte sie zusammen. »Sollen wir noch auf einen Pernod ins Café gehen? Ich habe so richtig Geschmack an dem Zeug gefunden.«

Henri wurde es auf der Stelle unbehaglich. Cafés waren voller Menschen, und er würde zwangsläufig erkannt werden, was auch für Eugenie unangenehm wäre. Bis jetzt hatten sie ihre Treffen vor allen außer ihrer Freundin Elspeth geheim gehalten. Wenn andere Kunststudenten sie sahen, konnte das Neid und gehässige Reaktionen auslösen.

»Ich habe eine bessere Idee«, sagte er. »Wir gehen in den Teesalon in der Orangerie. Du bist sowieso zu jung, um Pernod zu trinken.«

Sie grinste und betastete ihr Bild, um zu prüfen, ob es trocken war, ehe sie es zwischen die Seiten ihres Skizzenbuchs legte. »Sie klingen so streng wie mein Vater«, witzelte sie. »Aber wenn Sie Tee möchten, gehen wir selbstverständlich Tee trinken.« Sie steckte das Skizzenbuch ein, löste die Bremse an seinem Rollstuhl und schob ihn langsam den Weg zur Orangerie entlang.

Sowie sie an einem Tisch Platz genommen und Tee bestellt hatten, schnitt Henri das Thema an, das ihn von Anfang an interessiert hatte. »Erzähl mir etwas über deinen Vater, Eugenie. Ist er ein netter Mann, der liebevoll mit dir und deiner Mutter umgeht?«

»Er kann manchmal ein bisschen barsch sein, aber er ist ein Schatz, und ich habe ihn unheimlich lieb«, antwortete sie mit einem fröhlichen Lächeln. »Er ist Arzt, wissen Sie, und wir wohnen in einem großen Haus in einer Stadt namens Dartford.«

Während Eugenie über ihre Eltern und ihr Zuhause sprach, spürte Henri, wie sich sein Magen zusammenzog. Es klang alles sehr idyllisch, und es war klar, dass die Familie glücklich war. Aber wenn alles anders gelaufen wäre, hätten er und Annabelle ihre Tochter gemeinsam aufgezogen. Wären sie glücklich gewesen? Oder wäre die Leidenschaft, die sie verbunden hatte, mittlerweile erloschen? Er würde es nie erfahren, wie er betrübt einsah, daher hatte diese selbstbezogene Spekulation wenig Sinn.

Der Tee kam, begleitet von einem Teller mit Sandwiches und einem zweiten mit Kuchenstückchen. »Siehst du«, sagte er spöttisch, »nicht nur die Engländer wissen einen richtigen Fünf-Uhr-Tee zu schätzen.«

»Waren Sie je in England, Patron?«

»Nur einmal«, antwortete er. »Aber ich reise nicht viel, nicht seit …« Er klopfte auf seine verkrüppelten Beine unter der Decke.

Eugenie nahm sich ein winziges Sandwich mit Ei und kaute nachdenklich. »Es gibt da etwas, was ich Sie schon lange fragen wollte. Ich habe es auch gegenüber Aline erwähnt, aber sie war nicht besonders auskunftsfreudig.«

Er musterte sie amüsiert, als sie ein zweites Sandwich wählte, froh, dass sie sich mit ihrem jugendlichen Appetit über das Essen hermachte, das für ihn nur wenig Reiz besaß. »Und was möchtest du fragen? Aber Achtung, ich kann nicht garantieren, dass ich dir eine Antwort gebe, wenn es zu persönlich ist«, witzelte er.

»Ist Ihnen je meine Mutter begegnet, als sie damals in den Dreißigerjahren bei Tante Aline gewohnt hat?«

Sein Puls ging schneller, und er gönnte sich einen kurzen Moment, um an seinem Tee zu nippen. »Paris ist eine große Stadt«, sagte er dann zögernd, »und Alines Haus war immer voller Leute.«

»Ja, genau das hat Aline auch gesagt. Aber Sie würden sich an sie erinnern, wenn Sie sie kennengelernt hätten«, fuhr sie fort. »Sie heißt Annabelle und hat absolut faszinierende violettblaue Augen.«

Henri wusste, dass er sich auf dünnem Eis bewegte. »An solche Augen würde ich mich bestimmt erinnern«, murmelte er. »Möglich wäre es, aber es ist schon so lange her, und mein Gedächtnis ist nicht mehr so gut, wie es einmal war.« Er legte den Kopf schief und musterte sie wachsam. »Warum fragst du, Eugenie?«

Sie verputzte ein drittes Sandwich und beugte sich vor. »Ich vermute, dass sie sich hier in Paris in jemanden verliebt hat«, vertraute sie ihm leise an. »Und ich habe mich gefragt, ob Sie vielleicht eine Ahnung haben, wer das gewesen sein könnte.«

»Alle verlieben sich in Paris«, entgegnete er leichthin, um seine Beklommenheit zu verbergen. »Es war bestimmt nichts Ernstes.«

Eugenie schüttelte langsam den Kopf. »Kurz bevor ich hierhergekommen bin, habe ich ein paar Dinge entdeckt, und auch wenn ich niemandem davon erzählt habe, grübele ich unentwegt darüber nach«, gestand sie.

»Willst du mir davon erzählen? Oder ist das zu persönlich?«, fragte er vorsichtig.

Sie schien einen Entschluss gefasst zu haben und beugte sich näher zu ihm. »Als ich noch viel jünger war, hat mir Mummy von ihrer Zeit hier erzählt und von ihrer Reise über die Berge nach Spanien. Sie hat die Krankenhäuser beschrieben, in denen sie gearbeitet hat, und die Leute, mit denen sie sich angefreundet hat, und sie hat sogar ein bisschen über den Bombenangriff auf diese abgelegene Stadt gesprochen, bei dem sie beinahe ums Leben gekommen wäre. Sie spricht inzwischen kaum mehr darüber, aber wenn sie von Paris und Spanien redet, wird ihr Gesicht immer ganz weich, und ihre Augen werden traurig. Ich denke einfach, dass sie damals jemanden geliebt und ihn verloren hat und dass sie die Erinnerung daran nicht loslässt.«

»Schöne Erinnerungen machen einen oft wehmütig«, sagte er schroff. »Ich glaube, deine Fantasie geht mit dir durch, Eugenie.«

»Nein«, murmelte sie nachdenklich. »Ich glaube ganz und gar nicht, dass es meine Fantasie ist. Ich bin mir sicher, dass damals etwas passiert ist – und dass es Folgen hatte«, fügte sie vielsagend hinzu.

Henri rang um einen gleichmütigen Gesichtsausdruck, doch sein Herz klopfte so laut, dass er sich fragte, ob sie es nicht hörte. »Folgen?«, presste er mühsam hervor.

Sie nickte. »Und ich glaube, ich war die Folge, die dazu geführt hat, dass sie nur sechs Monate vor meiner Geburt Daddy geheiratet hat.«

Der kalte Schweiß begann ihm über den Rücken zu laufen. »Viele Paare heiraten überstürzt, wenn ein Kind unterwegs ist«, sagte er ruhig. »Ich glaube, du interpretierst zu viel in die Sache hinein, Eugenie.«

Sie rutschte vor bis an die Stuhlkante und musterte ihn mit so ernster Miene, dass ihn der eindringliche Blick gefangen hielt. »Aber ich habe Beweise, Patron«, sagte sie bestimmt. »Wissen Sie, ich habe nämlich auf dem Dachboden nach einem Koffer gesucht und dabei eine alte Hutschachtel mit einem rostigen Schloss gefunden. Weil ich neugierig war, habe ich das Schloss geknackt und eine Muschelkette, einen Granatring und ein altes Bild von meiner Mutter gefunden. Es muss gemalt worden sein, als sie Mitte zwanzig war. Auf ihrem Gesicht liegt eine unglaubliche Sinnlichkeit, ein schläfrig verliebter Blick, und ich vermute, dass es der Mann gemalt hat, den sie hier in Paris kennengelernt hat.«

Sie hat das Bild behalten, dachte er verzweifelt. Und ja, er hatte darauf eine schläfrige und enorm sinnliche Atmosphäre eingefangen, weil er es gemalt hatte, als sie sich nach einem langen, der Liebe gewidmeten Nachmittag ausgeruht hatte.

Er registrierte, dass Eugenie ihn genau beobachtete, und fragte sich, ob sie es erraten hatte, ob sie seinen Stil in diesem Bild erkannt hatte und nun darauf wartete, dass er es ihr bestätigte. Er räusperte sich, um den Kloß in seinem Hals loszuwerden. »Ein Bild ist nur ein Souvenir und könnte überall gemalt worden sein – nicht unbedingt hier in Paris. Wenn sie es auf dem Dachboden aufbewahrt hat, kann es ihr ohnehin nicht viel bedeutet haben.«

Sie musterte ihn noch eine Weile, und er glaubte Enttäuschung in ihrem Blick zu erkennen, ehe sie wegsah. »Es waren noch andere Sachen in der Hutschachtel«, fuhr sie fort. »Ich habe darin auch das *livret de famille* gefunden, das meine Eltern an ihrem Hochzeitstag bekommen haben.«

Henri zuckte die Achseln und tat sein Möglichstes, um nonchalant zu wirken. »Ja, sicher, das ist hier so üblich.«

Ihre blauen Augen musterten ihn fast vorwurfsvoll. »Aber Mummy war schon mit mir schwanger, und sie hatte sich gerade erst von den Verletzungen erholt, die sie bei dem Luftangriff in Spanien erlitten hatte. Daddy war nie in Paris gewesen, bevor er kurz vor der Hochzeit herüberkam.« Sie sah ihn weiter unverwandt an. »Also, verstehen Sie, Patron, er kann unmöglich mein Vater sein.«

Henri konnte sie nur in stummer Qual ansehen. Sein Herz hämmerte, und er sah die Angst und die Unsicherheit in ihrem Gesicht. Er wünschte, er könnte ihr helfen, doch ganz egal, wie rasend gerne er ihr die Wahrheit gesagt hätte, er hatte geschworen, es nicht zu tun.

Er begriff, dass sie auf eine Reaktion von ihm wartete, und musste irgendwie Mut sammeln, um sich weiter in Ausflüchten zu ergehen. »Vielleicht ist er viel früher gekommen, als du denkst«, sagte er mit gespielter Gelassenheit. »Vielleicht ist er ja sogar nach Spanien gefahren, um bei ihr zu sein, nachdem sie den Bombenangriff in Belchite überlebt hatte.«

Sie schüttelte ungeduldig den Kopf. »Ausgeschlossen. Ich habe seinen Terminkalender für dieses Jahr durchgesehen, und er hat definitiv die ganze Zeit, als Mum in Paris und in Spanien war, in Dartford gelebt und gearbeitet. Abgesehen davon passen die Daten überhaupt nicht zusammen.«

»Ach, mein liebes Kind, ich sehe, dass dir das Kopfzerbrechen bereitet, aber es spielt doch im Grunde überhaupt keine Rolle, oder?«

»Natürlich spielt es eine Rolle«, fauchte sie. »Mein Vater kann unmöglich mein Vater sein, und meine Mutter und meine Tante haben mich angelogen. Ja, sie haben mich mein Leben lang angelogen, und jetzt weiß ich nicht, was ich machen soll.«

Er sah ihr an, dass sie mit den Tränen kämpfte und darauf wartete, dass er ihre Vermutungen bestätigte, jedoch nicht den Mut besaß, die Frage zu stellen, die ihr besonders unter den Nägeln brannte. Er hätte alles gegeben, um sie in die Arme nehmen und mit der Wahrheit trösten zu können. Doch es wäre kein Trost, das wusste er, und er würde damit ein Versprechen brechen und allen Beteiligten nur Kummer bereiten.

»Ach, mein liebes Mädchen«, seufzte er. »Du hast natürlich jedes Recht, aufgewühlt und wütend und verstört zu sein.« Er legte seine Hand auf ihre. »Aber als du mir von deinem Vater erzählt hast, ist mir klar geworden, dass du ihn liebst und er dich auch. Deine Eltern haben dir ihre bedingungslose Liebe geschenkt, und jetzt ist es an dir, sie zu wahren und zu achten, ohne sie infrage zu stellen.«

Er litt mit ihr, und seine eigenen Tränen drohten ihn zu ersticken, sodass er einen langen bebenden Seufzer ausstieß. »Die Vergangenheit ruht an einem Ort, an den niemand zurückkehren sollte, wenn es sich vermeiden lässt, denn dort herrscht immer Traurigkeit, und dort gibt es Geheimnisse, die wir für uns behalten müssen, damit sie andere nicht verletzen. Und warum solltest du den Menschen, die du liebst, Schmerz zufügen, indem du ihre lange verborgenen Intimitäten aufdeckst und die Herzenswärme, mit der sie dich aufgezogen haben, mit Füßen trittst?«

Sie schniefte und nickte. »Sie sind sehr weise«, murmelte sie. »Aber das war alles ein entsetzlicher Schock für mich, und ich weiß noch immer nicht, was ich deswegen unternehmen soll.«

»Mein Rat ist, nichts zu unternehmen. Warum solchen Kummer verursachen? Wenn deine Mutmaßungen zutreffen, dann sei es drum. Der Mann, der dich gezeugt hat, kam in deinem Leben nicht vor, aber der Mann, der die Rolle deines Vaters übernommen hat, verdient es, durch deine Liebe und dein Vertrauen geehrt zu werden. Zerstör nicht alles, was er für dich getan hat, Eugenie.«

»Ich könnte es nicht ertragen, ihm wehzutun«, gestand sie rasch. »Er war ein so wunderbarer Vater.« Sie sah wieder Henri an, und Tränen standen in ihren blauen Augen. »Trotzdem fehlt mir einfach ein Stück von mir – ein Puzzleteilchen, das ich unbedingt finden muss, damit ich mich wieder ganz fühle. Glauben Sie, dass Tante Aline mir hilft, diesen Mann zu finden, wenn ich sie frage?«

»Ich glaube, sie würde dir den gleichen Rat geben wie ich«, sagte er hastig. »Außerdem weiß Aline vielleicht gar nichts darüber, und es könnte alle möglichen Probleme aufwirbeln.«

Eugenie nickte und tröstete sich mit einer Scheibe Kuchen. Nachdem sie das Gebäck verputzt hatte, leckte sie sich die Schokoladenglasur von den Fingern. Ihr sonniges Gemüt schien wieder die Oberhand gewonnen zu haben, denn sie lächelte. »Ich sollte einfach nur dankbar dafür sein, dass meine Eltern mich lieben und ihr Bestes für mich getan haben, nicht wahr – und nicht gegen Windmühlen kämpfen wie Don Quijote?«

Henri nickte, während ihm die altbekannten Zeilen aus Cervantes' Geschichte in den Sinn kamen:

»Was sie sich eingebrockt haben, mögen sie selber essen; ob sie 's miteinander gehabt haben oder nicht, sie hatten's vor Gott zu verantworten …«

Er hatte die Wahrheit jedenfalls tief in sich begraben, und so wie es sich anhörte, hatten Annabelle, George und Aline das Gleiche getan. Und jetzt liefen sie alle Gefahr, für ihre früheren Sünden büßen zu müssen. Er räusperte sich und rollte mit seinem Rollstuhl vom Tisch weg. »Ich werde langsam ein wenig müde, Eugenie. Es ist Zeit, nach Hause zu gehen, ehe Aline anfängt, sich den Kopf darüber zu zerbrechen, wo du wohl steckst.«

Annabelle schmerzte der Kopf von all den ungeordneten Gedanken und Gefühlen, die über sie hereinbrachen. Als sie nach Hause kam, war ihr erster Gedanke gewesen, Aline anzurufen und eine Erklärung dafür zu verlangen, dass sie Eugenie überhaupt in Henris Nähe gelassen hatte. Sie hatte sich aber wieder vom Telefon abgewandt, da sie wusste, dass sie viel zu aufgewühlt war, um ruhig und logisch zu argumentieren, und alles nur noch schlimmer gemacht hätte.

Sie hatte versucht, sich durch ein langes Bad zu entspannen, um wieder klar denken zu können, doch das hatte nicht funktioniert, also bereitete sie das Abendessen vor und wartete dann in der Stille ihres Wohnzimmers darauf, dass George seine Sprechstunde beendete. Sie würde es ihm sagen müssen, doch sie fürchtete den Schmerz, den sie damit auslösen würde.

Ihr graute davor, die Verletztheit in seinen Augen zu sehen und zu wissen, wie schwer er getroffen war. Seit sie George damals gestanden hatte, dass sie schwanger war, hatten sie kaum mehr über Henri gesprochen. Er hatte erklärt, dass er die Vergangenheit hinter sich lassen und zusammen mit ihr und Eugenie eine Familie aufbauen wollte, und sie hatte eingesehen, dass es so am besten war.

Das hatte so lange funktioniert, wie sie Henri tot glaubte. Nun mischte sich in den Schock und die überschäumende Freude darüber, dass er doch nicht umgekommen war, die Sorge darüber, dass er in Paris Umgang mit ihrer Tochter hatte. Ihre Gefühle spielten verrückt, und sie war hin- und hergerissen zwischen der Freude darüber, dass er überlebt hatte, der Wut auf Aline, weil sie das vor ihr geheim gehalten hatte, und der Sorge darüber, was diese Enthüllung für Eugenie und George bedeuten würde.

Wie hatte Aline ihr das verschweigen können? Sie musste gewusst haben, dass Henri noch lebte. Doch wann hatte sie es erfahren? Wie lange hielt sie dieses verheerende Geheimnis schon unter Verschluss?

Als sich allmählich die Dämmerung über den Raum senkte, zündete Annabelle die Kerzen auf dem Kaminsims an und gönnte sich eine Zigarette. Sie öffnete die Fenster, um die milde Nachtluft hereinzulassen, registrierte abwesend, welche Stille in dem verschlafenen Vorort herrschte, durchbrochen nur vom gelegentlichen zufriedenen Gurren einer nistenden Taube. Und doch sah sie jenen schrecklichen Tag in Belchite deutlich vor Augen, konnte das Dröhnen und Kreischen der feindlichen Flugzeuge und die krachenden Einschläge der Bomben beinahe hören.

»Hallo, Liebling, warum in aller Welt sitzt du denn da in der Finsternis?«

Annabelle hob ihm das Gesicht zum Kuss entgegen. »Es ist

ein schöner Abend«, antwortete sie, »und da dachte ich, ich mache einfach die Fenster auf und genieße ihn bei Kerzenschein.«

Er schenkte ihnen beiden ein Glas ihres allabendlichen Gin Tonic ein und setzte sich neben sie aufs Sofa. »Das war ein langer Tag«, stöhnte er. »Könnten wir heute Abend etwas später essen? Ich muss mich erst mal ein bisschen entspannen.«

»Kein Problem, der Salat kann warten.«

Er trank einen Schluck und seufzte wohlig. »Ah, schon besser. Und, warst du heute Nachmittag in der Tate? Ich sehe gar keine Hinweise auf einen Einkaufsbummel.«

»Ich habe mich gegen Einkaufen entschieden … und ja, ich war in der Tate.«

Irgendetwas musste in ihrer Stimme mitgeschwungen haben, das ihn auf ihren inneren Aufruhr aufmerksam machte. Mit besorgter Miene beugte er sich vor. »Was ist los, Annabelle?«

»Ich habe etwas über Le Basque erfahren«, begann sie zögernd. »Und ich fürchte, was ich herausgefunden habe, wird dir überhaupt nicht gefallen.« Sie wehrte seine Einwände ab, indem sie einfach weitersprach. »Mein Liebling, es gibt etwas sehr Wichtiges und Dringendes, das ich dir mitteilen muss, also bitte hör mich an, ehe du etwas sagst.«

Annabelle beobachtete, wie sein Gesichtsausdruck sich veränderte, während sie sprach. Sie sah den Schmerz in seinen Augen und konnte nichts dagegen tun.

Sein innerer Aufruhr war ihm deutlich anzusehen, während er ihre Worte aufnahm, und als sie geendet hatte, wirkte sein Gesicht wie in Stein gemeißelt. »Aber wie hat er überlebt?«, fragte er heiser. »Du hast doch gesagt, du hättest ihn mit dieser Gruppe von Frauen und Kindern gesehen, die getroffen und dann unter diesem Haus begraben wurden. Da ist doch kein Mensch lebend rausgekommen?«

»Ich weiß es nicht. Ich kann nur mutmaßen, dass es ein

Wunder war – die gleiche Art von Wunder, die Eugenie während all dieser Ereignisse in mir am Leben gehalten hat. Aber die Tatsache, dass er noch lebt und sich jetzt allmählich mit Eugenie anfreundet, ist etwas, um das ich mich kümmern muss – und zwar schleunigst.«

»Du willst nach Paris fahren«, stellte er tonlos fest.

Sie nickte. »Ich muss, George, verstehst du das denn nicht? Ich muss herausfinden, ob er bereits erraten hat, wer Eugenie ist, und ob Aline bei alldem die Finger im Spiel hatte. Dass sie mich jahrelang belogen hat, deutet jedenfalls darauf hin. Ich muss unbedingt dafür sorgen, dass Henri, falls er weiß, dass Eugenie seine Tochter ist, keine Absichten hat, sie davon zu informieren.«

»Aber sie kann ihm doch gar nicht die richtigen Fragen stellen, oder? Für sie ist er einfach nur ein berühmter Künstler, der sich für ihre Arbeiten interessiert.« Er ergriff Annabelles Hand. »Wenn du nach Paris fährst, schöpft Eugenie Verdacht«, warnte er. »Nach ihren Briefen zu urteilen scheint sie nicht die geringste Ahnung von alledem zu haben.«

»Ich könnte ihr sagen, dass ich sie vermisst habe und Aline wiedersehen wollte«, erwiderte sie. »Ich muss dorthin, George, schon für meinen eigenen Seelenfrieden.«

Langsam ließ er ihre Hand los, und seine blauen Augen waren auf einmal ganz kalt. »Bist du sicher, dass das der einzige Grund ist? Es ist nicht vielleicht der Gedanke, Henri wiederzusehen, der dich dazu drängt, nach Paris zu fahren?«

»Oh, George, nein«, protestierte sie erschrocken. Sie rutschte auf dem Sofa näher zu ihm und schloss ihn fest in die Arme. »Ich liebe dich so sehr, mein Liebling, dass ich niemals etwas tun würde, was dich verletzen könnte.«

»Dann fahr nicht nach Paris«, entgegnete er, und sein Körper war stocksteif in ihrer Umarmung.

»Aber ich muss, verstehst du denn nicht? Ich muss mit Aline

reden, von Angesicht zu Angesicht, und herausfinden, wie es dazu gekommen ist, dass er in Eugenies Leben getreten ist. Und ich muss mich vergewissern, dass das Geheimnis, das wir alle hüten, auch weiter unter uns bleibt.«

»Das könntest du auch am Telefon tun«, versetzte er.

Sie spürte seine Anspannung und sah, wie sehr er sich dagegen sträubte, dass sie nach Paris fuhr. »Am Telefon kann man Dinge verbergen«, sagte sie leise. »Da kann ich weder ihre Augen noch ihre Mimik sehen, und ich muss unbedingt wissen, ob sie mir die Wahrheit sagt, wenn ich sie zur Rede stelle.«

»Aha.« Sein Tonfall war ausdruckslos und seine Miene undurchdringlich. Er trank noch einen Schluck und stellte sein Glas geräuschvoll ab. »Dann komme ich mit«, erklärte er.

Sie musterte ihn schweigend, während ihre Gedanken durcheinanderwirbelten. Wenn er mitfuhr, musste sie auch auf seine Gefühle achten, während sie selbst mit dem fertig werden musste, was Aline ihr eröffnete – und sie wusste nicht, ob sie stark genug war, um das zu verkraften. Doch wenn er hierblieb, würde sie sich noch mehr um ihn sorgen. »Bist du sicher, dass das klug ist?«, fragte sie leise.

»Du bist meine Frau, und Eugenie ist meine Tochter«, sagte er bestimmt. »Wenn die Freundschaft zwischen Eugenie und diesem Mann in irgendeiner Weise meine Familie bedroht, dann habe ich das Recht, dabei zu sein.«

»Aber was ist mit der Praxis und all deinen Verpflichtungen hier?«

»Ich werde für die Zeit meiner Abwesenheit einen Vertreter organisieren, und alles Weitere spreche ich mit meinen beiden Kollegen ab. Heute ist Freitag – lass mir Zeit bis Montagabend, um alles zu regeln, dann fliegen wir am Dienstag nach Paris.«

20

George hatte die letzten Tage in seiner ganz persönlichen Hölle verbracht, und obwohl er seine alltäglichen Pflichten mit der aus der Routine geborenen gewohnten Effizienz erledigte, war er mit seinen Gedanken ganz woanders.

Während Annabelle die zweite Gemeindeschwester gebeten hatte, sie während ihrer Abwesenheit zu vertreten, und Georges Sprechstundenhilfe dazu überredet hatte, all diese überstürzten Veränderungen zu akzeptieren, war es ihm gelungen, kurzfristig einen Vertreter zu finden und den Dienstplan so zu ändern, dass die anderen in der Praxis tätigen Ärzte eventuelle Lücken während seiner Abwesenheit füllen würden. Die Flugtickets waren am Montagnachmittag gekauft worden, und als er nach Hause kam, stellte er fest, dass Annabelle ihm einen kleinen Koffer gepackt und es sogar geschafft hatte, binnen weniger Stunden seinen Anzug reinigen zu lassen.

Annabelle war in einer ruhigen, nachdenklichen Stimmung, und doch merkte George ihr an, dass es auch ihr Kopfzerbrechen bereitete, was sie wohl in Paris vorfinden mochten. Als sie sich an diesem Abend an den Küchentisch setzten und in ihrem Essen herumstocherten, fiel ihnen nichts ein, was sie zueinander hätten sagen können. Und als sie am Vorabend ihrer Reise im Bett lagen, wusste jeder, dass der andere auch nicht schlafen konnte, doch regte sich keiner, um den anderen zu beruhigen oder zu trösten.

George hätte nie damit gerechnet, dass so etwas zwischen sie treten könnte; dass die Zukunft, die er noch vor wenigen Wochen so klar vor sich gesehen hatte, angesichts der Ungewissheit dessen, was sie in Paris erwartete, nun zu nichts zerfiel. Er wusste, dass sich Annabelle ebenso große Sorgen um Eugenie machte wie er, doch als er ihr am Morgen dabei zusah, wie sie überlegte, welche Kleidungsstücke sie auf die Reise mitnehmen sollte, registrierte er ihre geröteten Wangen und das Leuchten in ihren Augen und erkannte beides als Anzeichen der Vorfreude. Und während sie sich an Hut, Handschuhen und Tasche zu schaffen machte und die Nähte ihrer Strümpfe prüfte, begriff er, dass er seinen ganzen Willen zusammennehmen musste, um zu schweigen und das Ganze auf die einzige Art hinzunehmen, die er kannte.

Sie gab sich besonders viel Mühe mit ihrem Aussehen – sogar noch mehr als sonst. Lag dies daran, dass sie sofort nach ihrer Ankunft Henri aufsuchen wollte? Er hoffte, nicht. Er empfand nicht die geringste Neugier auf diesen Mann und wollte ihn keineswegs kennenlernen, nachdem er sich in Eugenies Leben eingeschlichen und einen solchen Aufruhr verursacht hatte.

Eugenie ist meine Tochter, dachte er entschlossen, als sie im Flugzeug saßen und auf den Start warteten. Es war nicht Henri, der sie Minuten nach ihrer Geburt in den Armen gehalten hatte, es war nicht Henri, der ihr Geld von der Zahnfee unters Kopfkissen gelegt oder endlos Märchen vorgelesen hatte, obwohl sie noch zu klein gewesen war, um sie zu verstehen. Es war nicht Henri, der ihre Hand gehalten hatte, als sie die ersten Schritte machte, oder der voller Stolz Preisverleihungen an ihrer Schule beigewohnt hatte – und es war auch nicht Henri, der mit ihr das Stipendium für Paris gefeiert hatte.

Wenn nur dieses verdammte Stipendium nie verliehen worden wäre, dachte er, während er mit versteinerter Miene durch das Flugzeugfenster starrte, dann wäre nichts von alledem geschehen. Doch nun war es passiert, und er musste sich den Konsequenzen stellen.

Nach einem kurzen Flug landeten sie planmäßig in Paris. Während die anderen Passagiere rasch nach Taschen und Mänteln griffen und aufgeregt zum Ausgang drängten, fasste George einen Entschluss. Was auch immer als Nächstes geschah, er würde weiter den Glauben an ihre Ehe und alles aufrechterhalten, was sie im Lauf der Jahre geteilt hatten. Er würde sein Möglichstes tun, um sich unterstützend und verständnisvoll zu zeigen.

Am späten Dienstagnachmittag legte Eugenie zusammen mit Elspeth letzte Hand an, um Alines Garten in frischer Pracht erstrahlen zu lassen, doch in Gedanken war sie bei Le Basque und dem Gespräch, das sie neulich geführt hatten. Es ging ihr seitdem nicht aus dem Kopf, ergänzt durch Fetzen aus anderen Gesprächen, die sich wie Puzzleteile aneinandergefügt hatten und nun eine befremdliche und reichlich beängstigende Logik ergaben.

Max hatte gesagt, sein Patron habe sie auf der Brücke gesehen und sich an eine Frau erinnert gefühlt, die er einmal gekannt hatte. Außerdem hatte Max gemutmaßt, dass diese Frau, um wen auch immer es sich handelte, die große Liebe von Le Basque gewesen war, denn schließlich hatte er nie geheiratet.

Eugenie kauerte in dem sonnenbeschienenen Garten und dachte daran zurück, wie brennend sich Le Basque für sie interessiert hatte, als sie sich zum ersten Mal sahen. Es war, als ob er in ihrem Gesicht nach etwas suchte und auch fand. Und dann war da noch ihr Gespräch in der Orangerie. Er hatte ziemlich emotional reagiert, und einmal hatte sie bemerkt, dass seine Augen feucht schimmerten. Es war klar, dass sie einen wunden Punkt bei ihm getroffen hatte und dass er weit mehr wusste, als er zugab. Doch dann hatte er einen Fehler gemacht, indem er Belchite erwähnte. Wenn er ihre Mutter nicht kannte, woher in aller Welt konnte er dann wissen, dass sie gerade dort verletzt worden war?

»He, du Tagträumerin. Ich könnte hier ein bisschen Hilfe gebrauchen«, sagte Elspeth.

»Entschuldige, Ellie. Ich war ganz woanders.«

Entschlossen schob sie den Verdacht beiseite, der seit Tagen in ihr wuchs, und half ihrer Freundin dabei, einen steinernen Engel wieder auf den Brunnen zu heben. Als sie ein paar Schritte zurücktraten, um die Wirkung zu bewundern, wusste Eugenie, dass sie Le Basque noch an diesem Abend sprechen und den Mut aufbringen musste, ihm die Frage zu stellen, die seit jenem Nachmittag wie ein dunkler Schatten zwischen ihnen lag.

Während Paris unter der spätsommerlichen Hitze ächzte, hatten die Mädchen Alines Garten in Schuss gebracht, und sie empfanden enorme Befriedigung, als sie nun ihr Werk betrachteten. Sie hatten eine große Spanplatte vor die Glastür im Erdgeschoss gestellt, damit ihre Fortschritte während der letzten zwei Tage nicht verfolgt werden konnten, und Aline streng verboten, heimlich hinauszuspähen, bevor alles fertig war.

»Du hast das Mosaik fantastisch hingekriegt«, sagte Eugenie. »Ich weiß nicht, ob ich die Geduld gehabt hätte, all diese winzigen Fliesenstückchen wieder an die Wand zu kleben.«

Ellie schob ein paar Haarsträhnen zurück, die auf ihrem erhitzten Gesicht klebten. »Es hat mir Spaß gemacht. Und du hast ein Wunder an diesen alten Metallstühlen vollbracht.«

»Ich habe sie auf einer *brocante* in der Nähe entdeckt. Jetzt, wo sie abgeschliffen und frisch lackiert sind, sehen sie gut aus, nicht wahr?« Eugenie verschob einen Terrakottatopf um drei Zentimeter nach links und schaute kritisch auf die zahlreichen Blumenkästen und -töpfe, die sie bepflanzt und dann auf dem kleinen Grundstück hübsch verteilt hatte. Sie hatten die Steinplatten geschrubbt, um Moos und Flechten zu entfernen, und einige Platten neu verlegt, damit der Boden wieder eben war. Es war ihnen sogar gelungen, den zerbrochenen Flügel des Steinengels zu reparieren, und der Brunnen war nun sauber und funktionsfähig, sodass das Wasser aus der steinernen Muschel lief, die der Engel in den Armen trug. Mit den weißen gusseisernen Gartenmöbeln, dem violetten Sonnenschirm und den bunten Blumentöpfen vor dem in Blau und Silber gehaltenen Mosaik an der Wand bot sich ihrem künstlerischen Auge ein angenehmer Anblick.

Elspeth holte das Petunientöpfchen, das sie mitgebracht hatte, und stellte es mitten auf den Tisch. Die tiefvioletten Blüten passten genau zu den Sitzkissen, die sie genäht hatte, und verliehen dem Garten den letzten Schliff. »So. Fertig. Ich hoffe, es gefällt ihr.«

Sie schoben die Spanplatte beiseite und eilten hinein, um Aline und die Jungen in der Küche zu verständigen. »Wir sind bereit zur großen Neueröffnung deines Gartens, Tante Aline«, sagte Eugenie. »Schließ die Augen und mach sie nicht mehr auf, bis wir es dir sagen.«

Aline klatschte voller Vorfreude in die Hände und schloss brav die Augen, ehe sie sich von den Mädchen zu den Glastüren führen ließ. Als sie hinaustraten, schlug sie die Augen auf und schnappte hingerissen nach Luft. »Das ist ja wunderschön«, japste sie. »Viel schöner als je zuvor.«

Mit Tränen in den Augen wandte sie sich zu den beiden Mädchen um. »Ich danke euch so sehr. So ein wundervolles Geschenk habe ich gar nicht verdient.«

»So ein Zirkus wegen überhaupt nichts«, knurrte Fleur, als sie durch den Flur zu ihnen hinauskam. »Ein bisschen gärtnern und malern kann doch jeder.«

»Das ist nicht fair«, entgegnete Elspeth. »Mir ist jedenfalls nicht aufgefallen, dass du dir jemals die Hände schmutzig gemacht oder Aline in irgendeiner Form geholfen hättest.«

»Ich bin Künstlerin, keine Gärtnerin«, fauchte Fleur. »Und

ich bezahle hier nicht Miete, um mir die Hände mit Dienstbotenarbeiten zu ruinieren.«

»Du verdirbst mir meine ganze Überraschung«, schimpfte Aline verdrossen. »Wenn du nicht nett sein kannst, dann halt lieber den Mund.«

»So, wie Eugenie über ihre geheimen Rendezvous mit einem gewissen Künstler den Mund gehalten hat, meinst du wohl?«, konterte Fleur verschlagen.

Eugenie spürte, wie ihr die Farbe aus dem Gesicht wich, als Alines fragender Blick auf sie fiel.

»Hast du dich mit Max getroffen?«, fragte sie. »Bist du deshalb in den letzten Wochen immer so spät heimgekommen und hast halbe Wochenenden außer Haus verbracht? Er ist ein bisschen alt für dich, Eugenie, und ich glaube nicht …«

Elspeth fiel ihr ins Wort. »*Ich* treffe mich mit Max«, gestand sie. »Wir wollten es eigentlich nicht an die große Glocke hängen, aber natürlich haben wir nicht mit einer neugierigen Wichtigtuerin gerechnet, die sich einmischt.«

»Ich spreche gar nicht von Max«, gab Fleur zurück. Ihre kalten blauen Augen hefteten sich gehässig auf Eugenie. »Eugenie hat einen viel älteren, reicheren und dickeren Fisch an der Angel.«

Eugenie funkelte sie böse an, doch fiel ihr nichts ein, was sie zu ihrer Verteidigung hervorbringen konnte.

Alines Miene verdüsterte sich. »Du hast den Patron besucht«, keuchte sie. »Oh, Eugenie, nein.«

»Doch.« Eugenie reckte trotzig das Kinn, froh, dass die Heimlichkeiten ein Ende hatten. »Le Basque hat mich eingeladen, ihn jeden Tag nach der Hochschule zu besuchen, und manchmal verbringen wir auch am Wochenende einen Nachmittag zusammen. Er bringt mir verschiedene Maltechniken bei und hilft mir bei der Perspektive.«

»Oh, das kann ich mir vorstellen«, höhnte Fleur. »Es ist

egoistisch und gemein von dir, ihn allein für dich zu behalten, wo du doch genau weißt, dass Michel und ich auch von einer solchen Betreuung profitieren könnten. Aber was wundert mich das – du bist einfach nur eine verwöhnte Göre, die es gewöhnt ist, dass alles nach ihrem Willen läuft.«

»Mit verwöhnten Gören musst du dich ja auskennen«, gab Eugenie wütend zurück. »Sei bloß still, Fleur, bevor ich dir eins auf deine freche Klappe haue.«

»Das reicht«, zischte Aline und stellte sich zwischen die beiden. »Du hast mir mit deiner bösen Zunge die ganze Freude verdorben, Fleur … und du, Eugenie, mit deiner Unaufrichtigkeit. Ich bin von euch beiden enttäuscht.«

In verlegenem Schweigen standen sie da, während Aline durch die geöffneten Glastüren trat und sich in ihren schönen Garten setzte.

»Da siehst du, was du angerichtet hast«, fauchte Elspeth wütend. »Du hast die mühevolle Arbeit von Tagen ruiniert und Aline verärgert. Wenn du auch nur einen Funken Anstand im Leib hättest, würdest du jetzt zu ihr hingehen und dich entschuldigen.«

Fleur verschränkte die Arme und reckte das Kinn, während ihre blauen Augen loderten. »Warum sollte ich? Ich habe lediglich die Wahrheit gesagt, ganz im Gegensatz zu euch beiden. Du hast doch die ganze Zeit gewusst, dass sich Eugenie mit Le Basque trifft, oder?«

»Na und?«, herrschte Eugenie sie an. »Das geht dich doch überhaupt nichts an.«

»Es geht mich sehr wohl etwas an, wenn eine Studentin sich auf unfaire Weise Vorteile verschafft«, gab Fleur zurück. »Was die Kunsthochschule wohl zu deinen Privatstunden sagen würde? Falls es überhaupt welche sind«, fügte sie gehässig hinzu. »Le Basque hat schließlich einen gewissen Ruf, was Frauen angeht. Dabei ist er alt genug, um dein Vater zu sein – wohl kaum eine passende Verbindung, oder was meinst du?«

»Du hast eine schmutzige Fantasie«, gab Eugenie erbost zurück. »Und du solltest nicht alle anderen an deinen eigenen niedrigen moralischen Maßstäben messen.«

Die drei Jungen schlichen in stillem Einvernehmen davon. Eugenie und Elspeth kehrten Fleur den Rücken und gingen hinaus in den Garten, um Aline zu beschwichtigen.

»Die Sache ist noch nicht beendet«, brüllte Fleur. »Ich werde dafür sorgen, dass die Dozenten erfahren, was du dir geleistet hast.« Sie drehte sich um, stampfte durch den Flur und verließ türenknallend das Haus.

Eugenie erschauerte trotz der warmen Septembersonne. »Kann sie mir wirklich Ärger machen, Tante Aline?«

»Nicht wegen so etwas. Le Basque ist ein sehr berühmter Mann und einer der wichtigsten Spendensammler und Unterstützer der Kunsthochschule. Er hat einen gewissen Ruf, das ja, aber ich glaube nicht, dass er für dich jemals etwas anderes als ein Mentor war.« Aline seufzte tief. »Das war eine unerfreuliche Szene mit Fleur. Sie hat wirklich ein böses Mundwerk, und ich vermute, dass sie auf Rache aus sein wird. Du musst dich in Acht nehmen, Eugenie.«

»Mir sind schon öfter Mädchen wie sie begegnet«, sagte Eugenie leichthin. »Sie kann mir nichts anhaben, weil es nichts gibt, dessen ich mich schämen müsste.«

»Aber warum hast du mir denn nicht gesagt, dass du dich jeden Tag mit ihm getroffen hast? Ich hätte dich begleiten können – schließlich habe ich nicht viel anderes zu tun.«

»Ich dachte, du wärst nicht damit einverstanden«, gestand Eugenie. »Und obwohl es nett von dir war, mich mit ihm bekannt zu machen, bin ich schon ein bisschen zu alt für eine Anstandsdame, Tante Aline.« Sie setzte sich auf einen Stuhl neben Aline und nahm sanft ihre Hand. »Er bringt mir vieles bei«, sagte sie ruhig, »und wir verstehen uns so gut. Bitte hindere mich nicht daran, ihn zu treffen.«

Alines Gedanken überschlugen sich. Selbstverständlich konnte sie das junge Mädchen nicht dazu zwingen, diese Freundschaft zu beenden, denn Henri war der beste Lehrer, den man sich nur wünschen konnte. »Natürlich werde ich das nicht tun«, versicherte sie beklommen. »Sprecht ihr viel miteinander, und geht es wirklich nur um Kunst?«

»Wir sprechen über Kunst und verschiedene Techniken, oder wir gehen hinaus und setzen uns irgendwohin, wo wir zeichnen und malen können. Er ist ein ruhiger und kluger Mann, und obwohl wir eigentlich nicht viel reden, verstehen wir uns einfach irgendwie.«

Aline wollte sie gerade weiter ausfragen, als es an der Haustür klopfte.

»Ich gehe schon«, sagte Elspeth und griff nach ihrer Umhängetasche. »Ich bin sowieso in zehn Minuten mit Max verabredet.«

»Danke, Ellie. Du hast das Mosaik wunderbar rekonstruiert, und mein süßer kleiner Engel ist auch wieder heil. Ich bin dir für deine viele Mühe ja so dankbar.«

»Es war mir ein Vergnügen.« Sie küsste Aline auf die Wange, grinste Eugenie an und eilte ins Haus, gerade als es erneut an der Tür klopfte und Napoleon zu kreischen anfing.

»Ich erwarte eigentlich niemanden«, sagte Aline. »Hoffen wir, dass der Betreffende es leid wird und wieder geht.« Sie ließ sich zurück in das Polster sinken. »Wie lange trifft sich Elspeth denn schon mit Max?«

»Seit etwa zwei Wochen. Sie haben sich kennengelernt, als wir mit ein paar anderen Studenten in einem Café saßen, und wir haben alle gemerkt, dass sie sich augenblicklich zueinander hingezogen fühlten.«

»Dann wollen wir hoffen, dass es länger hält als bei seinen bisherigen Flammen«, sagte Aline mit einem Augenzwinkern. »Er ist ein Schwerenöter, dieser Australier, aber sehr sympathisch. Ich verstehe gut, warum die Mädchen für ihn schwärmen.«

Die Haustür fiel ins Schloss. »Eugenie? Eugenie, wo bist du?«

Vor Schreck darüber, Annabelles Stimme zu hören, erstarrte Aline, und Eugenie sprang auf. »Mummy!«

»Ja, Liebling, ich bin's. Und Daddy ist auch dabei«, sagte Annabelle, während sie durch die Glastür ging und die Arme ausbreitete.

Während Eugenie ihre Eltern umarmte, verkrampfte Aline die verkrüppelten Hände in ihrem Schoß. Annabelle und George wussten über Henri Bescheid – das war die einzige Erklärung. Aber woher? Über Eugenies Schulter hinweg begegnete sie Annabelles kühlem Blick und erschauerte, als hätten sich plötzlich Gewitterwolken vor die Sonne geschoben. Das unerwartete Eintreffen der beiden verhieß nichts Gutes.

»Das ist ja eine herrliche Überraschung«, freute sich Eugenie, »aber was ist der Grund für euer Kommen? Ich bin doch erst seit einem Monat weg.«

»Das Haus kam mir so leer vor, und ich wollte dich sehen«, erklärte Annabelle, und ihr Blick wurde wärmer, als er von Aline zurück zu ihrer Tochter wanderte. »Außerdem fand ich, dass es höchste Zeit ist, Aline einen Besuch abzustatten – es ist ja schon so viele Jahre her.«

»Also, ich freue mich jedenfalls sehr, euch zu sehen. Es ist ein Wunder, dass du Daddy aus seiner Praxis loseisen konntest, aber ich bin froh, dass du 's geschafft hast. Wie lange wollt ihr bleiben? Habt ihr genug Zeit, um euch Paris ein bisschen anzuschauen und der Kunsthochschule einen Besuch abzustatten?«

Aline merkte, wie sich Annabelles kalter Blick erneut auf sie richtete.

»Wir können die Praxis nicht allzu lange allein lassen«, erklärte sie, »daher bleiben wir höchstens ein paar Tage.« Sie sah George an. »Wir könnten alle beide eine Tasse Tee vertragen, meinst du nicht …?«

»Natürlich«, beeilte sich Eugenie zu sagen. »Setzt euch, dann mache ich euch welchen.«

Die drei sahen ihr nach, wie sie ins Haus eilte, ehe Annabelle die Glastür schloss, damit sie nicht belauscht werden konnten. Ihrem Blick fehlte jede Wärme, als sie sich Aline zuwandte. »Du weißt, warum wir hier sind, nicht wahr?«

Alines Herz hämmerte, und sie konnte kaum atmen. »Er hat ihr nichts verraten und geschworen, es ihr niemals zu sagen«, stammelte sie.

»Er weiß, wer sie ist?«

Aline nickte und presste sich die verkrüppelte Hand auf ihr pochendes Herz.

»Woher weiß er es?« Annabelle rutschte auf der Gartenbank, wo sie neben George saß, ganz nach vorn. »Hast du es ihm gesagt?«

Aline schüttelte so heftig den Kopf, dass ihr leicht schwindlig wurde. »Er hat sie auf der Brücke stehen sehen und im ersten Moment geglaubt, du wärst es«, stieß sie hervor. »Er hat ihr einen seiner Studenten nachgeschickt, damit er in Erfahrung bringt, wer sie ist. Max hat genug über sie herausgefunden, dass Henri nur noch eins und eins zusammenzählen musste. Und dann hat er verlangt, dass ich sie ihm vorstelle.«

»Du warst bei dieser Begegnung die ganze Zeit dabei?«

»Ja. Es wurde nichts Unangebrachtes gesprochen. Sie haben über Eugenies Stipendium und ihre Malerei geredet, und er hat sich ihre Mappe angesehen. Aber ich habe ihm angemerkt, dass er sich sofort zu ihr hingezogen fühlte. Die Ähnlichkeit zwischen ihnen ist ziemlich frappierend, wenn man weiß, wo man hinschauen muss.«

Annabelles bleiches Gesicht sah aus, als wäre es aus Marmor. »Und was ist seitdem passiert? Sie hat ihn auch allein besucht, nicht wahr?«

»Ja, aber das wusste ich nicht«, erwiderte Aline hastig. »Nicht bis heute Nachmittag. Sie hat aber nichts erwähnt, was irgendeinen Anlass zu Beunruhigung geboten hätte, also glaube ich, dass Henri sein Wort gehalten hat.«

»Wann hast du erfahren, dass er noch lebt?«

Aline hatte das Gefühl, einem Verhör unterzogen zu werden, was entsetzliche Erinnerungen an die Zeit weckte, als ihr Haus vom Feind okkupiert worden war und sich ihr Leben unwiderruflich verändert hatte. Sie hatte damals den Mut gefunden, den Besatzern Widerstand zu leisten, und das würde sie jetzt auch gegenüber Annabelle schaffen.

Sie hob das Kinn und sah Annabelle unverwandt an. »Etwa zwei Wochen nachdem du George geheiratet hattest, kam ein Brief. Henri lag im Krankenhaus und erholte sich von den Verletzungen, die er in Belchite erlitten hatte. Sie waren so schwer, dass er nicht früher hatte schreiben können.«

Annabelle senkte den Kopf und ließ die Schultern hängen. »Wenn du es mir doch nur gesagt hättest«, sagte sie nach kurzem Schweigen. »Dann säßen wir heute nicht in diesem Schlamassel.«

George stand auf und ging die Tür aufmachen, damit Eugenie das Tablett mit dem Teegeschirr in den Garten tragen konnte. »Ihr schaut aber reichlich ernst drein«, witzelte sie. »Es ist ein herrlicher Tag in Paris, und wir sind endlich wieder alle vereint, also seid mal bitte so gut und macht ein fröhliches Gesicht.« Sie warf ihnen allen ein aufmunterndes Lächeln zu, ehe sie ins Haus zurückeilte, um Milch zu holen.

»Wir reden später weiter«, sagte Annabelle. »Und ich will alles wissen, Aline. Jetzt ist nicht die Zeit für Lügen und Halbwahrheiten.«

»Ich habe nur aus Liebe gehandelt«, entgegnete Aline unter Tränen. »Genau wie du für Eugenie. Vielleicht sollten wir einfach alle ehrlich zueinander sein und dann das Schicksal entscheiden lassen, was am besten für uns ist.«

»*Ich* entscheide, was für meine Familie am besten ist«, erklärte George.

Aline musterte ihn traurig. Die Reise nach Paris musste das Schwerste gewesen sein, was er je auf sich genommen hatte. Wer konnte schon wissen, was die Zukunft für jeden von ihnen bereithielt? Sie konnte nur darum beten, dass Annabelles Liebe zu ihm stark genug war, um eine Begegnung mit Henri zu verkraften – denn es bestand absolut kein Zweifel daran, dass sie sich irgendwann begegnen würden.

Eugenie versuchte zu begreifen, warum bei diesem erfreulichen Anlass alle so steif und trübsinnig waren. Sie merkte ihren Eltern an, dass sie sich enorm anstrengten, so zu tun, als genössen sie ihren Überraschungsbesuch, doch es funktionierte nicht. Und Tante Aline wirkte plötzlich noch viel älter und gebrechlicher.

Als sie den Tee einschenkte und Kekse herumreichte, beobachtete sie heimlich ihren Vater. Es war seltsam zu wissen, dass er nicht ihr richtiger Vater war, denn er war der netteste und liebevollste Vater, den man sich wünschen konnte. Sie spürte, dass er genau wie ihre Mutter unter einer ungewöhnlichen Spannung stand, und fragte sich, was der wahre Grund dafür war, dass die beiden so plötzlich nach Paris gekommen waren. Irgendetwas spielte sich hier ab, das sie nicht begriff. Doch anstatt zu fragen, was los war, wollte sie lieber abwarten, aufmerksam zuhören, was gesprochen wurde, und versuchen schlau daraus zu werden.

Alle schienen sich etwas zu entspannen, als sie über die Schule und ihre Freundin Ellie plapperte und über die Arbeit, die sie investiert hatten, um Alines kleinen Garten herzurichten. Doch als sie ihre Treffen mit Le Basque erwähnte, registrierte sie den Argwohn, der aus dem Blick ihrer Mutter sprach, und das machte sie hellhörig.

»Siehst du ihn oft?«, fragte Annabelle beiläufig.

»Ich besuche ihn jeden Tag nach der Kunsthochschule zu Hause und treffe ihn auch an den Wochenenden. Er geht nicht viel aus, aber ich glaube, er genießt unsere kleinen Ausflüge in den Park oder in Museen und Galerien.«

»Du solltest mehr Zeit mit Freunden deines Alters verbringen«, entgegnete Annabelle. »Was ist mit den anderen hier? Nach deinen Briefen zu urteilen sind sie ja wohl ein lebhaftes Trüppchen.«

»Fleur ist tatsächlich sehr lebhaft, aber mit ihr möchte ich nicht befreundet sein, und die Jungen sitzen ständig in Kneipen und begaffen die Mädchen. Ellie und ich gehen manchmal gemeinsam aus, aber seit sie mit Max zusammen ist, fühle ich mich dabei ein bisschen wie das fünfte Rad am Wagen. Ich bin lieber mit Le Basque zusammen, weil er meine Leidenschaft versteht und ich so vieles von ihm lernen kann.«

»Ich habe mir seine Bilder in der Tate Gallery angesehen. Sie sind wirklich sehr schön, aber die Zeichnungen aus dem Spanischen Bürgerkrieg sind reichlich brutal. Spricht er manchmal über seine Vergangenheit?«

Eugenie schüttelte den Kopf. »Er meint, die Vergangenheit sei etwas, zu dem man nie zurückkehren sollte, weil es Unglück und traurige Erinnerungen mit sich bringen kann. Wir sprechen über aktuelle Dinge und über unsere Kunst.«

Sie musterte ihre Eltern offen. »Wenn meine Freundschaft mit Le Basque der Grund ist, warum ihr nach Paris gekommen seid, dann braucht ihr keine Angst zu haben. Er ist ein guter Mensch und ein sehr begabter Maler, der sich nur für meine Arbeit interessiert. Er hegt keinerlei unlautere Absichten mir gegenüber, falls es das ist, was euch beunruhigt. Es ist alles ganz harmlos.«

»Das will ich hoffen«, zischte Annabelle und stellte klappernd ihre Tasse ab.

»Ich habe ihn gefragt, ob er dir einmal begegnet ist, als du hier gewohnt hast«, sagte Eugenie, wobei sie nach einer Reaktion Ausschau hielt und diese in einem Aufleuchten in den Augen ihrer Mutter entdeckte. »Aber er hat gesagt, es sei schon so lange her, sein Gedächtnis sei schlecht, und es habe seit damals eine ganze Menge Frauen in seinem Leben gegeben.«

»Aha.« Annabelle senkte den Kopf und suchte in ihrer Handtasche nach Zigaretten. »Tja, das liegt wohl auf der Hand. Künstler sind ja bekannt für viele Frauengeschichten und ihren zwielichtigen Lebenswandel.«

»Danke, Mummy«, sagte Eugenie trocken. »Ich werd's mir merken.«

»Du weißt, was ich meine«, erwiderte Annabelle mit einem schneidenden Unterton.

Eugenie beschloss, das Thema, das sie angeschnitten hatte, wiederaufzunehmen, denn sie war neugierig geworden. »Du erinnerst dich also nicht daran, damals einen Künstler mit dunklen Haaren und blauen Augen kennengelernt zu haben? Er stammt aus dem Baskenland und ist selbstverständlich als Freiwilliger in den Spanischen Bürgerkrieg gezogen.«

»Ich erinnere mich wirklich nicht, Liebes«, sagte sie und zündete sich eine Zigarette an. »Ich habe mich eigentlich nicht in diesen Künstlerkreisen bewegt.«

»Aber du hast hier gewohnt«, hakte Eugenie ungerührt nach. »Und Alines Haus war damals voll von Künstlern, Dichtern und Musikern – genau wie heute. Er und Aline waren damals befreundet, und er war oft hier zu Besuch. Du musst ihm begegnet sein.«

»Ich habe dir gesagt, dass ich das nicht getan habe«, erklärte

Annabelle bestimmt. »Mein Gott, Eugenie, du machst mir noch Kopfschmerzen mit deinen ganzen Fragen.«

Eugenie verfolgte, wie ihre Mutter nervös Zigarettenasche auf die frisch geschrubbten Steinplatten schnippte und dann mit den Fingern auf die Armlehne zu trommeln begann. Alines Blick war beklommen, während die Miene ihres Vaters unübersehbar frostig war. »Ich glaube, ihr solltet mir lieber sagen, aus welchem Grund ihr wirklich gekommen seid«, sagte sie leise.

»Um dich und Aline zu sehen natürlich«, antwortete Annabelle viel zu schnell.

Da wusste Eugenie, dass sie log, und verspürte einen Stich der Enttäuschung. »Wenn du so erpicht darauf warst, Aline zu sehen, warum hast du sie dann weder geküsst noch umarmt? Du hast nicht einmal Hallo gesagt oder dich zu ihren armen verkrüppelten Händen geäußert.«

»Natürlich habe ich mit ihr gesprochen«, protestierte Annabelle verärgert. »Wir haben uns begrüßt, als du hineingegangen bist, um Tee zu machen.«

Eugenie musterte ihre Mutter mit einer Mischung aus Traurigkeit und Frustration. »Aber keine von uns beiden ist der Grund dafür, dass ihr hier seid, nicht wahr?«

Annabelle wich ihrem Blick aus und trommelte weiter mit den Fingern auf ihre Armlehne, während sie an ihrer Zigarette zog.

»Ich glaube, ich kenne den wahren Grund«, fuhr Eugenie erbarmungslos fort.

»Es reicht, Eugenie«, fauchte George. »Du regst deine Mutter auf.«

»Es tut mir leid, Daddy, aber hier spielen sich Dinge ab, die ich unbedingt begreifen muss. Wenn du und Mutter euch weigert, ehrlich zu mir zu sein, dann muss ich eben eine Erklärung verlangen. Und ich will die Wahrheit wissen, Daddy. Diesmal *muss* ich die Wahrheit wissen.«

Sie sah, wie ihre Mutter ihrem Vater einen kurzen, besorgten Blick zuwarf, und wusste, dass sie jetzt weitermachen musste, ehe der Mut sie verließ. »Als ich meine Sachen für die Reise nach Paris gepackt habe, bin ich auf den Dachboden gegangen«, begann sie, »und habe eure Heiratsurkunde und ein Bild gefunden.«

Annabelle starrte sie an wie ein verängstigtes Kaninchen.

»Es war ein schönes Bild, und jetzt, nachdem ich weitere im gleichen Stil gesehen habe, kann ich die Technik einordnen und weiß, wer es gemalt hat.«

Im Garten herrschte eisige Stille, während die drei Älteren in böser Vorahnung erstarrten.

»Ist Le Basque mein Vater?«

»Ich bin dein Vater«, erklärte George.

Eugenies Herz schmerzte vor Liebe zu ihm, als sie sah, wie sich sein Unterkiefer anspannte. »Ja«, sagte sie leise und griff nach seiner Hand. »Du bist mein Vater – der Daddy, den ich innig liebe, und der Mann, zu dem ich immer aufsehen werde, weil er mich liebt und beschützt. Aber du warst nicht mit Mummy zusammen, als ich gezeugt wurde, nicht wahr?«

George umklammerte ihre Hand. »Ich liebe deine Mutter mehr als mein Leben«, sagte er schroff. »Als ich hörte, dass sie in Belchite verletzt und anschließend nach Paris verlegt worden war, bin ich sofort hierhergekommen. Sie sagte mir, dass sie ein Kind erwartete, und natürlich wollte ich tun, was das Beste für sie war.« Er sah Eugenie an, und der Blick aus seinen blauen Augen war unerschütterlich. »Doch vom Augenblick deiner Geburt an warst du mein geliebtes Töchterchen – und das wirst du immer bleiben.«

»Oh, Daddy, es tut mir ja so leid. Das muss furchtbar für dich sein.« Schluchzend schlang sie ihm die Arme um den Hals und weinte an seiner Wange. »Ich weiß, dass du das alles nur getan hast, weil du mich geliebt hast und mich beschützen wolltest. Aber ich wünschte wirklich, ihr hättet mir von Anfang an die Wahrheit gesagt.«

»Zuerst wollte ich das auch«, sagte Annabelle, vor Ergriffenheit ganz heiser. »Aber dein Vater und ich waren glücklich miteinander, und du warst unser kleines Wunder. Und da wir Henri tot glaubten, schien es wenig Sinn zu haben, die Vergangenheit ans Licht zu zerren und zuzulassen, wie sie unser aller Zukunft überschattet.«

»Henri?«

»Henri-Pascal Baptiste. Le Basque.«

Eugenie wischte sich die Tränen fort und sah die anderen drei an. Sie wirkten zwar betroffen, schienen aber jetzt, da die Wahrheit endlich ans Licht gekommen war, trotzdem entspannter zu sein. »Wie hast du ihn kennengelernt?«

Annabelles Gesichtsausdruck wurde weicher, und sie sprach so leise, dass Eugenie sich anstrengen musste, um sie zu verstehen. »An meinem ersten Tag in Paris stand ich auf dem Pont Neuf. Ich war an der Straße vorbeigegangen, die zu Alines Haus führt, und fühlte mich ein bisschen verloren. Henri und sein Freund Etienne haben sich erboten, mich zu Alines Haus zu bringen, weil sie sie gut kannten.«

Jetzt begriff Eugenie die Bedeutung des Hauses mit Aussicht auf die Brücke und warum Le Basque die Gewohnheit hatte, immer am Fenster zu sitzen. Er musste ihre Mutter sehr geliebt haben, wenn er sich noch immer so sehr nach ihr sehnte. Vielleicht erklärte das, warum er so entschlossen gewesen war, sie ausfindig zu machen, nachdem er sie auf der Brücke hatte stehen sehen. Die Ähnlichkeit zwischen ihr und ihrer Mutter war schon vielen Leuten aufgefallen.

Sie lauschte schweigend, als Annabelle Georges Hand nahm und von jenen berauschenden Wochen in Paris und von der beängstigenden Reise nach Spanien erzählte. Die Beschreibungen ihrer Mutter waren so lebhaft, dass sie sich die entsetzlichen Szenen der Bombardierung Belchites genau vorstellen konnte. Sie verstand, warum alle geglaubt hatten, dass Henri dort umgekommen sei.

»Ich lag eine Zeitlang in Spanien im Krankenhaus und wurde dann hierher auf eine Spezialstation verlegt. Caroline konnte ein paar Tage bei mir bleiben, ehe sie die schreckliche Nachricht über ihren Bruder bekam. Und natürlich war mir auch Aline eine verlässliche Stütze.« Annabelle griff nach Alines Hand.

»Es tut mir leid, dass ich vorhin so schroff zu dir war, aber ich war verängstigt und wütend und sehr aufgewühlt.«

Aline zuckte die Achseln. »Das ist verständlich. Die Sache ist für keinen von uns einfach.«

»Vor allem nicht für Daddy«, sagte Eugenie leise.

George richtete sich auf. »Es war falsch von uns, dir die Wahrheit vorzuenthalten, das wird mir jetzt klar. Was immer du von nun an unternehmen willst, du hast unsere volle Unterstützung.« Er sah Annabelle an, die sein Versprechen mit einem Nicken bestätigte. »Du wirst immer unsere Eugenie sein, und wir werden dich immer lieben.«

Obwohl sie schon achtzehn Jahre und erwachsen war, schmiegte sich Eugenie an ihn und legte ihre Wange auf seine Brust, ohne darauf zu achten, dass ihre Tränen sein bestes Hemd benetzten. »Ich werde euch auch immer lieben«, sagte sie, als die Tränen allmählich versiegten. »Und weil ich keinem von euch noch mehr Kummer machen will, werde ich Le Basque nicht mehr besuchen.«

»Nein, Eugenie«, sagte George und hielt sie ein Stück von sich weg. »Du musst tun, was du für richtig hältst, und brauchst keine Rücksicht auf uns zu nehmen. Er weiß ganz offensichtlich, wer du bist, und es ist nur fair, dass ihr euch kennenlernt.« Mit zärtlichem Lächeln schob er ihr eine Haarsträhne hinters

Ohr. »Schließlich kann er dir viel mehr über Kunst beibringen, als ich es je könnte, Eugenie.«

»Dann hättet ihr also nichts dagegen, wenn ich ihn heute Abend besuche? Wisst ihr, ich vermute nämlich schon seit geraumer Zeit, wer er ist, und ich finde, er muss erfahren, wie ich über all das denke.«

»Ja, geh nur, Eugenie«, sagte Annabelle. »Wir warten hier auf dich.«

Henri saß an seinem gewohnten Platz am Fenster, das Weinglas auf dem Tischchen neben sich, eine brennende Zigarette im Aschenbecher. Das Haus war still, da die jungen Männer ausgegangen waren, und so war er allein und erging sich in Selbstmitleid. Es hatte ihn geschmerzt, dass Eugenie nicht zu ihrem üblichen Spätnachmittagsbesuch gekommen war, doch sie hatte versprochen, am Abend vorbeizuschauen, wenn sie mit dem Garten fertig war und sich freimachen konnte. Er schaute auf die Uhr auf dem Kaminsims. Es wurde allmählich spät, und er fragte sich, ob sie wohl noch käme.

Seine Gedanken wanderten zu den Stunden zurück, die er mit ihr verbracht hatte, und den Gesprächen, die sie geführt hatten, und ihm wurde schlagartig klar, dass es ein Fehler gewesen war, Belchite im Zusammenhang mit Annabelle zu erwähnen. Er vermutete, dass Eugenie der Wahrheit schon ziemlich nahe war – vielleicht hatte sie sich alles längst selbst zusammengereimt –, und er fragte sich, wie sie es wohl fand, dass er ihr Vater war. Würde sie ihm seine Abwesenheit in den Jahren ihrer Kindheit übel nehmen – auch wenn er ja nichts von ihrer Existenz geahnt hatte, bis sie nach Paris gekommen war? Würde sie verstehen, warum alle sie belogen hatten? Und würde ihr großzügiges kleines Herz es fertigbringen, ihnen allen zu vergeben?

Er seufzte tief und griff nach dem Weinglas. Während er daran nippte, sah er träge den jungen Liebespaaren nach, die im

Schein der Straßenlaternen über die Brücke schlenderten. Es war alles schon so lange her, doch die Erinnerungen hatten sich ihm mit einer Klarheit eingeprägt, die bis heute nicht nachgelassen hatte.

Das Geräusch von eiligen Schritten draußen auf der Treppe ließ sein Herz leichter werden. Eugenie war doch noch gekommen. Er stellte sein Glas ab und wandte den Rollstuhl zur Tür um.

Eugenie war außer Atem, ihr Gesicht gerötet, als sie hereinkam und ihn an beiden Händen fasste. »Patron, ich muss Ihnen etwas sagen«, begann sie mit leiser Stimme.

Er lächelte in ihr liebes Gesicht und registrierte, dass ihre Augen vor lauter Aufregung fast so dunkel und beinahe violett waren wie die ihrer Mutter. »Was ist denn passiert, Eugenie?«, fragte er freundlich.

Sie setzte sich auf den niedrigen Hocker, ohne seine Hände loszulassen, und blickte zu ihm auf. »Ich habe herausgefunden, wer du wirklich bist«, flüsterte sie. »Du bist Henri-Pascal Baptiste – und du bist mein Vater.«

Er blickte zu ihr hinab, sein Herz so voller Liebe, dass er nicht sprechen konnte.

»Ich weiß, was passiert ist und warum du in meinem Leben nie eine Rolle gespielt hast«, fuhr sie fort. »Und auch wenn es mich traurig macht, dass so viele Lügen erzählt worden sind, kann ich jetzt niemandem mehr böse deswegen sein, weil ich weiß, wie viel Liebe dahintersteckt.«

»Ach, mein liebes Kind«, murmelte er, während er ihr Haar berührte und ihr mit einem zitternden Finger über die Wange fuhr. »Ich hätte es dir ja so gern gesagt, aber ich habe ein Versprechen abgegeben, das ich halten musste.«

»Das ist mir bei unserem Gespräch in der Orangerie klar geworden. Weißt du, ich habe darauf gewartet, dass du etwas sagst, weil ich mich nicht traute, dich direkt zu fragen.«

»Als ich Belchite erwähnt habe, wusstest du Bescheid, stimmt's?«

Sie nickte und lächelte ironisch. »Das war wirklich ein schwerer Ausrutscher. Aber heute habe ich die Bestätigung bekommen, die mir noch gefehlt hat.« Sie musste seine Verwirrung bemerkt haben, denn sie fuhr fort: »Mummy und Daddy sind nach Paris gekommen und haben mir alles gesagt.«

Freude und Schrecken durchfuhren ihn gleichermaßen. »Deine Mutter ist in Paris?«

»Sie ist gekommen, weil ich in meinen Briefen von dir geschrieben und von deiner Ausstellung in London berichtet habe. Sie ist hingegangen, um sich deine Bilder anzuschauen – und wusste auf der Stelle, wer sie gemalt hat.«

Henri nickte und senkte den Kopf. Fast schämte er sich der Tränen, die seinen Blick verschleierten. »Sicher hat sie auf dreien von ihnen Amélie erkannt. Sie waren in meinem Atelier, als sie mich zum ersten Mal dort besucht hat.«

»Du hast sie sehr geliebt, nicht wahr?«

»Ja«, sagte er schroff. »Und ich liebe sie immer noch. Deine Mutter ist eine außergewöhnliche Frau, und ich habe nie eine kennengelernt, die ihr gleichkäme.«

»Das Bild, das ich gefunden habe … Es war darauf nicht zu übersehen, dass sie in den Maler verliebt war, und obwohl ich weiß, dass sie Daddy liebt und sehr glücklich mit ihm ist, habe ich nie erlebt, dass sie ihn jemals so angesehen hätte.«

Ihre Worte machten Henri traurig, denn er hatte gehofft, dass Annabelle die Leidenschaft, die sie einst miteinander verbunden hatte, auch mit ihrem Ehemann entdeckt hätte. Doch auch ihm war sie kein zweites Mal vergönnt gewesen, und in gewisser Weise bewies das, welche Kraft diese erste, alles überstrahlende Liebe hatte.

»Ich möchte dir etwas zeigen«, sagte er. »Komm mit. Es ist im anderen Zimmer.«

Er rollte in den Flur hinaus und in sein Schlafzimmer. Dort angekommen zog er den kleinen Schlüssel aus seiner Westentasche und steckte ihn ins Schloss des Schranks. »Was ich dir jetzt zeige, ist ein Bild, das ich an dem Abend gemalt habe, als ich deine Mutter kennenlernte. Es ist grob und ziemlich unfertig verglichen damit, was ich heute mache, aber ich glaube, du wirst sie so sehen, wie ich sie damals gesehen habe.«

Als er die Türen aufzog und Licht machte, hörte er Eugenie nach Luft schnappen.

»Sie ist so schön und so jung«, flüsterte sie, »und es ist, als würde sie uns ansehen.«

»Damals waren wir beide jung und glaubten, wir würden ewig leben«, erwiderte er traurig. »Sie war schön und entschlossen, sich ihren Platz in der Welt zu erobern. Und ich war gesund und stark und von meiner eigenen Wichtigkeit überzeugt.«

Er sah zu, wie Eugenie das Bild ihrer Mutter betrachtete. Der Gedanke, dass Annabelle hier in Paris war, war ihm beinahe unerträglich. Er hätte sie für sein Leben gern wiedergesehen, den Anblick ihres Gesichts genossen und in diese violettblau schimmernden Augen geblickt, die ihn einst so in ihren Bann gezogen hatten; er wollte noch einmal ihre Stimme und ihr Lachen hören, über ihre gemeinsame Zeit nachsinnen und alles über die Jahre erfahren, die nun zwischen ihnen standen. Sein Blick fiel auf die Decke, die über seinen zerstörten Beinen lag, und die harte Wirklichkeit beendete seinen gedanklichen Höhenflug.

»Ich will nicht, dass sie mich so sieht«, sagte er, während er die Türen schloss und den Schlüssel umdrehte. »Sie soll mich lieber so in Erinnerung behalten, wie ich damals war. Ich könnte ihren mitleidigen Blick nicht ertragen.«

»Aber sie will bestimmt herkommen. Wie soll ich sie davon abhalten?«

»Sag ihr, ich hätte Paris verlassen. Sag ihr, ich sei krank. Sag ihr, was du willst, aber bitte, bitte bring sie nicht hierher.«

»Dann tue ich es nicht«, sagte sie und legte ihm sanft eine Hand auf die Schulter. »Aber bist du denn nicht neugierig auf sie? Nach all den Jahren hat sie vielleicht auch Hemmungen, dich sehen zu lassen, wie sie sich verändert hat.«

Er brannte darauf, sie wiederzusehen – noch einmal in ihre herrlichen Augen zu blicken –, ihre Stimme zu hören und ihren Duft einzuatmen. Doch er konnte die Vorstellung nicht ertragen, dass sie ihn als den bemitleidenswerten Krüppel sah, zu dem er geworden war.

»Mach ein paar Fotos und zeig sie mir, wenn sie abgereist ist«, stieß er barsch hervor, während er wieder zurück in den Wohn- und Atelierraum rollte. Er wusste, dass er unvernünftig war, doch er konnte nicht anders.

Er steckte sich eine Zigarette an und trank einen großen Schluck Wein. »Wirst du mich weiterhin besuchen, jetzt, wo du weißt, dass ich dein Vater bin?«

»Natürlich.« Sie setzte sich ihm gegenüber, und ihr Gesicht lag jetzt im Schatten. »Ich will dich richtig kennenlernen und so viel wie möglich von dir lernen. Aber du musst verstehen, dass ich George sehr lieb habe und in ihm immer meinen Vater sehen werde.«

»Meinst du, wir könnten Freunde sein?«

»Oh ja«, hauchte sie. »Die allerbesten Freunde, die sich ohne Worte verstehen und die gleichen Leidenschaften und Interessen teilen. Das würde ich um nichts auf der Welt aufgeben.«

»Glaubst du, du könntest länger in Paris bleiben und noch ein zweites oder sogar drittes Jahr hier an der Kunsthochschule studieren?«, fragte er hoffnungsvoll.

»Vielleicht. Es ist noch zu früh, um so große Entscheidungen zu fällen. Aber ich werde dich auf jeden Fall jeden Tag besuchen, solange ich hier bin.« Sie sah auf die Uhr. »Ich muss jetzt gehen, Patron …« Sie kicherte. »So kann ich dich jetzt aber nicht mehr anreden. Bloß wie dann?«

»Sag Papa Henri zu mir«, sagte er und erwiderte ihr Lächeln. »Ich wäre stolz darauf und hätte nicht die geringste Angst, dass das meinem Ruf schaden könnte.« Sein Lächeln wurde breiter. »Schließlich ist es mir im Lauf der Jahre bereits gelungen, meinen Ruf zu ruinieren. Ein weiterer Skandal wird daran auch nichts mehr ändern.«

Sie küsste ihn auf die Wange. »Du bist ein Gauner, und bei diesem Zwinkern in deinen Augen ist es kein Wunder, dass dir die Frauen nur so nachlaufen. Gute Nacht, Papa Henri. Wir sehen uns, wenn meine Eltern wieder nach England abgereist sind.«

Henri hörte, wie sie die Treppe hinuntersprang und kurz darauf die Haustür ins Schloss fiel. Er rollte nach vorne ans Fenster und schaute hinunter. Sie stand am Flussufer, sah mit breitem Lächeln zu ihm herauf und winkte ihm fröhlich zu.

Seine Augen füllten sich mit Tränen, als er zurückwinkte und ihr nachsah, bis sie verschwunden war. Eugenie hatte ihm eine zweite Chance gewährt, und diesmal würde er sie nicht enttäuschen.

21

Sie hörten die Tür ins Schloss fallen, als Eugenie das Haus verließ, und saßen in beklommenem Schweigen da. Annabelle war Georges Betroffenheit nicht entgangen, als seine Tochter davoneilte, um bei Henri zu sein, obwohl er sie angestrengt zu verbergen suchte. Nun konnte sie nur noch seine Hand halten und still darum beten, dass sie alle das Ganze ohne allzu große Seelenqualen überstehen würden.

»Ich glaube, ich nehme ein Bad, wenn du nichts dagegen hast«, sagte George zu Aline. »Es war ein langer, ziemlich anstrengender Tag, und ich nehme an, du und Annabelle habt einiges zu besprechen.«

»Wir haben nichts zu bereden, was du nicht hören dürftest, Liebling«, sagte Annabelle. »Bitte denk nicht, dass du gehen müsstest.«

»Das glaube ich dir, aber ich bin müde und fühle mich unwohl. Ein Bad hilft mir wieder auf die Beine, und wenn Eugenie wieder zurück ist, könnte ich uns alle zum Abendessen in Alines Lieblingslokal einladen.«

»Das gibt es nicht mehr«, sagte Aline auf Französisch. Sie sprach so langsam, dass George sie verstehen konnte. »Die Deutschen hatten es zu einem Waffenlager umfunktioniert, und die Résistance hat es dann in die Luft gesprengt. Aber es gibt ein nettes Bistro gleich um die Ecke. Dort könnten wir hingehen.«

George sah auf die Uhr. »Ihr esst ja gerne ziemlich spät hier, also sagen wir gegen neun, einverstanden?«

»Ich muss noch ein Zimmer für euch vorbereiten, aber fürs

Erste könnt ihr das von Eugenie benutzen. Annabelle und ich lassen uns etwas einfallen.«

Aline sah George nach und wartete, bis seine schweren Schritte verklungen waren, nachdem er am oberen Ende der Treppe angelangt war. Sie sah sich zu Annabelle um und musterte sie unverwandt. »Wirst du Henri besuchen, solange du hier bist?«

»Ich würde es gerne«, gestand sie. »Aber es würde George sehr verletzen, und das könnte ich ihm nicht antun. Die Reise an sich ist ihm schon schwer genug gefallen, obwohl er mit aller Kraft darum gerungen hat, es sich nicht anmerken zu lassen.«

»Hat George jemals das Bild von Henri gesehen, das du auf dem Dachboden versteckt hast?«

Sie schüttelte den Kopf. »Ich glaube nicht, denn das hätte er sicher erwähnt.« Sie warf Aline ein trauriges Lächeln zu. »George ist ein sehr ehrlicher, aufrichtiger Mensch, und es liegt nicht in seiner Natur, Geheimnisse zu hüten.«

»Deines hat er gehütet.«

»Weil er mich liebt, und weil Eugenie vom Augenblick ihrer Geburt an seine Tochter war.« Sie steckte sich eine Zigarette an und sah zu, wie Rauchkringel in die milde Luft des Pariser Spätsommerabends wehten. »Wie hat Henri Belchite überlebt, Aline?«

Aline seufzte leise. »Er sagte, er sei schlagartig bewusstlos geworden, und als er wieder zu sich kam, habe ihn absolute, erstickende Finsternis umgeben. Er konnte entfernte Geräusche über sich hören und merkte, dass er in einem Keller lag, jedoch unter einem Schutthaufen begraben war. Außerdem wurde ihm klar, dass er zwar schwer verletzt war, aber unglaubliches Glück gehabt hatte. Durch die Explosion war er in eine Ecke des Kellers geschleudert worden, und dadurch hatte er genug Platz, um sich zu bewegen und zu atmen.

Er wurde immer wieder bewusstlos und wusste gar nicht, wie

ihm geschah. Dort unten herrschte pechschwarze Nacht und Totenstille, und er fürchtete, sterben zu müssen, ehe ihn jemand fand. Doch das Schicksal meinte es wieder gut mit ihm. Er hatte seinen Rucksack noch quer über der Brust hängen, und darin befand sich eine kleine Flasche Wasser. Er rationierte es, Tropfen für Tropfen, und als man ihn fand, bewusstlos, blind, schwer verletzt und dehydriert, war die Flasche leer. Später erfuhr er, dass er sieben Tage lang dort unten gelegen hatte und nur gefunden worden war, weil verzweifelte Eltern darauf gedrungen hatten, dass der Schutt des eingestürzten Gebäudes weggeräumt würde, damit sie zu ihren toten Kindern gelangen konnten.«

»Gott, wie entsetzlich.« Annabelle blinzelte die Tränen fort. »Sie waren alle so klein, manche von ihnen fast noch Säuglinge. Etienne und ich haben dabei geholfen, sie zu bergen, aber keines von ihnen hat noch gelebt, und es schien sinnlos, weiterzumachen. Aber Henri hat überlebt und darauf gewartet, dass wir ihn finden.«

Aline legte Annabelle eine Hand auf die Schulter. »Du konntest es nicht wissen«, murmelte sie. »Der Krieg richtet so viel Grausames an, und es war eine Tragödie, dass all diese Frauen und Kinder umgekommen sind, aber wenigstens hat Henri überlebt und konnte seine Geschichte erzählen.«

»Doch da war es zu spät. Ich war schon mit George verheiratet.« Annabelle wischte sich die Tränen ab. »Nicht, dass ich das je bereuen würde«, versicherte sie heftig. »Georg war immer mein Fels in der Brandung, mein Freund und mein Geliebter – und für Eugenie der beste Vater, den sich ein Kind nur wünschen kann.«

»Jammerschade, dass ihr nicht noch mehr Kinder bekommen habt«, murmelte Aline.

»Es sollte nicht sein, und obwohl wir eine Zeit lang damit zu kämpfen hatten, haben wir uns letztlich damit abgefunden und all unsere Liebe Eugenie geschenkt.« Sie lächelte wehmütig.

»So viel Aufmerksamkeit hätte sie verwöhnen können, doch sie scheint zu einem sehr vernünftigen jungen Mädchen herangewachsen zu sein. Und sie hat eindeutig ihren eigenen Kopf.«

Aline schenkte ihnen Wein aus der Karaffe nach, die Eugenie ihnen gebracht hatte, ehe sie das Haus verließ. »Und du? Hast du ein erfülltes Leben, Annabelle?«

»Ja, das habe ich. Ich arbeite nach wie vor als Krankenschwester und gehe ganz in der Gemeinschaft auf. Ich habe ein paar gute Freundinnen gefunden und Golfspielen gelernt – allerdings sehr schlecht, wie ich gestehen muss – und genieße zusammen mit George unser Zuhause.«

Sie trank einen Schluck von dem dunkelroten Wein. »Caroline kommt ab und zu aus ihrem schicken Penthaus in New York auf eine Stippvisite vorbei. Sie und ihr Mann haben zwei wohlgeratene Söhne. Sie haben sie nach Carolines Brüdern benannt, die im Krieg umgekommenen sind. Ihre Eltern sind schon ziemlich alt, und jetzt, wo sich Robert aus der Politik zurückgezogen hat, überlegen sie, nach Amerika zu ziehen, um ihrer Tochter und ihren Enkeln nahe zu sein.«

»Ich höre gelegentlich von Camille«, sagte Aline. »Meine Schwester ist zwar endlich zur Vernunft gekommen, aber ich glaube nicht, dass sie jemals nach Frankreich zurückkehrt.«

»Und du, Aline? Aus deinen Briefen, die ich im Laufe der Jahre bekommen habe, bin ich nicht recht schlau geworden – vor allem während der Kriegsjahre. War es sehr schlimm?«

Aline blickte auf ihre Hände. »Sie haben mir meine Stadt genommen, mein Zuhause und meine Fähigkeit zu malen«, sagte sie ruhig. »Ich musste all meine Schätze verkaufen, um etwas zu essen zu bekommen, aber wenigstens musste ich nie meinen Körper verkaufen wie manch andere Frau. Und ich habe überlebt. Was soll ich weiter dazu sagen?«

Annabelle begriff, dass Aline nur ungern darüber sprach, und so wechselte sie rasch das Thema. »Ich weiß noch, du hast mir erzählt, dass Etienne Belchite überlebt hat, wenn auch mit Verletzungen an Hüfte und Bein. Lebt er noch in Paris? Oder hat er sich einen Namen als Dichter oder Journalist gemacht und führt jetzt ein Luxusleben in Amerika?«

Aline starrte sie gequält an. »Es tut mir leid, Annabelle. Ich dachte, du wüsstest es. Er wurde von den Nazis ermordet, als er mit der Résistance einen Anschlag verübt hat.«

Annabelle schlug sich die Hand vor den Mund und erbebte innerlich vor Schreck über diese Nachricht. »Was ist denn passiert?«, fragte sie.

»Es war ganz am Ende des Kriegs, und die Alliierten rückten bereits an. Die Résistance hatte die Stromleitungen zum Nazi-Hauptquartier in La Rochelle gekappt und Panzer und andere Militärfahrzeuge sabotiert, um den Angriff der Nazis auf die Amerikaner zu verzögern, die binnen weniger Tage erwartet wurden.«

Aline nippte an ihrem Wein und steckte sich eine Zigarette an, wobei ihre Hand leicht zitterte. »Einer von seinen Kameraden wurde vom Sperrfeuer eines verborgenen Trupps Deutscher getroffen, und als Etienne begriff, dass er noch lebte, wollte er ihn holen. Dabei haben sie ihn erschossen, und der Mann, den er hatte retten wollen, wurde von der Gestapo zum Verhör geholt.«

Annabelles Schmerz wurde beinahe übermächtig. Etienne war als Held gestorben bei dem Versuch, einen Kameraden zu retten – genau wie er in Belchite sie gerettet hatte. »Der arme Etienne«, stieß sie mit bebender Stimme hervor. »Ich erinnere mich gut an seine kecke Großspurigkeit und seine Sprüche und dass er mit jedem Mädchen flirten musste, das ihm begegnete. Es ist so maßlos traurig.«

»Er hat posthum das Croix de Guerre verliehen bekommen«, murmelte Aline. »Aber der Mann, den er hatte retten wollen, hatte nicht das Glück, erschossen zu werden. Er wurde von der Gestapo gefoltert, weil er ein berühmter Kämpfer der Résistance war – ein Mann, dem die Deutschen auf den Fersen waren, seit Paris gefallen war. Er war der Urheber vieler waghalsiger Attacken während des Kriegs, und die Deutschen haben seinetwegen unzählige Waffen, Männer und Fahrzeuge eingebüßt. Sie nannten ihn Le Basque.«

Annabelle hatte das Gefühl, als hätte man ihr einen Fausthieb versetzt. »Henri? Henri war in der Résistance? Oh Gott, Aline, was haben sie ihm angetan? Wie hat er überlebt?«

»Er hat überlebt, weil die vorrückenden Alliierten das Gefängnis überfielen, in dem er festsaß, und ihn und die anderen überlebenden Gefangenen in ihr Lazarett brachten. Er spricht nicht von den Ereignissen – das tut keiner, der die Folter der Gestapo überlebt hat. Heute sitzt er deswegen im Rollstuhl.«

»Aber sie haben seine Hände nicht beschädigt. Er kann offenbar noch malen.«

Aline blickte auf ihre verkrüppelten Finger und nickte. »Sie wussten nicht, dass er Künstler war«, murmelte sie. »Sonst hätten sie ihm das Gleiche angetan, was dieser Bastard mit mir gemacht hat.« Sie holte tief Luft und atmete seufzend wieder aus. »Wir alle tragen auf die eine oder andere Weise die Narben des Krieges. Aber jetzt ist es an der Zeit, in eine hellere, friedlichere Zukunft zu blicken. Unsere Jugend hat nie einen Krieg erlebt, und ich bete zu Gott, dass sie nie einen erleben muss.«

Annabelles Gedanken waren bei den jungen Männern, die sie gekannt hatte und die in Spanien gestorben waren; und bei Etienne, der sich so tapfer gezeigt hatte; und schließlich bei Henri, der ein geheimes Leben in der Résistance geführt und einen schrecklichen Preis für seinen Mut bezahlt hatte. »Ich muss ihn sehen, Aline«, sagte sie leise.

»Natürlich musst du das«, erwiderte Aline. »Er wird erfahren, dass du hier bist, und sehr verletzt sein, wenn du ihn nicht besuchst. Der Kreis muss sich schließen, Annabelle. Und das erreichst du nur, wenn du deinen Frieden mit dem Mann machst, den du einmal so leidenschaftlich geliebt hast.«

»Aber was ist mit George? Wie kann ich ihm das erklären, ohne ihm wehzutun?«

»Du tust ihm nur dann weh, wenn du dich von deinen Gefühlen auf Abwege führen lässt – aber das halte ich nicht für wahrscheinlich. Du etwa, Annabelle?«

»Du hast recht, Aline. Ich werde ehrlich zu George sein und ihm sagen, dass ich Henri besuchen will – und aus welchen Gründen. Es wird ihm vielleicht eine Zeit lang wehtun, aber nicht so lange, dass es unserer Ehe ernsthaft schaden könnte.«

Kurz nachdem George von seinem Bad wieder nach unten gekommen war, kehrte Eugenie zurück. Er gab ihr einen Kuss, nahm sie in die Arme und fragte sie nach ihren Zukunftsplänen.

»Es ist noch zu früh, um irgendetwas zu entscheiden«, antwortete sie. »Aber falls es möglich ist, würde ich mich gern für ein zweites Jahr hier bewerben. Paris und London sind die wichtigsten Kunstmetropolen, und es wäre dumm, sich eine solche Gelegenheit entgehen zu lassen.«

»Und Henri?«, fragte George vorsichtig.

»Ich lerne ihn erst einmal richtig kennen und überlege dann, welche Rolle er in meinem Leben spielen soll. Vielleicht möchtest du ihn ja auch irgendwann einmal kennenlernen? Ich glaube, ihr würdet euch gut verstehen.«

»Vielleicht«, murmelte er. »Aber wie du schon sagst, es ist noch zu früh, um langfristige Entscheidungen zu treffen.«

»Ich habe beschlossen, ihn morgen zu besuchen«, wandte sich jetzt Annabelle an ihren Mann. »Es wäre herzlos von mir, nicht hinzugehen, jetzt, wo er weiß, dass ich in Paris bin.«

»Er hat schon befürchtet, dass du das vorhaben könntest«, sagte Eugenie beklommen. »Tut mir leid, Mummy, aber er will dich wirklich nicht sehen.«

Annabelle durchzuckte ein scharfer Schmerz von Schock und Enttäuschung. »Aber warum? Wovor hat er Angst?«

»Er ist nicht mehr der Alte, und er fürchtet sich davor, dich zu treffen, weil er nicht will, dass du ihn bemitleidest.«

»Ich weiß Bescheid über den Rollstuhl und wie es dazu gekommen ist«, erklärte Annabelle. Sie war nun entschlossener denn je, ihn zu besuchen. »Ich werde ihn nicht bemitleiden, obwohl es entsetzlich ist, was diese Leute ihm angetan haben. Ich will ihn einfach nur wiedersehen und die ganze Sache mit Würde klären. Er wird von jetzt an auf jeden Fall ein Teil deines Lebens sein, und ich denke, wir sind alle erwachsen genug, um damit umzugehen.«

»Was, wenn er es ablehnt, dich zu empfangen?«

»Darüber denke ich nach, wenn es so weit ist«, sagte sie bestimmt.

Der Abend nach dem aufwühlenden Tag verlief erstaunlich harmonisch, und nachdem sich Eugenie auf dem Sofa im Wohnzimmer zur Nacht gebettet und Annabelle die Tür zu ihrem Zimmer hinter sich geschlossen hatte, schlüpfte sie zu George ins Bett.

»Ich weiß, dass die letzten Tage eine Tortur für dich waren, aber es ist bald vorbei, und dann können wir wieder nach Hause fahren.« Sie legte ihm einen Arm über die Brust und streichelte seine Wange. »Lieb mich, George«, flüsterte sie.

George wandte ihr den Kopf zu, und im Mondlicht, das durchs Fenster hereinfiel, sah sie seine Liebe zu ihr in seinen Augen leuchten. Und als er sie sachte auf die Lippen küsste und sie an sich zog, wusste sie, dass dies der Mann war, den sie bis ans Ende ihrer Tage lieben würde.

Es war früh am Morgen, und Henri saß gespannt am Fenster und hoffte darauf, Eugenie auf ihrem Weg zur Kunsthochschule vorbeigehen zu sehen. Und da kam sie auch schon, hübsch und beschwingt in einem blauen Rock über einem bauschigen weißen Petticoat, dazu eine weiße Strickjacke und ein Haarband in den Locken.

Auf der Brücke drehte sie sich um und winkte ihm zu, und sowie er zurückgewinkt hatte, warf sie ihm eine Kusshand zu und rannte los. Sie ist schon wieder spät dran, dachte er amüsiert. Doch das musste sie sich bald abgewöhnen. Künstlerdasein bedeutete nicht nur lange Nächte, Alkohol und Zuspätkommen; vor allem erforderte es Disziplin und einen scharfen Verstand.

Er löste sich vom Fenster und trank den Milchkaffee, den ihm seine Haushälterin gebracht hatte. Er war schon beinahe kalt geworden, doch das war er schon gewohnt, denn während der Arbeit vergaß er oft, ihn zu trinken. Mit kritischem Auge betrachtete er sein Bild der Blumenverkäuferin und hob dann die Tasse, als wolle er ihr zuprosten.

»Du bist fertig, Madame, und schon bald wirst du nicht mehr auf den Stufen zu Sacré-Cœur sitzen, sondern an der Wand einer der renommiertesten Galerien der Welt hängen. *Félicitations!*«

Er rollte zurück zu dem Tischchen am Fenster, um sich zur Feier des Tages eine Zigarre zu holen, und warf einen Blick hinaus zum Pont Neuf. Sein Herz setzte einen Schlag aus und begann dann zu rasen. Dort stand Annabelle, genau wie er sie in Erinnerung hatte, die Haare vom Wind leicht zerzaust, die schlanke Gestalt noch immer von jugendlicher Kraft. Mit ihrem Blick suchte sie die Fenster und Balkone seines Hauses ab.

Er stieß den Rollstuhl nach hinten, auf einmal voller Angst, dass sie ihn sehen könnte. Wie hübsch sie war – er wünschte sich von ganzem Herzen, ihr in die Augen zu blicken und sich davon zu vergewissern, dass sie mit ihrem Leben zufrieden war. Doch das war unmöglich – er konnte nicht zulassen, dass sie ihn so sah.

Er beobachtete sie, wie sie sich gegen die Brüstung lehnte und flussaufwärts in Richtung Notre-Dame blickte. Aus dieser Entfernung konnte er keinerlei Anzeichen der Jahre erkennen, die seit ihrem letzten Zusammensein verstrichen waren, und doch war ihm klar, dass es welche geben musste. Er atmete flach und hastig, während er ihren Anblick in sich aufsog. Schließlich seufzte er gequält auf, als er erkannte, dass sie im Begriff war, die Brücke zu verlassen.

»Geh nicht weg, meine Liebste. Bleib doch noch ein bisschen«, murmelte er.

Er beugte sich vor und stieß die Balkontür auf, damit er nach unten auf die Straße blicken konnte, doch der Balkon war zu eng für seinen Rollstuhl, und er konnte nicht über die Brüstung blicken. Wohin war sie verschwunden?

Die Antwort erhielt er in Form eines entschlossenen Klopfens an der Haustür, woraufhin er hektisch versuchte, den Rollstuhl vom Fenster wegzufahren und zur Tür zu gelangen, damit er seiner Haushälterin nach unten zurufen konnte, sie solle Annabelle nicht einlassen. Doch er blieb mit einem Rad an einem Tischbein hängen, und alles, was auf dem Tischchen lag, fiel krachend zu Boden. »Lassen Sie sie nicht rein«, brüllte er in heller Panik. »Wagen Sie es bloß nicht, die Tür aufzumachen.«

Er rang mit dem Rollstuhl, versuchte, die Glas- und Porzellanscherben beiseitezuschieben sowie den Wust von Büchern und Zeichnungen, während ihm Schweißperlen über die Stirn und den Rücken rannen und er vor Erwartungsangst erschauerte. Schon hörte er Stimmen im Treppenhaus, begleitet von leisen Schritten, die die Treppe heraufkamen. Er saß in der Falle.

Er hatte es gerade noch geschafft, die Decke wieder über seine verkrüppelten Beine zu ziehen, als sie in der Tür stand. Er konnte sie nur anstarren. Nun war sie tatsächlich hier, und seine Gedanken waren wie ausgelöscht, und er brachte kein Wort heraus.

Annabelles Herz hämmerte, als sie den Raum betrat und mit einem Blick die Szene erfasste. Henri wirkte so an seinen Rollstuhl gefesselt, die armen Beine nur teilweise unter einer Decke verborgen, um ihn her Gegenstände verstreut, die vom Tisch gefallen waren. Doch seine Augen leuchteten noch im selben tiefen Blau wie damals, und trotz seines Vollbarts sah er mit dem dunklen Teint und dem kräftigen Oberkörper immer noch so gut aus wie in ihrer Erinnerung.

»Hallo, Henri«, sagte sie und ging auf ihn zu. »Ich habe gehört, du hast unsere Tochter kennengelernt.«

Es hatte ihm eindeutig die Sprache verschlagen, denn er musste erst schlucken und krächzte dann mit rauer Stimme ihren Namen. »Belle«, keuchte er. »Belle, ich habe so lange darauf gewartet, dich wiederzusehen … und jetzt bist du da. Ich kann es kaum fassen.«

Als er ihr in die Augen sah, spürte sie das köstliche, altvertraute Prickeln und fragte sich, ob es ihm wohl genauso ging.

»Deine Augen erinnern mich immer an die wilden Veilchen, die ich früher auf dem Land manchmal gepflückt habe«, murmelte er. »Du bist noch immer so schön, Belle. Als wäre überhaupt keine Zeit vergangen.«

Sie wurde allmählich verlegen, wie sie da so unter seinem durchdringenden Blick vor ihm stand. »Willst du mir keinen Sitzplatz anbieten?«, fragte sie vorwurfsvoll.

»Doch, natürlich«, murmelte er. »Aber dieser blöde Rollstuhl hängt in dem ganzen Zeug hier fest, dass ich heruntergeworfen habe, und …«

»Kein Problem«, sagte sie. »Das kann ich doch aufheben.«

Er wurde rot vor Verlegenheit, als sie sich bückte, um die heruntergefallenen Sachen aufzusammeln und die Räder seines Rollstuhls zu befreien. »Das blöde Ding bleibt ständig irgendwo hängen«, knurrte er.

Sie rückte das Tischchen zurecht und legte alles wieder darauf, ehe sie sich ihm gegenübersetzte. In dem Licht, das durchs Fenster hereinfiel, konnte sie die Fältchen um seine Augen sehen und die Narben unter seinem Bart erahnen und wurde ganz wehmütig.

Sie sah die Sehnsucht in seinen Augen, als sein Blick über ihr Gesicht, ihr Haar und hinab zu ihren Händen wanderte, die locker gefaltet in ihrem Schoß lagen, und dachte daran zurück, wie es sich einst angefühlt hatte, wenn er mit seinen Fingern über ihre Haut und ihr Haar strich und mit seinen Lippen sanft ihre Augenlider und ihren Mund streifte. Seine Anziehungskraft wirkte noch nach all den Jahren auf sie, und ihr wurde klar, wie gefährlich das war.

»Eugenie hat gesagt, du willst nicht, dass ich komme«, sagte sie in festem Ton, um die in ihr tobenden Gefühle zu überdecken. »Aber ich konnte Paris nicht verlassen, ohne dich zu sehen – nicht, nachdem wir einander einmal so viel bedeutet haben.«

»Die Jahre sind mit dir gnädiger umgegangen als mit mir«, erwiderte er leichthin. »Wie du siehst, sitze ich in diesem verdammten Ding fest.«

»Aline hat mir erzählt, was passiert ist, Henri«, sagte sie leise. »Und du hast ja keine Ahnung, wie stolz ich auf dich bin, weil du so tapfer warst.« Ihr Blick wanderte von seinem Gesicht zu seinen Händen, mit denen er die Armlehnen des Rollstuhls umfasst hielt. »Deine Bilder sind auch heute noch wunderschön, und ich bin so froh, dass du die Anerkennung gefunden hast, die du verdienst.« Sie lächelte. »Ich wusste immer, dass du eines Tages berühmt werden würdest. Es macht mich zwar traurig, dass du keine andere Frau gefunden hast, mit der du dein Leben teilen kannst, aber offenbar verfügst du über genug Ruhe und den Frieden, die es dir möglich machen, dich zu konzentrieren und schöpferisch tätig zu sein.«

Mit einem Schulterzucken tat er ihr Lob ab, konnte jedoch das erfreute Glitzern in seinen Augen nicht verbergen.

Annabelle versuchte, die Atmosphäre aufzulockern. »Ich bin in der Tate gewesen und habe Amélie gesehen. Ist sie immer noch so schön und sexy? Hat sie immer noch alles, was ein Künstlermodell ausmacht?«

Er lachte auf und schüttelte den Kopf. »Sie ist eine ungepflegte Vogelscheuche und lebt mit einem reichen Landwirt irgendwo im Süden. Ich sehe sie einmal im Jahr, wenn sie zur Weihnachtszeit nach Paris kommen.«

Annabelle kicherte. »Na, da bin ich aber froh, dass sie nicht mehr so umwerfend aussieht – es wäre uns anderen gegenüber ganz schön unfair, oder nicht?«

»Aber du bist immer noch schön, Belle. Ich sehe nach wie vor das Mädchen in dir – genau wie in Eugenie.«

»Ich habe Falten im Gesicht und silberne Strähnen im Haar, und ich muss mich geschickt kleiden, um die Pölsterchen des mittleren Alters zu kaschieren. Aber ich bin zufrieden, Henri. George hat mir mehr gegeben, als ich mir je erhofft hätte.«

»Ach, Belle«, seufzte er und griff nach ihrer Hand. »Wenn ich es dir doch nur früher hätte sagen können … Wenn doch nur alles anders gekommen wäre …«

Sie spürte die Elektrizität seiner Berührung und wusste, dass sie sich nun genau überlegen musste, was sie sagte, während sie ihm in die Augen blickte. »Wir hatten das unschätzbare Geschenk der Liebe, und wir haben es nicht verschleudert, Henri. Wir haben es jeden Moment ausgekostet, und jetzt haben wir Eugenie, die wir beschützen müssen. Wir werden nie erfahren, ob diese alles überstrahlende Leidenschaft die Jahre überstanden hätte, weil das Schicksal es nicht zugelassen hat. Aber wir können die Erinnerung an das bewahren, was wir einst hatten. Jetzt ist es an der Zeit, es tief in unseren Herzen zu vergraben, wo es allmählich verblassen kann.«

»Ich will aber nicht, dass es verblasst.«

»Es muss sein, Henri. Wir können unser Leben nicht weiterleben, indem wir andauernd zurückblicken. Wir müssen den Blick auf die Zukunft richten – auf Eugenie –, auf all die Jahre, die wir noch vor uns haben. Ich habe dich einmal geliebt, und irgendwo tief in mir gibt es einen Teil, der dich immer lieben wird. Aber es ist vorbei, Henri.«

Er nickte, und sie sah ihm an, dass er mit den Tränen rang. »Dann wünsche ich dir alles Glück dieser Welt, meine liebste Belle. Und ich verspreche dir, alles zu tun, was in meiner Macht steht, um unsere Tochter zu unterstützen. Sie wird Erfolg haben, das garantiere ich dir. Sie ist außergewöhnlich begabt.«

Annabelle entzog ihm langsam ihre Hand und stand auf. Sie beugte sich vor, und einen atemlosen Moment lang war er eingehüllt in ihren Duft und fühlte die sanfte Liebkosung ihres Haars an seiner Wange, als ihre Lippen sachte die seinen berührten. »Adieu, mein liebster Henri«, flüsterte sie.

Und dann war sie fort. Mit leichten Schritten huschte sie hinaus und stieg schließlich die Stufen hinab.

Blind von Tränen wendete Henri seinen Rollstuhl und fuhr ans offene Fenster. Die Haustür fiel unten ins Schloss, und Annabelle schritt bereits rasch auf die Brücke zu, zu dem Mann, der sie dort erwartete. Henris Herz schmerzte, als er sah, wie George ihr eine Hand auf die Schulter legte und sie ein paar ernste Sätze wechselten, ehe sie gemeinsam davongingen und am anderen Ufer der Seine bald nicht mehr zu sehen waren.

»Adieu, meine geliebte, einzige Belle«, flüsterte er. »Du kannst mich hier zurücklassen und der Zukunft entgegengehen, aber ich weiß, dass ein winziger Teil deines Herzens immer mir gehören wird – und Paris.«

Anmerkung der Autorin

Die Idee für *Jene Tage voller Träume* kam mir, als ich auf Einladung meines französischen Verlags L'Archipel in Paris war. Ich hatte mit einer Gruppe begeisterter Fans und Blogger einen wunderbaren Abend in einem Restaurant verbracht, als mein Gastgeber Jérôme Pescheux meinem Mann und mir empfahl, an diesem milden Abend entlang der Seine zu unserem Hotel zurückzuspazieren. Die Lichter von Paris spiegelten sich im Fluss, der unter dem Pont Neuf hindurchströmte, und genau wie die anderen Paare schlenderten wir Hand in Hand den Kai entlang und genossen unseren letzten Abend in dieser romantischsten aller Städte. Als wir auf dem Pont Neuf standen, blickte ich über die Straße zu den eleganten, hohen Häusern aus grauem Stein, die so unverwechselbar französisch aussahen. Fünf Stockwerke hoch, vor jedem Fenster ein schmiedeeiserner Balkon und hinter manchen der zarten Vorhänge verlockende Ahnungen von Lichtern und Bewegung. Als Schriftstellerin und von Natur aus neugierige Person begann ich, mir die Menschen auszumalen, die hinter diesen Fenstern lebten, und als ich dort so stand, sah ich vor meinem geistigen Auge eine Gestalt an einem Fenster im dritten Stock sitzen. Es war ein einsamer Mann mit einer Aura von Traurigkeit, der mit starrem Blick auf die Brücke schaute. Wer war er? Was war seine Geschichte, und warum blickte er so sehnsüchtig auf den Pont Neuf? Und dann wusste ich es plötzlich, und seine Geschichte begann so zügig zu fließen wie die Seine. Als wir in unserem Hotel anlangten, war die Geschichte vollständig, und ich schrieb alles auf. Manche Einfälle kommen schnell und gehen genauso schnell wieder, doch dieser eine blieb haften, und ich wusste, dass ich die Geschichte dieses Mannes erzählen musste.